L'Essence des Ténèbres

Tom Clearlake

L'Essence des Ténèbres

Moonlight Éditions

L'Essence des Ténèbres
ISBN 9782956131625
©Thomas Clearlake 2018

www.tomclearlake.com

Couverture réalisée par Karine Leroy
©Carrélight

« Réfléchissons combien nos habitudes carnivores
sembleraient répugnantes à un lapin doué d'intelligence. »

H. G. Wells.

1

Les essuie-glace battaient frénétiquement la mesure sous les trombes d'eau qui malmenaient le véhicule. Au loin, les premières lueurs de St. Marys se mirent à scintiller vaguement dans le pare-brise, derrière le ruissellement des gouttes de pluie.

L'appel du central le tira de ses pensées :

— Agent Eliott Cooper ?

— Lui-même.

— Vous allez prendre à droite à la prochaine intersection et continuer sur cette voie. Le lieu du contact ne va pas tarder à s'afficher sur votre GPS.

Il dut ralentir au point presque de s'arrêter tant les bourrasques de vent ébranlaient le tout-terrain ; pourtant un gros Chevrolet blanc, banalisé, qui lui avait été alloué pour les besoins de la mission. Arrivé au croisement, il bifurqua et laissa derrière lui les motels des abords de la ville. Les enseignes lumineuses qui clignotaient à intervalles réguliers s'effacèrent dans le rétroviseur les unes après les autres ; et avec elles, tout le confort dont il aurait pu profiter après la longue route qu'il venait de faire.

Le signal qui apparut sur l'écran du GPS indiquait un point isolé, situé dans les vastes étendues de forêt qui entouraient la ville de St. Marys, état de Pennsylvanie.

Il suivit l'itinéraire indiqué qui serpenta sur huit kilomètres à travers les vallées battues par la pluie, puis quitta la route pour s'engager sur une piste boueuse qui s'enfonçait dans les bois. À plusieurs reprises, les roues s'embourbèrent. Il manœuvra très lentement et dut sortir la tête par la fenêtre pour se diriger au mieux. Il avait déjà plus de quinze minutes de retard, et s'il restait bloqué là, il risquait une pénalité sur sa prochaine prime.

Il détestait la pluie.

C'était une chose plutôt normale pour un agent spécialisé dans les surveillances de terrain. Après douze années de bons et loyaux services pour les renseignements fédéraux, il attendait du ciel un peu de clémence, mais bien souvent, il avait eu l'impression que les nuages ne choisissaient de se déverser sur les campagnes que lorsqu'il entamait l'une de ses planques.

Il arriva au point de contact et dépassa le véhicule de l'agent qu'il devait rencontrer, rangea le 4x4 sur le bord de la piste inondée, enfila ses bottes, son imperméable, et rejoignit l'homme qui l'attendait sous un parapluie. Alors qu'il pensait reconnaître un visage familier, cet agent-ci se révéla être un parfait inconnu.

— La ponctualité n'est pas votre fort, on dirait.

Ils échangèrent une poignée de main formelle.

— Vous avez vu la météo ? lui retourna-t-il.

— Oui. J'ai vu la météo, répliqua froidement l'autre.

L'homme observa Cooper fixement une fraction de seconde. Derrière ses verres de lunettes couverts de buée, ses yeux trahissaient une certaine impatience. Cooper n'eut pas le temps d'analyser ses traits plus en détail. Il était jeune, la trentaine tout au plus, un peu rondouillard. Sûrement qu'il passait beaucoup de temps assis derrière un bureau.

— Allons nous mettre à l'abri, j'ai des pièces à vous donner, dit l'agent.

Il lui emboîta le pas vers son véhicule ; un autre Chevrolet Suburban, tout aussi blanc et tout aussi banalisé. Le FBI ne faisait pas dans l'originalité de ce côté-là.

Une fois à l'intérieur, l'homme essuya méticuleusement ses lunettes et sortit de la boîte à gants une chemise noire plastifiée, frappée du sceau des services fédéraux.

— Voilà le dossier complet, avec une mise à jour. Je vous laisserai le soin de l'étudier plus tard. On a dû vous informer de la teneur de votre mission.

— Oui. J'ai tout ce qu'il me faut, lui répondit Cooper en feuilletant rapidement le contenu de la chemise, je vois à peu près ce qui m'attend, agent... ?

— ... Agent Reynolds.

— Très bien. Je ne vais pas vous retenir plus longtemps, agent Reynolds. Vous avez certainement une longue route à faire.

Il ferma le dossier et le glissa dans son imperméable.

— Effectivement, je retourne à New York.

Cooper le salua d'un geste et ouvrit la portière pour sortir.

— Conduisez prudemment, Reynolds, ils ont annoncé que la tempête continuait par là où vous allez.

— Je passerai la nuit dans un motel si ça se gâte.

— Bonne route.

— Merci. Bon courage à vous, agent Cooper.

Il ferma la portière et regagna son véhicule.

Le ciel déjà sombre s'obscurcissait encore avec le jour qui déclinait. La lune faisait de brèves apparitions entre les énormes masses de nuages qui filaient rapidement. Sa lueur blafarde couvrait les bois pendant quelques secondes puis disparaissait à nouveau dans les ténèbres qui s'installaient. Les grands arbres muets agitaient désespérément leurs branchages dans le vent glacé. S'il avait pu parler leur langage, pensa-t-il, peut-être lui auraient-ils révélé les faits sinistres dont ils avaient été les témoins.

Au cours des cinq derniers mois, la paisible ville de St. Marys avait été frappée par une série d'événements des plus terribles : plusieurs disparitions inexpliquées, cinq au total, s'étaient succédé. La petite ville, qui comptait douze mille âmes, avait tout entière basculé dans l'angoisse. Ces événements tragiques auraient pu être rationnellement acceptés par les habitants de St. Marys s'il ne s'était agi de jeunes enfants. Toutes les victimes étaient âgées de trois à cinq ans. Les rumeurs les plus sordides s'étaient répandues face au silence des forces de police. Les investigations menées par le capitaine Sherman n'avaient rien donné ; pas le moindre indice n'avait pu être relevé. Même si le terme d'*enlèvements* n'avait pas été officiellement prononcé, ces disparitions consécutives ne pouvaient pas être des coïncidences. Depuis trois semaines, le FBI avait relayé la police et repris la charge des enquêtes.

Il alluma le chauffage, bascula le siège passager en arrière et s'y installa le plus confortablement qu'il put. Il prit le temps de se servir un café, du moins ce qu'il restait au fond de sa bouteille isotherme. Il hésita à aller chercher son réchaud dans le coffre mais se ravisa, estimant la boisson suffisamment tiède pour être bue. Les premières fiches du dossier qu'il venait de parcourir avaient accaparé son esprit.

Le 9 juin de cette année 2017, madame Madeline Jones, mère du petit Ryan, âgé de trois ans et cinq mois, se rend avec son enfant chez une amie, Abigail Harris, pour y passer l'après-midi.

Les deux filles de madame Harris, âgées de douze et quatorze ans, sont chargées de surveiller le petit Ryan qui joue avec elles dans le jardin clos de la demeure des Harris. L'après-midi est ensoleillé. Les deux mères discutent scolarité et éducation autour d'une tasse de thé sur la terrasse, non loin des trois enfants qui s'ébattent. Vers 15 h 30, madame Jones voit les deux filles passer en courant devant la terrasse. Elle cherche son fils du regard, mais ne le voit pas alentour. Interrompant alors la discussion avec son amie, elle se lève pour demander aux filles où est son petit. Elles lui répondent en souriant qu'ils jouent à cache-cache.

Le petit Ryan ne fut jamais retrouvé.

Il porta le mug à ses lèvres. Le café était maintenant complètement froid. Il le posa machinalement sur le porte-boissons sans le boire et revint à sa lecture.

Le 20 juin suivant, les nurses de la garderie de Maurus Street organisent une « après-midi collecte de fleurs » dans les champs environnants. À 16 h 30, lors du retour à l'établissement, la petite Iris Winkler, âgée de cinq ans, manque à l'appel.

Le 6 juillet, aux environs de 10 h du matin, Sean Watson, trente-huit ans, gare son pick-up sur le parking du Dave's Saw Shop, un magasin d'outillage où il a laissé sa tondeuse en réparation. Lorsqu'il en ressort, huit minutes plus tard, son fils Jaden, quatre ans, n'est plus dans le véhicule.

Sean Watson ne parvient pas à se contenir après avoir signalé la disparition de son fils. Dans l'heure qui suit les faits, il contacte les parents des autres enfants disparus et forme avec eux un collectif comptant presque une centaine d'habitants déterminés à agir. Sous la pression des parents, le capitaine Sherman organise aussitôt une battue qui a lieu le jour même. Elle rassemble presque huit cents personnes, agents de police et pompiers compris.

Quarante-huit heures plus tard, le dispositif a couvert un rayon de quinze kilomètres autour de la ville. Les recherches ont été vaines.

Le 18 août, à 3 h 22 du matin précisément, Cassandra Elmer, visiblement en état de panique, franchit la porte du poste central de police de St. Marys, accompagnée par son mari. Elle déclare avoir été réveillée en sursaut au cours de la nuit par son jeune fils Christopher, quatre ans et huit mois, qui l'a appelée en hurlant... Lorsqu'elle a accouru jusqu'à sa chambre située au premier étage de la maison, la fenêtre était grande ouverte et l'enfant n'était plus dans son lit, ni nulle part ailleurs.

Tiré de son sommeil, le capitaine Sherman en personne enregistra la déposition de Cassandra Elmer. Les faits survenus cette nuit-là chez les Elmer ne pouvaient que confirmer l'hypothèse d'enlèvements ; toutefois, Howard Sherman préféra garder les circonstances de cette disparition confidentielles. Il s'agissait avant tout de ne pas affoler plus encore la population de St. Marys, dont le trouble grandissant menaçait de causer des débordements que le capitaine et ses hommes auraient eu du mal à gérer. Dès l'aube, ce dernier mobilisa une nouvelle fois tous ses effectifs pour une seconde grande battue. Celle-ci rassembla en tout mille sept cent vingt-huit volontaires.

Cette fois encore, aucun enfant ne fut retrouvé.

La pluie s'était remise à tomber violemment. Les rafales de gouttes martelaient la tôle du Chevrolet sans discontinuer. Il s'enveloppa dans son imperméable et sortit pour aller chercher le réchaud dans le coffre. Il avait besoin d'un autre café. Un café chaud, cette fois.

La nuit allait être longue.

Cooper aimait les débuts d'enquête, cette sensation de plonger dans l'inconnu, vers un lieu incohérent, où le moindre élément pouvait être interprété, *le point zéro…* là où tout avait commencé, à partir duquel il fallait tout reconstruire. Alors, sur cette scène improbable, dressée sur des déductions incertaines, se dessinaient les premiers indices tangibles, comme des acteurs qui sortaient de l'ombre, chacun leur tour, pour donner une représentation muette, fractionnée, de la réalité des faits.

Protagonistes amputés d'un théâtre de pantomime mortuaire.

Il fallait alors, très précautionneusement, sans omettre le moindre rapprochement, la plus infime similitude qui pouvait les lier, manipuler ces éléments de la plus habile des manières.

Cooper était devenu un orfèvre à ce jeu. Il maîtrisait parfaitement l'art de la trame dissimulée. Cette réalité souterraine sentait si fort la terreur et la mort qu'elle finissait tôt ou tard par remonter à la surface, comme un cadavre bleu et boursouflé. Le temps pouvait réaliser cela. Le temps pouvait résoudre tous les mystères. Mais l'enquêteur était justement là pour devancer le temps.

Les hommes du capitaine Sherman avaient fait du mieux qu'ils avaient pu pour déceler des éléments qui auraient fait de ces disparitions des enlèvements. Mais bien que cela semblât évident pour tous, rien, absolument aucune preuve tangible, ne vint confirmer cette hypothèse.

Le délicieux parfum de l'Aguadas qu'il s'était concocté emplissait le véhicule. Il se cala à nouveau dans le siège et dégusta son café tout en tournant et retournant dans son esprit les informations qu'il venait d'intégrer.

À ce stade de l'enquête, ces disparitions restaient des disparitions. Toutefois, les faits parlaient d'eux-mêmes. Il était techniquement possible d'aborder chaque cas en le dissociant des autres, comme s'il n'y avait eu aucun lien entre eux. Mais ce processus d'investigation ne servait justement qu'à prouver, tôt ou tard, l'existence d'un lien évident. Certains agents étaient chargés, dans ce genre d'affaires, d'aborder systématiquement l'enquête en suivant ce processus. Si Cooper se retrouvait à plus de dix kilomètres de St. Marys, au cœur de ces forêts, et sous ce déluge de fin des temps, c'était pour une raison particulière.

Une pièce du dossier était restée jusque-là confidentielle.

Posée sur le siège passager, la pochette plastique opaque que venait de lui remettre l'agent Reynolds attendait d'être effeuillée. Il termina de siroter son café, reposa le mug et, savourant l'instant, descella l'enveloppe pour en lire le contenu.

Le 27 septembre qui suit les quatre premières disparitions – le FBI est alors investi de l'affaire St. Marys depuis huit jours – Garett Pearson et sa femme Kaitlyn, accompagnés de leur fils de cinq ans, Timothy, se rendent chez les parents de madame Pearson pour y dîner. Ceux-ci habitent une maison située au nord à l'écart de la ville. Vers 22 h, le repas de famille se termine, les parents et leur fils regagnent le véhicule pour rentrer à leur domicile.

Il est 23 h 40 quand un conducteur alerte les pompiers : un véhicule est en flammes sur la chaussée de la North Fork Road. Arrivés sur place, les services de secours ne peuvent que constater la mort des occupants du véhicule. La police, prévenue, appelle aussitôt le FBI qui envoie plusieurs agents sur place. L'équipe scientifique sort de la carcasse fumante deux corps carbonisés qui, grâce au numéro d'immatriculation du véhicule, sont identifiés comme étant ceux de Garett Pearson, trente-cinq ans, employé de banque à St. Marys, et Kaitlyn Pearson, vingt-neuf ans, mère au foyer. L'un des agents constate sur le registre d'état civil qu'ils sont père et mère d'un jeune enfant. Moins de trente minutes plus tard, les grands-parents du jeune Timothy, informés du drame, certifient que leur petit-fils est bien reparti en voiture avec son père et sa mère après le dîner de famille.

Pourtant, seuls les corps de Garett et Kaitlyn Pearson sont retrouvés dans l'automobile incendiée.

La question qui se posa alors fut de déterminer dans quelles circonstances le petit Timothy avait pu quitter le véhicule. La première hypothèse fut celle de l'accident, au cours duquel l'enfant avait pu être éjecté de la voiture.

Après être sortie de la route, celle-ci avait terminé sa course contre un arbre en contrebas. L'avant droit de la Lexus était effectivement enfoncé. Cependant, un agent remarqua immédiatement que l'impact n'était pas celui qu'une telle sortie de route aurait pu causer. Les dégâts à l'avant de la voiture étaient mineurs et indiquaient une vitesse réduite du véhicule lorsqu'il avait percuté l'arbre. L'agent déduisit aussi que la force du choc n'avait donc pas été assez violente pour sectionner le circuit de carburant et enflammer l'automobile.

L'analyse des restes de la Lexus ne tarda pas à confirmer ces déductions.

Cooper se laissa bercer quelques instants par le balancement du 4x4 sous les bourrasques de vent. La pluie s'était arrêtée pour un temps. Les décharges de foudre continuaient au loin, derrière les collines. Leurs grondements arrivaient à ses oreilles après plusieurs longues secondes, assourdis, comme si la tempête se trouvait maintenant contenue dans une petite boîte rembourrée de coton.

Les portières du véhicule étaient restées verrouillées et aucune vitre ne s'était brisée. La possibilité de l'enfant éjecté était donc exclue. Il était encore plausible qu'il soit descendu de la voiture après l'impact, juste avant que celle-ci ne s'enflamme, et qu'il ait erré, en état de choc, jusqu'à se perdre dans les bois.

Dans ce cas, pourquoi Garett et Kaitlyn Pearson n'avaient-ils pas quitté le véhicule eux aussi ? La violence de l'impact avait-elle pu leur faire perdre connaissance ? Non, puisque le choc avait été minime. De plus, tous deux avaient été retrouvés dans leur siège, ceinture de sécurité attachée. Aucun système d'air bag ne s'était déclenché.

Vingt-quatre heures après l'extraction des deux corps calcinés, le service d'analyse médico-légale rendit son rapport d'autopsie : la mort des Pearson n'était pas due à l'incendie de leur automobile, et leur système respiratoire ne faisait état d'aucune contraction qui aurait pu être causée par une asphyxie.

Leur cœur s'était arrêté de battre avant que le feu ne ravage le véhicule.

Cela ne pouvait signifier qu'une seule chose : cet accident était une mise en scène. Quelqu'un, ou plusieurs individus, avait volontairement causé la mort de Garett et Kaitlyn Pearson. L'enfant avait été emporté avant que la voiture ne soit livrée aux flammes.

Des traces de pas avaient été relevées autour de la Lexus, mais il fut difficile pour les techniciens de l'équipe scientifique de distinguer les empreintes suspectes de celles laissées par les secours d'urgence qui étaient arrivés sur les lieux avant le FBI. Les pluies diluviennes qui tombèrent cette nuit-là rendirent impossible l'intervention de chiens. Les analyses montrèrent que les empreintes étaient probablement celles de trois personnes de corpulence moyenne. Les traces relevées disparaissaient dans les bois, en direction du nord. Il ne faisait aucun doute que l'enlèvement de Timothy Pearson était lié à ceux de St. Marys.

Il émanait de ce début d'enquête un mal indicible que l'agent Cooper, bien qu'aguerri, percevait d'une façon viscérale. Une impression vraiment très inconfortable, qu'il n'avait pas l'habitude de ressentir. Il passa aussitôt à la page suivante, comme pour chasser la question glaçante du mobile des tueurs, et réprima difficilement un profond sentiment de haine.

— Putain de psychopathes, laissa-t-il échapper entre ses dents.

Le document qui apparaissait sur le dernier feuillet du dossier était une carte. Il connaissait bien ce genre de pièce. La photo satellite comprenait un périmètre de cinquante kilomètres de rayon autour de St. Marys. La partie nord du cercle, une zone entièrement couverte par les forêts, était délimitée par un surlignage rouge. Il s'agissait du secteur sur lequel il allait devoir opérer.

La dernière page concluait en énumérant ses objectifs de mission : surveillance stratégique de la zone, prélèvement d'éléments, détection et rapport de toute activité humaine sur la zone, recherche, intervention et interpellation de

toute personne pouvant être impliquée, neutralisation si nécessaire.

Il parcourut le texte sommairement et referma le dossier.

Il savait parfaitement ce qu'il avait à faire.

Si ses supérieurs l'avaient désigné pour cette mission,
c'était parce qu'il était l'un des meilleurs agents qualifiés
pour ce genre de travail, l'un des plus fins limiers du FBI.

Et s'ils lui avaient confié la charge d'opérer sur ce secteur, c'était certainement parce qu'ils étaient convaincus
que les individus qui avaient participé aux enlèvements de
St. Marys se trouvaient encore cachés quelque part dans ces
forêts.

2

Rien n'avait prédestiné Eliott Cooper à sa carrière d'agent. Son enfance s'était paisiblement écoulée dans une petite ferme aux environs de Shelton, dans le nord de l'Oregon.

Petit, il passait la majeure partie de son temps dans les collines avec son père, qui tenait l'exploitation forestière familiale. L'apprentissage du rude métier de bûcheron ne le passionnait pas vraiment, mais il aimait passer ses journées dans les bois, à courir après les papillons et sentir le parfum des fleurs. Cela lui procurait un sentiment de liberté qui exaltait son jeune être au plus haut point. Tout était possible dans les bois : les rencontres avec les insectes étranges qui y grouillaient, les chiens errants qui lui couraient après ou venaient jouer avec lui, les oiseaux qui chantaient leurs mélodies sans se soucier de la cacophonie générale que donnait l'ensemble de leurs improvisations, les odeurs puissantes d'humus, les baies qu'il cueillait pour les manger aussitôt, à toute heure... La vie n'était-elle qu'une suite ininterrompue de découvertes merveilleuses et de sensations enivrantes ? Alors au printemps de sa vie, le petit Eliott avait eu la chance d'expérimenter quantité d'aventures extraordinaires. Mais quand vint le temps de remplir ses cahiers et de rester enfermé des heures durant dans les salles de classe de l'école de Mountain View, les choses furent différentes. Eliott était un enfant intelligent, mais distrait. Il ne tenait pas en place plus de deux minutes. Cette énergie débordante qui l'animait compliqua la tâche de ses parents pour l'éduquer. Aussi, quand il atteignit l'âge de quatorze ans, son père, voyant qu'il ne parviendrait pas à le motiver pour travailler avec lui sur l'exploitation, décida de l'envoyer dans un pensionnat à Portland.

À chacune de ses missions sur le terrain, il retrouvait un peu de la liberté de son enfance, du moins celle qu'il avait connue avant le pensionnat.

L'agent Eliott Cooper travaillait seul, le plus souvent. Ses supérieurs lui laissaient le choix des moyens dont il souhaitait disposer pour mener ses enquêtes. Il était libre d'adopter les méthodes d'investigation qui lui semblaient les plus appropriées. Bien sûr, il avait dû faire ses preuves pour en arriver là. Comme tous les agents spéciaux, il était passé par des phases d'instruction extrêmement éprouvantes, psychologiquement comme physiquement. Il gardait encore le douloureux souvenir d'un stage de survie en Afghanistan qu'il avait failli ne pas terminer.

Cooper était dans sa trente-huitième année. Il était en parfaite condition physique. Il partait courir tous les matins au saut du lit, et terminait ses journées par une séance de yoga. Il ne fumait pas, ne buvait pas autre chose que de l'eau minérale, ou du café, et se nourrissait exclusivement d'aliments biologiques. Il vivait seul. Enfin presque seul, puisqu'un chat du nom de Clarence cohabitait avec lui dans un loft situé dans St. Johns, le quartier populaire de Portland. Il avait trouvé Clarence un soir de pluie, dans la ruelle devant sa porte d'entrée. Le chaton, affamé et presque mort de froid, poussait de petits couinements suraigus. Malgré son odeur de vieille serpillère, il l'avait recueilli, puis adopté. Lorsqu'il s'absentait pour une mission, le chat disposait d'un distributeur automatique de croquettes – au saumon, ses préférées – qu'il lui avait fabriqué artisanalement. Pour ses besoins en eau, le chat n'avait qu'à se faufiler le long de la poutre qui traversait le loft jusqu'à une petite ouverture à clapet qui donnait sur le toit. Là, Cooper avait bricolé un récupérateur de pluie qui permettait à Clarence d'avoir de l'eau en continu.

*

2 octobre.

Il fut réveillé par les premières lueurs du jour. Une aube des plus incertaines se levait. La tempête de la nuit paraissait comme suspendue au-dessus d'une chape de nuages qui pesait sur les bois. Son sommeil n'avait duré que quatre heures, tout au plus. L'avantage de ces 4x4 était que l'on pouvait y dormir relativement bien, malgré tout. Il se prépara un café et entreprit de planifier son premier itinéraire.

Le nord de la Pennsylvanie n'est qu'une immense forêt. La présence de l'homme y est presque étrangère, improbable, confrontée à la nature dans ce qu'elle a de plus brut.

Aucune habitation n'apparaissait sur le plan. Le secteur dont Cooper avait la charge comptait quatre-vingt-cinq kilomètres de long sur quarante-huit de large. Il bénéficiait de l'assistance d'un satellite de surveillance dont l'une des caméras était continuellement braquée sur la zone. À tout moment, un agent était à sa disposition pour l'informer de tout mouvement suspect. Il surligna de rouge les points qui pouvaient servir des activités clandestines : les rivières pour l'eau, les zones rocheuses pourvues d'anfractuosités qui pouvaient constituer des abris, la proximité de zones de culture ou celle de troupeaux de bétail… Il entoura les cinq cabanes de gardes forestiers qu'il allait utiliser pour dormir et déposer son matériel.

Il passerait dans ces forêts autant de temps que l'enquête demanderait pour être élucidée. Cela pouvait durer des mois. Généralement, les individus impliqués dans ce genre de crimes commettaient tôt ou tard des erreurs. Leurs dissimulations ne pouvaient pas perdurer sans montrer de

failles. Cooper savait attendre. Il savait observer méthodiquement, avec la patience du prédateur. La moindre trace
de leur passage, le plus imperceptible signe de leur présence
lui suffiraient pour fondre sur eux. Tous les agents spéciaux
avaient en commun cet instinct qui ne se révélait que sur le
terrain, dans les conditions bien particulières de *la chasse*.

En le voyant, rien ne laissait pourtant penser qu'Eliott
Cooper ait pu porter en lui la moindre forme d'animalité.
C'était un homme tout ce qu'il y avait de plus calme et discret
au quotidien. Il était le voisin poli et serviable qui aidait la
vieille dame à traverser et ne manquait jamais de saluer les
habitants du quartier d'un sourire. L'instruction des services
fédéraux incluait un package de bonne conduite et d'irré-
prochabilité sous tout rapport.

Bien qu'il fût proche de la quarantaine, il avait étrangement l'apparence d'un jeune homme. Les filles de St. Johns
le surnommaient *Mr Cookies*, en référence à l'ancienne fa-
brique de biscuits de St. Lombard Street dans laquelle il avait
aménagé son loft. La plupart des nanas du quartier auraient
volontiers croqué dedans. D'autres filles trouvaient louche
de le voir tout le temps seul, sans copine. Cooper était un
beau mec. Brun, assez grand, mince. Un visage d'ange au regard sombre, orné d'un léger sourire en coin qui disait qu'il
ne fallait pas lui raconter d'histoires. Toujours impeccable,
très aimable, mais pas causant. Mystérieux. Il suscitait chez
elles une curiosité teintée de méfiance. Mr Cookies était trop
parfait pour être honnête.

Il ne fréquentait aucun établissement de nuit, hormis le
supermarché du coin qui restait ouvert en continu. Il s'y ap-
provisionnait de temps à autre en produits d'entretien,
briques de lait et croquettes pour chat. On le voyait parfois
glisser jusqu'à son van, un Pontiac Montana sport bleu nuit,
pour prendre le large. Cooper était, selon l'expression, un
gars qui ne faisait pas de vagues. Cela lui arrivait de conver-
ser formellement, et de façon tout à fait amicale, avec des ri-
verains qui souhaitaient échanger avec lui. Mais s'il se

prêtait au jeu des relations de voisinage, on devinait facilement que ce n'était pas sa tasse de thé. C'était un solitaire, de la plus irréductible des espèces. Entre ses missions, il occupait ses jours de repos en partant pêcher au lac Rimrock, situé au nord de Portland. Il y restait souvent plusieurs jours, accompagné de Clarence qui, au comble du bonheur, avait ainsi l'occasion de se nourrir de poisson frais jusqu'à s'en faire éclater la panse.

Il aimait profondément la nature, la saveur simple et authentique du bonheur que lui procuraient ces moments. Il lui arrivait parfois d'exprimer ses pensées tout haut à l'attention de Clarence : « Tu vois, le chat, si tous les hommes étaient des chats comme toi, les choses seraient beaucoup plus simples sur notre bonne vieille planète... mais il n'y aurait pas autant de poissons dans les lacs, évidemment ». Récemment, il avait vécu une brève relation avec une fille du service médico-légal, Barbara, une nana sophistiquée, assez déjantée dans son genre. Elle était interne stagiaire. Ils s'étaient rencontrés pendant leurs heures de travail, autour d'un petit tas de viande posé sur une table d'autopsie – ce qui restait de l'une des victimes de Slash Williamson[1]. Ils avaient beaucoup ri et dîné sur place ; sushis, évidemment. Quelques jours plus tard, leur relation s'était dégradée : Cooper la faisait jouir, mais ne parvenait pas à la satisfaire intellectuellement après leurs ébats : elle était férue de philosophie sur l'oreiller et il n'était déjà pas très bavard avant de faire l'amour. Elle avait claqué la porte du loft un beau matin et n'avait plus donné signe de vie. Il l'avait appelée par curiosité quelques jours après. Elle lui avait répondu qu'elle en avait marre de son silence et que ses macchabées étaient de meilleure compagnie que lui.

*

---

[1] Un tueur en série dont la spécialité était d'utiliser un broyeur pour dissimuler les corps de ses victimes dans des boîtes de pâté pour chiens.

Il se barda de son sac à dos et se mit en route. Le ciel était encore chargé de nuages mais avec ce qui était tombé, il était très peu probable que la tempête pût revenir. Le sentier serpentait entre les arbres et disparaissait sous les souches d'arbres morts et les tapis de mousse. L'humidité ajoutait encore au froid mordant de l'aube. Le parfum des bois lui sautait aux narines au point de l'enivrer, et ce n'était pas pour lui déplaire.

Cooper était dans son élément. Il avait grandi dans les forêts. Il savait écouter et comprendre le langage des oiseaux et des bêtes. Il pouvait ressentir le flux de la vie, inaltéré par l'homme depuis l'aube des temps. Ici, aucune entrave à la prolifération des espèces, aucune limite véritable dans cette symbiose sociétale primitive. La vie, la mort, la justice, des notions inexistantes pour les habitants des lieux. On survivait... ou on mourait, et l'on ne se posait pas toutes ces questions que se pose l'homme.

Le sentier déboucha sur une grande clairière ombragée. Au centre de celle-ci se trouvait un abri en rondins. La lumière du jour passait difficilement à travers l'épaisse ramure des bois. Il sortit de sa poche une clé rouillée : un passe des services forestiers. La cabane était en bon état vu de l'extérieur, mais il préféra se faire un avis une fois la porte franchie. Il grimpa les marches en vieux sapin qui grincèrent sous son poids, introduisit la clé qui accrocha la serrure et parvint sans mal à déverrouiller la porte. Son regard balaya méthodiquement les vingt mètres carrés de la seule pièce de l'habitation. Visiblement, personne n'était venu ici depuis des mois à voir le réseau de toiles d'araignée qui couvrait les murs. Mais l'essentiel était là : du bois coupé, un poêle en fonte, une arrivée d'eau et une couche, rustique mais confortable.

Il laissa tomber son sac à dos et s'assit sur une chaise en bois. Ses épaules cuisaient après les quatre heures de marche qu'il venait de faire. Il resta ainsi quelques minutes, pensif.

Quelque part dans ces bois, ces enfants étaient peut-être encore en vie. Leurs ravisseurs les maintenaient enfermés, nourris, entretenus comme de jeunes plantes que l'on veut préserver de la flétrissure. Il ne pouvait s'empêcher de penser à eux. Le traumatisme d'un enlèvement restait irrémédiablement gravé dans la mémoire de la victime, à plus forte raison dans celle d'êtres aussi jeunes et vulnérables.

Cela lui rappela un cas sur lequel il avait planché pour ses examens à l'école de police fédérale : celui d'une petite fille de huit ans, Erin Sullivan. L'enfant avait disparu lors d'une après-midi d'été au parc d'attractions de Santa Monica, pourtant accompagnée par sa nourrice. L'hypothèse de l'enlèvement était plus que probable, car aucun corps n'avait été retrouvé sur les digues qui entouraient le parc, situé en bord de mer. Après plus d'un an d'investigation, et aucun indice trouvé, toutes les pistes possibles avaient été épuisées. L'enquête fut fermée. Quatorze années plus tard, le commissariat central de Los Angeles reçut un appel en urgence : plusieurs coups de feu avaient été entendus dans une rue d'un quartier résidentiel habituellement très calme. Lorsque les forces de police investirent la villa signalée par le témoin, ils trouvèrent, gisant sur le sol de la cuisine, le corps criblé de balles d'un homme âgé de cinquante-huit ans, baignant dans une mare de sang... Une jeune fille se tenait prostrée sous une table, un Automag 45 Smith & Wesson dans la main.

Cette femme de vingt-deux ans n'était autre qu'Erin Sullivan, enlevée quatorze ans plus tôt par l'homme qu'elle venait d'abattre. Les psychologues et les intervenants médicaux spécialisés mirent plus de deux semaines pour lui faire prononcer quelques mots seulement. Elle retomba ensuite dans le silence et se mura dans la réalité qu'elle s'était inventée pour tenir pendant toutes ces années de captivité. Le psychopathe qui l'avait enlevée avait pratiqué sur elle un lavage de cerveau à base de neuroleptiques et de séquestration intensive. Il avait réussi à lui faire croire qu'il était son père et que toutes les atrocités qu'il lui infligeait au quotidien étaient chose courante dans une famille. L'éclair de lucidité qu'avait connu Erin Sullivan au moment où elle s'était emparée de son arme pour le tuer n'avait pas duré plus de quelques secondes, selon les psychiatres. Pendant les vingt années qui suivirent, elle continua d'évoquer le souvenir de ce monstre avec des larmes de tristesse dans les yeux, jusqu'à ce qu'elle mît fin à ses jours, dans une chambre de l'hôpital psychiatrique de Rosemead, à Los Angeles.

Il se leva et alla remplir le poêle de billots de bois, moins pour se réchauffer que pour chasser la noirceur qui l'envahissait. Lorsque les sentiments prenaient le dessus, il se rappelait aussitôt que la haine et toutes les impulsions émotionnelles étaient des obstacles à la lucidité. Sa réflexion devait être libre de tout obscurcissement. Il fallait maintenant agir vite, et bien. Plus les heures passaient et plus les chances de retrouver les enfants sains et saufs s'amenuisaient.

Sous le robinet d'eau glaciale qui crachotait bruyamment, il rinça une casserole pour y faire cuire du riz.

Une question ne l'avait pas quitté depuis son étude du dossier durant la nuit. Cette pensée l'avait suivi tout le long de son parcours, comme une ombre silencieuse : les Pearson avaient été retrouvés morts brûlés dans leur véhicule, et leur fils Timothy avait été enlevé par les auteurs de cette mise en scène. Mais aucun élément n'avait permis de déterminer les circonstances exactes de leur assassinat.

Leur mort était restée inexpliquée.

Les enquêteurs s'étaient concentrés sur la disparition de Timothy, car c'était la priorité. Timothy était la seule voie à suivre, la seule piste qui pouvait conduire aux autres enfants.

Il versa le riz dans la casserole qui glougloutait sur le feu et enleva son pull. Il alla entrouvrir l'une des deux lucarnes pour aérer la cabane des vapeurs d'eau. Il égoutta le riz, attrapa une poêle et y jeta les oignons qu'il venait de couper. Il cassa ensuite trois œufs puis les remua dans un bol. Il cuisinait machinalement, sans être là. La question de la mort des Pearson revenait sans cesse à l'assaut de son esprit.

Ce n'était pas son boulot d'y répondre. Sa mission était de retrouver les enfants, vivants si possible, et de mettre hors d'état de nuire les auteurs des enlèvements. Mais il y avait quelque chose d'autre dans cette question qui le travaillait anormalement. Il se connaissait parfaitement. Il savait qu'il ne trouverait pas le sommeil s'il n'y apportait pas de réponse.

Il mit de côté la poêle et l'omelette qui grésillait dedans, et alla prendre son téléphone cellulaire dans son sac à dos. Il balaya du doigt la liste de ses contacts professionnels et trouva rapidement celui qui était le plus à même de le renseigner. Il lança l'appel sécurisé.

— Salut, Cooper, ça fait une paye !

Son vieux pote Matt qui bossait au bureau central du FBI.

— Salut, Matt, tout va bien pour toi ?

— Tout va pour le mieux. Tu me dois vingt dollars sur le dernier match des Bears.

— Ha ha, tu perds pas le nord, plaisanta Cooper.

— Non, pour ça je suis une vraie boussole, mon pote.

— OK, c'est noté. Écoute, je t'appelle pour une affaire sérieuse. St. Marys, ça te dit quelque chose ?

— J'ai vu passer le dossier. Pennsylvanie, plusieurs enlèvements d'enfants. C'est moche, dit Matt.

— Vraiment glauque.

— Tu es sur l'affaire ?

— Oui.

— En quoi est-ce que je peux t'être utile, mon vieux ?

— Tu as toujours accès au fichier central ? lui demanda Cooper.

— Disons que je suis en mesure de répondre à beaucoup de questions sur beaucoup de sujets différents.

— Il y a un point que je voudrais éclaircir.

— Attends. J'ouvre le dossier... dit Matt en posant le combiné sur son bureau.

Quelques secondes s'écoulèrent.

— Voilà. Je t'écoute, vide ton sac.

— L'affaire St. Marys se divise en cinq cas de disparition, dit Cooper. Va sur le dernier cas, en date du 27 septembre dernier.

— J'y suis. Timothy Pearson est déclaré disparu à 0 h 38 par nos services. Ses deux parents sont décédés dans l'accident qui est survenu aux environs de 22 h 30. Leur véhicule est sorti de la route et a percuté un arbre avant de s'enflammer, etc.

— Très bien, va sur le rapport d'autopsie des corps de Garett et Kaitlyn Pearson rendu par l'équipe médico-légale.

— J'y suis. Où est-ce que tu veux en venir, Cooper ?

— Dis-moi mot pour mot ce qui est mentionné dans la conclusion de ce rapport, Matt.

— C'est juste un compte rendu technique, sans fioritures :

« L'état de calcination avancé des corps ne permet aucune analyse fiable. Taux d'incertitude estimé à 80 %. Les deux empreintes ADN ne sont plus lisibles, effacées par la combustion.

La cause de la mort ne peut être établie. Aucune contraction thoracique et aucune lésion pulmonaire ante-mortem, donc aucune asphyxie. L'arrêt cardiaque est survenu avant l'incendie du véhicule.

Hypothèse des causes probables de la mort des deux victimes : injection intraveineuse (ou ingestion forcée) d'un neurotoxique létal. Ici encore, la combustion rend impossible l'identification du neurotoxique. Sous réserve de validation, et en attente des pièces du dossier annexe classé 5d. »

— Un dossier annexe ? s'étonna Cooper.

— Oui, il semblerait que certaines pièces médico-légales aient été confiées à un autre service.

— Quel *autre service* ?!

— Impossible d'avoir l'info. Ce dossier est classé 5d. Tu sais ce que ça signifie ?

— Vaguement, lâcha Cooper.

— Qu'il faut une habilitation spéciale pour ouvrir ce type de fichier.

— Tu n'y as pas accès ?

— Seule une poignée de nos plus hauts responsables peut y accéder.

— Ce genre de restriction n'est pas couramment utilisé, il me semble ?

— Non, c'est extrêmement rare. Je n'en ai vu passer que quatre depuis que je bosse pour le Bureau. Qu'est-ce qui te travaille, Cooper ?

— J'ai la charge de cette enquête. J'aurais dû être informé de ces pièces avant leur passage au secret, voilà ce qui me travaille.

— Ce genre de procédure est prioritaire… dit Matt.

— Oui, c'est justement ce qui me pose problème.

— Quoi qu'il en soit, Cooper, notre conversation est entendue par le service interne. C'est un peu comme si tu avais officialisé le problème.

— Évidemment, mais je ne sais pas si ça m'aidera à obtenir des réponses, dit Cooper sans cacher son dépit.

— Pour ma part, je ne pourrai pas te renseigner plus que ça.

— OK. Je te recontacte, Matt. Je pense à tes vingt billets.

— Ça marche. À bientôt, Cooper. Je te tiens informé si j'ai du nouveau.

Il posa le téléphone sur la table et sortit sur le perron pour s'aérer. Les étoiles scintillaient dans le ciel limpide où se dessinaient encore quelques nuages retardataires. Le croissant de la lune naissante, tranchant comme la lame d'une faux, lui parut un sourire funeste. Il s'assit sur un vieux rocking-chair qui moisissait dans un coin et se laissa aller d'avant en arrière, doucement d'abord, pour s'assurer que le siège allait tenir le coup, puis en donnant progressivement de l'amplitude au mouvement. Il essayait de se relaxer mais n'y parvenait pas. Les pièces médico-légales qui avaient disparu dans un dossier 5d ultraconfidentiel lui tournaient dans la tête. Cooper était ordonné, méthodique ; commencer une mission sur des bases incomplètes le dérangeait dans son fonctionnement. Il prit une profonde inspiration et se contraignit à se laisser aller dans le balancement du fauteuil. Les services internes avaient certainement eu de bonnes raisons d'enclencher cette procédure. Le FBI était une mécanique parfaitement huilée, rien n'était laissé au hasard.

Mais au-delà de cela, l'intuition de quelque chose de profondément anormal dans cette enquête ne l'avait pas quitté depuis qu'il était arrivé à St. Marys. Maintenant qu'il était dans ces forêts, le sentiment qu'un mal obscur s'y dissimulait prenait peu à peu le dessus sur les questions techniques. La nature des faits, en elle-même, sortait des normes communes à ce genre d'affaires. En dehors du cadre d'une même famille, les cas d'enlèvements d'enfants en série se comptaient sur les doigts d'une main. Quel genre de monstre pouvait planifier les rapts de si jeunes êtres, et surtout : à quelles fins ?

Il se leva pour aller faire réchauffer son omelette et retourna la manger dehors. Les derniers nuages avaient filé au loin, laissant apparaître dans la nuit toutes les constellations que l'espace pouvait offrir à la vue. Il consulta la météo qui prévoyait pour le lendemain un temps stable et une journée ensoleillée. Il termina son repas et alla se coucher. Une nuit de sommeil réparatrice était finalement tout ce dont il avait besoin.

3

Il se trouvait maintenant sur les ailes noires d'un immense oiseau nocturne qui tournoyait au-dessus des vallées. La nuit glaciale figeait les forêts. Il pouvait apercevoir, très loin en bas, des foyers qui brûlaient entre les cimes des arbres, îlots de lumière dans l'océan d'ombre. Des silhouettes enfantines dansaient autour. Il entendait leurs chants et leurs rires qui montaient puis se perdaient dans la voûte céleste, mais lorsque l'oiseau géant descendait pour s'en approcher, les chants cessaient et les foyers s'éteignaient sans qu'il parvînt à les atteindre, un à un... Ils se fondaient dans la nuit avant qu'il pût distinguer les visages de ces enfants... Ils disparaissaient... un à un.

À 7 h du matin, le vibreur de sa montre le tira de ce rêve hypnotique. Il se massa longuement la nuque et constata que le matelas sur lequel il avait dormi avait été rembourré sommairement avec du foin séché, puis recousu. Par la lucarne, il vit les lueurs bleuâtres de l'aube qui enveloppaient déjà les bois. Il alla se passer de l'eau fraîche sur le visage pour se réveiller, s'habilla rapidement et se harnacha de son sac à dos. Il se mit en route pour une boucle de reconnaissance dans les environs ; un premier contact avec sa zone de surveillance.

Le soleil brillait maintenant de tous ses feux, mais ses rayons ne parvenaient pas à percer la canopée. Les bois étaient plongés dans un halo crépusculaire où les ombres dansaient en se moquant du jour. Plus il s'enfonçait au cœur des forêts, plus la sensation qu'il ressentait depuis le début de sa mission devenait oppressante.

Une sorte de vide se faisait en lui-même.

Comme si sa flamme de vie se retenait de briller, pour se préserver d'un souffle obscur.

Quelque chose l'observait.

Il en était presque certain. Son instinct ne l'avait jamais trompé. Il prit le temps d'analyser cette impression, car le sentiment d'être observé était toujours généré par une cause extérieure, bien réelle. Il comprit alors ce qui était à l'origine de cette sensation : depuis qu'il avait quitté la cabane, il n'avait entendu aucun chant d'oiseau, ni aucun cri ou râle produit par un quelconque animal… Toute vie semblait absente des bois, comme si la mort elle-même tenait ces lieux au creux de sa main et soufflait de sa bouche flétrie ce silence macabre. Cooper était un agent aguerri, mais il sentit à cet instant la morsure froide de la peur. Une peur primaire. Du plus profond de son être, son instinct le prévenait d'un danger indicible.

Il arriva face à un ancien viaduc ferroviaire qui surplombait une gorge. Tout en bas, un jeune torrent rugissait furieusement. La structure d'acier était hors d'usage, à en voir les herbes qui poussaient sur les voies. Les vieilles poutres rouillées et les planches attaquées par la moisissure ne le dissuadèrent pas de franchir le précipice.

Une fois de l'autre côté, il sortit de la voie abandonnée et entreprit de gravir le versant de la colline. Arrivé au sommet, il sortit ses jumelles et balaya minutieusement le panorama qui s'offrait à lui. Le temps extrêmement clair qui suivait généralement une tempête était une opportunité inespérée, la visibilité était parfaite. L'océan de verdure se dessina nettement dans les jumelles. Il ne remarqua rien qui pouvait laisser penser à une activité humaine de ce côté-ci de la colline. Il grimpa plus haut sur le promontoire et orienta son observation vers les étendues situées dans la direction opposée.

Son attention fut soudain attirée dans un vallon où semblait persister une nappe de brume matinale ; il était pourtant presque 10 h du matin. Il pouvait s'agir d'un phénomène de microclimat ou plus simplement d'un réseau de grottes souterraines d'où émanait de l'air plus froid. Une fois encore, il ressentit le poids de ce silence qui pesait sur les lieux. Dans ses jumelles, aussi loin qu'il pût voir, aucun oiseau ne volait, pas même le plus petit insecte. Il tenta de trouver une explication rationnelle en se disant que l'automne ne se prêtait pas à l'éclosion de la vie, bien au contraire.

Mais une telle absence était profondément singulière.

Pour ne pas dire anormale.

Il reporta son attention sur le vallon brumeux. Il pouvait aussi bien s'agir de la fumée d'un feu que de brouillard, après réflexion. Il décida de faire une halte prolongée sur cette colline et sortit de son sac de quoi se restaurer un peu. Si d'ici deux heures la brume persistait, il déciderait de se rendre sur la zone pour éclaircir ce mystère. Tout en mâchonnant une ration énergétique au goût de bacon, il alluma son réchaud pour se préparer un mug de soupe. Patiemment, il attendit deux heures, assis à l'ombre, sous les ramures d'une épinette. Quand il prit ses jumelles pour observer à nouveau le vallon, le tapis de ce qui semblait être du brouillard stagnait encore au-dessus des bois.

Il marqua le point sur sa carte.

Il s'y rendrait le lendemain pour élucider le phénomène.

Il lui fallait maintenant regagner la cabane et prévoir de quoi passer une ou deux nuits sur place. Il se leva et se remit en route. Il reprit le même itinéraire qu'il avait suivi à l'aller pour gagner un temps précieux, et parcourut les dix-huit kilomètres qui le séparaient de la cabane au pas de course, bondissant sur les rochers, aussi silencieux qu'un chasseur indien derrière une bête. Même si la piste de ce vallon brumeux était insignifiante, il tenait maintenant quelque chose. Malgré lui, il accéléra sa foulée, comme pour se soustraire à ce silence, ou pour éviter d'en chercher les raisons possibles, car de toute façon, il n'en trouverait aucune. Il courait maintenant dans l'irrationnel le plus absolu. Il en était presque perdu. Il se raccrocha à la vision de son rêve : les visages des enfants qui jouaient et dansaient autour des flammes, mais à nouveau les ténèbres les engloutissaient, et lui avec, le laissant se débattre dans l'incertitude. Chaque seconde comptait. Il courait toujours plus vite, soufflant comme un cheval fou... Il était devenu la proie ; au-dessus de lui, et partout autour, planait un prédateur invisible. Bien sûr, tout cela était sûrement une illusion, certaines situations pouvaient faire naître dans le mental les constructions les plus insensées.

Mais ce silence et cette inertie dans ces bois étaient bien réels.

Et cela restait parfaitement inexplicable.

Dès qu'il eut gagné la cabane, il s'empressa de rassembler tout ce dont il aurait besoin pour rester en autonomie plusieurs jours. Il prévit large car il ne savait pas combien de temps lui prendrait cette excursion sur la zone du vallon aux brumes étranges.

En plus de son revolver habituel, un Glock 21, il s'équipa d'un fusil à lunette, parfait pour la chasse, dans l'hypothèse peu probable où il parviendrait à trouver du gibier. Mais cette arme lui serait indispensable dans le cas où le genre de bête qu'il était venu chasser dans ces forêts ferait l'erreur de sortir de l'ombre. Cooper était habilité à tuer si nécessaire.

Il nota dans son rapport les faits improbables qu'il avait observés en y inscrivant simplement : « Absence d'activité notable de la faune forestière sur la zone ». Il ingurgita rapidement une autre ration énergétique et se remit en route.

La nuit était aussi noire que de l'encre, mais la lune n'allait pas tarder à se lever. Il constata qu'il s'était presque habitué au silence.

Et cela ne lui plaisait pas du tout.

Le jour s'était effacé pour laisser place au crépuscule et rendait peu à peu ce qui revenait de droit à la nuit souveraine. La nuit qui, chaque soir, revêtait lentement les bois de son habit somptueux de noirceur.

Maintenant, les choses obscures et grouillantes pouvaient errer librement, et toutes les peurs trouvaient leurs raisons d'être. Hommes et bêtes pouvaient se tapir dans leur antre, se blottir les uns contre les autres, pour préserver fébrilement la pâle lueur de leur vie. À toute question, il n'y avait plus de réponse. L'obscur anéantissait la raison pour laisser dominer le doute et l'ignorance. Depuis l'aube des temps, autour des cheminées, l'on contait alors les histoires les plus terribles. Parfois, elles étaient vraies. Le mal s'enracinait et proliférait ainsi dans la nuit.

La lune se leva, majestueuse, au-dessus des bois.

Cooper apprécia l'instant.

Il resta un moment assis à contempler le croissant de lumière pâle. Il lui était arrivé, quelques fois, d'exprimer le ressenti que lui inspiraient de tels instants par des mots. Une prose simple et efficace, qui lui ressemblait. Au cours de ces moments, il ressentait toujours une profonde incohérence dans sa vie. Car, bien loin du poète, il n'était presque pas différent des bêtes qu'il traquait.

Il chassa ses rêveries et revint à sa mission.

La lune n'émettait qu'une faible lueur, mais sa clarté lui suffirait pour progresser sûrement sur le sentier. Il n'utilisait pas la moindre source de lumière directe car cela aurait pu trahir sa présence. Du point de vue pratique, la nuit était un outil de travail efficace. Il se leva et reprit son parcours. Moins d'une heure plus tard, il arriva à proximité de son objectif et établit son campement en retrait, quelques centaines de mètres plus haut, sur un versant. Il décida d'attendre la journée du lendemain pour entreprendre ses investigations dans le vallon brumeux.

*

Cette nuit encore, le même rêve vint troubler son sommeil. Il se trouvait encore sur cet oiseau dont il ne pouvait voir que les ailes immenses battre les ténèbres dans un bruissement sourd. En bas, les forêts étaient parcourues par les vents et paraissaient comme un océan d'ombres mouvantes. Il chercha à y apercevoir les lueurs des feux de joie autour desquels les enfants dansaient, mais seul le tapis végétal allait et venait au gré des vents. Brusquement, il sentit l'oiseau s'élever avec force et vit l'océan noir s'éloigner rapidement au-dessous. La bête montait, et montait encore vers les cieux sans étoiles, toujours plus vite. Soudainement, il bascula dans le vide.

Il s'éveilla en sursaut, haletant.

Sa montre indiquait 5 h 30. Il fit glisser la fermeture de sa tente et s'en extirpa sans bruit. Il se chaussa et but quelques gorgées d'eau. La lune avait disparu derrière les collines, mais l'aube qui la relayait commençait à éclairer faiblement les bois. Il fit quelques mouvements pour se dégourdir, s'étira comme un chat : flexions, extensions, puis grimpa sur un rocher pour observer le vallon distant d'environ deux cents mètres en contrebas. Aucun signe de présence humaine, et toujours aucune manifestation d'une quelconque vie animale, nulle part. Il vérifia le chargeur de son arme de poing, passa son fusil à lunette en bandoulière dans son dos et se mit à escalader la roche vers le sommet du promontoire.

Il prit son temps pour grimper, plaçant ses mains dans des prises solides et rugueuses, tous ses sens en éveil. Au fur et à mesure de son ascension, la nuit se dissipait pour céder la place aux premières clartés diaphanes. Quand il fut arrivé au sommet, le soleil d'automne commençait à se déverser sur les frondaisons rouges et mordorées.

Il pouvait voir clairement le relief de la vallée où persistaient les brumes mystérieuses. Vues de l'endroit où il s'était posté, elles ressemblaient à des fumeroles qui émanaient du sol, de la plus incroyable des manières. Il glissa sa main dans sa poche dorsale et en sortit son appareil pour faire des prises de vue précises du phénomène. Subitement, un cri strident retentit dans la vallée. Il leva aussitôt les yeux au ciel et aperçut un rapace de taille imposante qui tournait au-dessus de lui. Il captura l'instant de plusieurs prises de vue habiles. C'était un magnifique aigle pêcheur dont l'envergure dépassait deux mètres. Il cherchait certainement de quoi se nourrir depuis des heures et, n'ayant repéré aucune proie, il commençait à s'intéresser sérieusement à lui.

— Tu n'as rien trouvé à te mettre sous la dent, mon pauvre vieux… et ce n'est pas moi qui serai ton déjeuner, lui lança-t-il.

Durant quelques secondes, le rapace lui fit repenser à son rêve énigmatique. Il y chercha une signification vaguement prémonitoire. Lorsqu'il regarda les cieux pour y revoir l'aigle, celui-ci avait disparu au loin. Il entendit son cri résonner une dernière fois dans une vallée voisine, puis le silence mortuaire revint s'abattre sur les forêts.

Il reporta toute son attention sur le tapis de brume qui, chose incroyable, semblait continuer de s'étendre lentement alors que le jour se levait. Il fit d'autres photos et filma minutieusement la progression pendant cinq bonnes minutes. Dans le fond du vallon, il pouvait distinguer, sous les fumeroles, un tertre circulaire qui s'élevait au-dessus des sous-bois. D'énormes blocs de roche s'y amoncelaient curieusement et émergeaient du manteau de brume. Il rangea l'appareil et décida de redescendre l'abrupt pour aller explorer les lieux sur place.

Il se laissa glisser en rappel le long de la paroi et pénétra prudemment la couche de brouillard. La température était ici nettement plus froide. Les volutes de brume s'étiraient autour de lui à son passage, puis s'accrochaient à ses jambes, l'enlaçaient curieusement comme si elles avaient été douées de vie. Il gravit les abords du tertre et arriva dans la clairière où se dressaient les immenses blocs de roche qu'il avait pu observer d'en haut. Ceux-ci étaient en fait disposés selon un agencement ordonné. Ces lieux étaient certainement les vestiges d'une construction qu'il estima être très ancienne. La structure était colossale. Les ruines formaient en effet une multitude de cercles concentriques composés de mégalithes massifs, dont la plupart étaient encore dressés vers le ciel. Les plus hauts de ces édifices devaient s'élever à plus de dix mètres, à vue d'œil. Son équipement de détection ne lui indiquait, ici encore, pas la moindre activité. Il entra dans le dédale brumeux formé par les blocs de pierre. Il fit plusieurs photos et, gardant son appareil en main, déambula durant plusieurs longues minutes avant d'arriver dans une partie dégagée au centre de ces ruines. Il bondit sur l'un des rochers, qui était couché, et sortit son enregistreur vocal. Il s'assit pour entamer un rapport.

— Deuxième jour. Après avoir repéré un vallon d'où se dégageaient des fumées persistantes qui laissaient penser à une présence humaine, je me suis rendu sur place. Comme tout le territoire que j'ai parcouru jusqu'à présent, la zone ne montre pas le moindre signe de vie. Je viens d'investir une structure située sur un tertre dans le fond du vallon. Cela me paraît être une ancienne ruine. La température y est anormalement froide. Je n'ai trouvé pour l'instant aucune explication rationnelle à ce phénomène, pas plus qu'à l'absence de vie animale dans ces forêts. Même si ces faits m'interrogent, ils sortent du cadre de l'enquête. Je vais quand même approfondir mes recherches sur ce secteur et passer ici deux nuits.

Il arpenta longuement les couloirs des ruines sans relever le moindre indice, puis remonta à son campement pour se restaurer. Après avoir englouti une portion de soupe de pommes de terre, il se prépara un café.

Assis le dos contre la paroi, il observait méthodiquement la nappe de brume immobile. Une pensée lui traversa soudain l'esprit. Il s'empara brusquement de son enregistreur vocal et le mit en marche.

— Bien que je n'aie aucune compétence qualifiée en paléontologie, je dois mentionner que ces ruines me semblent extraordinairement anciennes. La question qui se pose est celle de l'origine de ces édifications. Sur le continent américain, ce type de construction me semble pour le moins improbable. Certains de ces mégalithes que j'ai pu observer sont visiblement enfouis dans la terre à une profondeur sûrement très importante. La disposition de la structure, du moins celle qui apparaît à la surface du tertre, évoque celle d'un lieu sacré, comme celui de Stonehenge en Europe. À ceci près qu'ici, les blocs de roche sont plus nombreux, et de proportions largement supérieures en taille et en volume.

Il plongea du regard dans les ruines et, pendant quelques secondes, tenta d'imaginer quelle peuplade autochtone pouvait en être à l'origine. Les puissantes tribus amérindiennes Shawnees, Loups ou Andastes, qui étaient restées indépendantes des Anglais comme des Français, avaient certainement eu des origines très anciennes, mais cette roche était à l'état *fossile*... Il nourrit ses réflexions d'une gorgée de café mais finit par se raviser.

Il s'égarait.

Il termina son mug à la hâte. Il avait déjà perdu trop de temps avec ces questions. C'était à un paléontologue d'y répondre, pas à lui. Il prépara son sac pour se remettre en route. Ses gestes étaient rapides et concentrés, mais ses mains tremblaient, car dans son esprit revenait le rêve des enfants qui dansaient et riaient autour des flammes.

Ils étaient retenus captifs quelque part, dans les environs. Peut-être que certains d'entre eux subissaient des atrocités en ce moment même, peut-être en étaient-ils déjà morts.

Il enlaça sa corde d'escalade autour de son épaule et redescendit vers les ruines. Une fois au pied de l'un des plus grands blocs rocheux, il lança le grappin qui trouva aussitôt une prise, tendit la corde d'un coup sec, et escalada la paroi. Il plaça au sommet une caméra qui filmerait les lieux en continu, puis il recommença l'opération sur un autre bloc. Tout le dispositif de surveillance pouvait être contrôlé à distance depuis la cabane des gardes forestiers. Il serait instantanément prévenu de la moindre activité détectée, humaine comme animale. Passer ici encore deux nuits ralentirait la mission, mais bizarrement, il ressentait une nécessité à rester sur place.

Ces ruines exerçaient sur lui une attraction qu'il n'expliquait pas.

Il hésita.

Une nuit de plus lui parut être un bon compromis.

Il alla jusqu'à la tente chercher un outil qui lui permettrait de prélever des échantillons de roche. Un petit marteau ferait l'affaire. Il s'agissait d'abord de casser la gangue fossilisée qui recouvrait la pierre originelle. Il se mit à l'entamer en frappant le plus fort qu'il put. Des fragments de pierre friable fusaient dans tous les sens. Il martela la roche durant un moment qui lui parut interminable, ses avant-bras étaient comme deux torches brûlantes. Pourquoi s'obstinait-il ainsi ? N'aurait-il pas dû laisser ce travail à un spécialiste ? Lorsqu'il en vint à bout, elle était entamée sur vingt centimètres d'épaisseur. Il était en sueur et haletait comme une bête.

Les lueurs des derniers rayons de soleil ne parvenaient plus à passer l'épais brouillard qui baignait le dédale. Il s'équipa de sa lampe frontale et braqua le flux lumineux vers le dégagement circulaire qu'il était parvenu à creuser. Le minéral qui y apparaissait était d'un noir intense, aussi sombre que la plus noire des nuits. La lumière de la lampe y luisait d'une façon *incompréhensible*... La pierre semblait en effet absorber l'éclairage dégagé par les leds. La clarté émise était comme avalée par la noirceur de la roche inconnue. Il donna plusieurs petits coups sur sa lampe frontale, celle-ci fonctionnait pourtant tout à fait normalement. Il la retira de sa tête pour observer de plus près le phénomène incroyable. La roche étrange luisait sous la lueur affaiblie de la lampe et semblait capter son énergie par vagues successives... Le champ lumineux paraissait *avalé* par la surface minérale insondable. Il observa, stupéfait, les leds en train de clignoter et diminuer en intensité à chaque sursaut de lumière, jusqu'à voir la lampe s'éteindre totalement, une dernière fois, pour ne plus se rallumer. Il allait devoir se passer d'éclairage.

Il brandit le marteau et l'abattit sur la surface noire comme le jais. Le coup ripa durement en un bruit sec qui brisa le silence. Malgré la force de l'impact, il sentit que la pierre était restée intacte. Il renouvela le geste en lui donnant encore plus de force, mais à nouveau, l'outil ricocha sans entamer la paroi. Il leva à nouveau le marteau et l'abattit de toutes ses forces, laissant échapper un cri. Rien. Pas le moindre éclat ne fut arraché de la roche.

Il respira profondément et laissa redescendre l'excitation qui l'avait gagné. Le découragement succéda à la curiosité. Il prit le temps de réfléchir. L'analyse de ce minéral ne servait pas l'enquête, dans l'immédiat du moins.

Les enfants avaient repris leur danse macabre dans son esprit.

Il tapota à nouveau sa lampe frontale, qui resta éteinte. Il observa les alignements de mégalithes dans le noir, immuables. Il se sentit soudain minuscule face à l'immensité, sous l'œil de l'infini. Il eut l'intuition que ces ruines renfermaient un secret aussi ancien que le cosmos.

Il rangea le marteau et sortit son enregistreur vocal :

— 5 octobre. Troisième jour de mission...

Il consulta sa montre.

— ... 21 h 08. Cette enquête commence à prendre une tournure invraisemblable. D'abord, il y a ces forêts, où je n'ai jusqu'à présent pu observer la moindre forme de vie. Aucun chant d'oiseau, aucun cri de bête, à part celui d'un aigle affamé qui tournoyait au-dessus de moi... Même les ruisseaux semblent retenir leur cours. Et maintenant ces ruines, nimbées d'un brouillard inexplicable qui persiste nuit et jour. Je viens d'essayer de prélever des échantillons de roche sur l'un des mégalithes qui forment un dédale au centre des ruines. La matière dont est constituée cette pierre...

Il chercha ses mots, mais préféra ne pas faire état du phénomène qu'il avait observé.

— ... m'est inconnue. Elle est extraordinairement dense. Je ne suis pas parvenu à en extraire le plus petit fragment. J'en arrive presque à oublier l'objectif de ma mission.

Son regard se leva encore vers les blocs érigés dans la nuit laiteuse, presque malgré lui. Il ressentit une fascination hypnotique qu'il chassa aussitôt.

— Je vais retourner à la cabane et faire le point. J'en profiterai pour emprunter un itinéraire différent et étendre la couverture de la surveillance.

4

— Cooper, espèce de mauviette... c'est ton tour, saute !

— Vas-y, Eliott ! Te dégonfle pas !

Juste au-dessous de ses orteils qui s'agrippaient comme ils pouvaient à la rambarde d'acier rouillé, plus de vingt-cinq mètres de vide.

— Cooper, l'écoute pas, putain, tu vas t'aplatir comme un flan à la cerise, ça va être moche à voir ! lui cria son ami Will.

Tous les deux étaient toujours fourrés ensemble dans ce genre de virée derrière les murs du pensionnat. Eliott se tourna vers lui, dos au vide, avec un large sourire qui éclairait son visage d'ange. Tout en continuant d'arborer une magnifique moue de ravissement, il s'élança au-dessus du pont, battant des bras en imitant le cri d'un corbeau. La chute lui parut interminable. Son estomac remonta si haut dans sa cage thoracique que le cri d'oiseau se changea sur la fin en un gargouillis. Il pénétra les remous sans trop de mal.

Pour s'extraire des rapides, ce fut plus compliqué.

— Pardonnez-moi, vous êtes madame ?

Le visage du jeune interne en blouse blanche était blême.

— Cooper. Lorna Cooper, répondit la jeune femme fluette et effacée qui cachait ses larmes derrière un mouchoir blanc. Je suis la mère du jeune Eliott.

L'homme déglutit et prit un air grave :

— Madame Cooper, votre fils Eliott souffre de multiples contusions, dont un trauma crânien important. Il est...

— Dites-moi s'il va s'en sortir, docteur ! l'interrompit-elle d'un ton déchiré, au comble de la peine.

— Votre fils est entre la vie et la mort, madame, nous allons faire notre maximum pour le ramener.

La jeune femme brune se tint immobile, laissant ses larmes couler sur ses joues comme une pluie d'automne, face à la baie vitrée de la chambre de réanimation où son fils était alité.

Eliott, quant à lui, n'était pas là. Il ne se trouvait pas plus alité que dans une chambre médicalisée d'un quelconque service d'urgence. Il se sentait parfaitement heureux, formidablement libre, à nager dans les eaux écumeuses de la rivière et à plaisanter avec ses camarades dans les cascades ensoleillées.

Il n'avait pas conscience que ses fonctions vitales s'affaiblissaient de minute en minute et que son cœur finirait par cesser de battre s'il se laissait gagner par le sommeil profond.

Il continua à nager, à rire et à jouer sur les berges de la rivière.

Le père d'Eliott, un colosse haut de presque deux mètres, était d'origine amérindienne par sa mère, Kanda, une Native pure souche. Cette dernière avait fait des prières et des rituels durant toute la semaine qu'avait duré le coma d'Eliott. Elle fut la seule personne autorisée à entrer dans la chambre de réanimation alors que les courbes vitales d'Eliott étaient presque plates. Elle vint s'asseoir près du lit et lui murmura des paroles sacrées. Elle sut que, du fond de la nuit où il se réfugiait peu à peu, il les avait entendues et comprises. Ces mots en langue tolowa remerciaient les Esprits et les priaient de l'accueillir de nouveau dans le monde des vivants.

Le jeune corbeau survécut.

Depuis cet accident, Cooper était entré en lien avec ce que les shamans appelaient *l'autre côté*. Délibérément, grand-mère Kanda ne lui transmit pas la connaissance dont elle avait hérité de ses ancêtres. Les enseignements obéissaient à des règles strictes. Le voyage qu'avait fait Eliott dans le monde des Esprits faisait de lui un *Iyayenagi*, vivant du côté des vivants, et esprit de l'autre côté. Le don qu'il avait reçu sans le savoir lui interdisait d'être initié aux pratiques shamaniques, même aux plus simples rituels. Car ces facultés recélaient un grand pouvoir qui pouvait influer en mal sur son expérience d'homme s'il les utilisait trop tôt, sans y avoir été initié. Un jour, peut-être, il les découvrirait par lui-même. Ce jour-là, Kanda, ou un autre sage, serait là pour lui apprendre à maîtriser ce don. Mais peut-être aussi qu'il ne le découvrirait jamais. La règle était que lui seul devait en prendre conscience. Aucun shaman ne l'aiderait à révéler ses facultés.

Tout comme les rapides de la rivière Lewis, la jeune vie de Cooper ne fut pas un fleuve tranquille. Ses parents furent contraints de le retirer du pensionnat de Portland suite à des problèmes disciplinaires récurrents. Il était alors âgé de seize ans, une vraie tête de mule, arrogant et rebelle. Son père, découragé, confia l'enfant terrible à sa mère.

Kanda vivait presque recluse, dans un hameau accroché aux flancs du mont Jefferson, au sud de la réserve indienne de Warm Springs. Même si l'idée de partir vivre chez sa grand-mère n'enchantait pas Eliott, il n'avait pas le choix. C'est pourtant dans ces vallées de montagne, à l'écart du monde, qu'il vécut les plus belles et les plus riches années de sa vie.

Grand-mère Kanda était restée la jeune fleur qu'elle avait toujours été : une ancienne hippie qui avait fait Woodstock et s'était battue pour toutes les causes perdues de l'époque. Avec patience et amour, elle soigna ses blessures d'adolescent. Eliott passait la plus grande partie de ses journées à l'aider dans les champs pour ses cultures. Elle vivait de la vente de plantes médicinales et aromatiques et en tirait de maigres revenus. Avant les longs mois d'hiver, il partait couper du bois au petit matin, à la hache, car la tronçonneuse était un outil néfaste à l'environnement. Combien de trépidantes soirées il passa avec elle, à refaire le monde en écoutant tourner des vieux vinyles de Creedence Clearwater, Ravi Shankar, Grateful Dead, des Doors et des autres.

Trois années passèrent. Lorsqu'il fut en âge de décider par lui-même, il rêvait de parcourir le monde, avait soif d'aventures. Il quitta la ferme et alla s'installer à Portland, grâce aux modestes économies qu'il avait pu faire. Il vécut ainsi quelques mois dans la confusion de la ville, livré à lui-même. Il décida alors de s'engager dans l'armée, sur les conseils de son père. « Tu pourras voir du pays et cela te disciplinera, tu en as besoin », lui avait-il dit.

Grand-mère Kanda n'approuva pas cette décision. Elle regrettait de le voir partir. Toutefois, après ces trois années passées à lui donner une éducation amérindienne traditionnelle, elle avait su révéler le meilleur qui était en lui. Eliott était encore jeune, mais il était bon, prêt à expérimenter sa vie d'homme dans le tumulte du monde moderne.

5

Lorsqu'il s'éveilla, sa montre affichait 6 h 18. Il alla se passer de l'eau sur le visage et sortit devant la porte pour voir le ciel. Bien que le soleil ne fût pas encore levé, la journée s'annonçait sombre. Une brise sèche soufflait, annonciatrice d'un hiver précoce et rude. Il rentra et alla raviver les braises presque éteintes avec de vieux journaux qui s'empilaient au fond d'un placard. Il remit du bois dans le poêle et attendit que le feu commençât à réchauffer la cabane pour se remettre à ses recherches.

Il disposa devant lui les deux écrans qui allaient lui servir à visionner les images de surveillance. En plus d'un PC sécurisé des services fédéraux, il disposait du sien. Il relia le tout à un serveur portatif connecté au réseau de satellites de défense américains. Le peu de matériel qui tenait sur la petite table était en fait un concentré de technologie militaire de dernière génération. Cooper venait de recevoir une formation pour être apte à l'utiliser au mieux. Il trouvait tout cela beaucoup trop compliqué, bien que la prise en main eût été conçue pour être intuitive. Tous les nouveaux agents spéciaux étaient maintenant formés à utiliser ces outils, il n'était plus concevable de se passer des avantages tactiques considérables qu'offraient les nouvelles technologies. Cooper avait pris le train en marche. Il avait gardé cela pour lui, mais il se sentait complètement largué avec ce matériel. Selon lui, rien ne valait l'intuition du terrain. Il était de la vieille école.

Il commença par se connecter au réseau de communication interne et rendit une visite virtuelle à son ami Matt.

Sa bouille joufflue d'éternel geek apparut sur l'écran, couverte d'une casquette des New York Giants d'où jaillissaient ses boucles brunes hirsutes. Il exprima une surprise joviale :

— Hey ! Salut, Cooper.

— Salut, Matt.

— Est-ce que c'est la luminosité, ou bien tu as une vraie tête de déterré ? lui demanda-t-il.

— J'occupe une cabane de gardes forestiers. Pour la lumière, il y a des bougies, ou bien il faut attendre le jour.

— Vieux renard, tu viens chercher des nouvelles du dossier classé 5d, je me trompe ?

— Tu as quelque chose de nouveau ? lui demanda Cooper.

— Pas encore, mais ça ne saurait tarder.

— Je t'écoute, dit Cooper.

— J'ai rendez-vous cet après-midi avec un gars qui aura sûrement des infos à me donner. Il bosse au dépôt central, service des échantillons. Bref, je ne peux pas t'en dire plus pour l'instant.

— Parfait, on se recontacte en fin de journée, convint Eliott.

Il allait couper la communication quand son ami l'interpella :

— Cooper ?

— Ouais.

Sous la visière de sa casquette, l'ado de quarante ans passés plissa les yeux et scruta suspicieusement son ami.

— Tout va bien ? lui demanda-t-il.

— Je me suis tapé soixante-dix kilomètres de marche en deux jours. Je suis un peu fatigué, c'est tout.

— Une promenade de santé pour toi ! Il y a autre chose, raconte.

— Tout va bien, Matt. J'attends ton appel.

— OK, à plus tard, Cooper.

Il alla se refaire chauffer du café puis démarra le logiciel de surveillance. Une question se posa à lui : jusqu'où pouvait s'étendre la zone de désolation qu'il avait observée dans les bois ? En faisant un zoom arrière, une forme géométrique se dessina : celle d'un cercle immense, dont le diamètre mesurait approximativement quarante kilomètres, dans lequel les capteurs thermiques n'enregistraient aucune chaleur organique. *Un cercle parfaitement proportionné,* où toute vie était absente.

Une effroyable intuition traversa son esprit.

Il s'empressa aussitôt de zoomer vers le centre de ce cercle pour y voir apparaître, à travers les massifs de végétation, une tache laiteuse, comme la pupille blanchâtre d'un œil démoniaque qui le fixait. Il tressaillit. Selon les données satellites, le vallon brumeux se trouvait être le centre exact, au mètre près, de ce cercle macabre.

Sa montre se mit à vibrer. Elle afficha le nom de David Mullay. Habituellement, les superviseurs ne contactaient pas directement leurs agents sur le terrain.

Son appel le surprit.

Il fit pivoter sa webcam vers lui et accepta la communication visuelle. Monsieur Mullay, quarante-huit ans, protocolaire, costume gris ajusté et allure de golden boy dopé à la plus-value.

— Bonjour, agent Cooper.

— Bonjour, chef.

— Bien, qu'avons-nous dans ces forêts, Cooper ?

— Pour ainsi dire pas grand-chose.

— Soyez plus clair.

— J'ai commencé à passer le secteur au peigne fin. Aucun élément pouvant laisser penser à une quelconque activité suspecte. Pas la moindre trace, nulle part...

Il allait lui faire état du cercle de désolation, mais il se ravisa car il l'aurait pris pour un fou. De plus, aussi incroyable que ce phénomène pût paraître, il n'avait aucun lien avec l'affaire.

— ... Si les auteurs des enlèvements sont dans cette forêt, reprit Cooper, ce sont de vrais fantômes, ou alors des professionnels, ce qui est peu probable. À moins que ces enlèvements aient été commandités.

— C'est effectivement très peu probable, Cooper, mais nous devons tout envisager. Selon moi, ce genre de monstres relève plutôt des milieux psychiatriques.

— C'est évident. Seuls des esprits dérangés à l'extrême peuvent être à l'origine de ces faits.

— Des recherches sont en cours dans les fichiers des hôpitaux responsables de ce genre de patients.

C'était l'occasion d'évoquer le problème des pièces qui lui avaient échappé dans le dossier classé 5d.

— À propos de fichiers, il manque dans mon dossier le rapport complet de l'équipe médico-légale sur la mort de Garett et Kaitlyn Pearson, les parents de la dernière victime.

Le visage du superviseur se ferma.

— Vous avez été mandaté pour une mission bien délimitée, agent Cooper. Ne sortez pas du cadre de vos investigations.

— Il me semble que la mort, ou plutôt l'*assassinat*, des Pearson est totalement liée à mon enquête. Ces éléments définissent le *modus operandi* des auteurs des faits, les avoir en ma possession me serait...

— Dois-je vous rappeler, trancha le superviseur d'un ton froid, que vous êtes dans ces forêts pour localiser et mettre un terme à la menace que représentent ces criminels, quels qu'ils soient ? Laissez aux équipes spécialisées le soin de les identifier. Ais-je été clair ?

Le superviseur le fixait avec un regard de prédateur reptilien prêt à fondre sur sa proie.

— Parfaitement clair, chef.

— Très bien. Vous me tiendrez informé personnellement de la progression de vos recherches. Je vous laisse les coordonnées du poste sur lequel vous pourrez me contacter à toute heure.

Une pièce jointe s'afficha sur le bas de l'écran.

— C'est noté, chef.

— Parfait. Je ne vous retarde pas plus dans votre travail. J'attends de vos nouvelles rapidement, Cooper.

L'écran fut aussitôt recouvert par un fond bleu nuit où apparut l'emblème du FBI. Au milieu clignotait la phrase : fin de la communication.

Durant un long moment, il regarda fixement les quatre mots apparaître puis disparaître sur l'écran. À l'étrangeté de toute cette affaire venait s'ajouter cet appel inattendu du superviseur Mullay.

Il se cala en arrière dans la chaise et but une gorgée de café. Dehors, la brise s'était changée en bourrasques qui agitaient bruyamment les tôles du toit de la cabane. Le ciel était toujours aussi gris et, hormis le souffle du vent qui remuait les branches, les forêts étaient toujours aussi mornes.

Sans trop y croire, il passa en revue les données du réseau de détecteurs qu'il avait mis en place dans les bois. Comme il s'y attendait, aucun d'entre eux ne s'était encore déclenché. Il s'attela ensuite à différentes recherches sur l'intranet des services fédéraux. Puis il s'orienta vers l'étude du patrimoine géologique de l'État de Pennsylvanie, l'histoire des anciennes civilisations autochtones. Il alla même jusqu'à comparer la structure circulaire des ruines avec tous les types de vestiges répertoriés à travers la planète. Plusieurs heures s'étaient écoulées et le jour faiblissait déjà. Il avait passé la journée devant ses écrans, presque vainement. Il se souvint que son ami Matt devait le rappeler pour lui donner des informations. Il trouva surprenant qu'il ne l'ait pas encore fait. Ce n'était pas son genre, il avait pour habitude de tenir parole.

La journée du lendemain s'écoula, identique à la précédente. Matt n'avait pas rappelé, et lorsque Cooper avait essayé de le contacter, il était tombé sur sa messagerie qui disait que son ami était en congé. Le bougre aurait pu le prévenir.

Les jours suivants furent tout aussi maussades. Ses excursions dans les bois, pour y étendre la couverture de la surveillance, devenaient une contrainte pesante. Il éprouvait la sensation écrasante que la force sépulcrale agissait contre lui, comme si la mort qui œuvrait dans ces vallées voulait le paralyser dans un flux de torpeur. Ses recherches sur l'origine des ruines ne lui permirent de tirer aucune conclusion, et moins encore d'en identifier les bâtisseurs. D'ailleurs, s'agissait-il vraiment de ruines ? Il n'en était plus sûr. Il n'était plus sûr de rien. Il commençait à se sentir dans cette cabane au milieu des forêts comme un naufragé accroché à une bouée dérivant sur un océan inconnu.

14 octobre.

Au soir du douzième jour, à 23 h 41 précisément, un signal retentit.

Il se rua sur son poste de travail. Une étreinte glaciale le saisit tout entier lorsqu'il visionna les images. Elles provenaient du secteur E. Plus exactement, elles étaient émises par *l'une des deux caméras placées au sommet d'un mégalithe des ruines.*

— Je te tiens, murmura-t-il en ajustant la netteté de la transmission. Qui que tu sois… ou quoi que tu sois.

Il ne distingua d'abord que trois ombres. Elles se tenaient sur l'esplanade dégagée au centre du dédale, immobiles. Trois silhouettes. Graciles, fluettes, visiblement celles de jeunes femmes. L'une d'elles tenait un objet à deux mains. Il supposa qu'il devait s'agir d'un livre, un gros volume. Le triangle des trois ombres resta ainsi un long moment, parfaitement équilatéral sous la lune presque pleine qui s'élevait.

Il établit rapidement une communication avec l'agent de relais satellite.

— Ici Cooper, sur la zone de couverture au nord de St. Marys. J'ai sous les yeux des mouvements sur le secteur E, est-ce que vous les avez aussi ?

— Ici la surveillance satellite, nous les avons, agent Cooper.

— Je vais me rendre sur place. Tenez-moi informé de leurs moindres mouvements.

— Reçu, nous ne les lâchons pas d'un pouce.

Il se harnacha de son équipement en quelques secondes, contrôla son armement et quitta le cabanon au pas de course.

Il plongeait sous les souches en travers du sentier, bondissait sur les rochers, vif comme un puma, l'adrénaline affluait dans ses artères au rythme des battements accélérés de son cœur. Il maintenait une vitesse constante, sans aller au-delà de ses limites, car il avait vingt-huit kilomètres de course devant lui.

— Agent Cooper, ça se déplace. Je répète : ça se déplace.

— Reçu. Ça se déplace comment ?

— Lentement. Vers le sud.

— Un véhicule ?

— Non, à pied. Attendez... Ça s'immobilise maintenant, sur la zone des ruines.

Il arriva sur le pont ferroviaire désaffecté et bondit sur les madriers en évitant de passer à travers ceux qui manquaient. Il gravit la colline, puis une fois au sommet descendit l'autre versant, dévalant les éboulis de pierre à toute vitesse.

Encore douze kilomètres. Il franchit les dernières collines en accélérant sa foulée. Il alla se placer en hauteur sur un rocher pour faire une pause. Il pouvait voir le vallon dans ses jumelles depuis la butte sur laquelle il se trouvait. Il reprit son souffle pendant cinq minutes et se remit en route, aussi silencieux et agile que l'un de ses ancêtres indiens.

Il passa le dernier ruisseau et montait la dernière côte vers le promontoire quand son oreillette grésilla :

— Agent Cooper. On ne les a plus ! Je répète : les cibles n'apparaissent plus sur nos visuels.

Il arrêta net sa course et contrôla l'écran à son poignet. Les trois points verrouillés par la surveillance satellite avaient effectivement disparu !

— Merde ! C'est pas possible ! s'exclama-t-il.

Il se hissa sans un bruit jusqu'en haut de l'abrupt qui dominait le vallon et, une fois en haut, s'attacha à la corde pour descendre furtivement en rappel. Il se glissa jusqu'à l'entrée du dédale et parcourut les couloirs en épiant les alentours, tous ses sens en éveil.

Les trois ombres avaient quitté les lieux.

— Surveillance satellite, ici Cooper. Est-ce que vous m'avez en visuel sur la zone ?

Aucune réponse.

— Surveillance satellite, je répète : est-ce que vous m'avez en visuel ?

Le silence, encore.

— Il n'y a rien qui passe ici ! s'exclama-t-il. Le brouillard fait sûrement écran.

Il grimpa sur un mégalithe dont le sommet s'élevait au-dessus de la surface laiteuse de brume.

— Surveillance satellite, vous me recevez ?

— Nous vous recevons, agent Cooper.

— Le brouillard persistant qui recouvre les ruines fait interférence. Est-ce que les cibles ont réapparu en dehors du vallon ?

— Négatif.

— Elles auraient dû... À moins qu'elles soient encore sur la zone, ce dont je doute.

— Contrôlez vos capteurs.

— Je le ferai lorsque le jour sera levé. Je vais rester ici cette nuit, et certainement les suivantes. Si nos visiteuses nocturnes réapparaissent, je serai là pour me rendre compte de leur activité.

— Très bien, nous maintenons une liaison permanente avec vous.

— Parfait. Fin de la transmission.

Il se défit de son équipement. Il était en sueur. Il descendit jusqu'au ruisseau en chancelant, s'agenouilla au bord de l'eau et y plongea la tête, en profitant pour boire de grandes gorgées fraîches. Une fois sa tente installée, il ne tarda pas à se glisser dans le sac de couchage et à s'endormir.

Lorsqu'il ouvrit les yeux, le soleil poignait à l'horizon. Les lueurs de l'aube étaient assombries par le voile blanchâtre qui flottait au-dessus des alignements circulaires de mégalithes. Les pierres immenses dressées vers le ciel paraissaient des sentinelles figées. Quelle sorte de secret gardaient-elles ? Il avait disposé sa tente dans l'anfractuosité d'un rocher, dissimulé derrière les feuillages de buissons et de fougères. Il sortit de son duvet et resta nu quelques minutes, s'étirant, laissant le froid tonifier son corps élancé à la musculature saillante. Il s'habilla et alla se passer de l'eau sur le visage au ruisseau, puis se mit au travail.

Il passa la plus grande partie de la journée à contrôler le dispositif qu'il avait installé alentour du vallon. Bien que tout semblât fonctionner parfaitement, aucune image, ni aucune prise sonore n'avaient été enregistrées par le système, ce qui était techniquement impossible... Et pourtant, il ne pouvait que constater les faits, impuissant à y changer quoi que ce fût. À cela s'ajoutait la transmission satellite qui était rendue impossible par le voile de brume. Les trois silhouettes apparues cette nuit avaient-elles profité de cette invisibilité pour disparaître ? Avaient-elles perçu qu'elles étaient observées ?

Il tenta à plusieurs reprises de percer l'écran d'interférences pour rétablir le signal sous la couche de brouillard, en vain. Mais lorsqu'il sortit des brumes pour contacter l'agent de relais satellite...

— Ici l'agent Cooper.

...

— Est-ce que vous me recevez ?

Il laissa passer presque une minute.

— Relais satellite, me recevez-vous ?

Il n'obtint pas la moindre réponse.

Il se déplaça et renouvela l'appel, sans résultat. Plus aucun signal ne passait, même en dehors de la nappe de brouillard.

La zone d'interférence paraissait s'être étendue au-delà de la vallée.

— Ici l'agent Cooper...

Après quelques minutes, il abandonna ses tentatives d'appel.

En plus des communications, il s'aperçut bientôt que tout le dispositif qu'il avait installé était maintenant inopérant. Il s'assit et réfléchit calmement aux solutions qu'il pouvait mettre en place. S'il retournait à la cabane, il pourrait certainement rétablir les transmissions depuis le serveur. Ce qui le préoccupait essentiellement était la nature de cette panne. Cela ressemblait à une sorte de virus qui se serait propagé. Son équipement informatique montrait effectivement les symptômes d'une attaque de type viral. Il se retrouvait totalement isolé et ne pouvait compter que sur ses propres moyens pour tenir sa position sur la zone. Il resta un long moment à visionner en boucle les brèves images des trois silhouettes qui étaient apparues durant la nuit.

Les alignements circulaires de mégalithes laissaient supposer que ces ruines pouvaient être un lieu autrefois sacré. Les trois ombres féminines pouvaient y avoir accompli une sorte de rituel. C'est ce qu'il déduisit en revoyant les enregistrements où l'une des silhouettes tenait selon toute vraisemblance un livre ouvert devant elle.

Il se leva et alla faire quelques pas, toujours absorbé dans ses réflexions. L'absence de vent plongeait les bois dans une telle immobilité que le temps lui-même semblait s'être arrêté. Il tenta de rétablir la connexion satellite mais n'y parvint pas. Il aurait été plus sage de retourner au cabanon afin de prévenir le QG pour obtenir du renfort, mais il décida de rester en planque sur les ruines. L'intuition que les trois ombres reparaîtraient cette nuit même s'était changée en certitude.

Le jour s'éteignit lentement pour laisser place au crépuscule. La nuit se répandit comme de l'eau noire jusque dans les plus petits recoins des bois. Il s'était posté en hauteur sur une butte à l'écart du tertre, de manière à ne laisser aucune zone du dédale en dehors de son champ de vision. Allongé, en partie recouvert par un tapis d'humus, l'œil dans sa lunette, et gardant à portée de main le peu de matériel qui fonctionnait encore, il attendait. Vers 23 h, une bise se leva, soulevant des feuilles mortes qui se mirent à danser dans les couloirs des ruines.

— Un peu de mouvement, murmura-t-il en jouant à suivre les feuilles dans son viseur.

23 h 28. Le vent soufflait plus fort à présent et hurlait entre les vieilles pierres une complainte funèbre. Ces lieux n'étaient plus qu'un théâtre sinistre où seule la mort pouvait se donner en représentation. La lune se leva enfin et déversa sa clarté sur le manteau de brume.

C'est alors qu'il perçut des bruits, plus bas dans la vallée.

Cela se rapprochait des ruines.

Il écouta plus attentivement, retenant son souffle.

Des craquements de brindilles résonnèrent, presque comme des coups de tonnerre dans le silence qui était resté jusque-là inviolé.

C'étaient effectivement des pas.

Des pas qui se rapprochaient.

Une vague d'adrénaline déferla dans son corps. Son index se contracta par réflexe sur la gâchette de son arme. Les trois silhouettes apparurent, gravissant le tertre sans un bruit, légères comme la brume qui s'entrelaçait autour d'elles, paraissant les accueillir de ses volutes lactescentes.

6

Il s'agissait de trois jeunes femmes, étrangement identiques, extraordinairement belles. Leur chevelure noire tombait en boucles sur leurs épaules. Leur visage gracieux était aussi pâle que la lune qui venait de se lever. Elles glissaient entre les mégalithes et paraissaient flotter au-dessus du sol, dans leur robe de laine sombre qui traînait derrière elles. Elles regardèrent avec méfiance alentour, puis l'une d'elles sembla s'absorber dans la récitation de psaumes, toutefois Cooper ne parvint pas à reconnaître la langue qu'elle employait. Elles arrivèrent au centre des ruines et se disposèrent en triangle, tout comme elles l'avaient fait la nuit précédente. Il rampa vers elles et alla se placer en hauteur de façon à pouvoir les épier au mieux.

Lorsqu'il parvint au-dessus d'elles, ce qu'il entendit alors glaça son sang dans ses veines. Celle qui psalmodiait était maintenant prise de tremblements... Sa voix, ou plutôt *la voix* – car ce qui sortait de sa gorge ne pouvait être le fait d'une jeune femme – fluctuait odieusement, dégageait une insanité presque palpable. Son faciès s'était métamorphosé en celui d'une créature infâme, convulsée par le mal à l'état brut. Son teint cadavérique était strié de rides d'où suintait un sang noirâtre et coagulé. Et tandis que sa bouche hideuse continuait de vomir un flot de paroles lugubres, ses yeux exorbités suivaient fiévreusement les lignes du livre énorme qu'elle tenait en tremblant.

Les deux autres tournaient autour d'elle d'un pas lent et solennel, lui caressant parfois les cheveux de gestes affectueux. Au bout d'un long moment, les incantations maléfiques cessèrent et les trois silhouettes se figèrent sur place. Elles restèrent ainsi quelques interminables minutes, se tenant parfaitement immobiles, sans plus émettre le moindre son.

Cooper resta allongé à les observer, à demi pétrifié, tentant d'assimiler rationnellement la situation. Partagé entre incrédulité et terreur, il se tenait tout aussi silencieux et immobile qu'elles. Puis, elles s'animèrent à nouveau. L'officiante avait retrouvé une apparence de jeune femme, encore aussi étonnamment belle que dix minutes auparavant. Elles repartirent alors, insaisissables, vers le fond de la vallée d'où elles avaient surgi.

Cooper n'avait pas assez d'éléments pour intervenir ou envoyer un rapport cohérent à ses supérieurs, du moins il n'avait rien qui était en lien avec les disparitions des enfants de St. Marys. Mais il tenait là quelque chose de sérieux. Par chance, il avait pu enregistrer la scène sur son appareil cellulaire.

Des sorcières... pensa-t-il. Bien que du sang indien coulât dans ses veines, ce genre de croyance lui était totalement étranger. Cependant, il devait se rendre à l'évidence, il venait bel et bien d'assister à ce qui semblait être une cérémonie de sorcellerie.

La journée du lendemain s'écoula encore dans la quiétude lugubre des bois exsangues. Les relents de l'énergie maléfique qui s'était propagée cette nuit-là flottaient encore dans l'air. Des fragrances putrides chargées de miasmes lui entraient dans les narines à chaque inspiration. Il nota dans son rapport que ces émanations ne pouvaient que sortir du sol, tout comme les brumes persistantes, dont la composition vaporeuse lui restait encore inconnue.

— Quatorzième jour de mission, entama-t-il dans son enregistreur. Les ruines ont été hier soir le lieu de faits que je qualifierai d'occultes. Trois individus de sexe féminin se sont livrés à des pratiques ésotériques s'apparentant à celles de messes noires de sorcellerie. Existe-t-il un lien entre ces trois jeunes femmes, ces ruines singulières et les enlèvements de St. Marys ? Voilà la seule question à laquelle je dois apporter une réponse concrète et rationnelle, même si pour l'instant, de nombreux faits ayant eu lieu dans ces forêts demeurent difficilement explicables.

Il prit son téléphone et ouvrit le fichier des images qu'il avait réussi à filmer. Mais un message d'erreur lui indiquait que le fichier n'était pas lisible.

Lorsque vint le crépuscule, une lune énorme se leva, plus pleine encore que celle de la veille. Bientôt, les bois furent enveloppés de clarté. Il s'était dissimulé juste au-dessus de l'endroit où la cérémonie s'était déroulée la veille, faisant corps avec la roche, dans le creux d'une cavité. Il attendait depuis plusieurs heures, à l'affût, le visage recouvert de peinture noire, parfaitement invisible. Il savait que les trois prêtresses finiraient par se montrer. Son instinct de chasseur ne l'avait jamais mis en défaut, peut-être tenait-il ce don de ses ancêtres. Aussi, quand il entendit les bruissements de feuilles foulées et les ramures s'agiter, il ne fut pas surpris.

Les trois silhouettes se découpèrent dans les lueurs argentées. Elles s'avançaient d'un pas solennel vers les ruines, leur visage couvert d'une capuche. L'une d'entre elles portait en bandoulière une large manne faite d'un tissu noir, visiblement chargée d'une matière pesante. Elles arrivèrent sur l'esplanade circulaire, au pied du grand mégalithe sur lequel il se tenait dissimulé. Elles se découvrirent. Leur visage angélique était si proche qu'il pouvait en détailler les contours gracieux. Alors que deux d'entre elles disposaient un cercle de torches qu'elles enflammèrent une à une, la troisième traça au sol les lignes d'un grand pentagramme au moyen d'une poudre blanchâtre. Une fois leurs préparatifs savamment accomplis, elles entamèrent leur rituel macabre.

Deux des prêtresses désignèrent gracieusement l'incantatrice, qui se dévêtit avec lenteur jusqu'à se retrouver presque nue. Elle n'était couverte que par un simple voile transparent qui laissait deviner ses seins et son intimité. Les deux autres entamèrent des chants et entrèrent peu à peu en transe. Elles effectuaient à présent une danse lancinante autour de la première. L'une d'elles s'empara alors d'une torche et vint la poser au-dessus d'un autel de pierre. Cérémonieusement, elle sortit de la manne noire le livre énorme qui allait servir pour le rituel. Elle le porta jusqu'aux mains de l'officiante, qui l'ouvrit et commença à en psalmodier les versets maléfiques.

Les deux autres semblaient au comble de la tension et parvenaient difficilement à contenir leur frénésie. Elles tapaient des pieds au sol bruyamment, vociféraient, battaient l'air de leurs bras, telles des marionnettes qui attendaient que la main du mal vînt saisir les ficelles de leur volonté pour les animer.

L'officiante, maintenant agitée de tremblements violents, s'approcha de l'autel. Cooper distingua alors quelque chose au niveau du sol. Il vit nettement une sorte de nuée noirâtre qui s'éleva de terre et sinua jusqu'aux pieds de l'officiante. Puis la chose remonta lentement le long de ses jambes. L'essaim répugnant, comme animé par une forme de conscience, paraissait chercher la tiédeur moite de la prêtresse qui se tenait, cuisses ouvertes, prête à être pénétrée par le fluide immonde. C'est alors que la chose se glissa brusquement dans l'entrejambes offert. La prêtresse fut aussitôt agitée de soubresauts, emportée dans une métamorphose agonisante. Des craquements osseux se firent d'abord entendre, puis une fumée obscure, épaisse comme une encre en suspension, se mit à jaillir par tous les orifices et les pores de la pauvre fille qui se débattait et criait affreusement. Le nuage masqua la transformation atroce, ses fumeroles enlaçant la jeune femme d'étreintes sinistres. Lorsqu'elles se furent dissipées, le corps de la prêtresse, maintenant sombre comme du charbon, s'était allongé, étiré dans sa hauteur. La créature devait mesurer trois mètres environ. Son visage était devenu noir comme l'ébène, fendu de deux pupilles reptiliennes, décrépit et orné d'une bouche démesurée qui le traversait dans toute sa largeur. La dentition était comme une rangée de lames noires et luisantes, acérées. Des filets de suc visqueux coulaient de cette gueule infâme, d'où continuait de sortir mécaniquement un flot de borborygmes incantatoires. Elle se redressa et huma l'air quelques secondes. Cooper retint son souffle. La chose s'avança alors vers l'autel et de sa main osseuse, incroyablement longue, ouvrit la manne de tissu noir et en vida le contenu sur l'autel de pierre.

C'est alors que les choses basculèrent dans une réalité encore plus horrible, suffocante.

Sur l'autel gisait une masse informe, ensanglantée. Cooper ajusta la luminosité de son viseur pour parvenir à distinguer clairement la chose : le corps mutilé d'un jeune enfant. L'hystérie s'était emparée des deux autres femmes, dont la danse s'était changée en spasmes violents. La créature elle-même semblait en proie à une force qui était littéralement entrée en possession de sa carcasse affreuse... Elle se jeta sur le corps meurtri de l'enfant et commença à le dévorer avec une avidité furieuse. Cooper entendit les os se disloquer entre ses mâchoires et ses dents tranchantes déchirer les chairs. Sans hésiter une seconde de plus, il saisit son arme de poing pour mettre un terme à ce carnage. Il sauta du haut du mégalithe pour se réceptionner au milieu du pentagramme, à moins de deux mètres de la créature. Celle-ci fit volte-face en un éclair et fixa ses yeux livides sur lui. Elle cessa ses mastications et le considéra avec intérêt pendant quelques secondes. Il ne fit aucune sommation et vida son chargeur sur la bête, qui s'effondra.

Les deux autres harpies se figèrent et le dévisagèrent, tétanisées d'effroi. Il comprit soudain que ce qu'elles observaient se trouvait en fait dans son dos, flottant au-dessus de sa tête.

Il était trop tard.

La nuée noirâtre s'abattit sur lui.

*

Lorsque ses yeux s'ouvrirent, il fut aveuglé par le soleil qui irradiait au-dessus de la brume laiteuse des ruines.

Il gisait à terre, entièrement nu.

Il avait froid. Son corps n'était que douleur.

Dans sa bouche, un goût âpre, faisandé, lui donna une nausée irrépressible. Il vomit tout ce qu'il avait dans le ventre. Un flot rougeâtre se vida sur l'herbe du tertre. Du sang, mêlé à des substances plus ou moins solides, déchirées, broyées, des morceaux d'os, lui sembla-t-il, plus ou moins gros. Il tomba à genoux et se vida encore, en un spasme libératoire.

— Mais qu'est-ce qui m'arr...

Un troisième jet rubis jaillit, agrémenté de lambeaux de chair partiellement digérés. Par réflexe, ses mains se placèrent devant sa bouche, peut-être autant pour empêcher un nouveau déversement sanglant que pour étouffer un hurlement, mais il ne put contenir aucun des deux. Il laissa sortir de sa gorge un cri primal, tel celui d'un nouveau-né ouvrant les yeux sur le royaume des enfers.

Il s'effondra dans la terre humide, se recroquevilla sur lui-même, agité de soubresauts. Ce ne fut qu'au bout d'un long moment qu'il rouvrit les yeux vers le ciel, implorant que tout cela ne fût qu'un cauchemar. Mais la vision de son corps couvert de sang noir coagulé jusqu'aux pieds, puant la mort, n'était pas une hallucination. Il s'efforça de se ressaisir et de retrouver autant de lucidité que possible. Il lui fallait comprendre ce qui lui arrivait et trouver des solutions. Rapidement.

Combien de temps était-il resté inconscient ? Il était à présent en contrebas du dédale, près du ruisseau. Il avait certainement roulé jusque-là après avoir perdu connaissance. Il rassembla les forces qui lui restaient et remonta vers le haut du tertre. Des questions se pressaient à la porte de son esprit, toutes plus inconcevables les unes que les autres, mais il les ignora, pour ne pas avoir à imaginer les réponses qu'il pouvait leur apporter. Ses vêtements étaient dispersés à travers les couloirs des ruines. Il les ramassa et se revêtit tant bien que mal avec ceux qui n'étaient pas déchirés. Il tenta de se remémorer les faits qui étaient survenus avant qu'il ne perdît connaissance, mais un flou obscur voilait ses pensées. Son dernier souvenir était celui de cette créature qu'il avait abattue, ensuite... plus rien, le néant total dans sa mémoire. Il avançait en titubant entre les blocs de roche, redoutant ce qu'il allait découvrir. Lorsqu'il arriva sur l'esplanade circulaire, ce qu'il vit lui provoqua un ultime renvoi, mais il n'avait plus rien à vomir et ne put qu'éructer bruyamment.

Il tomba à genoux sur la terre ocre couverte de sang. Des pièces charnues déchiquetées – les restes de plusieurs corps ; apparemment trois au total – jonchaient le sol. Le pentagramme satanique, foulé par le mal, en avait presque été effacé. Des flashs se mirent à jaillir dans son esprit. Des scènes toutes plus sanglantes remontaient par rafales. Les visions insoutenables s'enchaînèrent jusqu'à devenir cohérentes dans leur chronologie. Sa mémoire parvenait à réorganiser tout ce chaos d'abomination, car c'était une nécessité que de comprendre, de procéder à une reconstruction. Sa rationalité et sa faculté d'analyse reprirent le contrôle. Il parvint à réaliser objectivement ce qui s'était réellement produit.

Il se rappela la nuée noirâtre, les incantations, la prêtresse changée en une créature monstrueuse, avide de sang, le massacre qui avait suivi... Son intervention. Les images étaient saccadées, elles tremblaient et s'enchaînaient dans la confusion. Il parvint à voir la nuée noire pénétrer son corps, soulever ses entrailles, étirer ses os et déchirer ses chairs.

Et il vit alors toute l'horreur, avec les yeux de cette créature qu'il était devenu, toute l'horreur qu'il avait *lui-même* perpétrée.

L'agent Cooper, qui poursuivait et traquait le mal depuis des années pour le compte du FBI, venait d'accomplir au cours de cette nuit les actes les plus invraisemblablement atroces que la conscience humaine pût concevoir. D'après l'état des corps et les bribes de souvenirs qui lui remontaient, il réalisa qu'il avait dévoré partiellement les trois jeunes femmes, vivantes, et ce qu'il restait d'un enfant, probablement l'un des disparus de St. Marys.

Tels étaient les faits.

Même si tout cela était difficilement concevable, voilà ce qui s'était objectivement produit. Quelque chose avait pris le contrôle total de sa volonté, s'était emparé de lui comme l'on saisit un simple objet, pour en faire un usage quelconque.

— OK... Et maintenant, qu'est-ce que je fais ?! hurla-t-il, agonisant de terreur.

Il se sentait comme un équilibriste, dansant une valse avec la folie, virevoltant au-dessus des enfers sur un fil qui menaçait de rompre à tout instant.

Il regarda autour de lui, hagard, sans arriver à se poser d'autre question. La machine à questions avait disjoncté, maintenant. Dispersés çà et là, au sol, ou accrochés sur les parois des mégalithes tels les ornements improvisés d'une célébration funèbre, les corps disloqués criaient toute l'horreur de la nuit, rougeoyants, encore palpitants de vie. Il rampa vers l'autel et s'agenouilla devant les restes de ce qu'il supposa être ceux de l'enfant. Celui-ci ne consistait plus qu'en une mince série de vertèbres lovée dans la cuve ensanglantée.

Il resta prostré, incapable de faire un geste de plus.

Il continua de verser des larmes, aussi froides que la pluie qui venait de se mettre à tomber doucement, comme pour laver les pierres souillées. Un objet attira alors son attention derrière l'autel, en bas des marches grossièrement taillées. Une vague de lucidité vint le submerger, brutale, un véritable tsunami.

Le livre.

Il se releva en un sursaut. Ses gestes n'étaient plus coordonnés. Toute son énergie allait vers le peu de facultés de déduction qui lui restait. Il dévala l'escalier à la manière d'un pantin désarticulé et s'affala en bas, le nez dans la boue. Il se traîna jusqu'au volumineux ouvrage dont la couverture de cuir brillait sous la pluie. Il s'en empara, roula sur le dos et le prit contre lui. Puis il l'essuya et le couvrit de sa veste, de même qu'il l'aurait fait avec l'un des enfants rescapés.

Ce livre contenait certainement l'explication à ce qui lui arrivait, le processus, quel qu'il pût être, de ces métamorphoses sanguinaires. Le manuscrit pouvait l'amener jusqu'à son auteur, ou au moins jusqu'à un adepte qui saurait l'interpréter.

Il se redressa d'un bond et remonta vers son campement, sans oublier de récupérer au passage ses armes et le reste de son équipement éparpillé à travers les ruines. Il plia sa tente et analysa une dernière fois la scène sanglante. Son ADN serait identifié sur les restes des sorcières, c'était certain. Il pouvait tenter d'incendier le dédale avec du carburant et d'effacer toute trace de sa présence, mais la dissimulation ne le mènerait nulle part. Même s'il était capable de tenir en échec ses collègues, cela ne durerait qu'un temps.

Il fallait jouer la carte de la vérité.

Et pour cela, il lui fallait d'abord faire toute la lumière sur la métamorphose qu'il avait vue à l'œuvre sur la prêtresse avant qu'elle s'emparât de lui.

Le principal était qu'il avait la certitude de ne pas être responsable de ces atrocités, y compris du point de vue légal. Il avait assez d'éléments pour arriver à prouver que quelque chose d'extérieur, une force extrêmement puissante, avait pris le contrôle de sa personne. La nature de ces phénomènes dépassait l'entendement, mais il n'avait pas rêvé. C'était hélas l'atroce réalité.

Il y avait, quelque part, une explication rationnelle à tout cela.

7

— Tu peux répéter le dernier passage, Cooper ? Celui où tu abats une sorcière métamorphosée qui dévore un enfant. J'ai dû mal comprendre. Il est 4 h du matin aussi.

Colin Andrews. Le seul équipier efficace avec qui Cooper avait mené à bien plusieurs missions. Trente ans passés, adepte de sport lui aussi. Ils se ressemblaient comme deux frères. Techniquement irréprochable, comme Cooper, Andrews avait pour habitude de travailler en solo. Il était son reflet parfait, qui se serait détaché du miroir pour prendre chair dans sa vie professionnelle. Entre eux, ce n'était pas vraiment de la franche camaraderie, plutôt une rivalité qui les poussait l'un l'autre à se dépasser. Mais il n'y avait dans leur compétition rien de malsain, juste une motivation vers la perfection, un échange de bons procédés.

Cooper avait besoin d'aide d'urgence. Il fallait qu'il exposât les faits à un agent qui aurait pour devoir de se montrer objectif. Il lui était inconcevable de dissimuler ce qui s'était réellement passé dans ces ruines et il ressentait en plus un besoin irrépressible de vider son sac.

— Écoute-moi bien, Colin, je ne te demande pas de comprendre, car moi-même je ne comprends rien à ce qui m'arrive ; je te demande juste de m'écouter.

— OK, Eliott, pas de problème. C'est juste que j'ai pas tout entendu alors. Je dois pas être bien réveillé, ça doit être ça.

Cooper respira profondément pour faire descendre l'adrénaline qui agitait son corps de tremblements.

— OK, je reprends calmement depuis le début, Andrews. Est-ce que tu as eu connaissance de l'affaire St. Marys ?

— Évidemment. Tu sais que Mullay voulait me mettre sur le coup ?

— Une chance pour toi qu'il ne l'ait pas fait. Dès que je suis arrivé dans cette ville, j'ai senti que quelque chose n'allait pas. Lorsque j'ai attaqué les recherches, dans les forêts, ça a commencé à être vraiment anormal.

— Pourquoi les forêts, puisque quatre enlèvements ont été perpétrés en ville ? demanda Andrews.

— Justement, les quatre premiers cas ont tous en commun la proximité de zones rurales. C'est ce qui a orienté l'enquête. Le cinquième cas n'a fait que confirmer.

— Timothy Pearson, cinq ans.

Andrews avait le récapitulatif de l'enquête sous les yeux.

— Exactement, dit Cooper.

Si son collègue avait pris la peine de se connecter au réseau du FBI, c'était donc qu'il était sorti de son lit et qu'il prenait les choses au sérieux.

Cooper continua, avec un regain de confiance dans le ton :

— Donc, me voilà dans les bois, où j'ai investi une cabane de gardes forestiers...

Et il lui exposa les faits avec une concision inébranlable, sans oublier le moindre détail, jusqu'au dénouement.

Quelques secondes s'écoulèrent entre la fin de son récit et la réaction d'Andrews.

— Nom de Dieu, Cooper ! Dis-moi que c'est une blague.

— Je donnerais tout pour que c'en soit une. J'ai besoin de ton aide, Andrews, je sens que je vais péter les plombs.

— Je... C'est un putain de cauchemar, ce truc. Personne ne va croire ça, mon vieux.

— Est-ce que tu penses que je suis fou, Andrews ?!

Son collègue resta sans voix.

Cooper serra si fort le cellulaire que celui-ci faillit lui éclater dans la main. Il hurla :

— Andrews, est-ce que tu crois que je délire ? Réponds, bordel !

— Je crois que tu ne vas pas très bien. Où te trouves-tu actuellement ?

— Et merde, tu penses que je suis bon à enfermer, c'est ça ?

— Tu as besoin d'aide, c'est sûr.

— Écoute, je me fous complètement de ce que tu peux croire ! Il fallait que j'expose les faits tels que je les ai vécus. Ceux qui analyseront cette discussion constateront ma lucidité.

— Si je peux te donner un conseil, il vaut mieux que tu attendes là où tu es l'arrivée des collègues. Est-ce que c'est clair, Cooper ?

— Va te faire foutre, Andrews.

Il mit fin à la communication, ouvrit le boîtier du téléphone cellulaire qu'il venait d'utiliser et en délogea la puce électronique. Il se leva et alla la jeter dans le poêle qui crépitait.

Moins d'une heure plus tard, il se mit en route pour parcourir trente kilomètres au nord et aller s'installer dans une autre cabane, quasiment identique à la première. Il avait pris soin de nettoyer celle-ci de toute trace. Dorénavant, il devrait procéder de cette manière pour chacun des lieux où il séjournerait, même pour quelques heures. L'intervalle de temps entre ce moment et celui où toutes les forces de police d'État auraient son portrait affiché dans leurs bureaux était très court : moins de deux jours, estima-t-il.

Il avait perdu tout espoir de retrouver vivants les autres enfants de St. Marys. Il n'était de toute façon plus en mesure de poursuivre son enquête. À présent, il lui fallait réfléchir sérieusement à la manière dont il allait se sortir de cette situation. Il s'était assis et observait fixement le seul objet qui se trouvait en face de lui sur la table.

Le livre.

Il avait l'aspect d'un grimoire usé, couvert d'un cuir brun épais, presque noir, poli par les années, ou peut-être les siècles. Sur la couverture apparaissait une série de signes qui lui étaient inconnus, appartenant sûrement à un alphabet mystique d'un autre âge. Les pages jaunies qui s'entassaient formaient une tranche d'au moins huit centimètres, grossière, d'où émanait une forte odeur de moisissure. Il ne l'avait pas ouvert et se contentait de le regarder en éprouvant un intense sentiment de répulsion à la pensée de parcourir ses pages. Rien qu'à sa vue, il ne pouvait empêcher les scènes abominables de remonter par vagues successives. Les images submergeaient ses pensées : le souvenir de l'avidité monstrueuse avec laquelle il avait dévoré les prêtresses, ou plutôt l'avidité de la créature qui se trouvait dans sa chair, à sa place ; le goût du sang dans sa bouche, les cris, les supplications qui l'excitaient et l'enrageaient encore plus. Comment une telle chose pouvait-elle avoir pris le contrôle de son être ? Et si cette transformation pouvait se reproduire, quand surviendrait-elle à nouveau ?

Sa vie venait de basculer dans une forme d'irréalité où chaque instant ne s'inscrivait plus dans la linéarité temporelle. Les portes d'une dimension infernale venaient de se refermer derrière lui.

Le plus frappant était la clarté avec laquelle il percevait cette horreur dans son ensemble. Il avait parfaitement conscience de ce qui lui était arrivé. Les faits n'en étaient que plus effroyables. Physiquement, il n'était pas affaibli, bien au contraire. Il avait rallié la seconde cabane en moins de quatre heures. Ses capacités physiques semblaient même avoir augmenté. Un mélange d'adrénaline et d'une énergie qu'il ressentait comme maléfique, sirupeuse et noire, affluait dans ses veines. Son corps était parcouru de sensations inqualifiables qu'il n'avait encore jamais expérimentées, sûrement causées par la transformation. Les douleurs n'étaient pas localisées mais se déplaçaient sous son épiderme et à l'intérieur de son organisme. Cela se traduisait par des vagues de picotements intenses, comme des larves qui remuaient en frétillant dans ses chairs. Ses muscles se contractaient compulsivement sous l'effet de spasmes diffus et ses os lui semblaient tous être tirés dans des directions opposées. Mais les douleurs physiques n'étaient rien comparées au stress intense qui ne le lâchait pas.

Il se leva brusquement et alla fouiller dans son sac. Il en sortit fébrilement l'enregistreur vocal qu'il s'empressa d'allumer :

— Seizième jour. Je ne suis plus en mesure de remplir ma mission dans ces forêts. Je vais tenter d'être concis et clair, le plus clair possible, pour expliquer la métamorphose qui survient dans mon organisme sans que je puisse m'y opposer. La cause de cette transformation semble être une nuée volatile formée de particules noires, d'un diamètre n'excédant pas un mètre. Ou bien ce sont ces incantations... Comment savoir ? Je me rappelle clairement qu'après que j'ai neutralisé la créature et, alors que je m'assurais de l'avoir tuée, le nuage de particules noires s'est abattu sur moi. La dernière image claire que j'ai gardée en mémoire est le regard implorant des deux autres femmes, paralysées par la peur. Je ne réalise que maintenant ce qu'elles imploraient de leurs yeux : ma pitié. Car quelques secondes après que cette nuée maléfique eut fondu sur moi, la métamorphose m'avait à mon tour changé en...

Son corps s'agita soudain de convulsions. Il se mit à tousser fort. Du sang lui coula de la bouche. Il se leva d'un bond et alla en courant vomir un flot d'hémoglobine par la fenêtre de la cabane.

— Bordel ! jura-t-il en se tordant de douleur, affalé contre la lucarne, ça ne s'arrêtera donc jamais !

Il prit un vieux chiffon dans un placard et s'essuya grossièrement la bouche, puis revint s'asseoir, les yeux embués par l'obstination à se sortir de cet enfer par tous les moyens. Il s'éclaircit la voix et reprit, le plus posément qu'il put :

— J'ai de la peine à croire moi-même aux paroles que je vais prononcer, mais tout cela est bien réel : après que cette nuée infâme se fut abattue sur moi, je me suis à mon tour transformé en une créature semblable à celle que je venais d'abattre. Je me rappelle que ma vision était déformée par un voile rougeâtre, pulsant au rythme du cœur immonde de la bête que j'étais devenu. Je me souviens de cette sensation de brûlure glaciale, une haine dévorante qui consumait ce corps dans lequel je me trouvais. Dans les lueurs dansantes des torches disposées autour du pentagramme, je revois des membres qui se brisaient dans mes mâchoires avides, la chevelure des sorcières que j'attrapais et leur corps que je battais contre la pierre jusqu'à les démantibuler. Je me souviens très distinctement de mon effarement et de mon incapacité totale à contrôler mes gestes, ou plutôt les gestes de cette créature dévoreuse de chairs. J'ai encore la perception sordide du sang qui giclait sous mes dents pour couler dans ma gorge, celle du plaisir ignoble de l'apprécier comme le plus délicat des nectars. Bon Dieu, pardon !

Il s'arrêta et mit l'enregistreur en pause, essoufflé par l'effort qu'il devait déployer pour se maîtriser, ne pas craquer. Il était en sueur et sentait d'autres convulsions prêtes à l'assaillir.

— Toute cette horreur sans nom... Pourquoi ?

Il s'effondra et se mit à pleurer, sans pouvoir s'arrêter, comme un besoin mécanique de se vider de ce trop-plein émotionnel en asséchant ses réserves lacrymales. Lorsqu'il émergea de cet état semi-végétatif, il s'aperçut que plus d'une demi-heure s'était écoulée. Bêtement, il alla se remplir un verre d'une bouteille de bourbon qui prenait la poussière sur une étagère. Il le vida d'un trait, ce qui lui arracha un râle stupide. Il n'avait plus bu une goutte d'alcool depuis des années. Ce n'était pas une solution, encore moins un remède à ses peines. Il s'ébroua pour retrouver ses esprits.

Son regard revint vers le livre, posé exactement là où il l'avait laissé, sur la table. Cet ouvrage était pour l'instant l'unique clé qu'il avait en sa possession, la seule qui pouvait ouvrir une porte de sortie de ce cauchemar. S'il en retrouvait l'auteur, celui-ci pourrait rompre le sortilège qui le possédait, car ce qu'il sentait croître au fond de lui, agitant les tréfonds de son âme de remous abjects, était bien un maléfice en veille, une bête en sommeil qui attendait son heure pour prendre possession de lui entièrement.

*

Il se rassit face au livre posé sur la table, le saisit précautionneusement et l'ouvrit. Il tourna les premières pages de ses doigts tremblants. Les symboles couchés sur le papier jauni lui étaient aussi insignifiants qu'auraient pu l'être des hiéroglyphes égyptiens. Les signes étaient finement calligraphiés, à l'encre noire, mais beaucoup avaient été effacés par le temps. Il tourna les pages jusqu'à arriver à ce qui devait être le prologue de l'ouvrage ; y figurait une estampe dont les couleurs étaient passées, mais sur laquelle on distinguait encore une créature élancée, à la peau carbone, haute de deux fois la taille d'un homme, entourée de fumeroles noires qui s'entrelaçaient autour d'elle. L'entité obscure siégeait dans une posture souveraine sur un trône massif, taillé dans une roche sombre. Au-dessous du siège se pressait une foule d'êtres hybrides, certains arborant des attributs d'animaux, d'autres étant des hommes, nus, ou des femmes aux galbes superbes qui s'emmêlaient lascivement dans un ballet charnel débridé. Le reste du livre était une suite alambiquée de paragraphes et de sous-paragraphes dont Cooper supposa qu'il s'agissait d'instructions visant à accomplir divers rituels et cérémonies, certainement plus occultes et maléfiques les uns que les autres. Parmi ceux-ci se trouvait sûrement celui dont il avait été le témoin et le sujet involontaire. Il referma l'ouvrage et accepta avec résignation de ne pouvoir en tirer le moindre renseignement utile.

Toujours assis sur sa chaise, le regard vague, absorbé dans ses pensées, il réfléchissait à la suite qu'il allait donner aux événements. Puis il eut comme un sursaut et s'empara de son ordinateur. Il se connecta à l'intranet des fichiers fédéraux en utilisant un logiciel de brouillage qu'il avait acquis auprès d'un jeune hacker, mais qu'il n'avait encore jamais eu l'occasion d'utiliser. Le programme semblait fonctionner parfaitement puisqu'une fenêtre lui indiquait les changements automatiques de son adresse IP toutes les vingt secondes. Quelques minutes plus tard, le fruit de sa recherche s'inscrivit sur l'écran :

« *Sir Wilbur Ravenwood, expert en paléographie, 756 Middlebury Road, Rochester. État de New York.* »

Le profil de Sir Ravenwood, sexagénaire retraité, était plus qu'intéressant. Diplômé en paléontologie, issu de la prestigieuse université de Cambridge, il s'était spécialisé dans la paléographie, l'étude des écritures anciennes. Égyptologue confirmé, il s'était aussi illustré récemment, lors de diverses conférences données à travers le monde, pour son travail de traduction sur les cités mayas de Tulum et de Cobá, mises au jour dans la péninsule du Yucatán. Les derniers ouvrages qu'il avait publiés traitaient d'écrits appartenant aux sphères ésotériques de l'ancien empire mongol.

Il décida de se rendre à Rochester pour rencontrer Sir Ravenwood. Celui-ci serait certainement capable de traduire le contenu du livre.

Rochester. Deux cent dix mille habitants. La ville faisait naître en lui un sentiment de sécurité, certainement dû au fait qu'il pouvait se fondre dans la masse de sa population. Elle était située dans l'état de New York, en bordure du lac Ontario. Le changement d'État mettrait hors course la police de Pennsylvanie qui était à ses trousses. C'était là un avantage certain. Le FBI, quant à lui, continuerait pendant un certain temps à le chercher dans les forêts, car ses collègues et supérieurs le connaissaient comme spécialiste de ce genre de terrain. Il évalua cette phase de répit à deux semaines tout au plus. Ensuite, il lui faudrait redoubler de vigilance et de précautions dans sa cavale. Il n'aimait pas le mot, mais c'était bien de cela qu'il s'agissait. Il était à présent l'égal de ceux qu'il avait traqués jusque-là. Pire encore, le FBI ne lui ferait aucun cadeau et le traquerait avec d'autant plus d'acharnement qu'il était l'un de ses agents.

La ville de Rochester était distante de deux cent trente-huit kilomètres du point où il se trouvait. La question du moyen de locomotion méritait d'y réfléchir attentivement. Si la métamorphose se produisait alors qu'il se trouvait au volant, l'accident serait inévitable. D'un autre côté, s'il se trouvait dans un autocar ou une rame de train remplie de voyageurs... Peu importait le temps que lui prendrait son trajet jusqu'à Rochester, le principal était d'y arriver vivant et, si possible, sans avoir dévoré personne.

Son problème ne pouvait être résolu que froidement, par l'analyse objective et le discernement. Il devait s'appliquer à chaque instant à se détacher de lui-même, pour que des solutions claires et efficaces puissent se présenter. Céder à la panique, à la peur ou au découragement n'était pas des options possibles pour un agent spécial, conditionné à encaisser les pires situations.

Il défit la couverture de laine du lit de la cabane et y découpa un large carré pour y empaqueter le précieux grimoire. Il le rangea ensuite verticalement dans son sac à dos, bien calé entre son ordinateur et la poche de sa réserve d'eau.

Le moyen le plus sûr pour rejoindre Rochester était encore la marche, six jours tout au plus, en passant par des chemins de randonnée. Ses notions de temps et de distance s'étaient étrangement distendues, presque évaporées. Elles lui semblaient s'étendre très loin autour de sa conscience, dans un espace dépourvu de limites, inconnu. Il s'expliqua cette impression par l'arrêt de ses recherches qui le faisaient tourner en boucle dans les bois, indéfiniment, à la manière d'un hamster dans la roue de sa cage. Même si ce n'était pas encore officiel, il n'était plus au service du FBI. Aussi paradoxal que cela pût être, il en éprouvait une libération jubilatoire. Tous ses repères avaient été jetés en l'air, soufflés comme un château de cartes éphémère. Au moment où il franchit la porte de la cabane pour repartir, il se sentit démesurément libre.

Il se mit en route vers le nord, en prenant soin de s'alléger du matériel qui lui serait inutile et encombrant. Il jeta le surplus dans un trou qui apparaissait entre des rochers à l'écart du sentier. Le paquet heurta plusieurs fois les bords de la cavité, jusqu'à n'émettre plus que de faibles bruits de chocs qui se répercutaient de plus en plus faiblement au fur et à mesure de sa chute.

Au fil du chemin, il aperçut quelques oiseaux voleter entre les arbres et entendit même le brame d'un cerf au loin. La vie reprenait peu à peu ses droits sur les étendues désolées.

Il profiterait du temps de son trajet pour tenter de comprendre, ou à défaut, d'anticiper le processus qui opérait en lui. Il s'appliqua donc soigneusement à se concentrer sur ses sensations pendant qu'il marchait. Si le mal montait en lui, peut-être pourrait-il tenter de garder le contrôle et d'enrayer le processus par la seule force de sa volonté.

Le sentier sortait peu à peu des bois profonds pour s'exposer à la lumière de grandes clairières. Les champs d'herbes hautes s'agitaient de vagues sous les coups de vent. Ce matin d'octobre était relativement clair, mais froid. Le soleil restait effacé derrière une couche nuageuse translucide. Était-ce parce qu'il prêtait une attention soutenue à ses sensations qu'il avait l'impression de changements dans son corps ? Les picotements de larves grouillantes avaient cédé la place à des mouvements plus grossiers, semblables à ceux de vers ou de serpents qui auraient frayé à travers ses veines.

Plus loin, il alluma son téléphone cellulaire et lança le programme de brouillage. Parfaitement indétectable par les satellites, il put naviguer sur la carte GPS qui lui indiquait qu'il se trouvait à huit kilomètres de Bradford, une petite ville comparable à celle de St. Marys. Le téléphone se mit à vibrer. Il avait reçu en tout vingt-six appels au cours des dernières vingt-quatre heures, certainement les agents chargés de le retrouver qui essayaient de localiser sa position. Évidemment, ils n'avaient laissé aucun enregistrement vocal. Le superviseur Mullay avait tenté de le joindre à deux reprises et lui avait adressé un message explicite. Le ton était dur, il ne laissait aucune alternative :

« Cooper, vous avez toujours fait la fierté de nos services, j'ai moi-même évoqué récemment auprès du directeur l'indéniable efficacité avec laquelle vous avez mené vos dernières missions. Personne ne peut expliquer ici les raisons qui vous ont poussé à commettre un tel carnage. En attendant de vous retrouver pour que vous nous les expliquiez vous-même, si vous êtes en état de le faire, vous êtes relevé de vos fonctions. Inutile de vous préciser que dans votre propre intérêt, je vous conseille de vous livrer sans délai au poste de police le plus proche de votre position. »

Cela avait le mérite d'être clair. Il sentit que le Bureau ne chercherait pas à comprendre ce qui s'était réellement passé cette nuit-là. L'affaire serait étouffée et il serait très probablement interné à vie dans un établissement spécialisé. Il consulta la presse en ligne locale et ne fut pas surpris de voir que les faits n'y étaient évoqués dans aucun article.

Il passa à l'enregistrement suivant sur la messagerie. La voix de grand-mère Kanda le fit tressaillir de peine, elle exprimait une vive émotion :

« Eliott, mon petit, j'espère que tout va bien pour toi. Je suis très inquiète. La nuit dernière, je ne suis pas arrivée à fermer l'œil. Toutes mes pensées allaient vers toi. *Je t'ai vu dans ces forêts en esprit... Tu souffrais beaucoup...* Oh, mon Dieu, j'espère qu'il ne t'est rien arrivé de grave ! Donne-moi de tes nouvelles dès que tu peux. Je t'embrasse de tout mon cœur. »

La tristesse et la crainte qui imprégnaient chacun de ses mots furent comme un flot glacé qui se déversa en lui. Impossible de la rappeler maintenant, sa ligne était certainement sur écoute.

Les deux derniers appels provenaient du même numéro, celui de Lauren Chambers, une jeune recrue qu'il avait formée et avec qui il entretenait une liaison. Elle avait été son équipière à l'occasion de son stage en « opération réelle », le baptême du feu qui faisait des recrues sorties des salles de classe des agents aguerris et opérationnels.

Leur rencontre remontait à cinq ans. Deux semaines d'enfer vert dans les vallées de Boca de Patía en Colombie, à traquer des rançonneurs affiliés au puissant cartel de Medellín. Les douze membres de la famille de Carlos Mora, un industriel qui pesait lourd sur la pétrochimie colombienne, avaient été relâchés sains et saufs après de longues et coûteuses négociations. L'agent Lauren Chambers, alors âgée de vingt-quatre ans seulement, avait fait preuve de beaucoup de sang-froid et de contrôle. Ses aptitudes étaient au-dessus de la moyenne des recrues de sexe féminin. Ils avaient eu une relation tous les deux, le temps qu'avait duré cette mission. Ils s'étaient revus par la suite et continuaient à se voir lorsqu'ils le pouvaient.

Son premier message était muet, il en déduisit qu'elle avait dû hésiter à se confier au répondeur téléphonique. Il lança l'écoute du second :

« Salut, Eliott, c'est Lauren. J'ai appris... Enfin... j'ai entendu par d'autres les faits qui ont conclu ta mission sur l'affaire St. Marys. Je te contacte car je voudrais comprendre ce qui s'est *réellement* passé, parce que je te crois incapable d'une telle folie. Je te laisse un numéro sûr auquel tu peux me joindre. N'hésite pas à me rappeler. »

Un numéro sûr, se répéta-t-il intérieurement en ouvrant la pièce jointe. C'était un mobile. Elle était prête à l'aider.

En l'état actuel des choses, il n'était pas envisageable qu'il entrât en contact physiquement avec elle, ni avec aucune autre personne. Il réalisa soudain qu'une simple analyse de sang pouvait lui en apprendre autant, voire plus, sur la nature du mal qu'il portait dans son organisme que la traduction du grimoire. Le problème était que des prélèvements sanguins l'obligeraient à s'approcher de personnel médical.

Il reprit sa marche le long d'un sentier qui longeait le sommet clairsemé d'une colline. Plus bas, au loin, se découpaient les premières habitations de la petite ville de Bradford. L'hôpital était facilement accessible à pied depuis les bois, sans être vu. Il cacha dans un fourré son sac à dos et toutes les affaires qui ne lui seraient pas utiles, puis ôta sa tenue d'opération pour se vêtir de manière à ressembler à un citoyen lambda, impeccablement anonyme : pantalon velours de randonnée et blouson matelassé. Il était 13 h. Il avait toutes ses chances d'obtenir une consultation pour faire un bilan sanguin au cours de l'après-midi. Il prendrait le risque de s'exposer au personnel hospitalier, mais il n'avait pas le choix.

8

La salle d'attente du service des prélèvements et analyses était quasiment vide, à l'exception d'un homme bedonnant d'une trentaine d'années, qui tournait mécaniquement,
et avec le même désintérêt, les pages de tous les magazines
qui se trouvaient sur la table basse de la pièce.

Une jeune femme brune en blouse blanche apparut dans
l'encadrement de la porte :

— Monsieur Bennett ?

Cooper acquiesça et se leva.

— Veuillez me suivre, s'il vous plaît.

Il avait conservé les identités professionnelles qu'il
s'était constituées pour les besoins de ses missions. Harold
Bennett était l'une d'entre elles. C'était la seule dont il ne
s'était encore jamais servi. Les quatre autres étaient inutilisables. Il aurait été instantanément localisé par les logiciels
de recherche du FBI s'il s'était présenté sous l'une d'elles à
l'entrée de l'hôpital.

L'infirmière le conduisit jusqu'à la porte d'un bureau et
l'invita à y entrer :

— Le médecin va vous recevoir.

— Une minute, mademoiselle, je n'ai jamais demandé à
être vu par un médecin. Je suis venu pour un bilan sanguin.

Elle le regarda en ouvrant de grands yeux, puis consulta
rapidement les fiches de la chemise qu'elle tenait dans la
main.

— Monsieur Bennett, c'est bien ça ?

— Oui, c'est ça.

— Vous vous êtes plaint d'avoir été mordu par un chien sauvage, et c'est ce qui vous a décidé à faire une analyse. Le docteur va vous voir, c'est la procédure, monsieur.

Elle l'invita de la main à entrer, en lui offrant un sourire pétillant. Il lui rendit la politesse, contrarié par le prétexte maladroit qu'il avait improvisé à l'entrée de l'hôpital.

— Monsieur Bennett, bonjour, venez par ici.

Le médecin, un grand homme affable, aux cheveux grisonnants et au regard bleu vif, l'accueillit dans son bureau et lui désigna un banc d'auscultation.

— Bonjour, docteur.

— Ôtez vos vêtements et allongez-vous.

Il s'exécuta et exhiba les nombreuses contusions qui apparaissaient sur son corps. Le docteur le regarda des pieds à la tête attentivement.

— Très bien, dites-moi tout.

— Lors d'une randonnée dans les collines, un chien errant m'a attaqué.

— D'accord, on va regarder ça.

Le médecin enfila des gants de latex blanc et se pencha sur la hanche gauche de Cooper où une belle éraflure s'était changée en un hématome bleuâtre.

— Il ne vous a pas raté, dites donc.

Le docteur porta ses mains sur la blessure. Lorsqu'il toucha la plaie endolorie, une douleur vive fit tressauter Cooper, comme la sensation d'une étreinte glaciale qui avait saisi ses viscères pour les tordre à l'intérieur de son ventre.

Il se contrôla tant bien que mal et n'en laissa presque rien paraître.

— Docteur, je voudrais que l'on fasse une analyse de sang la plus complète possible et puis, tant qu'on y est, une analyse de tout le reste.

— De tout le reste ? Je ne vous suis pas très bien, monsieur.

— Tout le reste de mon organisme. J'ai lu beaucoup de choses sur certains types d'infections, argumenta-t-il, je voudrais être certain que je ne suis pas atteint d'une forme de virus encore non répertoriée dans vos manuels.

Le docteur ouvrit les mains en signe d'apaisement.

— Vous n'avez aucune inquiétude à avoir, monsieur Bennett. Vous êtes ici dans un hôpital. Si vous souffrez d'une infection grave, nous en trouverons les causes et la soignerons. Nous sommes là pour ça, n'est-ce pas ? conclut-il avec un sourire aimable.

Cooper respira profondément pour se calmer. Il sentait que sa patience commençait à le lâcher. Il ne pouvait pas s'éterniser dans cet hôpital.

— Écoutez, docteur, je suis dans les affaires commerciales, et en ce moment je suis surchargé de travail. Je ne peux pas me permettre d'avoir le moindre problème de santé, vous comprenez ? Ma société va signer un gros contrat avec un client de New York et je dois m'y rendre cet après-midi même.

— Cet après-midi, vous dites ? Je crains que vous ne deviez reporter votre rendez-vous à demain, ce serait plus sage.

Cooper renchérit :

— C'est tout à fait impossible !

Le docteur lui fit signe qu'il pouvait se rhabiller. Il alla jusqu'à sa veste et prit son portefeuille.

— Docteur, si c'est une question d'argent, dit-il en sortant une liasse de billets, je peux payer, mais il me faut absolument un examen complet cet après-midi.

Le docteur réfléchit à deux fois en regardant la liasse qu'agitait Cooper sous son nez.

Bingo.

— Disons que, vu les circonstances et votre inquiétude, je peux essayer de débloquer le personnel nécessaire à vos examens cet après-midi. Mais le coût sera hors honoraires bien évidemment.

— C'est parfait, s'exclama-t-il avec soulagement, votre prix sera le mien.

Ils allèrent se rassoir autour du bureau. Le docteur décrocha son téléphone :

— Anna, préparez la salle 2 pour un prélèvement sanguin. Je voudrais aussi que vous convoquiez mon assistante en urgence, merci.

Il reposa le combiné lentement, tout en observant Cooper intensément. Ce dernier sentit qu'il se posait des questions, beaucoup trop de questions.

— Monsieur Bennett, parlez-moi de ce chien. Vous a-t-il paru malade ? Est-ce qu'il tremblait, bavait ?

— Tout s'est passé très vite, au détour d'un sentier. L'animal a surgi comme s'il me guettait et m'a attaqué violemment. Je n'ai pas eu le temps de le voir en détail. C'était un gros chien noir, c'est tout ce que je peux vous dire.

— Avez-vous ressenti des sensations douloureuses suite à cette attaque ? Fièvres, engourdissements ?

Il ne pouvait pas tout lui dire, mais il devait en dire suffisamment pour qu'il s'intéresse de près à son cas.

— J'ai des sensations bizarres depuis, docteur, comme des trucs qui grouillent sous ma peau. Et j'ai de grosses douleurs au niveau de l'estomac.

— Des trucs qui grouillent sous votre peau ? s'étonna le médecin en levant les sourcils.

L'interphone sur le bureau émit un signal sonore.

— Docteur Monroe, la salle 2 est prête, dit une voix cristalline.

Il pressa un bouton de l'appareil sans quitter Cooper du regard.

— Très bien. Merci, Anna… Venez, vous allez me suivre, on va commencer par une première série de prélèvements sanguins.

Ces derniers mots du médecin résonnèrent dans la tête de Cooper d'une manière tout à fait curieuse, une sorte d'écho profond qui déclencha en lui des tressautements subtils.

Ils sortirent du bureau et longèrent un long couloir baigné par la clarté synthétique de néons. Cooper fut soudain agité de convulsions violentes, sa tête fut comme prise dans un étau qui se resserra en quelques secondes. Il se rattrapa à la barre qui longeait le couloir pour ne pas s'effondrer.

— Tenez bon, lui dit le docteur en le soutenant jusqu'à la salle d'analyses.

Il le fit entrer pour l'allonger dans un fauteuil médical incliné en arrière. À l'instant où il s'assit, Cooper fut pris d'autres spasmes, plus violents, et se mit à vomir un liquide brunâtre, de l'hémoglobine vieille de deux jours. La puanteur que dégagea le jet épais lorsqu'il se répandit sur la moquette bleue de la salle médicalisée saisit le docteur de nausées. Il alla passer rapidement un masque et des gants et s'empressa aussitôt d'appeler du renfort sur l'interphone :

— Anna, pouvez-vous venir immédiatement en salle 2 ? C'est une grosse urgence !

— J'arrive tout de suite.

Les néons de la pièce se mirent à clignoter, comme atteints par des interférences magnétiques.

Le docteur pressa à nouveau l'interrupteur de l'appareil.

— Anna, rappelez mon assistante et dites-lui de venir le plus rapidement possible, l'urgence est extrême.

— …

— Anna ?

Le docteur actionna nerveusement l'interphone de coups d'index rapides.

La communication était coupée.

La pièce alternait maintenant entre les lueurs des néons qui agonisaient et l'obscurité totale.

Lorsque le médecin se retourna vers son patient, ce qu'il vit, entre deux flashs de ténèbres, le fit vaciller d'effroi.

La chose se tenait face à lui.

Ce n'était plus Harold Bennett. Et encore moins Eliott Cooper.

Le docteur n'eut pas le temps de hurler. Seul un cri étouffé sortit de sa gorge lorsque la créature le saisit d'une main pour le soulever du sol et l'amener à la hauteur de sa gueule horriblement dentue. L'homme tenta de se dégager en lui assénant des coups désespérés, ses jambes battant dans le vide. Dans les clignotements de lumière, les yeux exorbités par la pression qu'exerçait la main glacée sur son cou, le docteur vit la mâchoire noirâtre s'ouvrir. La dernière image qu'il vit fut celle de ces dents, aussi longues que des poignards d'ébène, qui se refermèrent sur son crâne.

*

Lorsque Cooper ouvrit les yeux, l'odeur du bitume lui emplissait les narines. Un bruit assourdissant vint lui vriller les tympans. Il leva la tête et vit une lueur aveuglante se rapprocher à pleine vitesse. Il eut tout juste le temps de se jeter sur le côté pour esquiver le véhicule énorme.

— Espèce de taré ! lui cria au passage le conducteur du camion par la vitre, sans même avoir pris la peine de ralentir.

Telle une bête égarée, il rampa à quatre pattes jusqu'aux taillis qui bordaient la route et disparut dedans. Il continua de se frayer un chemin à travers les herbes sauvages et les ronces qui s'accrochaient à sa peau nue. Il parvint jusqu'à un champ qu'il traversa en titubant, sans savoir s'il allait dans la bonne direction. Lorsqu'il sentit qu'il s'était suffisamment éloigné de la ville, il s'adossa contre un arbre et se laissa tomber par terre, épuisé. Il reprit connaissance avec la nuit qui tombait. Il distingua plus bas, au loin, les lumières de la ville qui s'éclairaient une à une. Les rues de Bradford étaient calmes, certainement comme d'habitude.

Les images de ce qui avait suivi sa métamorphose dans la salle d'analyses de l'hôpital lui étaient revenues en flash pendant qu'il était inconscient. Le visage du docteur. Celui de l'infirmière ensuite. Le goût de leur chair. La consistance de leurs os. Les nausées s'emparèrent de lui, comme il s'y attendait. Il rendit à la nature la vie qu'il lui avait prise, sous forme de chairs mâchées et de sang, mêlés à ses propres sucs digestifs. Il comprit la raison de ces vomissements systématiques : son corps ne parvenait pas à digérer ce que *la chose* lui mettait dans l'estomac. Lorsqu'il reprenait sa forme humaine, il en expulsait tout le contenu.

La nuit s'étirait à présent de toute sa noirceur sur les vallées, aucune étoile ne parsemait le ciel parcouru de nuages. Il en conclut qu'un autre orage allait se déverser sur la région, peut-être au cours de la nuit. Il lui fallait retrouver le bosquet où il avait caché ses affaires. Ses jambes, et ses pieds surtout, étaient endoloris à force de gravir les pentes rocailleuses pleines de buissons chargés d'épines. Néanmoins, il ne ressentait aucune fatigue musculaire et les douleurs dans ses articulations s'étaient largement atténuées. Il réalisa qu'il récupérait beaucoup plus vite qu'après sa première transformation.

Après avoir erré longuement, il finit par retrouver le sentier qui l'avait amené aux environs de Bradford. Quel réconfort ce fut lorsqu'il retrouva son sac. Il put enfin boire et engloutir à la suite ses deux dernières barres énergétiques. Il se vêtit chaudement et alluma son réchaud pour se préparer une soupe consistante et réparatrice. Une fois qu'il eut retrouvé ses forces, il entreprit de faire le point. Selon les services de météorologie, de sévères intempéries menaçaient en effet la région durant les trois jours qui venaient. S'il se mettait en route maintenant, peut-être qu'il parviendrait à éviter les orages. Sur sa messagerie apparaissait un nouveau message de Lauren Chambers, envoyé en texto :

« Salut Eliott. Je t'ai laissé un message il y a deux jours, sans réponse. Je ne crois pas une seconde à ce que les autres agents racontent à ton sujet. Personne n'a eu véritablement d'info sur

ce qui s'est passé. J'espère seulement que tu t'en sors. Si tu as besoin d'aide, je suis là. »

Suite à leur liaison amoureuse lors de leur mission en Colombie, des liens forts s'étaient noués entre eux. S'engager dans une relation durable, à plus forte raison avec un équipier, n'était pas envisageable. Cela n'était d'ailleurs pas recommandé par la maison. Ils avaient tous les deux convenu que leur aventure resterait un secret. Mais au sein même du FBI, le secret n'existait pas. Cela ne les avait pas empêchés de se revoir. Leur compatibilité était excellente à quasiment tous les niveaux. Chambers était une fille extra, qui croquait dans la vie à pleines dents. Pure énergie, c'était le terme qui la définissait le mieux. Ce trop-plein de vie était peut-être son seul défaut. Lauren Chambers était animée par une flamme que Cooper retrouvait en lui, à ceci près que la sienne s'était affaiblie avec le temps. À chacune des fois qu'ils s'étaient revus, elle avait ravivé dans son cœur la lumière qu'il avait perdue pour beaucoup de choses.

Elle pourrait l'aider à soigner ce mal qui avait pris possession de lui. Mais comment ? Tout d'abord, il lui exposerait les faits incroyables qu'il avait vécus depuis le début de son enquête. Et ensuite, la métamorphose. Pourrait-elle encore le croire sain d'esprit ? Dans l'hypothèse où elle lui accorderait sa confiance, et dans l'impossibilité qu'il entre en contact avec elle physiquement, ils ne pourraient qu'échanger par téléphone. Mais comment pourrait-elle l'aider ? Elle serait son intermédiaire. Il lui confierait le livre pour qu'elle aille le soumettre à la traduction de Sir Ravenwood, l'expert en paléographie de Rochester, puis elle tenterait avec lui de trouver le moyen de mettre un terme à ce maléfice.

Il pensa à elle avec une profonde affection. Ils vivaient une passion entrecoupée de périodes durant lesquelles ils ne se voyaient pas, mais leurs rapports étaient intenses, comme cette mission dans la jungle colombienne. Ce genre de circonstances nouait des liens forts. Ils ne s'étaient revus que peu de fois au cours de l'année, mais cela avait suffi pour entretenir leur flamme. Sa présence à ses côtés serait guérissante, comme un baume de lumière, au-delà du soutien matériel qu'elle pouvait lui apporter. Il imagina son visage, si délicatement dessiné, ses boucles brunes qui tombaient en cascades soyeuses sur ses épaules, ses superbes yeux verts en amande et son sourire irrésistible.

Il prit son portable et composa son numéro.

Elle décrocha après la quatrième tonalité. Dans la pratique, cela signifiait que tout allait bien pour elle.

— Salut, Lauren. C'est Cooper.

Il y eut un blanc de deux secondes.

— Eliott, lui retourna-t-elle simplement.

Aucune émotion. Pas d'intonation particulière. En bon agent spécial, elle se maîtrisait parfaitement.

— J'ai besoin d'aide, Lauren, il m'arrive un truc pas possible.

— Il va falloir que tu me donnes ta version des faits, lui retourna-t-elle aussitôt.

Il sentit qu'elle l'écoutait très attentivement.

— J'imagine que tu as entendu des choses atroces.

— Trois jeunes femmes dévorées, *vivantes*... et les restes d'un enfant qui n'a pas pu être identifié. Selon le rapport interne, tu es l'auteur des faits. Voilà ce que j'ai entendu.

Il lui répondit posément :

— Les faits sont exacts, je ne les contredis pas, Lauren.

Il attendit qu'elle réagisse à ces mots, d'une manière ou d'une autre, mais elle ne dit rien. Il perçut qu'elle se contenait et comprit qu'elle attendait qu'il poursuive. Ce qu'il fit.

— Je vais te demander de me croire, même si ce que je vais te dire est complètement fou. Quelque chose, comme une force obscure, a pris le contrôle de mon organisme pour commettre ces faits. Mais ça n'est pas moi qui ai dévoré ces trois jeunes femmes, et encore moins cet enfant !

Elle reçut cela comme si le wagon de tête d'un train la percutait de plein fouet. Il y eut un long silence, le temps pour elle d'encaisser le choc.

Il l'entendit déglutir. Elle s'éclaircit la voix :

— OK, Eliott. Tu me demandes de croire que tu es possédé par une sorte de... d'entité démoniaque, ou un truc dans le genre, c'est ça ?

— Non, pas tout à fait, Lauren. C'est physique. Mon corps... se métamorphose en *quelque chose qui n'est plus moi*. Même si mon empreinte génétique reste la mienne, ça n'est plus moi, Chambers, tu m'entends ? *Ça n'est plus moi !* répéta-t-il en serrant les dents, et en contrôlant sa rage d'être impuissant à se faire comprendre par quelqu'un.

— OK, OK, Eliott ! Je t'entends. Je t'écoute, et je suis prête à te croire, même si je t'avoue que c'est extrêmement difficile.

— Ça l'est pour moi le premier, Lauren ! C'est comme si les portes de l'enfer s'étaient ouvertes dans ces forêts. C'est un putain de cauchemar plus vrai que nature ! Il faut que tu m'aides !

— D'accord, Eliott, d'accord. Il va falloir que tu me racontes tout depuis le début, depuis que tu as commencé ta mission, sans oublier le moindre détail.

Elle lui parlait avec compassion, presque avec le ton d'une mère. Parce qu'elle avait reçu sa souffrance. Elle le comprenait. Elle le croyait. Du moins, elle était prête à le croire.

Il lui raconta tout, depuis son arrivée à St. Marys, jusqu'à l'ultime nuit d'horreur. Elle ne l'interrompit pas une fois et écouta jusqu'au bout l'inconcevable récit.

— ...Voilà où j'en suis maintenant, Lauren. Je vis dans un corps qui s'efface un peu plus chaque seconde, remplacé par cette chose qui me possède comme un objet. Comme si cette créature avait besoin d'un support de chair pour exister. Bientôt la folie me gagnera, ou bien ce sera *cette monstruosité* qui existera tout le temps, à ma place...

En disant ces mots, il sentit qu'il était déjà résigné à cette perspective. Parce qu'il savait que cette force maléfique n'avait aucune limite de pouvoir sur lui. Des larmes froides se mirent à couler sur ses joues, il y avait en elles l'accepta-tion de la mort qui lui paraissait inéluctable. Il vit que sa main qui tenait son portable était agitée de tremblements.

— Eliott...

La gorge de Lauren s'était nouée. Elle ne savait pas quoi lui dire, par où commencer pour essayer de le soulager d'une telle masse de souffrance. Elle avait peur aussi. Peur de réaliser qu'il était certainement atteint de troubles psy-chiques irréversibles et qu'elle serait bien incapable de lui venir en aide.

— Où es-tu actuellement ? Je vais venir.

C'était tout ce qu'elle avait trouvé à dire. Elle avait laissé parler son cœur. Même si elle ne savait pas ce qu'elle pour-rait faire ou dire une fois qu'elle serait en sa présence.

Il lui faisait confiance.

— Quelque part dans les collines au-dessus de Bradford, en Pennsylvanie. Mais je vais continuer vers le nord pour passer dans l'état de New York. On peut se retrouver aux alentours d'Olean, c'est une ville à l'est de Bradford. Et toi, où es-tu ?

— Atlanta.

— Tu es sur une affaire ? lui demanda-t-il.

— Je viens de terminer un gros dossier, oui.

Il s'intéressa à sa mission, plus pour retrouver une nor-malité relative dans leurs échanges que par réel intérêt.

— Un gros dossier ?

— La relève sicilienne qui se réimplante dans le sud. Tu as forcément dû en entendre parler, lui répondit-elle.

— Ils n'y vont pas de main morte à ce qu'il paraît.

— Ils ont mis sur le coup les pires tueurs qu'ils avaient à disposition. Et ils ont en plus loué les services de merce-naires fraîchement débarqués de Syrie. De vrais pros.

— Ça ne devait pas être beau à voir, dit-il en imaginant le tableau.

— C'est le moins qu'on puisse dire. On était surtout là pour ramasser les morceaux après leur nettoyage. Ils n'ont rien laissé des gangs qui tenaient paisiblement boutique sur la ville. Blacks, Hispanos, Russes... Les Siciliens ont remis les compteurs à zéro.

— Tu peux me rejoindre dans combien de temps ?

— Je saute dans le premier avion. Je peux être là dans quatre heures.

— Lauren...

— Oui ?

— Merci d'être là.

— Je suis heureuse si je peux t'aider.

— Je te donnerai mes coordonnées GPS lorsque tu auras atterri.

— Aéroport de Buffalo. C'est le plus proche de ta position, il me semble.

— C'est ça.

— À très vite, Eliott.

— Sois prudente, Lauren, et assure-toi de ne pas être suivie.

— Évidemment. Je me mets en route.

9

Le soleil descendait au loin derrière les vallées. Il l'observait fixement, absorbé dans une torpeur où s'élevaient des pensées obscures et confuses. Il avait essayé de s'endormir, mais le taux d'adrénaline qu'il sécrétait l'empêchait de trouver le plus petit instant de repos. Peu à peu, le couchant teintait l'horizon de lueurs pourpres, rouges comme le sang qui avait été versé cet après-midi à l'hôpital. Parmi le fouillis d'images morbides qui remontaient par vagues émergea une réflexion cohérente, tirée des événements qui étaient survenus dans le service d'analyses et de prélèvements. Il lui sembla que la force maléfique avait attendu le moment propice pour frapper. Elle ne s'était pas intéressée à l'homme bedonnant qui compulsait les magazines. Non, elle avait comme attendu. Et lorsque l'infirmière était venue le chercher, la chose s'était manifestée par des remous intérieurs contenus. Mais lorsque le docteur avait commencé à s'intéresser à lui, à poser des questions sur les symptômes qui s'étaient manifestés après la prétendue attaque de chien, à palper sa blessure, elle s'était manifestée avec véhémence. Et quand il avait prescrit les prélèvements sanguins, la chose avait compris que ce docteur pouvait être une menace, qu'il risquait de révéler sa présence.

Cela pensait. Et cela agissait *consciemment*, à l'intérieur de lui.

*

Elle sauta du taxi et récupéra son sac dans le coffre sans même laisser au chauffeur le temps de descendre de son véhicule.

— Tenez, gardez tout, lui dit-elle en lui tendant par la vitre un billet de vingt dollars avec l'un de ses plus désarmants sourires.

Elle courut se fondre parmi les quelques voyageurs qui fluctuaient aux entrées de l'aéroport international Hartsfield-Jackson d'Atlanta. Le vent froid s'engouffra avec elle entre les portes automatiques et mourut dans la chaleur climatisée du vaste hall d'entrée. Elle consulta sa montre qui indiquait 21 h 34, puis le panneau d'affichage des vols au-dessus des guichets. Son avion pour Buffalo décollait dans seize minutes. Tout juste le temps d'envoyer un message à Eliott pour lui confirmer son départ.

« *Je décolle à l'instant. Arrivée à Buffalo à 23 h 40.* »

Une fois son billet acheté, elle pressa le pas jusqu'aux sas d'embarquement. Quelques minutes plus tard, confortablement assise dans son fauteuil, elle observait les bâtiments blancs de l'aéroport qui défilaient dans le hublot. L'avion balloté par les rafales de vent s'éleva puissamment, indifférent à ces intempéries passagères.

Toutes ses pensées allaient vers Eliott. Elle l'imaginait blessé, affaibli, dans un état pitoyable, et elle ne se trompait pas. Était-il encore lucide, ou bien la folie l'avait-elle définitivement emporté ? Elle était partagée entre le plaisir de le revoir et l'appréhension de se retrouver face à un psychopathe en pleine crise de démence. Elle avait peur, pour elle. Mais elle avait tout aussi peur de le perdre. Cinq années étaient passées depuis leur mission en Colombie. Ils avaient vécu quelque chose de très fort tous les deux là-bas, quelque chose qui l'avait marquée profondément. Il avait eu sur elle le regard d'un père. En un mois de mission, il lui avait transmis toute l'expérience qu'il avait acquise en milieu hostile, ses techniques de survie, ses méthodes, tous ses trucs à lui. Puis il avait eu sur elle le regard de l'amant. Leur passion avait été brutale, comme cette mission. Il avait embrasé son corps et son cœur. Maintenant encore, les yeux d'Eliott étaient posés sur elle. En plus d'être physiquement irrésistible, il avait ce truc à l'intérieur qui faisait fondre toutes les filles qu'il croisait. Il ne s'en rendait même pas compte. Elle s'était laissée aller à son jeu, sans se donner à lui totalement. Elle aussi avait su parfaitement l'enflammer, et le tenir captif de son charme. Leurs jeux de séduction et leurs ébats ardents passés, ils avaient senti tous les deux qu'ils allaient vers quelque chose de fusionnel. Cette relation n'aurait pas cadré avec le boulot. C'était beaucoup trop puissant pour être limité par des horaires, des conventions. Cela sortait complètement des normes. Ils avaient convenu de se laisser du temps. Expression préliminaire de la rupture définitive ? Non. La seule cause véritable avait été le travail. Leurs obligations envers le Bureau avaient pris le dessus, mais ils continuaient d'entretenir leur relation, aléatoirement, au gré de leurs déplacements. Maintenant, alors que ses grands yeux verts se perdaient entre les nuages et les gouttes d'eau qui glissaient sur le hublot, elle se rendait compte combien elle l'aimait.

La voix délicate d'une jeune hôtesse la sortit subitement de sa rêverie :

— Mademoiselle, je vous sers quelque chose à boire, café, jus d'orange ?

— Je veux bien un peu de jus d'orange, merci.

La jeune fille aux boucles rousses lui tendit un verre avec un sourire gracieux et poursuivit sa distribution.

— Mademoiselle, s'il vous plaît, la rappela-t-elle discrètement.

— Oui ?

— Pouvez-vous me dire comment sera la météo à Buffalo ?

L'hôtesse dessina sur son visage une moue dépitée.

— Le ciel est chargé de nuages. De grosses pluies sont prévues à l'atterrissage.

— Merci.

— Je vous en prie.

Elle était assoupie lorsque l'avion fut agité de fortes secousses. Elle s'éveilla en sursaut.

« Chers passagers, nous vous demandons de bien vouloir attacher vos ceintures. Nous traversons actuellement une couche de perturbations d'altitude et amorçons sereinement la descente vers l'aéroport de Buffalo-Niagara. »

Quelques minutes plus tard, le Boeing se posait sans peine sous les pluies torrentielles qui inondaient les pistes. Son portable rallumé, elle consulta sa messagerie. Un certain Robert Woods lui avait laissé deux messages écrits, qu'elle ouvrit aussitôt avec un sourire amusé :

« Hello, toujours partante pour notre petite escapade ? »

« Rappelle-moi pour que je t'envoie l'itinéraire. »

Il n'avait pas perdu son sens de l'humour. C'était plutôt bon signe.

Elle se rendit dans la première agence de location de véhicules qu'elle trouva. Sous le nom de Natalie Gray, elle loua une Jeep Wrangler, paya en espèces et descendit au parking récupérer le véhicule.

« Prends la voie rapide 219 en direction du sud. Après Carrollton, tu bifurqueras à gauche sur la 417 jusqu'à Olean. Tu prendras la route 16 à droite au carrefour de la sortie de la ville, direction Knapp Creek. Envoie-moi un message lorsque tu es sur la 16. »

Au vu de leurs échanges téléphoniques, il ne lui semblait pas être atteint de troubles mentaux majeurs, au point de ne plus être responsable de ses actes, en tout cas. Il faisait preuve de lucidité et d'une cohérence relative dans ses propos. Elle repensa aux faits atroces dont il était accusé d'être l'auteur. Dévorer trois jeunes femmes et un enfant... On ne pouvait raisonnablement pas imputer ces actes à une créature humaine. Même un animal sauvage aurait eu du mal à se repaître de quatre personnes à la suite. En tant qu'agent du FBI, elle avait déjà traité quelques affaires sordides où des maniaques avaient commis des crimes inhumains. Mais ce dont il était accusé dépassait de loin les pires affaires qu'elle avait connues. Des sorcières, des ruines aux propriétés étranges, sa métamorphose... Elle continuait de se demander comment toute cette histoire était concevable. Même s'il lui paraissait lucide, ses propos sortaient complètement de la réalité. Il n'y avait que deux options possibles : soit Cooper était devenu fou, soit ce qu'il avait vécu dans ces bois relevait vraiment de phénomènes surnaturels.

Elle remonta vers la sortie du parking jusqu'aux barrières automatiques. Une odeur entêtante de plastique et de cuir flottait dans la Jeep, un rutilant modèle Smokey Mountain de couleur grise. Le compteur affichait à peine plus de huit mille kilomètres. Elle aurait pu choisir un véhicule plus banal, mais ce modèle était parfaitement adapté aux terrains accidentés qu'ils allaient devoir parcourir.

Les averses continuaient de s'abattre sur Buffalo sans interruption. Elle longea la voie rapide jusqu'à la sortie de la ville et s'engagea sur l'autoroute. Elle contrôla plusieurs fois les voies derrière elle ; aucun véhicule ne la suivait. Croisant son regard dans le rétro, elle vit que ses yeux étaient fatigués, pourtant elle se sentait parfaitement alerte. Les voies désertes de la 417 filaient droit vers le sud à travers les plaines endormies. De temps à autre, des éclairs venaient strier la nuit d'éclats argentés.

*

Il installa sa tente à l'abri des intempéries, dans un renfoncement au pied d'un grand rocher, et alla chercher du bois sec pour allumer un feu de camp. Il avait terminé ses dernières rations de nourriture depuis la veille. Il mourait de faim. Il emporta avec lui son arme de poing, équipée d'un silencieux, en comptant sans trop d'espoir tomber sur du gibier. Mais il était épuisé et se déplaçait trop bruyamment, se rattrapant aux branches pour ne pas chuter à chaque faux pas. Si un sanglier surgissait, il n'était pas sûr de pouvoir le tuer, même à cinq mètres de distance tant il était à bout de forces. Il regagna son campement de fortune bredouille, un fagot de bois à peu près sec sur son épaule. Le vent soufflait fort et l'air sentait la terre humide. La tempête ne devait plus être loin maintenant. Plus tard, alors qu'il s'était assoupi devant les braises rougeoyantes, son portable vibra dans sa poche. C'était un appel de Lauren. Il répondit aussitôt :

— Monsieur Robert Woods ? dit-elle en plaisantant.

— Tu es où ?

— À la sortie d'Olean. Je viens de prendre la route 16 qui monte vers Knapp Creek comme tu me l'as indiqué.

— Parfait. Tu n'es plus très loin. Tiens, je t'envoie mes coordonnées GPS.

— OK.

Quelques secondes passèrent, le temps pour lui d'envoyer le fichier.

— Reçu, lui confirma-t-elle.

Elle entra les données dans son itinéraire.

— Je suis sur ta position dans huit minutes environ. À tout de suite.

— Lauren ! l'interpella-t-il avant qu'elle ne raccrochât.

— Oui ?!

— Apporte quelque chose à manger, s'il te plaît, j'ai terminé toutes mes réserves. Je vais bientôt crever de faim.

— Oups, oui, excuse-moi, j'avais complètement oublié ça. Tu veux quelque chose en particulier ?

Le ventre d'Eliott se mit curieusement à gargouiller, comme si son estomac essayait de répondre à la question.

— Peu importe, apporte des aliments consistants, nutritifs, et en assez grande quantité pour tenir plusieurs jours. Et de l'eau aussi. Ce sera parfait.

— D'accord. Je viens justement de passer devant un centre commercial de nuit. Je vais y retourner pour faire des achats.

— OK. Pour notre rendez-vous, appelle-moi dès que tu es arrivée au point.

— Je t'appelle ? s'étonna-t-elle.

— Je ne prendrai pas le risque d'entrer directement en contact avec toi. Pas tant que je ne saurai pas exactement ce qui m'arrive. Il va falloir que nous restions à distance. Je représente un danger extrême pour toute personne qui m'approche, Lauren.

Elle mit quelques secondes pour assimiler ce qu'il venait de dire. Elle ne savait plus quoi lui répondre.

— Très bien, Eliott. Je... j'écouterai tes instructions et les suivrai. J'entre sur le parking du supermarché à l'instant. Je vais faire les provisions et te rejoins. Enfin... le point de rendez-vous, je veux dire.

— Lauren.

— Oui ?

Elle espéra de tout son cœur qu'il allait dire quelque chose de normal, de rassurant.

— Tu es convaincue que je suis complètement fou, n'est-ce pas ?

— Non, ce qui me fait froid dans le dos, c'est la lucidité avec laquelle tu m'expliques tout ça.

— Tu auras bientôt la preuve que tout est réel, Lauren.

Elle gara la Jeep, sans rien ajouter. Si tout était vrai, alors c'était sûrement encore plus effrayant. Mais elle préférait cette option à celle de sa folie.

— Je vais faire les achats et serai au rendez-vous dans vingt minutes environ.

— OK. À tout à l'heure.

10

Les phares de la Jeep glissaient sur la route 16 qui serpentait au creux des vallées. La pluie n'était pas encore là, peut-être que les ondées allaient épargner ce coin, espéra-t-elle intérieurement. Elle se laissa bercer un moment par le chant envoûtant de Crosby, Stills, Nash and Young que diffusait la radio, au gré des courbes de la route.

Guinnevere
Had green eyes
Like yours, my lady like yours…

Elle se souvint qu'ils s'étaient aimés intensément sur cette chanson un soir d'hiver, à New York. Cela remontait à presque deux ans maintenant. Ils s'étaient retrouvés dans un minuscule club de jazz, au fond d'une ruelle de Brooklyn. Une diva afro-cubaine chantait un blues ensorcelé, au rythme des sonnailles qu'elle battait sensuellement contre le bas de ses hanches. Ils étaient restés blottis là, l'un contre l'autre, bien au chaud dans cette boîte où ils étaient pratiquement les seuls clients, alors que la neige tombait à gros flocons dehors. Plus tard, la chanteuse était entrée dans une transe aveugle qu'elle nourrissait de gorgées de whisky goulues. Ils avaient descendu plusieurs verres eux aussi et commencé à échanger fiévreusement des caresses sous la table. Elle sentait monter en lui son désir de mâle, organique. Elle aimait son côté animal et savait ingénieusement s'y prendre pour réveiller la bête. Sur ce terrain-là, elle avait le dessus.

Tout en sirotant son verre, ses yeux plantés dans les siens, il avait passé sa main entre ses cuisses, chaudes et moites. Elle laissait juste assez d'espace à ses doigts pour aller et venir en elle. De son côté, elle avait franchement dézippé sa braguette et, sans décoller ses yeux des siens, d'un regard défiant, avait empoigné sa queue. Ils n'étaient pas sortis du club qu'il lui avait presque arraché sa petite culotte. Sans plus tarder, ils avaient filé dans un taxi pour rejoindre un hôtel. Leurs ébats avaient redoublé d'intensité à l'arrière de la berline, où elle avait libéré sa verge de son jean pour attiser encore le feu de sa bouche, avide de chair, tandis que les mains d'Eliott glissaient en elle, enserraient ses superbes seins, ronds et fermes, saisissaient ses hanches, pressaient et mordait ses fesses félines. De ses dents, il avait ensuite fait définitivement céder les coutures de sa petite dentelle noire trempée. Il l'avait alors empoignée pour l'assoir sur lui, telle une reine de perversité sur son trône. À partir de là, elle avait su qu'elle perdrait le contrôle et s'était livrée totalement à lui. Il l'avait fait aller et venir lentement sur lui, jusqu'à l'hôtel, la tenant fermement sous son emprise, lui murmurant des mots qu'elle n'osait pas se répéter. Elle adorait ça, lorsqu'elle se sentait malmenée par lui, et il savait s'y prendre. Il savait la faire décoller si haut, faire culminer le point de rupture de son orgasme, pour la garder à la limite jusqu'à ce qu'elle l'implore. Elle avait joui deux fois dans le taxi, avec une intensité maximale.

Eliott était une vraie bête de sexe comme elle n'en avait encore jamais connu. Parfois elle s'avouait que c'était la raison première de leur relation. Mais quel mal y avait-il à cela ? Arrivés dans la chambre moderne et luxueuse du Park Hyatt, ils avaient ensuite concentré leurs activités amoureuses dans la salle d'eau. Après des préliminaires aquatiques prolongés, il avait empoigné ses hanches et l'avait prise sur le bord du jacuzzi, couvrant son dos et sa nuque de baisers et de morsures délicates. Soudainement, elle avait pris le dessus et l'avait agrippé sauvagement, tigresse insoumise toutes griffes dehors, pour le coucher sur le dos. Elle était venue s'assoir sur sa queue pour aller et venir dessus, ses yeux rivés dans les siens, jusqu'à le vider de sa semence. Plus tard, ils avaient poursuivi leur parcours érotique et expérimenté la terrasse enneigée, revigorante, pour terminer en apothéose charnelle sur le grand lit de la chambre au design irréprochable. Là, ils avaient fusionné complètement, leurs deux corps comme une seule rivière de lave, ombres lumineuses, leur haleine et leurs râles entremêlés dans un seul souffle, l'odeur ambrée de leur étreinte, la fragrance de la chair qui appelait la chair, encore et encore... L'abandon et l'emprise, la mort, la vie... Toutes les forces du cosmos étaient dans leurs hanches... Un dieu et une déesse, à des années-lumière au-dessus de la voûte céleste, copulant dans l'espace infini. Extase suprême.

Après plusieurs heures de caresses et d'ébats immensément lointains, ils étaient revenus sur Terre, s'étaient alanguis, avaient échangé des baisers à n'en plus finir en se parlant au creux de l'oreille, fait des projets fous, planifié des voyages en Europe, en Asie... Leur passion était en train de sortir de sa chrysalide pour se changer en un superbe papillon amour, aux ailes aussi colorées que toutes les fleurs de tous les plus merveilleux jardins de la création. Le souvenir de cette nuit-là était resté si limpide qu'il lui suffisait de fermer les yeux pour sentir à nouveau ses mains parcourir son corps, ses yeux noirs plonger dans l'intimité de ses pensées, pour entendre sa voix profonde et se laisser bercer par les ballades des vieux groupes de rock qui passaient à la radio...

Guinnevere
Drew pentagrams
Like yours, my lady like yours...

Elle suivit l'itinéraire et quitta la route pour une piste en terre qui montait dans les collines. Elle l'appela une fois qu'elle fut arrivée à destination. Ses doigts tremblaient lorsqu'elle composa le numéro.

Il décrocha immédiatement.

— Je suis arrivée.

— Je vois la Jeep. C'est exactement ce qu'il nous faut, ma chérie.

Enfin un mot gentil.

— J'espérais pouvoir t'approcher, mais mon état ne me le permettra pas. Je peux difficilement anticiper cette chose lorsqu'elle s'empare de moi. Tu es toujours d'accord pour m'aider ?

— Est-ce que tu crois que j'ai parcouru plus de six cents kilomètres pour te laisser tomber maintenant ?

— J'ai déposé le livre au pied du grand arbre que tu dois sûrement voir à droite du chemin.

— Je le vois.

— Très bien. Prends le livre avec toi. Je pense qu'il s'agit d'une sorte de manuel de sorcellerie, très ancien, un grimoire pour être exact, ou quelque chose dans le genre. Jusqu'à présent, je ne croyais pas du tout à ces trucs... mais là, je dois reconnaître que c'est du sérieux.

Il sentit monter en lui le mal qui s'éveillait.

Elle sortit de la Jeep au pas de course et alla chercher le livre au pied de l'arbre.

— Je l'ai. Que dois-je en faire maintenant ?

— Le seul spécialiste dans le secteur capable de traduire cet ouvrage se nomme Wilbur Ravenwood. C'est un expert réputé en paléographie, l'étude des langues anciennes. Il est retraité mais officie encore à Rochester, à son domicile. Je t'ai inscrit son adresse sur un mot glissé dans le livre.

— Je suppose que je devrai m'y rendre.

— Exactement.

Les mouvements du fluide maléfique dans ses veines lui firent l'effet d'un courant glacé, qui le traversa, accompagné des spasmes annonciateurs de la métamorphose.

— Eliott ? Tu es toujours là ?

Il toussait fort. Des glaires pestilentielles lui remontaient. Il déploya toute sa volonté pour garder le contrôle.

— Lauren… Apporte-lui le livre et demande-lui de le traduire.

— D'accord, mais…

Il l'interrompit.

— Il faudra aussi que tu achètes tout le matériel nécessaire à des prélèvements de sang : seringues, tubes d'analyses, tout ce qu'il faut. Renseigne-toi auprès d'un médecin hospitalier si besoin.

— D'accord, c'est noté. Eliott ?

— Oui ?

— Pourquoi ne pas aller faire un prélèvement aux urgences de l'hôpital le plus proche ?

— Lauren, Lauren, j'ai déjà essayé, je te garantis que c'est impossible. Sir Ravenwood d'abord, le matériel médical ensuite. Fais vite, chaque seconde compte. Je ne sais pas combien de temps je pourrai tenir.

Il se mit à éructer bruyamment et à dégurgiter une bile noire.

En entendant ce qui remontait de son ventre, elle comprit qu'il y avait vraiment urgence.

— Je me mets en route tout de suite.

Elle déposa la nourriture qu'elle lui avait achetée au bord du chemin puis remonta en voiture. Elle posa le livre sur le siège passager de la Jeep et chercha les clés pour démarrer, mais ne les trouva dans aucune de ses poches. Dans l'oreillette de son téléphone, elle pouvait l'entendre gémir et essayer de parler, entre deux convulsions agonisantes.

— Eliott ! Reste avec moi, dis quelque chose !

Elle finit par retrouver les clés dans la boîte à gants et s'empressa de démarrer. Saisie de panique, elle cala et du relancer le moteur. Soudain, la lueur des phares se mit à vaciller, comme si la batterie défaillait.

— Eliott ! Tu es là ?!

Plus de râles de douleur. Plus aucun de ces bruits effroyables qui sortaient de lui.

À l'instant où elle passa la première pour partir, elle vit les arbres s'agiter au-dessus des fourrés, dans le scintillement des phares qui s'affaiblissaient. Elle entendit soudain un souffle rauque, un cri, qu'elle ne put attribuer à un animal, *et encore moins à un humain.*

Brusquement, le toit se plia sous le choc d'une masse qui s'abattit dessus, comme si un rocher énorme avait chuté sur la voiture. Elle écrasa l'accélérateur sur le plancher et maintint le cap tant bien que mal en donnant des coups de volant de droite et de gauche. Elle parvint à faire décrocher la chose du toit. La Jeep patina puis finit par s'élancer à toute vitesse sur le chemin de terre accidenté. Elle regarda par réflexe dans le rétro mais ne distingua rien d'autre que l'obscurité la plus totale. Elle put rejoindre la route avant que la panne électrique ne s'étendît à tout le circuit, ce qui aurait stoppé le véhicule net. Progressivement, les phares récupérèrent leur luminosité. Elle tapota le tableau de bord. Tout semblait fonctionner à nouveau normalement.

— Eliott ?! cria-t-elle dans son kit mains-libres.

Elle n'eut pour réponse que le silence.

— Si tu m'entends, je suis en route pour Rochester. Tiens bon !

Elle sortit de la piste et déboula sur la route de bitume dans un hurlement de pneus brûlés. Elle regarda le paquet sur le siège passager et tendit la main pour l'attraper, sans quitter la route des yeux. Elle le posa sur ses genoux et défit le nœud de ficelle pour ôter la pièce de couverture. Elle alluma le plafonnier pour observer l'objet, afin de s'assurer qu'il s'agissait bien du livre d'incantations. L'ouvrage était sans aucun doute très ancien, peut-être plusieurs siècles. Il dégageait une odeur faisandée de vieux cuir, de sang et de terre. Mais il y avait une fragrance qui dominait et qu'elle ne parvenait pas à identifier... Si la mort n'avait eu qu'une seule odeur pour toutes ses déclinaisons, cela aurait été celle-là.

Elle trouva la couverture antique des plus repoussantes, avec ses symboles qui accrochaient l'œil comme des épines de ronces et ses effigies dantesques aux corps distordus qui s'entremêlaient. Parcourir ses pages l'aurait répugnée au plus profond d'elle. Ce livre suintait le mal à l'état pur. Elle l'enveloppa dans la couverture et le reposa sur le siège passager.

L'horloge du tableau de bord de la Jeep affichait 1 h 50. Il n'était pas raisonnable de réveiller l'expert paléographe en pleine nuit, même si cette affaire pouvait susciter son plus vif intérêt. Elle commencerait par trouver une pharmacie ouverte non-stop pour y acheter de quoi prélever le sang d'Eliott. Elle dormirait ensuite une heure ou deux puis rendrait visite à Sir Ravenwood en début de matinée.

Arrivée à Olean, elle gara la Jeep sur le parking du centre commercial où elle s'était rendue la veille. Elle y avait repéré une pharmacie de nuit dans une rue en face. Elle enfila un blouson épais sous son imperméable car le froid était tombé. Elle traversa les vastes abords du supermarché en trottinant pour se réchauffer. Les rues étaient désertes, balayées par une pluie légère qui tombait par vagues intermittentes. Elle allait emprunter un passage couvert qui traversait une galerie marchande pour rejoindre la pharmacie, mais en y voyant un attroupement de jeunes qui chahutaient, cannettes de bière à la main, elle se ravisa et contourna le bâtiment par l'extérieur.

Des coups de sifflet retentirent lorsqu'elle passa à leur hauteur.

— Hey ! Mais où on va comme ça, ma p'tite dame ?

Elle les ignora et continua jusqu'au magasin de nuit.

— Hé ! On te cause, putain ! vociféra un autre.

Les lumières éclatantes qui flashaient sur l'entrée de la pharmacie l'aveuglèrent un court instant. Ce genre d'éclairage surpuissant, associé aux caméras placées aux abords, était fait pour dissuader les agressions et les vols commis pendant les nuits. Le magasin était tenu par deux jeunes

Asiatiques au visage androgyne étonnamment semblables. Ils la saluèrent en s'inclinant lorsqu'elle entra, parfaitement synchrones.

— Bonsoir, je cherche le rayon où se trouve le matériel nécessaire pour – elle chercha ses mots, la question pouvant prêter à confusion – faire un prélèvement de sang.

Leur masque souriant se décrocha l'espace d'une ou deux secondes. Ce produit était généralement demandé par une clientèle à problèmes.

— Vous cherchez seringues, c'est ça ? baragouina l'un des Asiatiques.

Ils avaient retrouvé une face souriante teintée de méfiance.

— Oui, c'est ça, c'est bien ce que je cherche. Il me faudra aussi des tubes pour analyses, est-ce que vous avez ça ?

À cet instant précis entrèrent dans le magasin quatre des jeunes rôdeurs qui l'avaient interpellée dans les allées du centre commercial. Ils l'avaient suivie. Les Asiatiques affichaient maintenant un masque de type défense/fermé, ils gardaient leur portable à la main, se tenant visiblement prêts à appeler la police à tout instant.

— Je peux vous vendre seringues, oui, mais tubes, je n'ai pas. Désolé, mademoiselle, lui répondit l'un d'eux d'un ton affolé.

En entendant les mots du vendeur, les quatre délinquants éméchés se rapprochèrent de Lauren.

— Très bien, je ne vais prendre que les...

Elle évita de prononcer le mot en voyant s'approcher d'elle les voyous.

— ... cet article, ça sera tout, merci.

L'un d'eux imita la voix de Lauren en exagérant les aigus :

— Très bien, je ne vais prendre que les seringues. Elles seront parfaites pour me faire mon petit shoot du soir après ma séance de godemichet, hi hi hi...

Le Chinois lui tendit le paquet d'une main tremblante sans quitter des yeux les délinquants qui avaient maintenant encerclé Lauren. Ils ricanèrent et lui barrèrent la route alors qu'elle se dirigeait vers la sortie du magasin. Elle rangea le paquet dans sa poche intérieure et en profita pour libérer son arme de l'attache de son holster, en enlevant aussi la sécurité.

— Hé, la pétasse, où c'est que tu veux aller comme ça ?! On n'est pas bien ici, au chaud, à faire des emplettes ? On a besoin de quelques trucs nous aussi, mais on n'a pas trop de tunes. Tu vas nous aider à faire nos courses.

Celui-là était gros, crâne rasé couvert d'une capuche, œil noir globuleux et mâchoire proéminente agitée de mastications de chewing-gum nerveuses. Sûrement leur chef, déduisit Lauren.

Un autre derrière cliqua sur son cran d'arrêt et agita sa lame avec un sourire pervers.

— Écoutez, les gars, dit-elle très calmement, je ne cherche pas d'histoires. Je suis pressée, j'ai un ami qui est dans un état grave et je dois aller l'aider. Pouvez-vous me laisser pass...

— Ta gueule, la pouffiasse ! la coupa le gros, furibard, on t'a assez entendue. On n'en a rien à fout' de ton pote en manque. On veut juste ton argent, alors magne-toi de nous le filer ou on te découpe en morceaux !

— Ouaiiis et ton portable aussi, ajouta un autre, file-nous aussi ton portable.

Le quatrième rôdeur, un grand punk maigre comme un clou, coiffé d'une crête iroquoise aux couleurs arc-en-ciel fluorescentes, se tenait près des vendeurs qu'il menaçait d'une machette. Les deux Asiatiques étaient tétanisés et incapables du moindre mouvement.

— Je... je vous donne tout ce que j'ai, dit Lauren en prenant un air apeuré, mais laissez-moi partir, je vous en prie.

Elle fit mine de prendre son portefeuille dans sa poche intérieure et glissa sa main sur la crosse de son arme, qu'elle empoigna fermement. Elle fit un pas vers le chef de la troupe, celui avec qui il fallait *négocier*.

— Voilà, c'est bien, t'es une gentille pouff...

Le voyou fut interrompu par un Desert Eagle 50AE qui se pressa contre son nez.

Lauren affectionnait les gros calibres.

— Écoute-moi bien, empaffé, lui lança-t-elle sèchement, tu vas me laisser passer et dire à tes amis de laisser tomber leur attirail à terre. C'est compris ?

Elle avança encore, écrasant la patate qui servait de nez au voyou avec le canon de son arme. Celui-ci partit en marche arrière jusqu'à ce qu'il vînt buter contre un rayon du magasin. Il bafouilla une série de borborygmes incompréhensibles.

— Je crois qu'ils n'ont pas bien entendu, tu peux répéter ?

Elle actionna le chien de son automatique en lui plantant un regard glacé droit dans les yeux.

Clic.

— Lâchez vos lames, les gars ! Elle rigole pas, putain ! cria-t-il.

Ils obtempérèrent dans la seconde qui suivit.

Elle recula le canon et le tourna vers les trois autres, dont les faciès hagards affichaient une surprise totale. Ils restèrent tous figés comme des piquets. Elle les laissa plantés là et sortit du magasin sans perdre plus de temps. Elle regagna la Jeep en petites foulées sans se retourner. Les quatre délinquants restèrent au chaud dans le magasin, visiblement pas pressés d'en sortir.

Elle démarra en trombe et reprit sa route vers Rochester. La radio diffusait maintenant un titre de Led Zeppelin. Le chant lancinant de Robert Plant emplit l'habitacle de la Jeep.

If it keeps on raining, levee's goin' to break
If it keeps on raining, levee's goin' to break
When the levee breaks, have no place to stay...

— *Eliott*, murmura-t-elle.

Que faisait-il maintenant ? Souffrait-il encore le martyre comme quand elle l'avait quitté deux heures auparavant ? Parviendrait-il à survivre ? Elle sortit son portable et tenta de l'appeler plusieurs fois, en vain. Ses pensées n'étaient qu'un flot de questions sans réponse qui se suivaient sans discontinuer.

Elle n'avait pas sommeil et savait dès à présent que la nuit serait blanche. C'était tant mieux, car elle avait une mission sérieuse à accomplir devant elle. Elle ne savait rien du mal dont il était atteint, mais elle était déterminée à l'aider.

Jusqu'au bout.

Désormais, plus rien ne pourrait se mettre entre elle et lui.

11

Petite fille, Lauren Chambers rêvait de devenir infirmière. Tout comme l'était sa mère Sandra, et tout comme l'avait été Mary, sa grand-mère. Mais la lignée des tuniques blanches fut rompue un jour d'avril pluvieux.

Depuis quelque temps, Lauren, alors âgée de neuf ans, avait pris l'habitude de jouer avec les enfants Brooks, la famille qui venait d'emménager en face de chez elle. Elle aimait bien Tim, l'aîné, et partageait plus volontiers ses billes et ses petites voitures que les poupées de Grace, sa jeune sœur de sept ans. Parfois, les gens qui ne la connaissaient pas prenaient Lauren pour un petit garçon, avec ses cheveux bouclés qui cachaient ses yeux et son rire espiègle.

Cet après-midi-là, comme il pleuvait, les trois enfants s'étaient abrités dans le garage de la maison de Tim Brooks. Douglas, son père, était officier de police. Lauren l'observait parfois, lorsqu'il rentrait de son travail. Elle le regardait en cachette derrière les rideaux de sa chambre traverser l'allée dans son élégant uniforme bleu marine, après que l'une de ces rutilantes voitures, équipée de gyrophares, l'eut déposé devant sa maison.

Un jour, Lauren avait demandé à sa mère :
— Maman, c'est quoi un flic ?
Sandra Chambers avait interrompu la vaisselle qu'elle était en train de faire.
— On ne dit pas un flic, ma chérie, on dit un policier.

— Mais c'est quoi, alors, un po-li-cier ?

— Eh bien, Lauren, c'est un peu quelqu'un comme maman, sauf qu'il est habillé en bleu, et qu'il sauve des gens dans les rues, pas dans les hôpitaux.

— Ha, c'est comme sur Netflix ?

La mère reprit sa vaisselle en constatant que sa fille avait encore réussi à déjouer la limitation d'accès à internet.

— Où donc as-tu appris ce mot : « flic » ?

La fillette rit aux éclats en entendant sa mère prononcer le mot interdit.

— C'est Tim, maman ! Tu sais, le nouveau voisin. Il n'arrête pas de dire : « Mon papa il est flic, mon papa il est flic ». Il dit même : « Mon papa, c'est le meilleur flic de Los Angeles » !

La mère leva son index avec autorité.

— Lauren, ne dis plus ce mot !

La pluie s'était arrêtée et quelques rayons de soleil venaient éclairer les toits des maisons. Alors que les trois enfants étaient occupés à une partie de ballon devant le garage, le véhicule de service du père de Tim s'arrêta dans l'allée, non loin d'eux. Douglas Brooks sortit du côté passager et fit le tour de la Ford Crown par l'avant pour aller saluer son collègue. En passant, il fit un signe de la main aux trois enfants qui le regardaient bouche bée depuis la pelouse. Il tenait quelque chose dans ses bras. Les enfants intrigués allèrent aussitôt à sa rencontre. C'était une boule de poils, un jeune chiot. Il était blessé à une patte.

— Papa ! lui demanda Tim, ravi, tu nous ramènes un chien ?!

— Eh oui, les enfants, et peut-être que celui-là restera avec nous.

Tim et sa sœur Grace s'accrochèrent aux jambes de leur père avec tendresse.

— Hey, dit le père de Tim, tu dois être la petite Lauren dont j'ai tant entendu parler ?

Lauren resta bouche bée face à ce super héros bleu marine sorti de Netflix.

— Hé ho, tu es bien la petite voisine, je me trompe ?

— Heu, oui, finit-elle par répondre. Et vous, vous êtes le papa de Tim et de Grace ?

— Oui, c'est ça, lui répondit-il en souriant.

Les deux enfants lâchèrent les jambes de leur père, qui fut à nouveau libre de ses mouvements. Il s'accroupit face à Lauren.

— Tu aimes les chiens, Lauren ?

— Heu, oui. Ma maman dit que vous êtes comme un infirmier bleu, et que vous sauvez tout plein de gens dans les rues, c'est vrai ?

— Oui, et je fais même plus que ça.

— Et vous faites quoi d'autre ?

Elle caressa le jeune chiot qui couinait, le museau enfoui dans le blouson du policier.

— Ben, comme tu peux le voir, je sauve aussi des petits chiens, et même des petits chats. Enfin... pas tout le temps, mais ça m'arrive.

Les yeux de Lauren s'illuminèrent avec une telle intensité que Douglas Brooks crut que la petite fille allait se mettre à pleurer. Il faut peu de chose pour marquer l'esprit et le cœur d'un jeune enfant. Ce jour-là, le destin de Lauren Chambers fut scellé.

Plus tard, elle serait infirmière bleue.

Douze années étaient passées et Lauren Chambers, maintenant âgée de vingt et un ans, avait obtenu son diplôme de fin d'études générales. Elle avait gardé depuis son enfance le rêve de devenir officier de police. Avant le début de l'été 2008, elle s'inscrivit donc au concours d'entrée qui aurait lieu en septembre. Elle passa ses vacances avec ses amis à batifoler dans Venice. Lauren était sportive. Elle n'avait pas peur de jouer au basket avec les garçons et il lui arrivait même de se bagarrer. Elle se déplaçait à vélo, ou à skateboard, selon son humeur. C'était une jeune fille particulièrement vive, au fort tempérament. Mieux valait ne pas la contrarier, et lorsqu'elle l'était, surtout ne pas se mettre en travers de son chemin. Sa mère se demandait souvent de qui elle avait pu tirer ce caractère tempétueux. Sous son minois de jeune demoiselle, orné de superbes yeux verts en amande, Lauren pouvait se montrer redoutable, un véritable dragon. Mais elle avait beaucoup d'aplomb et un sens de l'équité remarquable. Sa mère était en peine qu'elle s'obstinât dans cette voie, elle regrettait qu'elle ne soit pas devenue infirmière comme elle, mais elle était convaincue qu'elle excellerait dans la police.

Et elle ne s'était pas trompée.

Lauren passa le mois d'août à plancher pour son examen. Elle réussit le concours avec une mention. Sa première année à l'école de police fut plus que brillante. En plus des prédispositions qu'elle avait, elle travaillait avec acharnement et étudiait déjà des affaires criminelles complexes. Pour sa seconde année, elle fut orientée vers une classe spéciale. Dans celle-ci étaient rassemblés tous les élèves qui présentaient des conditions pour devenir *plus* que de simples flics. Certains instructeurs qui s'occupaient de leurs enseignements travaillaient de concert avec les services secrets américains. Vers la fin de l'année d'école, Lauren fut contactée par un intervenant du FBI. Celui-ci lui proposa d'intégrer le centre de formation du *Bureau*, comme on l'appelait. Il lui exposa, au cours d'un repas qu'ils prirent ensemble, en quoi consistaient les activités du FBI et le métier d'agent spécial. Quatre mois plus tard, Lauren commençait son instruction.

*

Il était 5 h 30 quand elle arriva dans la périphérie de Rochester. Elle quitta la voie rapide du périphérique et s'engagea sur Portland Street vers l'hôpital général. Moins d'un kilomètre plus loin, émergeant au-dessus d'un tapis de brouillard, le colossal bâtiment moderne, aux façades de briques rouges, se dressa devant elle. Elle gara la Jeep au second niveau du parking à étages, discrètement, car elle avait remarqué que la carrosserie avait été sérieusement endommagée. La chose qui avait percuté le toit du véhicule devait être énorme, au vu des dégâts. Elle se rendit au service des urgences pour ne pas perdre de temps en formalités. Il lui fallait obtenir des cathéters et des tubes d'analyses. L'infirmière de garde somnolait derrière son pupitre d'accueil. Lauren lui lança un « Bonjour » sonore qui la fit sursauter.

— Oups ! Je suis confuse. Que puis-je faire pour vous, madame ?

— J'aurais besoin de ce matériel, s'il vous plaît, pour un prélèvement à domicile.

Elle lui remit la liste qu'elle avait rédigée.

La femme ronde, qui arborait un maquillage style Halloween, avait de faux airs de Barbara Streisand.

— Vous êtes infirmière privée ? lui demanda-t-elle en mâchouillant bruyamment son chewing-gum, un rien provocante.

— Oui, c'est ça. Pouvez-vous faire vite, s'il vous plaît ?

— Je devrais vous demander votre carte mais vous m'avez l'air honnête, dit-elle en se levant de sa chaise. Attendez ici, je suis de retour dans moins de cinq minutes.

— Très bien, merci, lui retourna Lauren, ravie que son plan ait fonctionné.

Un quart d'heure plus tard, elle sautait dans la Jeep. Elle avait atteint le premier objectif de sa mission et était en route vers le quartier résidentiel de Webster, au nord-est de la ville, où se trouvait le domicile du paléographe. Il était encore très tôt. Elle sortit de la voie rapide et alla se ranger sur une aire de repos. Elle bascula son siège en arrière et dormit pendant deux bonnes heures.

La demeure de style colonial était modeste pour un homme du rang de Sir Ravenwood, le jardin à l'entrée parfaitement entretenu. Elle se gara dans l'allée en face de la maison de bois blanc. Il était encore tôt pour se présenter à la porte, mais il y avait urgence. Elle prit le livre et le mit dans son blouson, se couvrit de sa capuche et traversa le parvis jusqu'au perron d'entrée. Une petite cloche en fer noir semblait être le seul moyen de prévenir de son arrivée. Elle hésita une seconde et tira plusieurs coups sur la chaîne. Le tintement déclencha presque instantanément des aboiements de chiens dans la maison voisine. Elle attendit plus d'une minute et, sans réponse, refit sonner la clochette. Les chiens se remirent à japper, suivis par d'autres qui à leur tour déclenchèrent une vague d'aboiements s'étendant à tout le pâté de maisons. Le tapage était surprenant. Elle se demanda comment autant de chiens pouvaient résider sur une aussi petite surface. La maison de Sir Ravenwood semblait être la seule épargnée par cette surpopulation canine. La porte s'ouvrit et un homme en pantoufles écossaises, assez grand, d'une soixantaine d'années, aux cheveux blancs dégarnis, portant un petit binocle sur le bout de son nez, apparut dans l'encadrement de l'entrée. Ses yeux gris scrutèrent la jeune femme un bref instant derrière des verres ronds cerclés d'argent.

— Personnellement, dit-il en esquissant un air charmeur, je préfère la compagnie des chats.

À ces mots se faufilèrent entre les jambes de l'homme deux superbes angoras blancs.

— Permettez-moi de me présenter – il tendit la main à Lauren – : Wilbur Ravenwood. Et voici Jake et Moon, dit-il en désignant les deux chats.

Elle lui tendit la main avec un sourire conquis.

— Natalie Gray. Enchantée de faire votre connaissance, Sir Ravenwood.

— En quoi puis-je vous être utile, en cette froide matinée d'automne, miss Gray ?

— La raison qui m'a conduite jusqu'à vous relève de vos compétences en paléographie.

Le visage à la peau parcheminée du gentleman s'éclaira.

— Pardonnez-moi, je manque à tous mes devoirs. Nous serons mieux au chaud pour discuter. Venez, j'étais justement en train de faire chauffer du thé.

Il lui ouvrit grand la porte et l'invita à entrer.

Elle le suivit dans un hall feutré où le noyer laqué côtoyait des tapisseries écrues. Sur les bords du couloir s'alignaient des statuettes africaines, aztèques, des bouddhas dans différentes postures, des blocs de pierre ocre sculptés de hiéroglyphes, posés sur des malles en bois qui semblaient sorties tout droit de la cale de flibustiers pirates...

Lauren l'attendit près d'une grande cheminée de pierre où les flammes crépitaient bruyamment. Elle déduisit que Sir Ravenwood devait être éveillé depuis longtemps. Le salon était tout aussi cossu, décoré d'ornements exotiques et de tableaux sûrement collectés aux quatre coins du monde.

Il revint de la cuisine avec des tasses fumantes qu'il posa sur la table basse et l'invita à s'assoir.

— Une collection magnifique, complimenta Lauren, en observant les œuvres exposées à travers la pièce.

— Merci. Je ramène un souvenir de chacun de mes voyages, mais la passion de l'art des civilisations anciennes peut parfois être un peu encombrante.

Il ralluma sa pipe, fit quelques ronds de fumée habiles, et reprit :

— Donc, miss Gray, exposez-moi précisément ce en quoi mes compétences en paléographie pourraient vous être utiles.

— J'ai avec moi un objet – elle défit son blouson et en sortit le livre – qui pourrait certainement vous intéresser.

Elle le posa sur la table, face à lui, et retira la couverture de laine.

Les yeux de Sir Ravenwood s'illuminèrent.

— Nom d'une licorne ! Où avez-vous trouvé ce livre ?!

— Une personne me l'a remis en espérant que vous puissiez traduire son contenu.

— Vous permettez ?

Il rehaussa ses lunettes, tourna le grimoire vers lui et l'observa avec fascination.

Il s'éclaircit la voix.

— Savez-vous ce que sont ces signes, miss Gray ? dit-il en passant ses doigts sur les symboles qui figuraient sur la couverture.

— À vrai dire, je comptais sur vous pour me l'expliquer, Sir Ravenwood.

— Ces idéogrammes sont issus d'une langue incommensurablement ancienne. Un langage qui fait l'objet de recherches restées secrètes, tant l'importance de sa découverte est cruciale. Une langue... qui pourraient remonter à l'aube des temps.

— Qu'entendez-vous par aube des temps ?

Il détourna son regard du livre et leva les yeux vers elle.

— Que cette écriture serait apparue lors de l'Éoarchéen de notre planète, c'est-à-dire une ère vieille de plus de trois milliards d'années.

Pour toute réaction, Lauren cligna des yeux comme si elle venait de recevoir un coup de vent en plein visage. Elle évita d'entrer dans des considérations paléontologiques qui l'auraient retardée et revint à l'essentiel :

— Sir Ravenwood. Êtes-vous capable de traduire cet ouvrage ?

— Seriez-vous prête à me le confier ? répliqua-t-il aussi sec.

— Donc, vous acceptez ma requête ?

— Croiriez-vous une seule seconde que je pourrais refuser l'opportunité de tourner les pages de ce livre ?

— Je n'en doute pas. Quand pouvez-vous commencer ?

— Dès ce matin, si vous le souhaitez. Laissez-moi quelques minutes pour me préparer et je suis à vous.

— Parfait.

Il se leva pour aller vers la cuisine à grands pas, puis revint deux secondes plus tard avec un panier garni de brioches et de petits fours.

— Me ferez-vous l'honneur de prendre le breakfast avec moi, miss Gray ?

— Avec plaisir, convint-elle avec son plus beau sourire.

*

Il traîna son corps meurtri par la transformation vers la tente où il s'effondra de fatigue. Certaines parties de son ossature lui paraissaient ne pas s'être remises correctement en place. Sa colonne vertébrale le brûlait comme si elle avait été trempée dans le creuset d'une forge.

Cette fois, pas de nausées sanglantes, la chose n'avait pas réussi à trouver de proie. Lauren était parvenue à fuir, c'était l'essentiel. Il attendit que d'autres souvenirs fussent remontés, puis il ferma les yeux, respira profondément et essaya de trouver le repos pour laisser son corps se réparer. Les images qui lui revinrent alors furent celles de sa chute de la Jeep, la sensation de fureur qu'il avait éprouvée lorsqu'il l'avait vue disparaître. Ensuite, il avait couru à travers les bois, derrière la voiture, derrière cette chair qui l'appelait. Il pouvait sentir le parfum de la peau de Lauren, qui attisait son avidité monstrueuse. Ses membres inférieurs prenaient appui puissamment dans la terre humide, pour le faire bondir presque aussi haut que les arbres, ou le propulser en avant à une vitesse incroyable. Ses bras noirs comme la nuit agrippaient les branches, brisaient avec rage celles qui obstruaient son passage. Il ressentait un certain plaisir à contempler cette force qui semblait sans limites. Les souvenirs qui lui revenaient après chaque métamorphose étaient à chaque fois plus clairs. Y avait-il une raison à cela ?

Son portable sonna. C'était Lauren. Cela ne pouvait être qu'elle. Il fit un effort pour sortir de sa léthargie et étira son bras jusqu'à l'appareil.

— Eliott ? Est-ce que ça va ?

Bon Dieu, qu'est-ce que sa voix était réconfortante.

— Je vais… Je vais bien, oui, parvint-il à articuler.

Ses mâchoires étaient ankylosées comme après une anesthésie chez un dentiste.

— Je suis arrivée chez Sir Ravenwood. Il accepte de traduire le livre.

— Quand commence-t-il ?

— Dès ce matin.

— Quelle sorte de type est ce Ravenwood ?

— Un Anglais, de la vieille école. Un vrai gentleman.

— Je vais être jaloux.

Elle rit.

— Il va nous aider, j'en suis convaincue.

— Lauren, ne quitte pas le bouquin d'un pouce, compris ?

— Compris.

— Combien de temps pour la traduction ?

— Je n'en ai aucune idée pour l'instant. Je te quitte, je l'entends qui revient. Te rappelle plus tard.

— OK, à plus tard.

*

— Prendrez-vous du sucre avec votre thé, miss Gray ?

— Non, sans sucre, merci.

Il s'assit en face d'elle et remplit les tasses d'un thé de Ceylan délicieusement parfumé. Elle sentait qu'il faisait des efforts pour rester concentré sur le service, car il ne pouvait s'empêcher de lorgner sur le livre posé à côté.

— Cet ouvrage doit avoir une grande valeur pour un collectionneur tel que vous, n'est-ce pas ?

Il lui tendit maladroitement une tasse de porcelaine qui émit des cliquetis, visiblement dans un état d'excitation qu'il ne parvenait pas à contenir. Il s'assit, but une gorgée de thé et coiffa ses cheveux blancs d'un geste qui se voulait élégant et décontracté.

— Pardon, vous avez dit ?

— Je vous demandais quelle était la valeur marchande de ce livre, en tant qu'objet de collection.

Il se montra soudain consterné.

— Êtes-vous sérieuse, miss Gray ?

— Natalie, je vous prie, rectifia-t-elle poliment.

— Vous êtes bien loin d'imaginer la valeur de cet ouvrage. Elle est réellement inestimable. Mais il ne s'agit en aucun cas d'une valeur marchande.

— Que voulez-vous dire ?

Il but une autre gorgée de thé, appréciant l'impatience de cette jeune ingénue.

— Très chère Natalie, cet ouvrage revêt une valeur que je qualifierai de scientifique, d'historique même. Il serait inconcevable de vouloir lui attribuer un prix.

— Sir Ravenwood, cessez de tourner autour du pot, je vous prie. Qu'est donc ce livre ? Quelle sorte de texte renferme-t-il ?

— Nous l'ignorons.

Il se renfonça dans son fauteuil et tira quelques petites bouffées nerveuses sur sa pipe sans quitter l'ouvrage des yeux, avant de reprendre :

— Nous ne sommes actuellement en mesure que d'en donner une interprétation partielle, tout simplement parce que le système d'écriture dans lequel il est rédigé nous est encore presque entièrement inconnu.

— Mais, je pensais que vos connaissances en paléographie...

— Mes compétences en paléographie, l'interrompit-il, ont une limite dans le cours du temps, miss Gray. Ces écrits... pourraient être à l'origine du savoir.

— Je ne vous suis pas, Sir Ravenwood.

— Avez-vous déjà entendu parler de *la langue matricielle* ?

— Non, pas que je me souvienne.

Il passa encore sa main sur la couverture et caressa les symboles qui y apparaissaient.

— Regardez attentivement, Natalie. Ces signes cunéiformes sont de simples traits, verticaux, horizontaux, courbés de différentes façons, écourtés parfois... Pas d'accents, pas de fioritures, la simplicité même. Cette ossature basique se retrouve dans toutes les formes de langage écrit plus complexes telles que l'alphabet grec, le latin, le maya, l'abjad arabe, les hiéroglyphes égyptiens et toutes les autres langues sémitiques. Ces signes pourraient être la base véritable de toutes les formes d'écriture que le monde connaît.

— C'est incroyable, se contenta-t-elle de répondre.

— Les premiers écrits authentifiés comme appartenant à la langue matricielle ont été mis au jour en Mésopotamie, sur le site de la cité antique de Ninive, dans des régions montagneuses situées au nord de l'actuel Irak. Ces textes, découverts il y a plus de huit siècles, laissent supposer l'existence d'une lignée d'adeptes anonymes, qui se serait transmis un savoir obscur à travers les millénaires. Ces adeptes avaient pour mission de préserver le secret d'une connaissance incommensurablement ancienne, au péril de leur vie s'il le fallait.

— Une lignée d'adeptes, vous dites ? C'est donc qu'ils appartenaient à un ordre, une secte, ou quelque chose dans le genre ?

— Tout ce dont nous sommes certains est bien l'existence d'un ordre. Les fouilles nous ont révélé la dimension hermétique, le secret dans lequel il s'est développé et organisé au fil des âges. Nous n'en savons guère plus sur cet ordre lui-même.

— Vous n'avez donc aucune idée de la teneur proprement dite de cet ouvrage ?

Le vieux gentleman en savait plus qu'il n'en laissait paraître.

— Cela semble vous tenir à cœur, miss Gray, est-ce que je me trompe ?

Lauren baissa un instant les yeux et chercha une réponse appropriée.

— Disons très simplement que je suis payée pour trouver quelqu'un de compétent pour la traduction de ce livre.

Le visage de Sir Ravenwood, visiblement peu satisfait de la réponse évasive de Lauren, se ferma. Celle-ci reprit sans lui laisser le temps de lui poser d'autres questions :

— Sir Ravenwood, pensez-vous que cet ouvrage puisse avoir un quelconque rapport avec des pratiques de sorcellerie noire ?

Le gentleman ne cacha pas sa surprise.

— De sorcellerie, vous dites ? Ma foi, rien n'est impossible, miss Gray. D'autant plus qu'il s'agit d'une connaissance très ancienne.

— Plus clairement, pensez-vous que ce grimoire pourrait...

Il l'interrompit à nouveau :

— Je vous arrête, Natalie, je ne confirme en aucun cas que ce livre puisse être un grimoire, c'est-à-dire un livre dédié aux sortilèges et à leur apprentissage. Tout ce que je vous dis est que la part de la sorcellerie, ou de la magie, dans les sagesses ancestrales, est certainement conséquente. Mais de là à ce que ce livre en traite exclusivement, il y a un monde.

Il ponctua ces paroles de quelques gorgées de thé, puis ouvrit méticuleusement le volume pour se plonger dans l'étude des premières pages. La table basse était si encombrée de documents et de manuscrits que Lauren se demandait comment il faisait pour s'y retrouver.

— Natalie, s'il vous plaît, auriez-vous l'amabilité d'aller me chercher *Le Sacre de la lune noire* ? Il est placé en haut de la bibliothèque, sur la dernière rangée, près de la fenêtre. Il s'agit d'un très vieux volume traitant justement de sorcellerie. Faites attention en le manipulant, je vous prie.

— Très bien. J'y vais tout de suite.

La pièce n'était pas immense, et les étagères de la bibliothèque en noyer sombre montaient presque jusqu'au plafond et couvraient trois des murs de la salle. Malgré toute la place qui leur était offerte, d'autres livres, tout aussi précieux, s'entassaient à même le sol sur des tapis anciens, russes ou afghans, qui s'effilochaient. Lauren se faufila entre les édifices de livres qui la dépassaient presque en taille. Une fois parvenue au pied des étagères, elle fit glisser l'échelle sur ses roulettes, la plaça sous la rangée où se trouvait l'ouvrage et s'éleva au-dessus du dédale de papier. Se tournant un bref instant, elle évalua le meilleur itinéraire retour vers le canapé et la table basse où Sir Ravenwood travaillait. Elle monta encore quelques échelons grinçants et arriva jusqu'à la rangée désignée.

— Je l'ai ! dit-elle, triomphante.

— Puisque vous êtes en haut, Natalie, lui lança-t-il sans sortir son nez du manuscrit, j'aurai aussi besoin de *L'Idéographie sumérienne*. Il ne devrait pas être loin de là où vous vous trouvez, sur la gauche, dernière étagère.

Elle l'avait presque sous la main. Un ouvrage massif qui devait bien peser trois kilogrammes. Chargée des deux volumes, elle redescendit l'échelle en assurant ses pas. Avec dextérité, elle se faufila entre les piles et parvint jusqu'à la table basse sans avoir causé de catastrophe. Le paléographe se leva à son approche et la soulagea des deux ouvrages pour les disposer devant lui. Il ralluma une nouvelle fois sa pipe d'un geste solennel et porta toute son attention sur le premier des deux livres.

— Regardez, Natalie, vous voyez ? On retrouve ici, dans *Le Sacre de lune noire*, certains termes qui apparaissent pareillement dans la langue matricielle.

— On peut donc faire un rapprochement avec la sorcellerie ?

— Non, pas directement, mais cette similarité nous indique que ces deux passages ont pu avoir été écrits lors d'une même période. *Le Sacre de la lune noire* est attribué à une prêtresse vouée au culte d'Hécate, qui fut pratiqué en Grèce, voisine de la Mésopotamie. Il y a donc un lien probable avec les arcanes de la sorcellerie de cette époque.

— Si je comprends bien, notre livre aurait été écrit sur une très longue période de temps ?

— Exactement. Écrit par la lignée d'adeptes de cet ordre obscur dont nous tentons de percer le secret depuis des siècles.

— Nous ?

— Oui, bien sûr, j'oubliais que vous ne savez encore rien de l'ampleur des recherches entreprises.

— Vous voulez dire que des chercheurs se sont succédé depuis tout ce temps pour tenter de traduire les écrits de cet ordre ?

— Exactement. Et ce dans le plus grand secret.

Tous les deux observaient le livre sans pouvoir en détacher leur regard.

— Aucun des chercheurs qui ont eu accès à ces découvertes n'a été tenté de les divulguer ?

— Quelques-uns, oui. Mais ils l'ont payé de leur vie avant même d'avoir pu le faire.

— C'est effroyable, murmura-t-elle.

— La malédiction du tombeau de Toutankhamon serait une comptine pour enfants à côté des assassinats que les adeptes de cet ordre ont perpétrés à travers les âges pour préserver leur secret.

— Ce livre... reprit-elle, nous exposerait donc à un danger certain ?

— Sans le moindre doute, Natalie. Mais je suis prêt à y laisser ce qu'il me reste de vie, en échange du savoir inconcevable qu'il renferme.

— Qui sont-ils, Sir Ravenwood ? Qui sont les membres de cet ordre ? Vous avez bien une idée ? insista-t-elle.

Il tourna à nouveau son regard vers le livre.

— Nous en saurons plus lorsque j'aurai avancé dans la traduction

12

— Agent spécial Andrews ? Superviseur Mullay à l'appareil.

— Bonjour, chef, je ne vous avais pas reconnu. Il faut dire qu'on ne vous a pas très souvent au téléphone.

— Vous devez certainement être au courant de la regrettable fin de mission de l'agent Cooper ?

— Oui, c'est triste.

— Vous étiez relativement proches du point de vue professionnel. Vous allez donc prendre son relais sur l'affaire St. Marys. Si vous n'y voyez pas d'objections, bien sûr.

— Ça me va, chef.

— Très bien. Soyez prêt à décoller demain matin, vous êtes attendu dans l'après-midi au service médico-légal de St. Marys. Vous avez suivi l'affaire de près, il me semble ?

— Du mieux que j'ai pu.

— Si je vous dis que trois corps de sexe féminin et celui d'un enfant sont en transit vers la morgue de St. Marys pour identification, ça vous parle ?

Andrews étouffa un rire cynique.

— Oui, vous voulez parler des restes du dîner de l'agent Cooper ?

— Gardez ces blagues pour vous, Andrews. Il était l'un de nos meilleurs éléments.

— Désolé, ça m'a échappé.

— Cette affaire est en train de prendre de l'importance en haut lieu. Ne me demandez pas pourquoi, je n'en sais foutre rien. Mais il va falloir que vous donniez le meilleur de vous-même pour retrouver ces gosses vivants.

— Je ferai de mon mieux. Mais que faites-vous de Cooper ? Qui va se charger de l'arrêter ?

— Aussi bizarre que cela puisse paraître, pour l'instant, nous n'intervenons pas. Nous attendons. L'ordre vient d'en haut. Occupez-vous de retrouver ces enfants, Andrews, c'est votre mission. Compris ?

— C'est compris, chef.

— Je compte sur vous pour m'informer personnellement de vos avancées, je vous ai envoyé mes coordonnées en pièce jointe.

— Bien reçu.

— À bientôt, Andrews.

— À bientôt, chef.

Il n'était que 16 h et le ciel au-dessus de St. Marys, chargé de nuages, semblait déjà proche du crépuscule. L'agent Andrews gara sa Lexus blanche de fonction sur le parking du centre hospitalier. La morgue était au sous-sol. Il traversa l'accueil désert et entra dans un ascenseur où flottait un air de musique classique, contrastant avec le silence qui régnait dans l'hôpital. C'était une valse insipide, peut-être Tchaïkovski, se dit-il sans y porter plus d'intérêt que cela. Il pressa le bouton -1. Dans le miroir, son reflet, bien loin du jeune tigre habituel, semblait lui dire : « Hey, mec, ça t'arrive de dormir de temps en temps ? » Des valises sous les yeux, les traits tirés... En temps normal, la question était plutôt du genre : « Voyons, combien de charmantes créatures vais-je pouvoir séduire aujourd'hui ? » Il se rappela ce que lui avait dit Cooper à propos de cette ville : *quelque chose ne tourne pas rond ici*. L'ascenseur s'ébranla lourdement lorsqu'il atteignit le sous-sol. La porte s'ouvrit dans un bruit métallique déchirant sur un long couloir éclairé de néons. Il suivit la flèche « Service médico-légal » jusqu'à arriver à une porte à double battant. Il marqua une pause avant d'entrer, ajusta sa cravate, se coiffa de la main et dessina un sourire décontracté sur son visage.

Il poussa la porte et entra.

Il faisait nettement plus froid que dans le couloir. Outre le fait que la morgue était au sous-sol, cette différence de température était due aux caissons réfrigérés qui s'alignaient de part et d'autre de la pièce. Ici, pas de salle d'attente, pas de bureaux, et encore moins de machine à café. Il n'y avait que des tiroirs, encastrés le long des murs, dans lesquels des personnes reposaient, définitivement. Tous étaient fermés, sauf quatre d'entre eux. Au milieu de la vaste salle rectangulaire, sous l'éclairage limpide des néons, les quatre corps étaient recouverts de draps blancs et semblaient attendre, sur leur chariot respectif, qu'une main vînt les découvrir une dernière fois avant qu'ils ne retournent dans le confort douillet de leur boîte réfrigérée. Des effluves de viande froide flottaient dans l'air, mêlés à celles des aérosols bactéricides.

Deux hommes en blouse blanche attendaient au fond, adossés contre un bloc d'autopsie qui venait de servir, à en voir les coulures de sang qui avaient ruisselé jusqu'au siphon évacuateur. Andrews se dirigea vers eux et sortit son badge. Le premier était un type d'une cinquantaine d'années, cheveux blancs dégarnis, yeux gris délavés et visage ridé, austère. L'autre était jeune, certainement un stagiaire, taille moyenne, cheveux bruns coupés courts, barbe négligée et tenue décontractée sous sa blouse, l'étudiant type. Ce n'étaient certainement pas des agents du Bureau, évalua Andrews rapidement.

— Agent spécial Colin Andrews, vous devez sûrement être le chef de service, demanda-t-il au plus âgé des deux hommes.

— Bonjour, je suis le docteur Remmings, et voici l'interne stagiaire Bradley Norton.

— Je m'attendais à rencontrer des collègues fédéraux, lança Andrews.

— Eh bien, on dirait qu'ils vous ont devancé. Ils sont venus tôt ce matin, très tôt même.

— Quelle heure était-il ?

— Je n'ai pas l'heure exacte, mais c'était avant 8 h en tout cas, puisque c'est l'heure à laquelle j'ai pris mon service.

— Ils n'ont rien laissé à mon attention ?

— Si, bien sûr, j'allais justement vous remettre leur rapport d'autopsie.

Il lui tendit un porte-documents scellé du FBI.

— Puisque vous êtes là, docteur, autant que vous me résumiez ce que vous avez pu apprendre de ces corps. Vous avez fait votre propre analyse, je présume ?

— Tout à fait, après celle pratiquée par vos collègues légistes, bien entendu.

— Bien entendu.

Andrews nota que les agents fédéraux qu'il était censé retrouver avaient pratiqué l'autopsie plus tôt dans la matinée. Il trouva le fait inattendu, mais ne s'arrêta pas dessus.

Ce fait amenait une autre question :

— Docteur Remmings, quand les corps ont-ils été transportés ici ?

— Hier soir, aux alentours de 22 h.

— Quand avez-vous été informé de leur arrivée ?

— Il devait être 23 h, tout au plus.

Le docteur invita l'agent à se rapprocher des quatre chariots alignés à intervalle d'un mètre. L'interne les suivait tout en notant méticuleusement tout ce qu'il pouvait noter dans un petit carnet.

Le docteur ôta le voile du premier corps qui se présenta.

— Voici Cassandra Owens. Elle est âgée de vingt et un ans. Sa mort remonte à neuf jours.

L'agent Andrews, pourtant aguerri, eut un haut-le-cœur lorsque le docteur fit glisser le drap, la découvrant entièrement. Hormis quelques contusions, son visage était presque intact et avait gardé une beauté surprenante. Ses traits d'albâtre avaient la perfection de ceux d'une poupée de porcelaine. Ce n'était qu'à partir de son buste que les causes de son décès apparaissaient. La cage thoracique était ouverte du sternum jusqu'au bas de l'abdomen, les côtes étaient arrachées, ou enfoncées par endroits, comme si elle avait été labourée vivante. Les organes internes avaient été dévidés et il ne restait plus dans son ventre qu'un énorme trou béant, d'où suintaient des humeurs faisandées de chairs en putréfaction. Son bras droit, au-dessous de son coude, avait été sectionné net. Sa jambe gauche, quant à elle, avait été arrachée, puisque des filés blancs de tendons et des lambeaux de tissus musculaires sortaient de sa hanche pour s'étirer sur le banc médical.

— La cause première de la mort, reprit le docteur, est l'éviscération, qui a entraîné l'arrêt du cœur dans les secondes qui ont suivi. À première vue – le médecin montra du doigt l'avant-bras sectionné –, on pourrait reconnaître ici l'incision caractéristique d'une dentition animale. Au vu de la netteté de la coupe, il peut s'agir d'un ours, ou d'un loup colossal… Cependant, si l'analyse montre bien que l'avant-bras de Cassandra Owens a été pris dans une mâchoire, nos spécialistes, qui viennent de débuter leurs recherches, n'ont pour l'instant pas su identifier à quel type de bête cette mâchoire pourrait appartenir. Selon eux, il est possible que cela ne soit pas une morsure animale. Car l'empreinte de la dentition qu'ils ont pu reconstituer ne cadre avec aucune espèce de carnassier habituelle dans nos régions, *ni avec aucune autre*, ont-ils précisé.

Andrews avait seulement été informé que Cooper avait commis des actes de nature anthropophage. Des faits sur lesquels il devait garder le silence. L'analyse du docteur le laissa perplexe.

— Je ne comprends pas, dit Andrews, si ça n'est pas animal, alors quelle est la cause de l'amputation ? Cela pourrait-il être humain ?

— Humain ? Sûrement pas, lui répondit le docteur. Techniquement, son avant-bras a pu être pris dans une machine, l'une de celles que l'on utilise pour le bûcheronnage industriel. Je ne vois que cette autre possibilité, pour ma part.

Le médecin l'invita à passer au corps qui se trouvait sur le banc voisin. Sous le drap blanc, on ne distinguait pas la silhouette longiligne d'un corps à proprement parler, cela évoquait plus les contours anguleux d'une forme vaguement cubique, indéfinissable. Cela aurait pu être n'importe quoi, sauf un corps humain.

— Je préfère vous prévenir, celle-ci a été presque entièrement...

Le médecin chercha le mot qui convenait le mieux.

— Dévorée, docteur, conclut pour lui le jeune interne, c'est le terme approprié.

— Très bien, Bradley, je vous laisse donc le soin de présenter votre analyse à l'agent Andrews.

Visiblement embarrassé, le jeune assistant s'avança jusqu'à la masse informe et ôta le drap qui la recouvrait. Une odeur insoutenable de chair en décomposition émana soudain. La forme sanguinolente qui apparut déclencha un mouvement de recul des trois hommes, une réaction instinctive. Car cela n'avait en effet plus rien d'une jeune femme.

L'agent Andrews vit que l'interne parvenait à contrôler sa nausée, mais il était à la limite de tout lâcher.

— Emily Russel, réussit-il à dire, vingt-trois ans. La mort est due à de nombreuses hémorragies causées par des lacérations multiples et des amputations... Tête, membres supérieurs et, en partie, membres inférieurs ont été sectionnés ou arrachés.

— Une minute, l'interrompit l'agent, où est passée la tête ? L'avez-vous conservée ?

L'interne regarda le docteur sans savoir quoi répondre.

— Les corps nous ont été livrés tels que vous pouvez les voir, s'emporta le docteur. Relisez vos documents, ils stipulent bien que la tête est manquante.

— C'était une simple question, répliqua Andrews.

— Poursuivez, Bradley, je vous prie, demanda le médecin à son interne.

— Le décès d'Emily Russel a été quasiment instantané, l'arrêt du cœur a suivi une attaque d'une extrême violence portée par le même animal, qui s'est vraisemblablement acharné sur sa proie cette fois. Là encore, des éléments ADN manquent dans les relevés génétiques, et nous ne pouvons donc pas identifier l'espèce à laquelle appartient la bête.

— Si c'en est une… ajouta le docteur, peu convaincu.

— Très bien, passons au troisième corps, messieurs, reprit Andrews.

Là encore, la forme qui se dessinait sous le drap blanc n'avait plus rien d'une silhouette humaine. Le docteur la découvrit sans attendre. Le visage était en partie intact, mais le côté droit, au-dessus du maxillaire, avait été emporté par un coup de griffe ou une morsure, y compris l'œil. La gorge était profondément entaillée, jusqu'aux vertèbres cervicales, si bien que la tête n'était accrochée au torse que par un mince collier d'os à vif. Tout le reste du corps était lacéré et éviscéré lui aussi. Les deux jambes, ainsi qu'un des bras, ne tenaient plus que par des tendons.

— L'identité de celle-ci nous est inconnue, dit le docteur. Elle est vraisemblablement du même âge que les deux victimes précédentes. Le décès est dû à une hémorragie, causée par la section de son artère carotide.

L'agent Andrews consulta les pièces de ses collègues légistes. Des recherches étaient en cours pour l'identifier. Une chose était sûre : elle n'était pas de nationalité américaine.

— Le quatrième corps, docteur, s'il vous plaît, demanda l'agent Andrews qui avait dépassé sa dose de cadavres journalière.

Le docteur remonta le voile blanc sur le corps de la jeune femme sans nom et découvrit la forme, beaucoup plus petite et ramassée, qui reposait sur le quatrième et dernier banc.

Un amas rougeâtre de chairs et d'os trempait dans un bain de sang coagulé au fond d'un bac en inox chirurgical de cinquante centimètres de côté.

— Nom de D...

Andrews fut interrompu par son repas de midi qui lui remonta de l'estomac. Il alla l'évacuer plus loin, discrètement. Il revint en rajustant sa cravate, l'air dépité.

— Désolé. D'habitude, je tiens le coup, mais là... c'est vraiment trop.

Les deux hommes en blouse acquiescèrent avec compréhension.

— Voici tout ce qu'il reste de Christopher Elmer, dit le médecin. Ce jeune enfant était âgé de quatre ans et huit mois. Comme vous le savez sûrement, il fait partie des cinq enfants qui ont été enlevés dans notre ville de St. Marys, habituellement si paisible.

Le docteur était visiblement affecté. Il continua après avoir marqué une pause.

— Veuillez m'excuser. Je connais personnellement les parents de l'enfant. Je l'ai d'ailleurs moi-même soigné d'une mauvaise grippe, l'hiver dernier.

Il inspira profondément et revint à son analyse légiste :

— La cause de la mort de Christopher Elmer n'est pas due à l'attaque de cette même bête, qui l'a littéralement dépecé et en partie désossé. L'enfant était déjà mort lorsque l'animal l'a dévoré. Des traces de coups d'une arme tranchante apparaissent sur les vertèbres. Sept coups au total, au niveau du cœur.

— Donc, selon vous, sa mort est antérieure à l'attaque de l'animal ? demanda Andrews.

— Oui. Cela ne fait aucun doute.

— Il est donc possible que les trois premières victimes de la bête soient impliquées dans le meurtre de l'enfant, supposa l'agent.

— C'est fort possible, effectivement, affirma le médecin, car des coups de couteau ont été en effet portés sur l'enfant.

Le stagiaire hocha la tête, d'accord lui aussi avec cette hypothèse.

— Les trois jeunes femmes pourraient aussi être à l'origine des enlèvements, déduisit Andrews avec certitude. Très bien, ajouta-t-il, j'ai tout ce qu'il me faut. Ah, j'allais oublier, docteur, une question qui sort du contexte : les habitants de St. Marys ont-ils été informés que le corps de Christopher Elmer a été retrouvé ?

— Oui. La ville est en ébullition depuis que le capitaine Sherman a rendu la nouvelle officielle. Les habitants sont horrifiés. Des émeutes ont même eu lieu au cours des deux dernières nuits.

— Je suppose que les familles des enfants qui sont encore portés disparus font pression sur les forces de police de la ville.

— Oui, et sur le maire aussi, qui gère comme il peut cette situation de crise. Des rumeurs courent comme quoi il s'agirait de sorcières qui ont enlevé les petits... Vous connaissez certainement les vieilles histoires de Pennsylvanie que l'on raconte le soir au coin du feu ?

— Non, mais je vais me documenter à ce sujet. Aucune piste ne doit être négligée, même si elle sort de l'ordinaire.

L'agent Andrews salua les deux hommes.

— Docteur Remmings, monsieur Norton, nous nous tenons mutuellement informés en cas de nouveaux éléments. N'hésitez pas à me joindre à ce numéro, à toute heure.

Le médecin prit la carte de l'agent et la glissa dans sa blouse.

— Entendu.

— Bonne journée, messieurs.

Le jeune interne le salua discrètement de la tête.

— Également, lui répondit le docteur.

Au moment où il allait sortir de la pièce, le docteur l'interpella :

— Agent Andrews.

— Oui ?

— Retrouvez les monstres qui ont fait ça. Ces atrocités ne peuvent pas rester sans coupable.

— Je vais avant tout essayer de retrouver les quatre autres enfants. En espérant qu'ils soient encore en vie.

13

25 octobre.

La nuit tombait sur les collines. Le soleil parvenait à glisser quelques rayons furtifs entre les cumulus énormes qui glissaient impassiblement dans le ciel. Cooper était allongé sur le dos, à même la terre. L'odeur des bois, après les pluies, avait ce parfum puissant, imprégné de toute la force dégagée par le végétal au contact de l'eau, élixir suprême de vie. Cooper humait à pleins poumons ces fragrances suaves qui lui balayaient les narines au gré du vent. Cette soirée aurait pu être celle d'un printemps tout proche tant l'air était doux. Pour la première fois depuis longtemps, il goûtait un repos réparateur. Il s'était copieusement nourri d'ailes de poulet et de riz aux légumes, et avait terminé son repas par une pizza consistante dont il n'avait rien laissé. Il lui fallait au moins cela pour récupérer toutes les forces qu'il avait perdues depuis les quinze derniers jours. Mais au fur et à mesure que la nuit enveloppait les lieux, il sentait sourdre une sensation pesante dans son ventre.

Il avait encore faim.

Mais ce n'était pas une faim qu'il avait l'habitude de ressentir. C'était autre chose. Il essaya de comprendre ce vide qui persistait à l'intérieur de lui, parcourait ses artères, se diffusait dans ses veines. Allongé, il laissait encore son regard aller vers les étoiles qui apparaissaient à travers les nuages, mais il ne les voyait plus. Toute son attention se portait sur ce manque qui montait en lui et ne le laissait pas tranquille. Il savait d'où cela provenait. La chose qui se dissimulait en lui remuait, manifestait sa présence en lui imprimant ce vide dans les tripes. Même endormie, cette force parvenait à influer sur son esprit. Il réalisa que s'il s'était reposé et avait repris de l'énergie, cette chose aussi en bénéficiait. Elle gagnait du terrain. Il n'était plus qu'une frêle enveloppe charnelle qui bientôt cèderait sous la pression. Il le sentait venir. Cette chose avait la patience du prédateur, tout comme lui, mais à un degré poussé à son paroxysme... Cette chose *était* la prédation incarnée, dans toute sa stratégie reptilienne. Elle savait attendre. Elle savait comment prendre possession de lui, peu à peu. Il n'y avait en lui plus aucun espace où elle n'était pas.

Elle l'observait.

Tout cela n'était pas dû à son imagination qui lui jouait des tours, ce n'était pas l'une de ces fabulations que le mental pouvait fabriquer lors d'un état de stress intense. Cette entité était en train de prendre conscience en lui.

Soudain, la pulsion redoubla de force.

Il se redressa nerveusement. La posture allongée, à observer le firmament étoilé, lui était devenue tout d'un coup inconfortable.

Il cessa de lutter.

Sans détermination, et très naturellement, il alla prendre son arme pour l'équiper de son silencieux. Il enfila ensuite ses chaussures et se mit en route sur le sentier, à travers bois.

Il ne se posait plus de questions. C'était ainsi.

L'envie était bien trop forte à présent.

Il lui fallait de la chair.

Crue, gorgée d'hémoglobine.

Même celle d'un animal le contenterait.

Après tout, qu'y avait-il d'anormal dans le fait de se nourrir lorsque la faim vous tenaillait ? Tous les hommes, sans exception, répondaient à ce besoin. Mais il sentait bien que cette faim-là n'avait rien de celle d'un homme.

Au fur et à mesure qu'il arpentait les collines, il se mit à ressentir une nouvelle sensation. Celle-ci était plus agréable. C'était comme un ronronnement, une vibration emplie de chaleur au niveau de sa nuque. Un contentement, pour être exact. La chose le remerciait peut-être pour sa coopération. Il interpréta le ressenti ainsi. Soudain, un lièvre s'arrêta sur son chemin. Instantanément, il braqua son arme vers lui et ouvrit le feu à deux reprises. L'animal chancela et tenta de bondir hors du sentier, mais ne put que s'affaler, terrassé. Il se jeta sur lui et tenta de lui entailler la gorge de ses dents, mais la couche de poils l'en empêcha. Il sortit alors son couteau et lui ouvrit le ventre de haut en bas. Les viscères jaillirent et l'inondèrent de sang chaud. Il but directement aux artères sectionnées, sans se soucier d'être couvert du liquide brun qui coulait de tous côtés. Il se rassasia rapidement du lièvre, se releva et jeta la carcasse pantelante plus bas, puis reprit son chemin en s'essuyant du revers de sa manche.

Mais il n'était pas pleinement satisfait. Il avait encore faim.

D'ailleurs, la chaleur agréable qu'il avait ressentie dans sa nuque s'était estompée pour laisser place à des picotements électriques qui s'intensifiaient, vraiment très désagréables quant à eux. Il regarda le corps déchiré du petit animal avec pitié. Non, ce n'était pas un lièvre qui pourrait combler ce vide, ni même une quelconque autre bête.

Ce qu'il lui fallait, c'était *de la chair humaine.*

Il se mit brusquement à courir. Vers où ? Vers quoi ? Il se voyait courir vers les lueurs d'Olean qui scintillaient en bas entre les arbres. Une foule d'êtres humains étaient encore éveillés et vaquaient à des activités nocturnes, là-dessous. Une multitude de gorges remplies du nectar dont il était maintenant assoiffé.

Brusquement, il s'arrêta, et se laissa tomber au sol pour se vautrer dans la terre.

— Qu'est-ce que je suis en train de devenir ?! cria-t-il aussi fort qu'il put.

Sursaut de lucidité.

Il se roula dans le tapis de feuilles mortes encore imprégnées de pluie et continua à se lamenter durant de longues minutes. Puis il se releva encore et se remit à courir, éperdument. Comme un fou, cette fois, plus comme une bête après sa proie. Il ne courait plus vers la ville, il remontait la vallée vers son campement. Il voulait fuir tout cela, sortir de lui-même. Il voulait faire cesser ces pensées, toutes ces sensations oppressantes qui le poussaient à désirer chair et sang humains.

Il sentit alors quelque chose remuer dans sa poitrine. Le mouvement se répéta, comme un tressaillement nerveux. C'était une sorte de pulsation ténue, naissante. Il eut l'impression qu'*un autre cœur* se formait dans sa cage thoracique. Il ne s'arrêta pas pour autant de courir, mais redoubla de force dans sa foulée, haletant à s'en faire perdre haleine. Il voulait qu'on lui arrachât les poumons pour ne plus avoir à ressentir cela. La chose se mit alors à remonter dans sa gorge, au point de l'étouffer. Il s'arrêta et tomba à genoux, implorant en un cri muet le ciel, les étoiles et tous les dieux…

Sa gorge se relâcha brusquement et il put enfin inspirer, comme à son premier jour. L'air entra puissamment et emplit son thorax qui lui sembla avoir décuplé de volume. La sensation continua de frayer plus haut vers ses tempes, en passant par son réseau veineux. Il la sentait frétiller comme une colonne de jeunes vipères minuscules. Puis, plus rien, pendant quelques secondes, du moins. Car bien vite une autre sorte de ressenti fit son apparition. C'était maintenant logé dans son crâne, une vibration subtile qui le tenaillait cruellement. Cela devint plus subtil, de plus en plus subtil… jusqu'à disparaître.

Mais soudain, un grondement s'éleva, une sorte de gro-gnement bestial, caverneux, qui peu à peu s'articula en con-sonnes et voyelles intelligibles :

— *Où... veux-tu... aller ?*

La voix semblait s'être élevée derrière lui. Il tourna la tête vers les forêts, affolé. Rien. La vocifération d'outre-tombe s'éleva encore, le parcourant d'une vibration pro-fonde, faisant vibrer ses tripes.

— *Il est inutile de chercher à fuir.*

Il se releva d'un bond, en garde, prêt à combattre.

Réflexe désespéré.

Absurde.

Cela venait de l'intérieur de lui.

C'était lui.

L'*autre* lui.

La chose.

Son sang se glaça dans ses veines. Il y avait maintenant quelque chose à l'intérieur de lui, quelque chose de vivant, qui lui parlait. Il resta paralysé un instant avant de balbutier l'inconcevable question :

— Qui êtes-vous ?

La réponse ne se fit pas attendre, accompagnée de feule-ments profonds, plus lointains, qui remontaient de ses propres viscères :

— *Allons... Réfléchis un peu... Qui pourrions-nous bien être, selon toi ?*

Il resta sans voix.

— *Nous sommes Eliott Cooper,* répondit froidement la voix pour lui.

Il serra les dents et les poings de rage.

— Non ! Vous êtes un putain de sortilège ! Tout ça n'est pas réel ! hurla-t-il.

L'écho de son cri se répercuta dans les vallées et se per-dit au loin, sans rien changer à quoi que ce fût.

— *Oui... c'est parfait. Un peu de haine,* dit la voix dans un souffle glacial.

— Que voulez-vous de moi ? hurla-t-il à nouveau.

Il sentit qu'il était en train de disjoncter complètement. Il fallait mettre un terme à tout cela. Apporter une solution définitive. Il empoigna son arme et, serrant la crosse de toutes ses forces, plaça le canon contre sa tempe.

— *Cesse de lutter... La mort ne t'apportera aucune délivrance.*

Il serra les dents de rage et, au lieu de presser la gâchette, étouffa un autre hurlement, puis tomba à genoux. Il lâcha son revolver et se laissa submerger par le désespoir.

— Mais qu'est-ce qui m'arrive, bon Dieu ? se demanda-t-il en tremblant de tous ses membres.

— *Dieu ne te sera d'aucun secours non plus. Il n'y a de Dieu nulle part.*

— Mais qui êtes-vous ? cria-t-il.

— *Nous ne sommes pas différents.*

— Qu'attendez-vous de moi ? hurla-t-il encore.

La réponse fut accompagnée d'une sensation glaciale qui lui saisit les tripes.

— *Que tu accomplisses notre œuvre.*

— Que j'accomplisse quoi ? Mais qu'est-ce que...

— *Tu nous appartiens, maintenant, Eliott Cooper.*

Il poussa un ultime cri et sentit que sa conscience s'étiolait, comme délicatement aspirée dans un vacuum de ténèbres qui se referma sur lui, jusqu'à l'envelopper de néant. Il perdit connaissance et s'effondra sur le tapis de feuilles mortes.

14

L'agent Andrews transforma la table de la chambre de l'hôtel où il était descendu en un bureau opérationnel improvisé. Il démarra son PC et entama ses investigations numériques dans les fichiers du FBI.

Cassandra Owens, vingt et un ans.

Emily Russel, vingt-trois ans.

La première était domiciliée à Detroit, la seconde à Pittsburgh.

Cassandra Owens avait donc parcouru plus de cinq cent soixante kilomètres pour venir mourir au cours d'une messe noire dans les forêts de St. Marys. Emily Russel, quant à elle, en avait fait cent quatre-vingt-dix. Les deux jeunes femmes n'étaient pas des amatrices écervelées en quête de séances de spiritisme facturées sur internet. Toutes les deux faisaient partie d'un cercle très fermé nommé L'Arbre Wiccan. Ce cercle était l'une des nombreuses branches en Amérique de La Wicca, une mouvance religieuse néo-païenne qui connaissait une forte expansion en Europe depuis le milieu du XXe siècle, mais dont les origines se perdaient dans la nuit des temps. Essentiellement, La Wicca rassemblait des pratiquants de cultes divers et variés qui avaient pour point commun la sorcellerie et célébraient un lien fort avec la Terre Mère. La déesse de la lune, Hécate, était l'une des principales divinités influentes de La Wicca. Andrews approfondit ses recherches pour constater que L'Arbre Wiccan était intimement lié à une puissante société secrète implantée en Amérique : l'Ordo Templi Orientis.

L'hypothèse de l'agent Andrews était simple : les trois jeunes femmes étaient en quête d'une réalisation ultime dans leurs pratiques occultes. Pour accomplir des rituels sacrificiels, il leur fallait des sujets, de préférence en bas âge ; elles avaient donc enlevé plusieurs enfants et étaient passées à l'acte.

Leur détermination faisait froid dans le dos.

En cherchant dans leur passé, il découvrit que Cassandra Owens et Emily Russel avaient eu des antécédents psychiatriques. Emily Russel avait même été hospitalisée durant une année entière, suite au décès de sa mère. Au cours de leur jeunesse, elles avaient suivi, l'une comme l'autre, l'itinéraire type de « l'adolescente à problèmes » : arrêt prématuré des études, consommation d'alcool et de marijuana, rébellion au sein du foyer familial... par la suite, elles semblaient avoir trouvé leur voie, et un certain équilibre, dans la pratique de La Wicca. Andrews éplucha le listing impressionnant d'articles qu'elles commandaient régulièrement sur internet : pierres de rituels, serpents venimeux importés d'Afrique, robes cérémonielles, authentiques dagues de sacrifice forgées en argent, poudre d'os de vierge, etc. Au cours des quatre dernières années, les deux jeunes femmes avaient été sans histoire. Toutes les deux avaient passé leur permis de conduire et étaient véhiculées ; BMW roadster blanc pour Cassandra et rutilante Ford Mustang rouge pour Emily. Leurs parents fortunés ne leur refusaient rien. Elles s'étaient pourtant rendues en autocar jusqu'à St. Marys, certainement pour ne pas se faire repérer. Deux poupées maléfiques instinctivement douées d'une conscience de tueuse. Elles se ressemblaient en de nombreux points, mais ne se connaissaient pas. Leur première rencontre avait certainement eu lieu lors de leur réunion en vue de commettre les enlèvements.

Cependant, quelque chose ne cadrait pas avec les faits : si Cassandra Owens et Emily Russel avaient un sérieux penchant pour les activités néfastes et semblaient s'y être investies corps et âme, le modus operandi des enlèvements de St. Marys portait la signature d'un professionnel, ou d'un individu expert dans ce genre de crime. Les premiers agents fédéraux qui avaient été envoyés sur place avaient noté l'incroyable méticulosité du ou des auteurs de ces enlèvements ; pas la moindre trace n'avait été laissée sur les lieux des rapts, pas même le plus petit indice.

Cette zone d'ombre amenait à en éclaircir une autre : celle de la troisième jeune femme, dont l'identité n'avait pas encore été établie. L'agent Andrews contacta une connaissance qui travaillait aux fichiers internationaux. En passant par Interpol, il court-circuitait les lenteurs du FBI qu'il avait remarquées dans la chronologie de l'enquête, ce qui constituait, en soi, un fait très inhabituel pour la maison. Grâce à l'identification biométrique qui s'était généralisée en Europe, le retour de l'agent d'Interpol ne se fit pas attendre plus de deux heures.

La troisième suspecte se nommait Isolde Hohenwald.

Elle était allemande, originaire de Fischbachau, un petit village de montagne situé au sud de Munich. Jusque-là, tout semblait coïncider.

C'était au niveau de son état civil que le problème apparaissait.

Selon les fichiers d'Interpol, Isolde Hohenwald était née le 12 février 1852.

Andrews grommela et envoya aussitôt un mail à l'agent européen pour lui signaler l'incohérence. Quelques minutes après, celui-ci lui renvoya pour toute réponse la fiche d'identification complète, où figurait une photo d'identité récente d'Isolde Hohenwald, fournie par l'état civil allemand. Stupéfait, Andrews compara ce fichier avec celui qui avait été constitué au service médico-légal. Il n'y avait aucun doute possible, la jeune femme brune, au regard sombre, qui apparaissait sur la photo, était la même que celle qui reposait maintenant dans un tiroir de la morgue de St. Marys. L'erreur ne pouvait donc venir que de l'état civil allemand. Au vu de la rigueur de l'administration germanique, l'agent français fit part à son homologue du FBI de ses doutes. Selon lui, ce problème demandait à être élucidé. Second fait troublant concernant Isolde Hohenwald : aucune femme de ce nom n'avait été enregistrée comme entrant sur le sol américain au cours de l'année. Il étendit la recherche aux dix dernières années pour s'apercevoir, là encore, que ce nom n'apparaissait nulle part sur les listes de visas américains. Elle avait donc voyagé jusqu'en Amérique clandestinement.

L'agent Andrews avait maintenant assez d'éléments pour obtenir la coopération d'Interpol, afin que la police allemande lançât une perquisition au domicile d'Isolde Hohenwald. La procédure ne prendrait pas plus de quarante-huit heures.

Il reporta son attention sur les dossiers de Cassandra Owens et Emily Russell. Il était certain d'une chose : ces deux jeunes femmes-là n'avaient joué que des rôles secondaires dans les enlèvements de St. Marys.

*

Lyon, France.
Vingt-quatre heures plus tard.

Patrick Fournier quitta les bureaux d'Interpol et grimpa dans un véhicule mis à sa disposition sur le parking. En l'occurrence, puisqu'il se rendait en Allemagne, il avait opté pour une BMW, une série 2 grise, discrète et efficace. L'agent enfonça ses larges épaules dans le siège conducteur et sortit son arme de service de son holster car elle le gênait pour conduire. Il posa son automatique sur le siège passager, un Beretta 92 FS qu'il détenait depuis ses débuts dans la police. Il retira ses lunettes de vue et se massa les sinus en inspirant profondément. La nuit avait été courte. Sa barbe poivre et sel était broussailleuse et son haleine empestait. Bien que la berline allemande fût spacieuse, sa carrure de première ligne était à l'étroit. Il retira sa veste et remua en maugréant, comme pour tenter d'agrandir le siège dans lequel il était engoncé. Derrière ses yeux gris clair, des pensées peu réjouissantes s'emmêlaient : d'abord, celle des six heures de route qu'il avait devant lui avant d'arriver à Munich, ensuite l'enquête. Il n'avait pas eu le choix, ses supérieurs lui avaient imposé de prendre part aux investigations sur la jeune Allemande mystérieuse, morte quelques jours plus tôt sur le sol américain. Et pour finir, il devait transmettre à son collègue américain du FBI, l'agent Colin Andrews, tous les éléments de l'enquête au fur et à mesure, ainsi qu'un rapport complet sur l'état civil d'Isolde Hohenwald, comprenant ADN, empreintes digitales et autres données biométriques destinées à la confirmation de son identité.

Après quinze années de mariage, l'agent spécial Patrick Fournier, quarante-sept ans, était en plein divorce. Ce n'était vraiment pas la période pour lui confier une « mission cassecouille » de ce type. Il avait bien essayé de s'y soustraire, mais en vain. Il était 7 h 15 lorsque la berline grise franchit le portail sécurisé du siège d'Interpol pour s'engager sur le quai Charles de Gaulles, balayé par une brise gelée.

Six heures plus tard, sous un ciel laiteux où l'on ne distinguait du soleil qu'une tache ronde de lumière à peine plus claire, la ville de Munich se découpait derrière les voies de l'autoroute. Il descendit dans un hôtel abordable du centre, le premier qu'il trouva sur son GPS. Aussitôt sa chambre rejointe, il se laissa tomber sur le lit et s'endormit profondément pour ne se réveiller que plusieurs heures plus tard, en pleine nuit. Sa montre indiquait 3 h du matin. Il pensa en ouvrant les yeux que la seule chose qui aurait pu lui permettre de récupérer complètement aurait été une cure de sommeil d'un mois minimum. Il descendit jusqu'à la machine à café dans le hall d'entrée et remonta les marches jusqu'au premier étage en tenant son précieux jus du bout des doigts, se concentrant pour ne pas en renverser. Il alluma la télévision sur une chaîne d'info avec sous-titres où une présentatrice bavaroise faisait état de la météo des jours à venir. Le temps s'annonçait glauque. Les news qui suivirent relataient d'attentats commis par des extrémistes musulmans sur les sols espagnol et français. Des attaques coordonnées ; cela devenait un classique. Il coupa le son et ouvrit son ordinateur portable de service, entra ses codes d'accès et attendit que le PC démarrât. Il but une gorgée brûlante de café, trop sucré à son goût. Sans le son, la présentatrice blonde avait des airs franchement aguicheurs, comme une pute trop maquillée, cependant assez sexy. Il monta à nouveau le volume et constata combien la tristesse et la morbidité des informations qu'elle déclamait lui enlevaient toute envie de bander. Il éteignit définitivement la télé et revint sur son ordinateur. Une fois le dossier intitulé « Hohenwald » ouvert, il attendit que les éléments aient apparu dans leur fenêtre respective, prêts à être analysés, comparés, disséqués. Un mail de l'équipe allemande lui était arrivé dans l'après-midi. Il ajouta ces informations à celles qu'il avait déjà.

Isolde Hohenwald, qui, d'après les services d'état civil, était âgée de *cent soixante-cinq ans*, avait été de son vivant un vrai fantôme, semblait-il. Elle ne réglait ses achats qu'en espèces et n'achetait rien, absolument rien, via internet. Elle ne se déplaçait visiblement qu'à pied ou à vélo, lorsqu'elle était en Allemagne. Elle avait bien eu un véhicule, mais là encore, l'antique Mercedes-Benz 500K noire immatriculée à son nom à Berlin en 1937 n'était pas censée être encore en état de la transporter, ni de transporter qui que ce fût d'autre. La demeure d'Isolde Hohenwald, un châtelet de pierre et de bois qu'elle avait hérité de sa grand-mère, se trouvait accrochée aux flancs du Wendelstein. La seule route qui y menait était une piste forestière longue de presque vingt kilomètres, à travers bois. Finalement, le côté atypique de ce dossier rendait cette mission suffisamment intrigante pour que l'agent Fournier la classât dans ses « missions intéressantes ». Bien entendu, il était convaincu que l'incohérence de l'âge d'Isolde Hohenwald n'était due qu'à une erreur administrative. Restait à déterminer dans quel service elle avait pu être commise.

À 7 h du matin, après s'être rendormi pendant un laps de temps indéterminé, il se leva et, déjà habillé, gagna son véhicule pour se rendre au quartier général de la police de Munich, où il avait rendez-vous avec une équipe d'intervention allemande d'Interpol.

Il gara la berline sur le parking du monumental et académique *polizeipräsidium,* bâti sur un ancien monastère augustin du XIIe siècle. À peine était-il descendu du véhicule qu'un jeune officier vint l'aborder au pas de gymnastique.

— Hallo, vous devez être l'agent Fournier ?

Il hocha la tête en prenant le temps de s'étirer de toute sa hauteur.

— C'est bien moi.

Le jeune policier, un Bavarois typique, blond, yeux bleus, mâchoire carrée, esquissa un sourire énergique.

— Je suis Norbert. Vous venez pour la perquisition chez Isolde Hohenwald, c'est bien ça ?

— Tout à fait, mais je...

— OK, on ne va pas tarder à y aller. Les gars attendent dans le véhicule banalisé, le Volks blanc garé là-bas.

L'officier désigna un van quatre roues motrices, plus loin sur le parking, dont le pot d'échappement crachotait de petits nuages de vapeur blanche, signe que le moteur tournait au ralenti.

— J'aimerais boire un café avant d'y aller, c'est possible ? parvint-il à placer.

— Bien sûr, lui répliqua le jeune loup en lui tapant sur l'épaule, nous avons pris un thermos avec nous. Allons-y, la route n'est pas longue, mais elle est difficile.

Tout le long du trajet, les gars de l'équipe allemande palabrèrent dans leur langue. Fournier n'y entendait rien et avait commencé à s'assoupir, bercé par les soubresauts du véhicule, lorsque celui-ci était entré dans la zone forestière, là où le bitume avait cédé la place à des pistes rocailleuses. Au-dessus des forêts s'élevaient des sommets dont le plus haut culminait à presque deux mille mètres. Lorsque l'officier qui se prénommait Norbert, le seul à parler français, avait été relayé au volant par un autre, il était venu s'assoir à l'arrière, à côté de lui.

— Je suppose que tu as lu notre rapport concernant cette Isolde Hohenwald ?

Fournier parvint difficilement à s'extraire de l'état comateux qui l'avait gagné. Il ouvrit un œil, puis un autre, sur le jeune homme blond qui lui apparut tel un ange, avec les monts enneigés derrière lui, dans la vitre, qui apparaissaient comme des ailes blanches de chaque côté de ses épaules.

— Oui, évidemment, dit-il en se ressaisissant avec énergie. Isolde Hohenwald... Cent soixante-cinq ans !

— On n'a pas su trouver d'où vient l'erreur. Par contre, on sait que son arrière-arrière-grand-mère se prénommait aussi Isolde. Cela pourrait expliquer la confusion.

Fournier réfléchit attentivement à cette déduction. Le raisonnement de l'officier Norbert se tenait, mais il aurait fallu que la jeune femme eût cherché sciemment à se faire passer pour son arrière-arrière-grand-mère, ce qui était totalement aberrant, vu son apparente jeunesse.

— On vient de recevoir de nouveaux éléments, reprit l'officier, tu as dû les recevoir aussi.

L'agent français s'empressa de consulter son téléphone cellulaire. Un message du siège central de Lyon venait effectivement d'arriver dans sa boîte. Il l'ouvrit.

— On dirait que ça bouge, commenta le jeune policier en lisant le mail lui aussi.

Le mail faisait état d'une demande de rapatriement du corps d'Isolde Hohenwald en Allemagne. Cette demande officielle était adressée aux services médico-légaux de la ville de St. Marys. Elle émanait d'une importante société allemande et était signée de la main d'un certain Hermann Hohenwald, qui en était le dirigeant.

— Sûrement un proche de la jeune femme, commenta l'agent français, il va falloir creuser de ce côté-là. Qui est ce Hermann ? Qui est-il pour elle ? Et s'ils sont parents, quel est leur lien de parenté ?

Le van s'engagea dans une série de lacets étroits. Les deux hommes regardèrent avec appréhension le ravin vertigineux qui s'ouvrait juste au-dessous des roues du tout-terrain. Le policier allemand consulta la carte sur sa tablette.

— Nous sommes bientôt arrivés.

Le véhicule franchit un dernier virage périlleux et s'enfonça à nouveau dans les frondaisons épaisses des forêts. Il arriva dans une vaste clairière et stoppa sur une aire à peu près plane. L'équipe d'agents descendit au complet et se prépara à marcher jusqu'à l'objectif, situé deux kilomètres plus haut. Les hommes arrivèrent bientôt en vue de la demeure qui se dessinait entre les arbres.

— Bon sang, c'est pas vrai ! s'exclama Fournier.

— Qu'est-ce que tu t'attendais à trouver ? lui lança l'agent allemand face à la construction antique, érigée sur un promontoire rocheux.

— Je ne sais pas, quelque chose de moins austère, lâcha Fournier.

La forteresse était partiellement en ruine, mais la majeure partie restait visiblement habitable. Trois des quatre tours de garde, qui s'élevaient à plus d'une vingtaine de mètres au-dessus des bois, se dressaient encore fièrement vers le ciel chargé de nuages noirs. La dernière était effondrée. Les blocs de pierre énormes qui formaient les remparts et les donjons, couverts de mousse des bois, étaient encore parfaitement montés et sertis les uns dans les autres. Une végétation grimpante avait colonisé les parois sombres. À travers les massifs de lierre sauvage, on pouvait apercevoir de larges vitraux colorés. De l'ensemble de la construction se dégageait encore toute la puissance des antiques châteaux moyenâgeux, de ceux qui avaient été bâtis au temps des chevaliers et des guerres croisées.

— C'est pas croyable, murmura encore Fournier.

— Les gars, inutile de chercher une sonnette, plaisanta l'agent Norbert en franchissant le pont de bois qui passait au-dessus des douves, on entre directement.

Les cinq hommes traversèrent un à un le pont qui grinçait et s'ébranlait à chacun de leurs pas. Ils se rassemblèrent au pied des remparts. Une forte odeur de moisissure minérale flottait dans l'air. Leur arrivée fut saluée par les croassements tapageurs de corbeaux qui s'étaient posés sur les coursives pour les observer avec curiosité. La grille du pont-levis, noircie par les siècles, était levée. L'équipe d'agents passa sous l'arche d'entrée et pénétra dans la cour intérieure du château. Ici, le parvis de dalles grises et les coursives semblaient être entretenus, bien que sommairement, car des herbes folles poussaient çà et là entre les jointures. Quatre massifs de plantes exotiques, dans de grandes jarres de granit, ornaient les angles de la cour élégamment. Sous un auvent était garée la vieille Mercedes de la défunte propriétaire des lieux, recouverte d'une épaisse couche de poussière. Les agents gravirent les escaliers qui menaient à l'immense porte d'entrée, sculptée de fresques guerrières. Celle-ci était entrouverte. Ils durent s'y mettre à plusieurs pour la pousser afin d'entrer. Elle émit un grincement bruyant dont l'écho se répercuta à travers les vastes salles. Le sol était couvert de tapis bariolés et les murs ornés de draperies antiques agitées par les courants d'air glacés qui s'insinuaient entre les vieilles pierres. Les boiseries des escaliers qui conduisaient aux étages semblaient être encore en état, bien que flottât encore ici une odeur entêtante de décrépitude.

— *Interpolpolizei, ist hier jemand ?*[2] lança l'un des policiers en allemand.

Les cinq agents se séparèrent, chacun arpentant une pièce, arme en main.

— Hé, y'a quelqu'un ? cria Fournier en entrant dans un corridor plongé dans l'obscurité.

Seul le bruit d'un goutte-à-goutte ponctuait le silence glacial qui régnait. Il alluma la lampe tactique fixée à son revolver. Le couloir était si humide que le faisceau de lumière se mit à scintiller. Il secoua son revolver qui jusque-là avait toujours parfaitement fonctionné, mais la lampe montrait des faiblesses. Il l'avait pourtant rechargée avant de partir. Il arriva dans une salle où la lumière du jour prenait des teintes rougeâtres en passant à travers les vitraux. L'endroit était sûrement une chambre, car en son centre se trouvait un haut lit à baldaquin, couvert de soieries blanches dépenaillées dont les lambeaux flottaient comme des spectres aériens. En face, une large cheminée en pierres de taille se découpait dans la muraille. Un tas de cendres froides reposait au fond de l'âtre. Hormis le lit, il n'y avait pour mobilier qu'une armoire de bois brun, haute de plus de deux mètres, façonnée dans le style Renaissance. Peut-être était-elle d'époque, se dit Fournier. Il ne s'attarda pas sur la question car un objet volumineux attira son attention dans un coin de la pièce, là où l'obscurité était la plus dense. Il s'empara d'un chandelier posé à même le sol, près du lit, craqua une allumette et donna vie aux sept bougies de cire blanche. Il s'avança vers la chose qui devait bien mesurer trois mètres de longueur sur un de large. Il porta le chandelier au-dessus de l'objet inconnu.

C'était une sorte de sarcophage, énorme, aux contours anguleux et irréguliers. La matière dans laquelle il était taillé, brute et extrêmement sombre, était très étrange. Bien que la lueur des bougies parvînt à en dessiner la forme, elle ne

---

[2] « Police d'Interpol, y a-t-il quelqu'un ? »

permettait pas d'en distinguer nettement les contours. D'une manière incroyable, les sept petites flammes vacillaient et se tordaient, agonisantes, sans parvenir à projeter leur clarté sur la chose. La vision était proprement sidérante. Leur lueur paraissait se dissoudre dans le vide noir qui apparaissait sous ses yeux. Le cercueil, si c'en était un, était ouvert. Et il était vide.

Il passa son oreillette, qui le reliait au reste de l'équipe.

— Norbert, j'ai trouvé quelque chose.

Après un bref instant, la voix de l'agent allemand grésilla dans l'écouteur :

— Nous aussi. Tu devrais venir voir.

La voix de Norbert était altérée. Fournier perçut qu'il se contrôlait face à une vive émotion. Il retraversa le corridor et dévala les marches jusqu'à la vaste nef d'entrée. Personne.

— Où êtes-vous ?

Quelques secondes s'écoulèrent, puis Norbert finit par répondre :

— Au sous-sol. Les escaliers de service sont à côté de la porte des cuisines. Prends le couloir à droite de l'entrée, tu ne peux pas les rater.

Il arriva aux cuisines et emprunta l'escalier exigu en colimaçon. Des torches étaient posées sur un guéridon vermoulu, prêtes à être enflammées. Visiblement, les autres agents en avaient utilisé pour éclairer leur chemin, à voir les traces de suie au sol. De fait, il en prit une lui aussi et l'enflamma avec une allumette. Il brandit la torche au-devant de lui et descendit vers les bas-fonds de la forteresse. Arrivé en bas, il aperçut au bout d'un long couloir humide des taches de lueur qui s'agitaient. Certainement les autres agents. Le sol du corridor, irrégulier, n'était autre que de la terre boueuse. Des rats surgirent devant lui et disparurent aussitôt en poussant des couinements stridents. Alors qu'il approchait l'entrée, une puanteur d'une violence inouïe vint l'assaillir. Il prit un mouchoir et le maintint appuyé contre son nez. Il entra dans la salle voûtée, soutenue par des alignements de piliers. C'était une cave immense, plongée dans les ténèbres. L'odeur pestilentielle, inqualifiable tant elle était répugnante et intense, lui fit penser à celle d'un abattoir infecté. Les agents étaient en train d'éclairer les lieux au moyen d'autres torches disposées sur les murs. Peu à peu, la lumière se fit sur le spectacle le plus atroce qu'il lui eût été donné de voir au cours de sa carrière d'agent. Sur la terre noire étaient tracées, à la poudre de chaux, les lignes d'un pentagramme qui couvrait toute la surface de la cave. Au centre se dressait une abomination informe qui consistait en un amoncellement de restes humains : ossements blanchis, membres amputés, dispersés, corps encore pourvus de chairs, lacérés, viscères jaillissant d'estomacs ouverts, gorges tranchées, têtes coupées exsangues aux langues bleuâtres sorties pendant de bouches édentées, visages tuméfiés aux rictus d'agonie, globes oculaires exorbités, éclairs de mort imprimés dans des rétines flétries. La scène fit naître en lui une répulsion si abjecte qu'il ne put la supporter qu'en allant vider dans un coin tout ce qu'il avait dans l'estomac. La compassion pour les malheureux qui avaient péri ici était rendue impossible, car noyée instantanément dans la terreur de cette vision cauchemardesque. La composition de la structure semblait connaître un agencement morbide calculé. La base de l'édifice, vaguement pyramidal, était constituée d'ossements jaunes et secs, et plus l'on montait vers le faîte, plus les restes humains étaient pourvus de chairs, de tendons et autres attributs préservés de la décomposition. Il devait y avoir là, en tout, une bonne trentaine d'individus humains, tous plus ou moins démembrés, et disposés en suivant les contours des branches du pentagramme. Chacun d'eux avait été mis dans une posture particulière, évoquant tantôt l'adoration, mains jointes – lorsqu'ils avaient encore leurs mains – tantôt la soumission, courbés, implorants. Mais quel esprit torturé à l'extrême pouvait s'adonner à pareille œuvre ? L'artiste dément était aussi anthropophage, car la plupart des corps exsangues portaient des traces de morsures béantes, ou ce qui semblait en être. Difficile d'imaginer créature capable de telles blessures. Certains visages, gorges ou poitrines, paraissaient avoir été emportés en un seul coup de mâchoire.

L'agent Fournier prit appui contre un pilier.

— Bordel... Qu'est-ce qu'on fait avec ça ? lâcha-t-il à la limite de vomir ce qui restait de matière dans son estomac.

Il se laissa tomber au sol, où il resta assis, immobile, pendant une minute au moins. Norbert regardait fixement l'amoncellement de corps, droit sur ses jambes, raide, saisi par une incompréhension totale. Il s'efforçait de ne rien laisser transparaître de son malaise, mais Fournier voyait bien qu'il accusait le coup lui aussi. Les trois autres agents étaient prostrés, pris dans des réflexions intérieures inextricables. Ils marmonnaient vaguement des notes dans leur dictaphone tout en faisant le tour du charnier.

— OK... On remonte, décida Norbert, il faut bouger. Klaus, tu as le portable satellite avec toi ?

L'autre se ressaisit et fit signe que oui.

— Préviens l'équipe médico-légale, ils vont avoir du boulot pour un moment.

Les cinq agents regagnèrent la surface et purent à nouveau respirer. La puanteur qui se dégageait des caves leur collait aux vêtements.

— Tu penses quoi de ce truc ? demanda l'agent allemand à son homologue français.

— J'ai jamais vu une monstruosité pareille. Il y a au moins une trentaine de corps là-dessous. Ça ressemblait à un rituel occulte, tu as vu les signes peints sur les murs ?

— C'est ce que j'ai noté en premier. Je n'ai jamais vu de tels symboles, nulle part.

— Sorcellerie noire, lança un agent avec un accent bavarois à couper au couteau.

— Sheize[3] ! jura un autre.

---

[3] « Merde ! »

Après un long silence, les cinq hommes se consultèrent du regard et retournèrent à l'intérieur pour se remettre au travail.

Fournier remonta vers la chambre qu'il avait visitée, mais bifurqua à gauche juste avant l'entrée, vers une pièce attenante plus petite. C'était un bureau. La lumière du jour était ici plus vive, car naturelle. Une fenêtre ronde placée en hauteur permettait d'y voir très clairement. Il ouvrit le secrétaire en bois. Un ordinateur s'y trouvait. Il s'agissait d'un vieil Apple qui devait encore fonctionner parfaitement, ce qu'il constata en l'allumant. Très rapidement, il put avoir accès aux fichiers stockés par Isolde Hohenwald, car celle-ci n'utilisait aucun mot de passe. Pour la plupart, il s'agissait de vieilles factures, réglées à des entreprises de dépannage, électricité, maçonnerie, maintenance... Certaines remontaient plus de soixante ans en arrière. Elle semblait avoir numérisé tous ses documents. Lorsqu'il entreprit de fouiller les tiroirs un à un, l'agent finit par mettre la main sur une pochette remplie de documents imprimés. Dedans, il trouva une chemise noire, sur laquelle apparaissait un sigle écrit en lettres d'or : OTO.

— *Ordo Templi Orientis[4]*, dit Fournier à voix basse pour lui-même.

---

[4] L'OTO a été fondé au début du xxe siècle par un franc-maçon de haut degré nommé Karl Kellner et poursuivait ainsi la tradition des organisations templières. Kellner a justifié le choix du nom en disant qu'il avait bénéficié de l'instruction orale de deux Arabes et d'un adepte hindou sur les secrets magiques qui correspondent à son essence et aux enseignements des anciennes organisations des Templiers.

Le dernier grand maître connu de l'Ordre des Templiers, Jacques de Molay (1293-1313), avait été brûlé publiquement par l'Inquisition ecclésiastique. Avec la persécution subséquente des Templiers, l'Ordre, qui a cherché à fusionner les mystères de l'Orient et de l'Occident, a disparu de la lumière du public. Dans divers travaux il essaye de poursuivre la tradition des Templiers mais les déclarations sont contradictoires.

Après la mort de Kellner en 1905, Theodor Reuss a repris la succession et formé avec Franz Hartmann, Klein et John Yarker la ligne religieuse intérieure. En public, ils n'ont expliqué la nature du nouvel ordre OTO que légèrement

Il compulsa rapidement les imprimés, tous rédigés en allemand. Il s'agissait visiblement de communiqués de l'OTO destinés à ses initiés. Cet ordre était l'une des plus influentes sociétés secrètes connues. On lui prêtait des desseins obscurs. Certains, parmi ses anciens maîtres, avaient été réputés pour leurs exactions morales.

Il ne faisait aucun doute qu'Isolde Hohenwald avait été membre de cet ordre de son vivant, en plus d'avoir été une prêtresse experte en magie noire et, à en voir la réserve humaine qu'elle stockait dans sa cave, cannibale. Ça commençait à faire beaucoup pour l'agent Fournier.

— Norbert.

La voix de l'agent s'éleva, déformée par des interférences :

— Je t'écoute.

— On est tombés sur un sacré merdier. Je viens de trouver des documents marqués du sigle de l'Ordo Templi Orientis. Ça te dit quelque chose ? lui demanda Fournier.

Il y eut un blanc de quelques secondes.

— Tu penses que l'OTO est impliqué ?

— Selon moi, ce qu'on vient de découvrir ressemble à la partie émergée d'un iceberg. Je te retrouve tout à l'heure, je continue.

Fournier retourna dans la chambre où gisait le tombeau. Il attrapa au passage le chandelier dont les bougies brûlaient encore. Il alla vers le fond de la pièce et éclaira, ou tenta d'éclairer l'étrange sarcophage en plaçant au-dessus les flammes mourantes. Il resta ainsi cinq bonnes minutes à scruter l'objet massif, l'esprit tout aussi absorbé par cette

---

dans la revue *Oriflamme*, qui était à cette époque une publication d'une loge maçonnique. C'était en 1912.

« Notre Ordre possède la clé qui ouvre tous les secrets maçonniques et hermétiques, à savoir, la doctrine de la magie, et cet enseignement explique, sans exception, tous les secrets de la franc-maçonnerie et tous les systèmes de religion. »

vision que l'était la lumière des bougies par la pierre noire et rugueuse.

— Hé, Fournier ! Est-ce que ça va ?

En un éclair, l'agent se retourna et pointa son arme vers l'ombre qui se tenait dans l'encadrement de la porte. Il reconnut son équipier allemand et baissa aussitôt son revolver.

— Ça fait vingt minutes que je t'appelle, lui dit Norbert, tu as débranché ton oreillette ?

— Je n'ai rien débranché du tout. C'est ce truc-là, au fond... qui cause les interférences qu'on a avec le matériel. Viens voir ça.

Les deux hommes retournèrent au fond de la salle et Fournier passa lentement la lueur des bougies au-dessus du sarcophage.

— Qu'est-ce que c'est que ce truc ? s'exclama l'agent allemand en se grattant le crâne.

— Je n'en sais foutre rien, dit Fournier, mais ça ne m'a pas l'air normal.

— Klaus, reprit Norbert dans son micro, rappelle le central tout de suite. Dis-leur d'envoyer les spécialistes du labo technique avec l'équipe médico-légale. Apparemment, on a quelque chose de... bizarre. Faut qu'ils viennent faire une analyse spécifique avec le matériel qui convient. Il s'agit d'une sorte de minerai. Jamais vu un truc pareil.

15

Lauren quitta le domicile de Sir Ravenwood alors que la nuit tombait sur Rochester. Le paléographe avait scanné toutes les pages du livre. Ils avaient convenu de se revoir lorsqu'il aurait terminé de traduire tout ce qu'il était en mesure de traduire. Elle avait pris soin de placer le livre dans un étui hermétique et le portait précieusement contre elle, dans son blouson.

Alors qu'elle se dirigeait vers la Jeep, elle crut percevoir un mouvement dans l'ombre. Cela provenait d'un buisson, au fond du jardin. Elle sortit son arme et, tous ses sens en alerte, s'avança dans la direction où elle avait vu s'agiter les feuilles. Prête à ouvrir le feu, elle alluma sa lampe torche et balaya le rayon lumineux sur la végétation qui bruissait doucement. C'était sûrement le vent, pensa-t-elle. Il s'était levé avec la nuit et chassait maintenant les quelques nuages qui tentaient de s'accrocher au croissant de lune. Elle regretta de laisser le paléographe seul. Bien qu'il fût armé – il possédait un arsenal de collectionneur encore en état de servir –, elle avait une intuition inquiétante. Mais celle-ci fut chassée par la pensée d'Eliott, qui devait se tordre de douleur là-bas, dans les collines, à attendre son retour comme une bête blessée.

Elle s'installa au volant et tourna la clé de contact, craignant que le tout-terrain fût endommagé au niveau du moteur. Mais celui-ci se mit à ronronner sans montrer de défaillance. Elle fit demi-tour dans l'allée et orienta au passage les phares de la Jeep vers le jardin de Sir Ravenwood, pour s'assurer encore qu'aucune menace ne s'y trouvait dissimulée. Visiblement, les alentours étaient sûrs. Il y avait en plus tous ces chiens dans le voisinage qui limitaient de façon considérable une intrusion dans le périmètre. Elle quitta le quartier résidentiel relativement rassurée.

Lorsqu'elle fut sur l'autoroute, elle composa le numéro d'Eliott sur son cellulaire.

Aucune réponse. Elle laissa un message :

— Je viens de quitter le domicile de Sir Ravenwood, je suis en route vers ta position. Rappelle-moi pour confirmer que tout va bien.

Eliott ouvrit les yeux sur les étoiles qui brillaient dans la nuit claire. Il se trouvait allongé, nu, couvert de sang. Ses pieds baignaient dans l'eau glacée d'un cours d'eau. Il resta quelques minutes ainsi, cherchant une sensation dans le vide, puis il prit conscience du froid, qui le saisit progressivement, jusqu'à le faire grelotter, puis s'agiter de convulsions. Il était en réalité très proche de l'hypothermie. Il ne sentait presque plus son corps, uniquement une masse trop lourde à mouvoir. Il se redressa tant bien que mal et marcha comme il put pour désengourdir ses muscles et se réchauffer. Il se retourna pour constater qu'il était proche des premières habitations de la petite ville d'Olean. Très proche. Les flashs de sa métamorphose ne lui étaient pas encore remontés. Il aperçut brusquement des gyrophares approcher dans sa direction. Les sirènes hurlantes percutèrent ses tympans avec violence. Il se jeta au sol et se tapit dans les herbes hautes. Maintenant, le nez presque enfoui dans la terre, il en percevait les odeurs organiques et minérales avec une telle intensité que cela lui fut insoutenable, au point qu'il dut relever la tête du sol. Il entendit alors les portières des voitures de police s'ouvrir et se refermer avec fracas, et les pas des policiers crisser sur les graviers de l'allée de la maison qu'ils étaient en train d'investir, revolver en main. Il pouvait ressentir tout cela avec une telle acuité qu'il comprit que quelque chose avait changé en lui. Étrangement, il ne sentait pas venir les nausées qui suivaient la transformation. D'autres véhicules firent leur apparition au loin sur la route. Il comprima ses oreilles du mieux qu'il put pour se soustraire à la douleur causée par les sons. Il s'agissait de véhicules de secours d'urgence. Il pouvait voir maintenant les hommes en uniforme blanc entrer et sortir du pavillon où avait dû se dérouler le drame, ou plus exactement, le carnage.

Celui dont il était certainement l'auteur.

Une chose lui revint soudain en mémoire. Une vibration terrifiante qui s'était élevée en lui et s'était changée en une voix d'outre-tombe :

« Tu nous appartiens, maintenant. »

Le dialogue invraisemblable se recomposa. Les mots, d'abord dans le désordre, s'agencèrent en phrases complètes, cohérentes.

Quel sens pouvait-il donner à cette voix qui s'était élevée en lui la nuit dernière ? Cela avait pu être une hallucination.

« Que tu accomplisses notre œuvre. »

Était-il devenu le pantin du diable ? L'incarnation, le jouet de Lucifer ?

« Dieu ne te sera d'aucun secours… »

De la plus paradoxale et la plus cruelle des manières, il redoutait l'instant où la voix maléfique s'élèverait encore en lui, mais d'un autre côté, il voulait savoir, remonter à la source de cette énergie noire qui affluait dans ses veines.

« *Allons... Réfléchis un peu... Qui pourrions-nous bien être,* *selon toi ?* »

Il revint soudainement à l'instant présent. Derrière les herbes qui ondulaient sous la brise nocturne, le ballet des secours et des forces de police, sur fond de gyrophares, animait encore la nuit. Il ne ressentait aucun signe habituel de la métamorphose. Et les images de ce qui s'était passé pendant ne lui étaient pas revenues.

Il réalisa qu'il ne s'était en fait pas métamorphosé.

Les corps qu'il voyait, un à un, être évacués sur les brancards des secours, cette famille entière... Il avait gardé *sa forme humaine* pour la dévorer. Voilà pourquoi il ne rejetait pas ce qu'il avait lui-même, Eliott Cooper, ingéré.

La chose l'avait maintenant converti.

À présent, sa soumission à cette force était presque totale.

« *Il t'est inutile de chercher à fuir.* »

Il essaya de se calmer. Son cœur commençait à s'emballer furieusement. Ses émotions le traversaient comme des chevaux fous, lancés au galop vers un précipice sans fond. Il attendit, allongé sur le dos, que les lueurs bleues et rouges cessassent de tournoyer dans les arbres. Et lorsqu'il n'entendit ni ne vit plus rien au-delà du mur d'herbes folles, lorsque seul demeura le bruissement des feuilles d'arbres qui s'agitaient dans le vent, il se releva et se traîna jusqu'en haut de la colline, vers son campement de fortune.

Le portable de Lauren se mit à vibrer sur le tableau de bord. *Eliott.*

Elle décrocha aussitôt.

— Lauren. Où es-tu ?

— J'approche de la ville d'Avon. Ça va comment ?

À entendre sa voix, elle connaissait déjà la réponse à cette question.

— Ça ne va pas fort. Je suis à bout.

— Parle-moi. Dis-moi ce que je peux faire.

— Écoute, je ne vois plus qu'une solution, lui répondit-il. Tu vas retourner dans une pharmacie et te procurer des anesthésiants et sédatifs puissants. Tu as pu obtenir les seringues pour les prélèvements ?

— Eliott, tu es en train de disjoncter, merde ! hurla-t-elle.

— Écoute-moi ! Je n'ai pas le choix, tu comprends ?

— Je ne ferai pas ça. Je ne le ferai pas, tu m'entends ?! Si tu veux te foutre en l'air, ce sera sans moi !

— C'est le seul moyen, Lauren, dit-il fermement. Je vais m'injecter une dose médicamenteuse suffisamment forte pour me mettre hors-service, sans y rester. Ça neutralisera la métamorphose.

— C'est du suicide, Eliott.

— Non ! Écoute, j'ai bien réfléchi. La transformation demande à chaque fois une quantité énorme d'énergie pour opérer en moi. Si je me plonge en léthargie, le mal ne peut plus agir. J'en suis certain. Fais-moi confiance. Je ne compte pas y rester. Nous avons une histoire à écrire tous les deux.

— Comment peux-tu être sûr des doses que tu vas t'injecter ? Tu n'es pas médecin.

— Je vais me documenter sur le net, faire des recherches sur des sites spécialisés pour trouver la posologie adaptée. Crois-moi, je ne cherche pas à me suicider. Je ne suis pas encore complètement fou.

Ses paroles et l'intonation de sa voix la rassurèrent.

— OK. Je vais m'arrêter dans une pharmacie. Qu'est-ce qu'il te faut exactement ?

— Pentobarbital, diazépam et propofol. Mais, Lauren...

— Quoi ?

— Il va falloir que tu te procures ça en passant par l'arrière-boutique, si tu vois ce que je veux dire.

— Ces médicaments demandent une ordonnance pour être délivrés ?

— C'est ce que je veux dire. Nous n'avons pas le temps de négocier ça légalement avec un médecin. Il faudra que tu les subtilises. Ça ne devrait pas te poser de problème, non ?

— Non, c'est pas ça qui me chiffonne, Eliott.

— Quoi alors ?

— Je n'ai pas envie que tu te trompes dans le dosage. Laisse-moi voir ça avec un toubib, tu veux ?

— Lauren... Je n'en peux plus. Cette chose est en train de m'envahir. Est-ce que tu peux t'imaginer que je dévore des gens, Lauren ? Je me nourris d'eux !

Elle fut incapable de répondre quoi que ce fût. Elle sentait bien qu'il était très près du décrochage mental.

— Écoute, continua-t-il, c'est très simple. Tu as été formée à ça. Je t'ai moi-même enseigné ce genre de travaux pratiques. Tu n'as qu'à neutraliser le système de sécurité. Le tableau électrique est forcément accessible à l'extérieur. Il te suffit de le trouver. Généralement, les pharmacies sont équipées de simples alarmes volumétriques.

— OK, je vais le faire, Eliott. Je vais le faire.

Il y eut un blanc d'une dizaine de secondes au moins.

— Eliott ?

— Je suis là. Tu sais, je pensais à un truc. Même si je vais être très affaibli, on va pouvoir s'approcher l'un de l'autre sans risque. Ça fait si longtemps que je ne t'ai pas prise dans mes bras.

— Est-ce que tu en auras la force ?

— Je pense que oui.

— Il me tarde que tu le fasses.

— Il me tarde aussi.

Un autre silence ponctua leurs échanges.

Il sentit soudain le mal se manifester en lui, depuis ses tripes, montant graduellement l'échelle de la douleur. La chose lui tordait les intestins et remuait son ventre comme un sorcier agitant son bâton.

— Lauren, dit-il en cachant sa souffrance, je vais essayer de trouver le repos, maintenant. Je suis exténué.

— D'accord. Je vais planquer la Jeep sur un chemin de terre près d'Avon. Lorsque j'aurai localisé la pharmacie, j'attendrai que la nuit soit avancée. Et je te rapporterai les médocs qu'il te faut. C'est comme si c'était fait.

16

Sir Ravenwood en était à sa septième tasse de thé. Il était presque 5 h du matin. La pièce était hantée par les volutes de fumée que dégageait sa pipe, qu'il n'avait pas laissée s'éteindre de la nuit. Devant lui s'alignaient les imprimés par dizaines, répliques numérisées des pages du précieux ouvrage, comme autant de promesses de révélations inconcevables. Fiévreusement, il comparait les idéogrammes, mesurait les angles que formaient leurs traits, imaginait leur phonétique, s'essayait à prononcer à voix haute des mots impossibles, sortis du fin fond des âges... La veille au matin, Miss Gray, en pénétrant dans cette maison qui était la sienne, avait transformé en quelques instants une légende en réalité.

Le livre existait.

Au fil des millénaires, la lignée de ses auteurs avait fondé un ordre dans le seul but de transmettre une connaissance obscure. Le secret qu'ils avaient défendu dans l'ombre, par les armes lorsque cela avait été nécessaire, n'était jusqu'alors jamais sorti de leur lignée. Les chercheurs les avaient appelés *ordre des Adeptes*. Que renfermait ce savoir ? C'était ce qu'il restait à découvrir. Mais avant cela, il fallait décoder leur système d'écriture pour traduire la langue matricielle. Sans cela, aucune des découvertes manuscrites qui avaient été faites en Mésopotamie ne pouvait être interprétée.

Comment Miss Gray était-elle entrée en possession de cet ouvrage ? Cette question ne cessait de revenir dans l'esprit de Sir Ravenwood. Sans le savoir, elle détenait certainement des informations cruciales. Pourquoi avait-elle évoqué la sorcellerie ? Qui lui avait remis le livre ? Autant d'interrogations qui venaient le tourmenter et l'empêchaient de se concentrer sur son travail. N'y tenant plus, il prit son téléphone et composa le numéro de Natalie Gray.

Lauren, arrivée dans la ville d'Avon, avait garé la Jeep comme prévu sur une piste forestière en amont d'une zone commerciale, où se trouvait une pharmacie. Elle s'était laissée aller à un demi-sommeil en attendant l'heure propice pour s'infiltrer dans le magasin afin de s'emparer des médicaments dont Eliott avait besoin.

Son portable s'activa, l'arrachant à la torpeur de son assoupissement. Le nom du paléographe s'afficha sur l'écran lumineux.

— Natalie, je ne vous dérange pas ?

— Non, pas du tout. Avez-vous du nouveau, sir ?

— J'avance dans mon travail... mais quelque chose me questionne, au point que je n'ai pas pu m'empêcher de vous appeler.

— Quoi donc ?

— Eh bien, voilà : je ne sais pas *qui* vous a remis cet ouvrage, mais ce que je peux vous dire, c'est que cette personne est forcément impliquée dans l'ordre auquel appartiennent les auteurs de ce manuscrit.

— Je ne vous suis pas, Sir Ravenwood. Soyez plus clair, s'il vous plaît.

— L'ordre des Adeptes est totalement hermétique, Miss Gray. Il est voué au secret. Ce que je veux vous dire, c'est que la personne qui vous a confié ce livre doit être en lien direct avec les Adeptes, comprenez-vous ? Il est même probable qu'elle en soit un et que vous l'ignoriez.

À ces mots, une déduction se mit à germer dans l'esprit de Lauren. Eliott avait pris possession du livre des mains d'une sorcière. Aurait-elle pu appartenir à cet ordre ? Eliott avait-il été intronisé malgré lui, par sa métamorphose, dans cette lignée obscure ? Il lui avait décrit ce qui ressemblait fort à un rituel de sacrifice satanique, mais si cela avait été autre chose…

— Sir Ravenwood, ces Adeptes… avez-vous pu en observer des représentations ? Je veux dire, est-ce qu'il se pourrait qu'ils ne soient pas *humains* ?

— Natalie, c'est maintenant à moi de vous demander des éclaircissements, si je peux me permettre. Comment, et par qui, êtes-vous entrée en possession de ce manuscrit ? Nous devons travailler de concert si nous voulons arriver à comprendre. Cela implique que vous me fassiez confiance.

— Je ne peux rien vous révéler au sujet de la personne qui m'a chargée de cette mission, sir, et vous m'en voyez désolée. Tout ce que je peux vous dire est que cette traduction est d'une importance capitale pour cette personne. D'une importance vitale, même.

— Je comprends, lui retourna-t-il d'un ton résigné, mais alors pouvez-vous me décrire les conditions dans lesquelles cette personne a fait l'acquisition de cet ouvrage ? Natalie, nous ignorons encore presque tout de cet ordre, il faut que vous me donniez tous les éléments que vous avez, car le plus petit d'entre eux pourrait avoir une importance majeure.

— Écoutez, je suis actuellement sur la route et vais rejoindre cette personne. Je lui ferai part de notre entretien et de votre demande.

— Très bien. Je vais donc attendre que vous repreniez contact avec moi, dans ce cas.

— Parfait, conclut-elle, je vous rappelle très rapidement, Sir Ravenwood. Tenez-moi informée de l'avancée de votre traduction.

— Bien évidemment, Natalie. Je me remets au travail.

Elle s'enfonça dans son siège et essaya de retrouver le sommeil mais n'y parvint pas. Ce paléographe commençait à l'agacer avec ses mystères. Eliott était à deux doigts de sombrer dans la folie. Elle sentait qu'il était arrivé à la limite ultime, qu'il pouvait en une fraction de seconde décider de se tirer une balle dans la tête pour mettre un terme à cette masse de souffrance qui pesait sur lui.

Il était presque minuit. Encore deux heures d'attente.

Ensuite, la pharmacie, pour en forcer l'entrée.

L'opération était une formalité.

Cela ne lui prendrait, en tout et pour tout, pas plus de trente minutes.

*

Sir Ravenwood regardait les flammes qui crépitaient dans l'âtre de sa cheminée, sans les voir vraiment, car ses pensées allaient toutes vers la brève discussion qu'il venait d'avoir avec Natalie Gray.

La personne qui lui avait remis le livre ne pouvait qu'être un Adepte. Il n'y avait là-dessus aucun doute possible. Il n'était pas concevable que le précieux ouvrage, écrit génération après génération, par les membres de cet ordre, pût sortir de leur lignée. Cela aurait été comme de s'imaginer qu'un jour, un boulanger du coin d'une rue de Londres ait pu un matin recevoir ses clients en portant sur sa tête la couronne d'Angleterre. Cela n'était définitivement pas possible.

Sir Ravenwood avait passé plus de quatorze années de sa vie à sillonner les territoires de l'ancienne Mésopotamie, des monts Zagros aux plaines d'Irak, de Bagdad à Téhéran, d'Alep à Jérusalem. Il avait rassemblé, à force de courage et d'obstination, quantité d'informations, de pièces archéologiques majeures et de manuscrits qui prouvaient, de manière irréfutable à ses yeux, l'existence de l'ordre des Adeptes. Bien qu'il ne fût pas le seul à porter cette hypothèse sur ses épaules, comme le Christ sa croix, ils n'étaient qu'une poignée. Ces irréductibles avaient même dû fonder une société, tout aussi secrète que le fruit de leurs recherches, afin d'éviter le courroux des grandes institutions paléontologiques et celui de leurs propres universités – Sir Ravenwood était encore étudiant à Cambridge à cette époque de sa vie.

Un jour d'avril 1954, le groupe de chercheurs avait été contacté par un mystérieux inconnu, un mécène iranien du nom d'Amar Jambi. Celui-ci avait convié la dizaine de jeunes Anglais dans sa demeure, un palais niché dans une oasis de végétation, proche de la cité de Khorramabad, en Iran. Cet homme, un vieillard âgé de presque cent ans au regard bleu comme le ciel, avait eu vent de leur quête. Tout comme eux, il avait, dans ses jeunes années, suivi des études poussées en archéologie et s'était attaché à l'étude des langues et des civilisations disparues. Et tout comme eux, il avait poursuivi des recherches passionnées sur une forme d'écriture qui n'avait pu être attribuée qu'à une civilisation dont l'existence remontait à des temps extraordinairement anciens. Amar Jambi avait lui-même hérité de pièces archéologiques que son père, paléontologue de métier, avait découvertes de son vivant. Ce dernier l'avait mis en garde en lui révélant que ses recherches devaient rester secrètes, car sa vie pouvait en dépendre... Peu de temps après avoir transmis à son fils les mystérieuses tablettes qu'il avait mises au jour sur un site de fouilles de la province d'Alborz, Izmir Jambi avait disparu dans des circonstances qui n'avaient jamais été élucidées.

Les tablettes d'Alborz étaient les plus anciennes preuves de l'existence de la langue matricielle. Même si cette écriture était incompréhensible, Amar Jambi put rassembler par la suite des témoignages traductibles, écrits en sumérien, qui évoquaient effectivement l'existence d'un ordre secret, seul détenteur de cette langue et de ce savoir obscur, et ce depuis la nuit des temps.

Certains passages, écrits en sumérien, gravés sur ces tablettes, étaient fréquemment conclus par cette phrase : « La lignée vivra pour l'éternité et défendra le secret de la connaissance première contre tous ceux qui auront pour but de s'en emparer, ou de la révéler aux yeux de l'ignorant ». Une autre variante de cet avertissement se répétait au bas d'autres tablettes, et concluait par : « La connaissance suprême ne connaît d'autre loi qu'elle-même et punira par la mort le profane ».

Le plus incroyable, selon Sir Ravenwood, était le fait que cette langue destinée à protéger, comme un cryptage, cette connaissance incommensurablement ancienne, avait au fil des millénaires constitué la racine véritable de tous les langages que l'humanité allait connaître.

De fait, cela induisait que le savoir que cette langue véhiculait pouvait être, lui aussi, à *l'origine de toutes les connaissances.*

17

Lauren rejoignit la Jeep moins de vingt minutes après qu'elle l'eut quittée, aussi silencieuse qu'une ombre. Elle jeta le sac à dos sur la banquette arrière, rempli des fioles médicamenteuses et du matériel d'infiltration qu'elle venait d'utiliser pour neutraliser la sécurité de la pharmacie. Tout s'était passé comme elle l'avait prévu. Elle glissa la clé dans le contact et démarra. Moins d'une heure plus tard, elle atteignait les collines d'Olean.

Eliott vit au loin les phares de la Jeep éclairer la piste. Quelques secondes après, les deux grands yeux jaunes du tout-terrain l'éblouirent au détour d'un virage. Lauren se gara en contrebas de son campement, précisément là où il lui avait indiqué, d'un cercle tracé dans la terre. Il s'était attaché avec ses propres menottes, qu'il avait solidement liées à une chaîne autour d'un arbre. Ainsi, Lauren était hors de danger en cas de métamorphose, du moins, elle aurait assez de temps pour fuir.

Comme convenu dans leur plan, elle courut jusqu'à lui, le visage dissimulé par sa capuche pour ne pas que la bête, à travers les yeux d'Eliott, puisse voir ses traits. Il n'y avait pas une seule seconde à perdre. Sans un mot, sans même un regard échangé, elle sortit du sac les fioles de sédatifs, d'anesthésiants, et la seringue intraveineuse. Il fallait faire très vite, pour ne pas laisser le temps à la chose d'évaluer si elle représentait une menace ou une proie potentielle. D'abord, neutraliser la métamorphose, ensuite le prélèvement de sang dans la foulée.

Lauren prit la seringue et attendit qu'Eliott lui énonçât les dosages.

— 180 milligrammes de propofol.

Elle piqua l'aiguille dans la première fiole. Ses doigts tremblaient. Elle ne put s'empêcher de plonger ses yeux dans ceux d'Eliott. Deuxième fiole :

— 470 milligrammes de pentobarbital, murmura-t-il d'une voix faible.

Elle remplit la seringue minutieusement. Leurs regards se croisèrent encore. Tous les deux brûlaient d'envie de s'embrasser, de se toucher. Mais ce n'était vraiment pas le moment de céder.

Troisième et dernière fiole.

— 240 milligrammes de diazépam.

Lauren, parfaitement concentrée, termina le mélange puis l'agita énergiquement avant de remonter la manche du blouson d'Eliott. Elle porta de nouveau son regard sur lui, tapota sur les veines de son avant-bras pour les faire ressortir et enfonça l'aiguille dans la plus épaisse. Un frisson de terreur la parcourut lorsqu'elle le regarda à nouveau. Comme une décharge électrique. Les prunelles d'Eliott n'étaient plus que deux billes noires, de part et d'autre de son visage devenu livide.

— Dépêche-toi, Lauren... et fuis... aussi loin que tu peux ! parvint-il à dire dans un râle.

Elle pressa sur le poussoir et le liquide jaune épais passa dans le sang d'Eliott. Il se débattit avec violence en émettant un cri atroce, semblable à celui d'un ours enragé. Elle se releva d'un bond, lâcha la seringue et, oubliant les prélèvements de sang, se mit à courir vers la Jeep sans se retourner.

Elle se réfugia dans le véhicule, verrouilla les portières et attendit, prête à démarrer et à écraser la pédale d'accélérateur.

Le silence.

Plus aucun bruit dans les collines.

Dans le rétro, elle put voir qu'Eliott était toujours attaché à l'arbre. Il ne bougeait pas. La solution semblait avoir fait son effet. Elle resta immobile, attentive au plus petit mouvement qu'aurait pu faire la silhouette, corps entre deux corps.

Une minute, deux... puis cinq autres passèrent.

La forme humaine se maintenait en l'état.

La métamorphose avait bien été neutralisée. La léthargie allait certainement durer plusieurs heures, vu la dose de sédatif que ce pauvre Eliott venait de recevoir. Ensuite, il reprendrait peu à peu connaissance. Elle procèderait alors au prélèvement de son sang, puis elle lui injecterait une seconde dose, moins importante, pour le garder dans cet état semi-conscient qui rendait impossible la transformation. Maintenu ainsi, il resterait capable de se déplacer et de parler, difficilement, mais assez pour dialoguer avec elle.

*

Le paléographe tapota sa pipe dans le cendrier et la récura soigneusement, tout en continuant à tourner et à retourner dans tous les sens la question évidente qui lui était apparue : si Natalie Gray s'était vu confier le livre par une personne intimement liée à l'ordre des Adeptes – et il ne pouvait en être autrement car l'ordre et le livre ne formaient qu'une seule et même continuité à travers les millénaires –, alors pourquoi cette personne cherchait-elle à le faire traduire ?

Il y avait là une incohérence frappante.

Car les Adeptes en étaient les seuls détenteurs, *et* auteurs. Il était donc inconcevable qu'ils aient cherché à obtenir une traduction de leurs propres écrits.

Cela n'avait pas de sens.

Cela signifiait donc que la personne qui avait confié le livre à Miss Gray était entrée en possession de l'ouvrage à l'insu de l'ordre. Peut-être même que cette personne l'avait dérobé à l'ordre. Sacrilège suprême.

Il se replongea dans sa traduction, comme dans un refuge, à l'abri de la peur qui l'envahissait de toutes parts.

Ses mains tremblaient à chaque fois qu'il effleurait les pages du livre obscur. Pourtant, il ne s'agissait que de copies numérisées. Au moindre bruit venu de dehors, il se tendait, jetait des regards inquiets sur la rue, prêt à saisir son arme posée à côté de lui – un vieux mousquet qu'il avait bourré de poudre et chargé de plomb.

Il connaissait le pouvoir de l'ordre.

Du moins, celui qu'on lui prêtait.

Tant d'assassinats perpétrés dans l'ombre au nom du secret.

Au fil des siècles, l'organisation fantomatique avait gagné en force, s'était érigée dans le chaos des guerres et des complots politiques. Sir Ravenwood avait pu déceler, non sans mal, les ramifications ténébreuses de sa lignée. Très peu nombreux étaient les élus qui se voyaient acceptés dans ses strates souterraines. Chaque année, ils se comptaient peut-être sur les doigts d'une main. Mais tout cela ne restait que des suppositions.

Il y avait quelque chose de surnaturel dans l'influence supposée que cette organisation pouvait avoir sur les couches politiques et sur les autres sociétés secrètes, réputées occultes et très fermées elles aussi. L'ordre des Adeptes semblait avoir au cours des siècles concentré toute son habileté de stratège dans un seul objectif : se rendre parfaitement invisible. Et s'il avait acquis un tel pouvoir, c'était justement parce qu'il n'était entravé par aucune représentativité. Aucun ego. Aucun intérêt autre que celui de se propager, de s'insinuer peu à peu dans les rouages subtils du cours de l'histoire humaine. À la manière de la singularité cosmique que les astrophysiciens nommaient *trou noir*, l'ordre était indécelable, sans contour, il n'existait que par l'effet qu'il imprimait sur son environnement.

Les guerres, les famines et les épidémies de peste qui avaient sévi en Europe au Moyen Âge n'étaient pas dues au hasard, selon certains. À l'époque déjà, la théorie du complot trouvait des protagonistes pour l'échafauder. L'Église évoquait le diable. Les rois tranchaient des têtes au sein de leur cour. Seule une poignée de savants supposait l'existence d'une confrérie secrète, toute puissante, au-delà de toute autorité. Hypothèse la plus rationnelle. Toutefois, les esprits sensés ne voyaient derrière cela que des croyances populaires sans fondements... Des histoires que l'on contait le soir, au coin du feu, dans les chaumières.

Les motivations de cet ordre obscur, si tant est qu'il eût existé, restaient une inconnue majeure, hormis celle de transmettre la langue matricielle à ses adeptes futurs. Le cercle de chercheurs qui les étudiait n'avait pu faire, jusque-là encore, que des suppositions. Certaines sociétés maçonniques contemporaines se vantaient, par des discours philosophiques élaborés, de véhiculer la déchéance de l'homme pour le mettre face au mal, pour le pousser à réagir face à son autodestruction. La surproduction industrielle, la vente d'armes, de cigarettes, d'alcool, l'apologie de la violence, la pornographie généralisée, la prolifération des médias dirigés par des insensés, l'absurdité et l'incompétence des hommes politiques élus, l'incohérence fondamentale de la plupart des lois votées... Selon certains prétendus « grands maîtres », tout cela servait le bien de l'humanité. Selon eux, tout était inversé. Car le mal, tôt ou tard, serait le levier du sursaut de l'Homme.

Malheureusement, il en était autrement. Ces sociétés secrètes et leurs maîtres en costume étaient en fait impliqués dans des réseaux économiques et politiques qui n'avaient rien, absolument plus rien, d'organisations religieuses bienveillantes et fraternelles. Ces insensés étaient aveuglés par le pouvoir qu'ils pensaient détenir et par leur avidité à en avoir davantage. Argent, suprématie politique, tout cela parvenait à corrompre les esprits les plus déterminés. Le monde n'était finalement gouverné que par son ignorance. Le chaos s'installait peu à peu. Et rien de positif pour l'Homme ne pourrait en émerger.

Si l'absurdité et l'aveuglement dominaient l'humanité, cela n'était censément pas dû au hasard, selon Sir Ravenwood. Les marionnettes qui se trouvaient sur le devant de la scène des sociétés secrètes ne pouvaient qu'être très probablement manipulées à leur tour par des mains qui œuvraient dans le secret le plus impénétrable. Des mains qui n'existaient pas, nulle part, ni pour le commun des mortels, ni pour les initiés.

Ordre dans l'ordre, les *Illuminati* étaient sortis de l'ombre. Pourquoi trahir leur propre secret ? Un sacrifice ? Non. Une manœuvre stratégique visant à faire vivre la théorie d'une organisation mystérieuse, toute puissante, certainement pour en tirer une influence utile par la suite. Car une fois les couches populaires atteintes, elles devenaient une base solide, un terreau pour semer le germe de la suprématie obscure.

La croyance devenait peu à peu réalité.

Peut-être que les mains de l'ombre avaient la volonté de construire un monde meilleur. Peut-être que l'ordre des Adeptes n'avait rien de maléfique. Aucune lumière ne semblait pourtant émaner des sphères occultes. Vus sous un autre angle, les plus grands mystères de l'histoire s'étaient parés de représentations effrayantes, ornés de divinités courroucées, éclairs dans les yeux et langues enflammées. Sir Ravenwood n'aimait pas cette idée. La terreur ne pouvait faire germer que les graines du mal. Et cela continuerait ainsi de mal en pis, jusqu'à la déchéance ultime.

La journée avança rapidement et le soleil déclinait déjà. Les lueurs pourpres du couchant envahirent le bureau de clartés sanguines. Plus les heures passaient et plus Sir Ravenwood s'acharnait à sa tâche. Oubliant de manger, de boire, laissant même sa pipe s'éteindre. Plus il avançait et plus il se sentait comme un intrus à la conquête d'une terre inconnue. À la tombée de la nuit, il parvint enfin à extraire de son travail ses premières interprétations cohérentes. Des mots s'ordonnèrent, puis des phrases. Lentement, à partir de l'alphabet mystérieux composé de plus d'une quarantaine de symboles, Sir Ravenwood redonna vie à des temps si anciens qu'il était probable que l'humanité n'y fût pas encore née.

« *Toi qui entres, le cœur pur, dans la lignée inaltérée...* »

Les premiers mots traduits de la langue matricielle.

L'intronisation dans l'ordre. Peut-être un chant.

« *Accomplis le rituel qui te délivrera de ton enveloppe de chair et revêts l'armure du secret, à jamais.* »

Les premiers paragraphes évoquaient la transmission, puis l'élévation de l'élu au rang d'adepte. Nombre d'étapes étaient précisément décrites. Même si des chapitres entiers paraissaient n'être que d'interminables invocations, il ne pouvait pas s'agir de sorcellerie. Car le contexte de l'ensemble, les termes utilisés, évoquait des processus biologiques. C'était comme des appels, comme si l'officiant se plaçait en tant que réceptacle d'une force, d'une entité plus exactement. Il n'y avait là que des phonations tournées vers l'accomplissement de transformations physiologiques. Il pensa que cela pouvait être des outils, des mécanismes pour libérer des forces emprisonnées, les inviter à pénétrer les chairs du récitant. Il ne put en comprendre davantage au sujet de ces paragraphes car ils étaient dépourvus de toute ontologie connue.

Il continua ainsi à travailler, absorbé par sa tâche au point de ne plus voir les heures passer. Le soleil du lendemain se leva sur l'horizon pâle. Il ne vit pas un seul de ses rayons s'étendre sur les eaux plates et froides du lac Ontario. Tout ce qui éclairait son âme était des mots, puis des phrases qu'il parvenait à assembler, des phrases aussi anciennes que les premiers temps de la Terre.

18

Château de Wilderstein, demeure d'Isolde Hohenwald.
30 octobre.

Les flashs de l'équipe médico-légale d'Interpol crépi-taient dans la cave. Les corps étaient évacués sur les bran-cards qui allaient et venaient dans l'escalier du sous-sol. Ils étaient ensuite embarqués dans deux hélicos qui faisaient la navette vers Berlin. D'autres agents se pressaient dans les corridors pour prélever dans chaque salle tout ce qui devait l'être, à fin d'analyses. Les premières identifications des corps tomberaient dans la journée certainement, les autres suivraient, dans des délais proportionnels à leur état de dé-composition.

Fournier examinait, fichier après fichier, le contenu de l'ordinateur personnel d'Isolde Hohenwald. Cette tâche ne lui incombait pas, mais il était persuadé de pouvoir y trouver une piste sérieuse.

L'agent Norbert vint l'interrompre dans ses recherches :

— D'autres gars viennent d'arriver. Un briefing est prévu dans la grande salle avec tout le monde. Il faudrait que tu descendes nous rejoindre d'ici dix minutes, OK ?

— OK, lui répondit-il sans quitter l'écran des yeux.

L'agent allemand tourna les talons et le laissa à son tra-vail. Fournier lisait et relisait les pièces avec une extrême mi-nutie. Les factures. L'une d'entre elles, qui datait de huit mois en arrière, était archivée sous le titre : « Volodymyr livraison ». Son montant : quarante mille euros, payés en espèces. Il n'y avait aucune autre précision, ni sur la nature de la marchandise, ni sur l'identité commerciale du livreur.

Il entra dans la barre de recherche de l'ordinateur le prénom à consonance slave. Immédiatement, plusieurs fenêtres de dossiers relatifs s'ouvrirent. La plus intéressante aboutissait à des coordonnées téléphoniques. Pas d'adresse, simplement un numéro.

Celui d'un certain *Volodymyr Prazdniev*.

Bingo.

Quarante mille euros d'une marchandise inconnue, payée au black, à la livraison. Vraisemblablement, ce Prazdniev en était le livreur potentiel. C'était un Ukrainien d'après son patronyme. Fournier fit aussitôt le rapprochement avec l'amoncellement de corps dans la cave. Trente-quatre corps exactement. Sur le marché du trafic d'êtres humains, les mafias ukrainiennes n'étaient pas en reste. Elles étaient même parmi les plus actives à l'import en Europe, juste après les Turcs. Alors à moins qu'Isolde Hohenwald se soit elle-même chargée d'enlever les trente-quatre personnes massacrées dans sa cave, elle s'était fait approvisionner par un fournisseur spécialisé dans ce genre d'activité.

Quarante mille euros, sur le marché du trafic d'êtres humains, cela correspondait environ à vingt unités, estima Fournier. Vingt corps vivants, en état d'être asservis. Il préleva sur sa clé USB toutes les données relatives à ce Volodymyr Prazdniev et ferma les dossiers ; puis il resta quelques secondes, pensif, devant l'écran éteint. Il quitta ensuite le bureau et fit un détour par la pièce attenante, la chambre d'Isolde Hohenwald.

Huit silhouettes en combinaison blanche étaient affairées sous des projecteurs hyper puissants dont les lueurs éblouissantes semblaient pourtant montrer des obscurcissements passagers.

Photos, échantillons, empreintes digitales et une multitude d'autres analyses complexes, les hommes en blanc étaient rassemblés autour du tombeau de pierre noire. Fournier sourit en les voyant remuer maladroitement, pareils à des astronautes en apesanteur dans une cabine trop petite. Ils utilisaient du matériel expérimental, observa-t-il, des appareils dont eux seuls connaissaient la fonction. Mais cet équipement de pointe semblait connaître, comme les projecteurs, de sérieux dysfonctionnements. Il ne s'attarda pas et alla rejoindre le reste des agents pour le briefing au rez-de-chaussée.

Norbert était en train de s'adresser à une douzaine d'autres officiers d'Interpol, attroupés autour de lui en demi-cercle :

— Tout d'abord, un grand merci à Karl d'avoir pensé à amener des paquets de café, lança Norbert, on va en avoir besoin !

Les regards se tournèrent vers l'homme concerné. Certains levèrent le pouce, les autres lui lancèrent un « Merci, Karl » en chœur.

— Oui, bien joué, Karl, renchérit Norbert, parce que la propriétaire des lieux ne buvait que du thé, en dehors de ses apéritifs à l'hémoglobine.

Il esquissa un sourire qui se figea bien vite car personne ne trouva la plaisanterie amusante. Difficile de tourner en dérision le cauchemar qui prenait réalité ici. Une horreur glaciale s'était insinuée dans l'esprit des agents, même les plus endurcis, et avait eu raison de leur bonne humeur professionnelle.

— Bon. Je pense que vous avez tous fait le tour du château, continua Norbert. Au sous-sol, tout le monde a pu voir le pentagramme garni qui constituait visiblement le garde-manger d'Isolde Hohenwald.

Un agent leva la main et prit la parole d'un air grave.

— Norbert, avec les gars, on n'a pas envie de prendre tout ça à la rigolade. C'était *quoi*, cette Isolde Hohenwald ? Tu peux nous donner plus d'infos ?

— Pour l'instant, on ne sait pas grand-chose de plus que ce qu'on a ici.

— Et on a quoi, au juste, Norbert ? demanda un agent.

— On a un cas d'anthropophagie, aggravé d'actes de barbarie lors de rituels occultes. De la sorcellerie, pour résumer.

Un autre agent leva la main :

— Attends deux petites secondes, Norbert, s'il te plaît. Tu veux dire qu'elle les a dévorés vivants ?!

— On ne sait pas s'ils étaient vivants ou morts. Il n'y aura que l'autopsie pour répondre à cette question avec certitude.

— Et les scaphandriers là-haut, c'est qui, cette équipe ? On ne les a jamais vus. Tout à l'heure, j'ai voulu entrer dans la pièce où ils bossent pour relever des éléments, ils ne m'ont pas laissé passer.

— Ils sont prioritaires. Ils viennent des bureaux de Berlin et je ne les connais pas non plus. Ils ont placé la pièce en quarantaine, par mesure de sécurité.

— Une quarantaine ? lança un autre homme. S'il y avait eu une menace virale, ces gars auraient dû débarquer avant nous il me semble, non ?

— Je peux vous assurer que les lieux sont sains. Pas le moindre virus. Ces agents sont là pour faire des analyses spécifiques. Cela dit, ils ont autorité sur nous et pourront à tout moment classer confidentielle toute pièce qu'ils jugeront tenue de l'être. Ils ont enclenché la procédure de quarantaine pour être tranquilles sur leur zone de travail, voilà tout.

— Ouais, marmonna un agent, ces méthodes-là, ce n'est pas l'habitude de la maison. Personnellement, je n'aime pas ça.

— Pareil, approuva un autre.

— Aussi, dit un autre homme.

Norbert ouvrit les bras en signe d'apaisement pour mettre fin à la dispersion qui gagnait le briefing.

— Les gars, s'il vous plaît, on va tâcher de rester sur l'objectif. Voici les questions auxquelles on doit apporter une réponse : qui était Isolde Hohenwald ? Sa famille, ses relations, son état mental. Pourquoi l'état civil indique-t-il son année de naissance en 1852 ? Au niveau du charnier : le mobile véritable du massacre ? Sorcellerie ? Occultisme fanatique ? Folie ? Réseaux avec les sociétés secrètes ? Qui sont les victimes ? Leur ville ou pays d'origine, leur âge, et tout ce qui nous permettra de les identifier, en dehors des autopsies qui vont être pratiquées. Bien entendu, si vous relevez des éléments qui vous paraissent sortir anormalement de... la normalité, n'hésitez pas à les ajouter dans vos rapports.

Un agent de l'équipe de Norbert leva la main et demanda très sérieusement :

— Justement, au niveau de la normalité, ça fait beaucoup de faits qui sortent du cadre. Donc j'ai une question qui va peut-être vous sembler bizarre.

Norbert fit signe au jeune agent de poursuivre.

— Est-ce qu'il est possible qu'on soit face à un cas réel de vampirisme ? Personnellement, je ne crois pas à ce genre de chose, mais là...

— Les gars, soyons sérieux, s'il vous plaît. Plus de question comme ça, merci. Sorcellerie, vampirisme... laissons de côté le folklore et occupons-nous d'apporter des réponses concrètes à toutes nos questions. Ce charnier et son auteur nous sont connus : Isolde Hohenwald. Son ADN est présent sur tous les corps découverts dans la cave. Cette Isolde est actuellement en train de refroidir dans l'un des tiroirs d'une morgue de Pennsylvanie, de l'autre côté de l'Atlantique. C'est donc qu'elle n'était pas immortelle. Notre boulot est simplement d'élucider tout ça, même si cette affaire pose des questions inhabituelles.

Toute l'équipe n'en menait pas large.

— Les gars, vous avez tous été formés à la dure, vous n'allez pas me dire que vous croyez à ce genre de truc. Vous n'avez pas la trouille, quand même, je me trompe ?

Un silence embarrassant s'installa en quelques secondes.

Fournier prit la parole :

— J'ai trouvé une piste intéressante en fouillant dans le disque dur de son ordinateur.

Norbert présenta l'homme à ceux qui ne le connaissaient pas encore :

— Messieurs, voici l'agent spécial Patrick Fournier, qui travaille côté français.

Le jeune officier allemand l'invita d'un geste à exposer aux autres le fruit de ses recherches.

Fournier s'éclaircit la voix avant de reprendre :

— Tout d'abord, Isolde Hohenwald appartenait à une importante société secrète dont vous avez sûrement entendu parler : l'Ordo Templi Orientis, connue sous le sigle : OTO. Il faut savoir aussi que cet ordre est très bien implanté à l'ouest, sur tout le territoire américain.

Les agents hochèrent plus ou moins la tête.

— Ensuite, j'ai relevé dans ses fichiers les coordonnées d'un individu ukrainien répondant au nom de Volodymyr Prazdniev. Après vérification, cet homme est connu des forces de police de son pays. Selon moi, il pourrait avoir approvisionné Hohenwald en individus humains. Individus qu'elle aurait vraisemblablement utilisés ensuite pour ses rituels sanguinaires. Je déduis ça d'une facture qui prouve qu'Hohenwald a remis quarante mille euros en espèces à ce Prazdniev, pour une « livraison ». On sait bien que la mafia ukrainienne tient de nombreux réseaux de trafic d'êtres humains à travers l'Europe.

— On va approfondir cette piste, affirma Norbert.

— Je suis d'avis de monter rapidement une opération d'achat auprès de ce Prazdniev, proposa Fournier. Si on le coince, il nous balancera peut-être ses supérieurs. Au pire, ça fera tomber quelques têtes de mafieux.

Norbert et d'autres officiers acquiescèrent.

— Au mieux, ça nous conduira à mettre au jour un réseau de trafic d'êtres humains à l'échelle internationale. Car n'oublions pas que cette affaire est liée à des enlèvements d'enfants sur le sol américain.

— OK, Fournier, conclut Norbert, on va mettre ça en place. Je te laisse le soin de planifier l'opération.

L'agent français acquiesça à son tour.

Un des hommes prit la parole :

— Et ce sarcophage là-haut. Est-ce que c'est normal que le matériel électronique se détraque dès qu'on s'en approche ?

— Tout ça est foutrement bizarre, ajouta un autre agent.

— Messieurs, conclut Norbert, nous devons nous adapter à cette affaire, aussi étrange qu'elle puisse être. L'équipe scientifique qui est là-haut aura des réponses à nous donner très bientôt. Alors on cesse de tergiverser et on se met au boulot.

Les officiers se dispersèrent à travers les couloirs pour reprendre leurs investigations. Fournier attendit qu'ils fussent loin pour s'adresser à Norbert.

— Tu sais, les gars n'ont pas tort. En plus d'être glauque, cette enquête sort complètement de ce qu'on a l'habitude de traiter.

— C'est le moins qu'on puisse dire, ajouta Norbert, mais on va devoir faire avec.

19

Rochester. États-Unis d'Amérique.

Dans le matin blême, les nuages se dissipaient difficilement au-dessus du quartier résidentiel de Webster, comme si les allées de maisons bourgeoises de style colonial, toutes plus ou moins blanches, généraient par leur similarité un microclimat alentour.

Sous la couche nuageuse que le soleil ne parvenait pas encore à percer, un pâté de maisons d'où provenaient des aboiements incessants. Les vociférations canines se changeaient en complaintes douloureuses et semblaient être la seule chose à pouvoir traverser le brouillard.

Au milieu des allées de maisons confortables, presque trop conformes, la demeure de Sir Wilbur Ravenwood ne se démarquait pas des autres. Dedans régnait la quiétude habituelle des lieux. Mais ce matin, le silence était inapproprié. Il y flottait des relents malsains.

Quelques minutes plus tôt, des cris s'étaient élevés. Une lutte acharnée avait eu lieu, des meubles avaient été brisés.

Quatre coups de feu avaient retenti.

À l'étage, au beau milieu de sa bibliothèque, parmi les piles de livres renversés et les feuillets dispersés alentour, gisait le corps de Sir Ravenwood. Ses yeux fixaient le vide dans une expression où se mêlaient surprise et terreur avec la même intensité. Sa bouche était restée ouverte dans un cri figé dans le temps qui venait de s'arrêter pour lui. Le vieux gentleman serrait encore son mousquet dans sa main.

Le tueur était reparti comme il était venu, sans que personne pût le voir ou l'entendre, hormis les chiens qui avaient senti son odeur empreinte de mal. Sir Ravenwood avait tiré à quatre reprises sur la silhouette sans pouvoir l'atteindre. Elle avait surgi de nulle part pour fondre sur lui, aussi rapide que silencieuse.

Jake et Moon, les deux chats du vieil homme, étaient maintenant près de lui, le léchaient avec affection, sentaient ses blessures sanguinolentes sans oser y goûter, impuissants à le sortir de son sommeil. Deux ouvertures circulaires béantes, une au niveau du cœur et l'autre à la gorge, luisaient encore dans la lumière des flammes. Le flot de sang s'était tari lorsque le muscle cardiaque avait cessé de battre.

Le tueur était loin à présent.

Les chats se désintéressèrent peu à peu de leur maître, sourd à leurs appels, et allèrent laper dans la flaque de liquide rougeâtre qui s'étendait autour de lui.

*

Lauren était penchée au-dessus d'Eliott. Elle tenait sa tête dans ses mains et le regardait avec une tendresse sans retenue. Elle était tout entière avec lui, l'écoutait respirer comme s'il lui parlait, lui répondait par des murmures. Elle passa sa main sur sa joue trop froide et déposa un baiser sur ses lèvres. Ils n'avaient jamais été si proches, et à la fois si distants, si identiques, et si différents. Il s'éveilla enfin, parvint à entrouvrir les yeux, et balbutier :

— Lauren. Tu es là…

— Je ne t'ai pas quitté depuis deux heures maintenant. Comment te sens-tu ?

Il tenta de remuer la tête, mais celle-ci retomba lourdement sur les genoux de Lauren.

— J'ai l'impression d'avoir la boîte crânienne sous vide. Je t'entends, mais tu es très lointaine.

— Ça va aller un peu mieux dans un moment.

— Est-ce que tu as pensé à préparer la deuxième injection ?

— Oui. Elle est prête.

— N'oublie pas – il lui saisit le bras mollement –, n'hésite
pas à piquer immédiatement au niveau d'une artère si tu
sens quelque chose d'anormal en moi, tu as compris ?

Elle lui montra la seringue qu'elle tenait dans sa main.

— Je reste vigilante.

— Lauren… ça fait tellement de bien de te sentir près de
moi.

Il passa sa main sur sa joue pour chasser la boucle brune
qui cachait l'un de ses yeux.

— Tu ressembles à un enfant quand tu dors, lui dit-elle.

Il lui sourit et prit sa main dans la sienne.

Une vague de chaleur les traversa tous les deux au même
instant. Il caressa sa nuque puis ses épaules et se blottit
contre son ventre chaud et accueillant. Les sédatifs le plon-
geaient dans une apathie douloureuse. Il en abandonnait
même certains mouvements qui lui demandaient trop
d'énergie. Tous ses sens avaient perdu leur acuité et son
corps ne lui était plus qu'une masse inconnue, qui ne répondait plus.

Mais il se sentait si bien contre elle.

En contrepartie, les douleurs larvées de la force maléfique ne s'élevaient plus. Les voix avaient cessé. Il devinait
que la chose qui l'habitait était extrêmement affaiblie elle
aussi.

Son plan avait parfaitement fonctionné.

— Tu n'as plus rien à craindre, Lauren, du moment que
tu renouvelles les injections régulièrement.

Il essaya de l'enlacer mais ses bras étaient lourds comme
s'ils avaient été faits de plomb. Il ne put que lui sourire avec
résignation. L'envie de lui faire l'amour était là, mais il n'en
aurait pas la force.

Le portable de Lauren sonna.

Le nom de Sir Ravenwood s'affichait sur l'écran.

Il s'agissait d'un message automatisé.

Elle prit l'appel et alluma le haut-parleur de l'appareil pour qu'Eliott entendît :

« Natalie, j'ai rédigé ce message en prévision du pire et, si vous l'écoutez maintenant, c'est donc que je suis mort, ou dans l'impossibilité de communiquer avec vous autrement que par cet enregistrement. Quoi qu'il en soit, j'ai pris les précautions qui s'imposaient pour que la traduction de l'ouvrage ne tombe pas dans des mains malveillantes. Vous trouverez ci-joint un numéro d'accès à mon coffre personnel à la banque Morgan Stanley de Rochester. Il vous suffira de vous présenter au guichet avec ce numéro, munie de votre pièce d'identité. Le document vous sera remis en main propre. Même si j'ignore tout des raisons qui vous ont lancée dans cette entreprise, je ne peux que vous conseiller une extrême prudence, car les enjeux qui sont liés à l'ouvrage que vous détenez vont au-delà de ce que vous pouvez imaginer. Je vous souhaite bonne chance pour la suite, Natalie, et espère profiter de votre charmante compagnie dans une vie prochaine. Puisse Dieu veiller sur vous. »

— Je le savais, murmura Lauren, j'avais perçu une présence autour de sa maison lorsque j'en suis partie hier soir. J'ai même hésité à le laisser seul. Pauvre homme...

— Il a bien fait les choses en tout cas, dit Eliott.

— Qu'allons-nous faire maintenant ?

— Exactement comme il l'a prévu, lui répondit-il, animé par un sursaut d'énergie, nous allons nous rendre à sa banque et tu te feras remettre la traduction. Ensuite, nous aviserons.

— Ceux qui l'ont tué pourraient avoir mis sa ligne sur écoute.

— Nous allons prendre ce risque et rester sur nos gardes.

20

Berlin. Allemagne.
5 novembre.

Les enseignes des maisons closes et des bars de nuit éclairaient outrageusement la rue de rouge criard. De jeunes prostituées slaves attendaient les clients qui sortaient des bordels pour leur sauter au cou. Certaines parvenaient à y rester accrochées et se voyaient embarquées à bord de limousines noires immatriculées en Russie, d'autres étaient bousculées et écopaient de jurons intraduisibles les invitant à prendre le large.

Fournier se gara à bonne distance de l'établissement de nuit où un informateur de la police berlinoise lui avait signalé que le nommé Volodymyr Prazdniev avait ses habitudes. L'agent laissa son blouson au vestiaire et se fraya un chemin à travers la masse qui remuait en rythme sur une techno venue de l'Est. Il parvint au comptoir et se fit servir une vodka. Il y resta un moment, remuant à son tour la tête en cadence sur le beat que crachaient les enceintes à plein volume. Il n'était que 23 h, la cible de Fournier n'était pas encore là, mais pour ce genre d'établissement, ce n'était que le début de soirée. Il finit par commander une bouteille et alla s'assoir à une table idéalement située qui lui offrait discrétion et vue imprenable sur les escaliers d'entrée, le comptoir et les pistes de danse. Il s'était juré d'en finir avec l'alcool, son pire ennemi, qui avait ruiné sa vie conjugale. Mais ce soir, il buvait pour des raisons professionnelles, sa mission le lui imposait. Il avait un rôle à jouer, celui d'un acheteur en quête d'une marchandise très particulière : de l'individu humain. Boire du jus de pomme aurait pu nuire à la crédibilité du personnage qu'il incarnait pour cette opération. Tout en enchaînant les verres, il se contentait de regretter cette incartade, ou bien tout cela n'était qu'une excuse minable... Une heure environ était passée quand il vit arriver Prazdniev. Fournier avait parfaitement mémorisé son portrait. Un type grand, plutôt balaise, d'une trentaine d'années, portant une barbe noire drue surmontée d'yeux tout aussi noirs, peu enclins à pétiller de joie. En un seul mot : ombrageux. Il était seul. À son passage, une demi-douzaine d'hôtesses vint tour à tour l'enlacer, lui parler à l'oreille, certaines allant jusqu'à lui mordiller le cou, mais visiblement, l'Ukrainien n'était pas d'humeur à batifoler. Il laissait même transparaître une certaine nervosité. Fournier trouva, en comparaison avec la photo qu'il avait de lui, que son air était ce soir encore plus sombre qu'à son habitude, si bien que l'Ukrainien disparut presque dans l'ombre du recoin où il s'était assis.

Fournier avait déjà expérimenté maintes fois ce que l'on appelait dans le jargon « un coup d'achat ». L'opération était simple, elle consistait à se faire passer pour un acheteur désireux d'acquérir, en toute illégalité, une certaine marchandise auprès d'un revendeur – la cible du coup d'achat – afin d'arrêter ce dernier en flagrant délit lors de la transaction. En l'occurrence, Prazdniev était désigné ce soir comme le vendeur malchanceux et Fournier comme l'acheteur-coffreur. Le service d'Interpol de Berlin avait mis à sa disposition une dizaine d'hommes pour l'opération. Mais avant l'intervention en flagrant délit et l'arrestation proprement dite, Fournier devait approcher la cible seul et établir une relation de confiance pour négocier l'achat avec elle.

Il avait choisi dans les fichiers disponibles de revêtir l'identité d'un certain William Laury, Londonien d'origine, quarante-cinq ans, récemment libéré de trois années de prison purgées pour une affaire d'escroquerie de haut vol, impliquant un diamantaire d'Amsterdam et deux bijoutiers parisiens. Selon Fournier, ce profil lui donnait assez de crédibilité pour qu'il pût espérer faire affaire auprès d'un caïd tel que Prazdniev. Et si l'agent français ne parlait pas un mot d'allemand, il maîtrisait en revanche parfaitement l'anglais.

Fournier descendit un dernier verre de vodka et s'élança d'une démarche chaloupée calculée vers Prazdniev, toujours accoudé dans l'ombre. Mais au moment où il allait aborder l'Ukrainien, ce dernier se dressa sur son tabouret et, arborant un sourire surprenant qui dévoila une dentition d'un blanc éclatant digne d'une publicité pour une marque de dentifrice, s'empressa d'aller saluer deux types qui venaient de faire leur entrée dans la discothèque. Fournier rectifia illico sa trajectoire et alla se positionner anodinement au comptoir comme s'il voulait se faire servir un verre. Ce que le barman fit aussitôt.

L'Ukrainien était maintenant en train d'échanger avec les deux nouveaux venus. Le premier ressemblait étrangement à Prazdniev, à ceci près qu'il était encore plus grand en taille et en carrure, ce qui faisait de lui un véritable colosse. Aux côtés du géant se tenait un homme beaucoup plus petit, âgé d'environ une soixantaine d'années, au vu de sa calvitie prononcée et de la couleur argentée de ses cheveux. Il était vêtu d'un smoking impeccable. Très attentif aux gestes de Prazdniev, cet homme l'écoutait lui parler d'une manière détachée, cependant empreinte de courtoisie. L'agent conclut qu'il appartenait sans doute à la haute société berlinoise. En tous les cas, ce n'était pas un Russe.

Fournier bouillonnait intérieurement. Il était à deux doigts de concrétiser une approche sérieuse et maintenant ces deux-là monopolisaient sa cible. Et ils n'avaient pas l'air prêts à lâcher prise. Il n'y avait plus qu'à attendre. Il en profita pour se faire servir un autre verre. Mais il dut soudain se lever pour ne pas perdre le trio des yeux, car celui-ci dérivait vers les escaliers d'entrée, malmené par le flot de danseurs excités et de créatures très courtement vêtues qui se trémoussaient. Il quitta le comptoir et se faufila jusqu'à eux. Tout en dansant d'un air extasié sous les stroboscopes multicolores, il se colla presque à Prazdniev pour essayer d'entendre la conversation. Peine perdue, car l'Ukrainien échangeait en russe avec le géant, puis ce dernier traduisait à l'oreille du vieil homme en smoking. Fournier fut au moins certain d'une chose : ces trois-là étaient en plein business. Exécutant quelques pas de danse appropriés, il s'éloigna d'eux pour ne pas se faire repérer. Mais lorsqu'il se retourna pour les localiser à nouveau, deux gogo dancers dont il ne put identifier le sexe, vêtus de plastique transparent et de dessous fluorescents, s'étaient interposés entre les trois hommes et lui. Quand il parvint à se dégager de leur étau, il s'aperçut que le trio avait disparu. Il déduisit qu'ils avaient conclu leur affaire et qu'ils étaient certainement sortis pour concrétiser. Il y avait de grandes chances pour que l'homme en smoking fût un acheteur, un vrai celui-là. Il alla reprendre son blouson au vestiaire et quitta rapidement la boîte. Il déboula dans la rue et faillit se faire renverser par une grosse Mercedes qui venait de quitter son stationnement. Il reconnut le colosse au volant. Les deux autres étaient assis à l'arrière. Il releva discrètement la plaque et rejoignit son véhicule au pas de course. Cela faisait quelque temps qu'il n'avait plus sprinté. Dans son estomac, la vodka tanguait dangereusement. Il trouva malgré tout qu'il tenait encore la forme lorsqu'il s'engouffra dans la BMW.

Il alluma la console et appela le poste central de police de la circulation de Berlin :

— Poste central, ici l'agent Fournier d'Interpol, numéro de matricule IFRD5, j'ai besoin d'une identification et d'une localisation immédiatement. Véhicule Mercedes classe G immatriculé BPA8136.

— Ici le poste central. Bien reçu, agent Fournier, nous donnons suite dès que localisé. Vous transmettons position sur votre console.

Deux minutes suffirent pour qu'il vît apparaître un point rouge clignotant : la Mercedes, sur la carte de la ville. Le véhicule filait droit au nord sur une voie rapide. Il roulait sans dépasser l'allure autorisée. Une pluie fine tombait sur la ville endormie. Les rues étaient désertes. Il n'eut aucun mal à le rattraper et se plaça à bonne distance, trois voitures derrière. La Mercedes continua au nord jusqu'à Eberswalde, puis vira vers l'est sur une route secondaire qu'elle emprunta jusqu'à une bourgade de campagne du nom de Nierderfinow. Là, elle s'engagea sur une voie privée et stoppa devant un large portail automatique. Fournier passa devant et se rangea un kilomètre plus loin, malmenant la berline sur un chemin accidenté. Sur sa console, il vit que la Mercedes avait parcouru près de quatre kilomètres dans les bois et s'était maintenant arrêtée. D'après sa position, elle se trouvait sur le domaine d'un certain Gustav Meyer. Sûrement l'homme en smoking. La Mercedes conduite par le colosse lui appartenait aussi.

La pluie fine s'était changée en flocons qui tourbillonnaient dans le vent glacé. Il râla, impuissant, désemparé face à l'imprévisibilité de la situation, et du coup s'offrit une rasade goulue de vodka. Le thermostat de la BMW indiquait une température extérieure de quatre degrés au-dessous de zéro. Il secoua la bouteille pour évaluer ce qu'il en restait et la considéra presque avec tendresse l'espace d'un instant, un peu comme une vieille maîtresse qu'il aurait retrouvée. Elle lui serait utile après tout. Il avait besoin de chaleur, et plus techniquement de calories, car il n'avait toujours rien mangé depuis son sandwich de midi.

Il but une dernière rasade et ouvrit la portière, laissant des nuées de flocons s'engouffrer dans l'habitacle et sur les plis de sa veste. Il regarda pendant quelques secondes leurs ramures cristallines fondre sur le tissu de ses vêtements, puis il passa son bonnet et enfila ses gants, se leva et fit le tour jusqu'au coffre dans lequel l'attendait son matériel habituel : combinaison tactique, gilet et protections pare-balles, matériel de brouillage, d'infiltration et de neutralisation de systèmes électroniques et informatisés, fusils d'assaut équipés de lunettes, fusils longue portée.

Après s'être lourdement équipé, il vérifia que la berline demeurait dissimulée du passage de la route et se mit en marche à travers bois, dans la direction qu'avait prise la Mercedes.

21

La Jeep filait sur l'autoroute vers Rochester. Le ciel était encore gris et l'atmosphère pesait de tout son poids sur les interminables plaines agricoles. Lauren conduisait prudemment, même s'il y avait urgence. Le toit du tout-terrain était plié au niveau de la plage arrière et la première patrouille de police qui croiserait leur chemin trouverait certainement l'état du véhicule suspect. Les agents les contrôleraient, elle en était certaine. Eliott et elle étaient en possession de faux papiers manufacturés par le FBI, donc sûrs, mais il fallait éviter de se faire remarquer.

Eliott était dans un état second : il ne dormait pas, mais n'était pas non plus éveillé. Recroquevillé sur lui-même, il grelottait malgré le sac de couchage dans lequel il était emmitouflé. Un courant d'air assourdissant s'engouffrait par la vitre arrière brisée et balayait la cabine du véhicule. Lauren le vit tendre la main vers la console de bord. Elle devina qu'il voulait augmenter encore le chauffage. Mais il était déjà à fond.

— Nous serons arrivés à Rochester d'ici une demi-heure. Comment te sens-tu ?

Il fit un effort démesuré pour se redresser et tourner la tête vers elle.

— J'ai froid... Une couverture.

Elle tendit la main vers la banquette arrière et attrapa son pardessus en laine pour le lui donner.

— C'est tout ce que j'ai.

— Ça... ça va aller, bredouilla-t-il.

Lauren jetait des coups d'œil dans le rétroviseur, attentive aux véhicules que la Jeep dépassait.

— Ma princesse...

— Oui ?

— Tu te rappelles notre rêve ?

Un sourire lumineux éclaira le visage de Lauren.

— Celui de partir dans les Rocheuses pour y construire notre maison ? Si je me le rappelle, bien sûr.

— Une grande et belle maison, de pierre et de bois, avec une cheminée immense.

— Oui, ajouta-t-elle, en mode écolo, avec des murs végétaux, des panneaux solaires pour être autonomes.

— Ouais, perdue au fin fond des forêts...

— Juste tous les deux... reprit-elle avec des étoiles dans les yeux.

— Dès que toute cette histoire sera réglée. On le fait. Sans attendre. OK ?

— OK, mon amour. On le fait.

Les buildings de Rochester ployaient sous le ciel qui s'assombrissait encore, comme si la dimension surnaturelle des faits auxquels ils étaient confrontés avait une emprise mystérieuse sur le climat. Depuis un mois, les journées de soleil s'étaient comptées sur les doigts d'une seule main, pensa Eliott.

— Nous y sommes, annonça Lauren en engageant la Jeep sur West Main Street.

Il était 15 h et la bise glacée de l'hiver précoce qui balayait le centre-ville avait découragé les amateurs de shopping. Les rues étaient désertes. Lauren bifurqua dans l'accès du parking souterrain de l'immeuble où l'agence bancaire se situait. C'était assez risqué, car les lieux étaient hyper sécurisés. Mais ils n'étaient plus à un risque près maintenant.

Eliott avait ouvert les yeux et rassemblait son énergie pour l'effort qu'allait lui demander la marche.

— Tu m'accompagnes ? lui demanda-t-elle.

— Je vais essayer, à moins que je m'écroule avant d'avoir atteint l'ascenseur du parking. À combien de temps remonte la dernière injection que tu m'as faite ?

— Environ trois heures.

— C'est pour ça que je me sens d'attaque. Écoute, on va sauter la prochaine. Je vais rester vigilant, si j'ai la moindre sensation anormale, on improvise une injection dans les toilettes publiques ou une cage d'escalier. Tu prendras la seringue avec toi.

— OK.

— Parfait. Allons-y.

Ils quittèrent la Jeep et prirent l'ascenseur jusqu'au douzième étage où se trouvait la succursale principale de la Morgan Stanley de Rochester. Eliott traînait un peu la patte mais il était conscient et capable de tenir une discussion normale.

— Bonjour, madame, que puis-je faire pour vous ?

Derrière ses lunettes, l'homme assis à l'accueil de l'agence scrutait les deux nouveaux venus des pieds à la tête. Il s'attarda quelques secondes sur Eliott, puis revint vers Lauren.

— Bonjour, je viens pour prélever un document dans le coffre de Sir Wilbur Ravenwood, lui retourna Lauren, très sûre d'elle. Voici mon code d'accès.

Le réceptionniste prit la carte que lui tendait Lauren et l'examina méticuleusement, sous tous les angles, comme un joaillier l'aurait fait d'une pierre précieuse. L'apparence de l'homme à la moustache grisonnante, âgé d'une cinquantaine d'années au moins, évoquait celle d'un rat musqué. L'employé reporta son attention sur eux et jeta un regard suspicieux vers Eliott.

— Puis-je voir votre pièce d'identité, madame ?

— Oui, bien sûr. La voici.

L'homme concentra toute son attention sur la pièce que Lauren lui tendit, l'examina aussi scrupuleusement et lui rendit avec un sourire fripé.

— Très bien, madame. Voici votre carte d'accès temporaire. Vous n'aurez qu'à l'introduire dans le lecteur pour accéder au coffre.

Lauren prit la carte et passa son bras sous le coude d'Eliott pour l'aider à marcher. Le vieux guichetier les regarda s'éloigner sans les quitter des yeux. Arrivée devant le sas, elle introduisit la carte. Quelques secondes plus tard, la porte glissa sur ses rails et une lumière verte s'alluma au-dessus de l'allée où se trouvait le coffre de Sir Ravenwood.

— 417, dit Lauren... Le voilà.

Ils se rapprochèrent de l'ouverture rectangulaire qui comportait une autre serrure numérique. Lauren y introduisit la carte d'accès. Le coffre se déverrouilla aussitôt. Elle l'ouvrit et en sortit l'unique tiroir métallique qu'il contenait. Une table et des chaises étaient à disposition de la clientèle. Elle y posa le tiroir.

— Qu'est-ce qu'on fait ? demanda-t-elle à Eliott.

— On ne perd pas une seconde. Ouvrons-le et voyons ce que nous apprend cette traduction.

Le tiroir ne renfermait qu'une simple pochette cartonnée, de couleur bleue, très certainement le résultat du travail de Sir Ravenwood. Son dernier travail.

Lauren en sortit le manuscrit. Il comptait moins d'une centaine de feuillets. Le paléographe n'avait sûrement pas eu le temps de terminer la traduction de l'œuvre complète, mais s'il avait contacté Lauren pour qu'elle en prît possession, c'était que son travail, même partiel, pouvait lui être utile. Tous les deux entamèrent ensemble la lecture en silence des premiers feuillets.

Une demi-heure plus tard, Eliott releva la tête des écrits, le visage éclairé par une révélation soudaine.

— J'ai compris, Lauren. Les ruines sont la réponse à toutes nos questions. Bon sang ! Pourquoi n'y ai-je pas pensé plus tôt ?!

Il reprit à voix haute le dernier passage qu'il venait de lire :

« Le novice changé en Sentinelle sera le réceptacle de la lignée ancestrale, plongée dans le sommeil. Sous la pierre noire sans âge, du fond de la terre, l'appel sera émis et la Sentinelle ouvrira les portes... Ainsi elle œuvrera à l'éveil de la lignée éteinte et au retour du règne des Anciens. »

— Je ne comprends pas, Eliott.

— Car tu n'as pas vu ces ruines... La pierre noire... Lauren, allons-y, tu comprendras lorsque nous serons sur place.

— D'accord, mais nous allons où ?

— Nous retournons dans les forêts de St. Marys.

Il se releva d'un coup, plein d'une énergie nouvelle qui l'animait. Lauren alla reposer le tiroir dans le coffre et lui emboîta le pas vers la sortie de l'agence bancaire.

Une fois à l'intérieur de la Jeep, il releva la manche de sa veste et regarda Lauren d'un air abattu.

— Avant toute chose, on ne prend aucun risque de plus. Injecte-moi une dose de sédatifs. Cette abomination peut tenter de me prendre par surprise.

Lauren eut envie de s'y opposer, mais elle se résigna à le faire. Dès que le liquide sirupeux eut pénétré son corps, il sombra au fond de son siège.

— Nous sommes... tranquilles, à présent, balbutia-t-il.

— Donc je mets le cap vers le point que tu as marqué sur cette carte ?

Il entrouvrit les yeux et ne put que hocher la tête.

— Et si je te demande plus d'explications sur ce que nous allons trouver dans ces ruines ?

Il rassembla suffisamment de force pour articuler ces mots :

— Le secret que garde la Sentinelle, Lauren.

— Qu'est-ce que la Sentinelle, Eliott ?

— La créature que je suis devenu.

À peine eut-il terminé sa phrase qu'une douleur profonde lui lacéra les tripes. *Et maintenant ce secret est rompu*, se dit-il en pensée. Et il laissa sa conscience être happée dans un puits sans fond par la force qui le possédait.

*

Lauren parvint tant bien que mal à rejoindre le point le plus proche des ruines en pilotant la Jeep sur les pistes boueuses qui s'amenuisaient au fil du parcours. Ensuite, il leur faudrait poursuivre la route à pied, car la végétation très dense et le terrain accidenté rendaient la progression du tout-terrain impossible. Le jour était en train de décliner. Lauren descendit pour aller réveiller Eliott. Il n'avait pas l'air de quelqu'un d'endormi. Il semblait juste éteint. Son visage était si pâle, si froid. Elle ouvrit la portière et murmura quelques mots tendres dans son oreille. Il ouvrit les yeux.

— En route, mon prince, si j'en crois ton itinéraire, nous avons trois bonnes heures de marche devant nous.

— Il me faudrait un café, dit-il en se redressant avec difficulté.

— OK, va pour un café, consentit-elle.

Elle alla jusqu'au coffre et alluma le réchaud pour faire bouillir de l'eau. Une fois son jus rapidement bu, il avait repris de la vigueur et un peu de couleurs, mais elle le trouvait encore étonnamment livide. Tous les deux passèrent leurs lunettes de vision nocturne et s'équipèrent de leur sac à dos et du matériel nécessaire pour être autonomes pendant plusieurs jours. Lauren n'avait pas manqué de faire le plein en armement et munitions à la réserve. Elle n'avait pas oublié les habitudes d'Eliott : Glock 21 pour l'arme de poing et fusil FAL dernière génération pour une réponse plus décisive.

Ils s'engagèrent sur un sentier qui sinuait entre les arbres, au creux d'un vallon. Eliott ouvrait la marche. À plusieurs reprises, Lauren avait eu envie de lui, mais elle avait senti une sorte de répulsion de sa part, comme si elle s'était heurtée à un écran, froid, qui s'interposait entre elle et lui. Elle avait clairement perçu qu'ils n'étaient pas seuls, qu'une troisième entité était là, tapie dans son corps, agissant en lui. Maintenant, elle commençait à avoir peur de cette chose, parce qu'elle la percevait. Était-ce parce qu'il était sous sédatif que sa démarche aussi n'était plus la sienne, ou bien était-ce autre chose ? Plus étrange encore était le fait qu'elle le trouvait anormalement grandi. Élancé était le terme approprié. Il lui paraissait avoir pris trois ou quatre centimètres. Il bougeait autrement. Pourtant, à bien l'observer progresser sur le sentier éclairé par la demi-lune, c'était encore lui.

Il y avait ses yeux, aussi. Plusieurs fois, elle y avait entrevu des reflets d'une telle noirceur que cela lui avait glacé le sang. Combien de temps, se demanda-t-elle, avant que cette chose l'envahît au point que l'homme qu'elle aimait fût remplacé par cette monstruosité innommable ?

— Comment te sens-tu ?

C'était tout ce qu'elle avait trouvé à dire pour combler le silence.

— Encore faible. Je vais me passer de la prochaine injection. Ça nous retarderait trop.

— Tu vas arriver à gérer ça ?

Il se retourna et la dévisagea.

— À gérer quoi ?

Un malaise profond la parcourut subitement.

— Ben, ton truc.

— Je te fais peur, Lauren ? Tu ne vois qu'un monstre en face de toi, c'est ça ?

— Je… je ne suis pas rassurée, Eliott, oui.

— Lauren…

Il se rapprocha d'elle et lui passa la main dans les cheveux avec tendresse.

— Nous n'avons même pas pensé à faire l'amour depuis que tu m'as rejoint. Est-ce que ça te rassurerait ?

Il avait comme lu dans ses pensées.

Il resserra sa main autour de ses cheveux et lui tira légèrement la tête en arrière, de manière à dégager sa gorge du col de son blouson. Puis il posa ses lèvres sur son artère brûlante qui palpitait d'excitation... et de peur. Pendant un bref instant, il sentit monter en lui une pulsion qui lui commandait de déchirer de ses dents cette chair qui l'appelait, ce corps qui s'offrait à lui sous la lune. Elle était si vulnérable. Si belle.

Il sentit subitement un frémissement au niveau de ses tempes, quand la voix sépulcrale s'éleva en lui :

— *Allons, Eliott, ce ne serait pas raisonnable... Tu as encore besoin d'elle...*

Il lâcha aussitôt Lauren et fit deux pas en arrière.

Elle resta chancelante, passa sa main sur son cou.

— Qu'est-ce qu'il y a ? demanda-t-elle, étourdie.

— Rien. C'est juste que ce n'est pas le moment. Remettons-nous en route.

— Eliott...

Elle l'attrapa par le bras.

— Quelque chose ne va pas, je le sens, lui dit-elle.

— Mon amour, je... Ça va aller. C'est juste que j'ai encore ces foutues sensations étranges.

Elle plongea son regard dans le sien pour y chercher les réponses qu'il ne voulait pas lui donner.

Ses yeux.

Ils étaient encore différents maintenant. Leur iris avait pris des teintes rougeâtres prononcées. Elle fut parcourue par un frisson glacé.

— Eliott... Tu es en train de changer, parvint-elle à dire d'une voix tremblante.

Elle avait fait un effort pour être franche. Elle vit que ce qu'elle venait de lui dire lui avait fait mal. Elle posa sa main contre son visage.

— Je suis là. Quoi qu'il se passe, quoi que tu deviennes, je ne te quitterai pas, Eliott.

Il prit sa main dans la sienne. Il allait presque s'effondrer de désespoir, mais il se contrôla.

— Pardonne-moi, Lauren, je ne sais pas où j'en suis.

— Je te comprends.

— Remettons-nous en route.

Ils arrivèrent bientôt dans une clairière morne, en haut d'une colline qu'Eliott se rappelait avoir franchie. La carte leur était désormais inutile. À partir de là, il se souvenait avec précision du chemin qui les conduirait aux ruines.

— Tu as remarqué ? demanda Lauren.

Il se tourna vers elle.

— Tu veux parler de ce silence ?

— Oui. C'est vraiment pas normal.

— Tu n'es pas au bout de tes surprises.

Plus loin, ils longèrent le pont ferroviaire désaffecté qui enjambait le gouffre au fond duquel rugissait ce même jeune torrent, avec toujours autant de fureur. De l'autre côté, ils grimpèrent au sommet de l'abrupt d'où ils dominaient maintenant les vallées alentour. Eliott prit ses jumelles de nuit dans son sac et balaya les reliefs soulignés des traits d'argent dessinés par la lune.

Il s'attarda longuement sur un vallon.

— Je le savais... pensa-t-il tout haut.

— Quoi, Eliott ?

Il persista à chercher la chose dans ce vallon, puis en explora un autre, et un autre... mais non, il ne se trompait pas, c'était bien dans ce vallon-là qu'il avait vu la nappe de brume pour la première fois.

— Que cherches-tu ? insista Lauren.

Il décolla enfin ses yeux des optiques luminescentes.

— Tu te rappelles cette brume dont je t'ai parlé ?

Elle chercha dans sa mémoire.

— Il me semble, oui.

— Elle recouvrait les ruines et persistait, de jour comme de nuit. C'était ce qui m'avait décidé à aller explorer la zone. J'avais trouvé ça tellement étrange...

Lauren tendit la main pour qu'il lui prêtât ses jumelles.

— Fais voir.

Elle chercha la nappe dans la direction du vallon qu'il avait observé.

— Je ne vois rien.

— Elle a disparu, murmura-t-il.

— Tu es certain que c'était ici ?

— Cette foutue brume n'est plus là, répéta-t-il.

— Et ça change quoi ? demanda Lauren en lui rendant ses jumelles.

— Beaucoup de choses. Allons-y, lança-t-il, les ruines ne sont plus loin maintenant.

Lorsque le tertre fut en vue, les mégalithes se découpèrent au-dessus des arbres, dans l'obscurité irisée de lueurs vertes de leurs lunettes nocturnes.

— Au fait, tu ne m'as pas dit, ces ruines, à la base, c'était quoi ? Parce que c'est vraiment démesuré comme construction, lui demanda-t-elle.

— Justement, j'ai fait des recherches. Je n'ai rien trouvé, nulle part.

Ils avancèrent jusqu'aux premiers blocs. Un périmètre de bandeaux plastiques jaunes fluorescents posés par leurs collègues du FBI entourait toute la structure.

Lauren leva la main en signe d'alerte. Il s'arrêta net.

— Attends, s'exclama-t-elle, il faut allumer nos brouilleurs. Les collègues ont certainement laissé un dispositif de surveillance en stand-by. Ça va se déclencher si on entre là-dedans.

— Aucun risque, lui répliqua-t-il, plus rien ne fonctionne sur le périmètre. Ni transmission satellite, ni matériel électronique. On est tranquilles.

Elle ouvrit son portable pour constater qu'il ne fonctionnait effectivement pas.

— D'où ça vient, ce truc ? C'est pas croyable. On dirait un champ magnétique.

— Je n'ai trouvé aucune explication à ça aussi, lui répondit-il.

Ils passèrent sous les bandeaux marqués du FBI sans y toucher et pénétrèrent dans le dédale.

Eliott sentit quelque chose le traverser brusquement. C'était semblable à la force qu'il connaissait, mais celle-ci était différente, beaucoup plus puissante, et extérieure... Au fur et à mesure qu'ils progressaient vers le centre du dédale, un poids se mit à peser de plus en plus lourd sur lui. Cela lui serrait la poitrine au point d'obstruer ses voies respiratoires. Il chancela et dut prendre appui sur une paroi pour ne pas s'écrouler.

— Eliott, qu'est-ce qui se passe ?

— Il y a quelque chose là-dessous...

Il désigna le mégalithe qui se trouvait devant eux, à une vingtaine de mètres. Celui-ci était plus large que les autres, probablement parce qu'il était, avec quatre autres, le plus proche du centre de la structure.

Il but quelques gorgées d'eau et se redressa.

— Allons-y.

La base de l'immense colonne minérale était envahie de mousse des bois et de lierre grimpant. Ils en firent le tour jusqu'à distinguer, derrière les feuilles, les contours d'une sorte de porte qui se découpait dans la roche noire.

La voix s'éleva encore dans l'esprit d'Eliott.

— *Viens à nous... Sentinelle.*

Il se figea, pétrifié par la douleur qui l'accablait par vagues successives.

— Bon Dieu, mais qui êtes-vous ? demanda-t-il en suffoquant.

Lauren le regarda sans savoir quoi répondre.

— Eliott, à qui parles-tu ?

Elle passa sa main devant ses yeux, mais son regard était totalement éteint. Ses iris étaient aussi noirs que de l'encre. Il ne la voyait pas... Pas plus qu'il ne l'entendait. Elle fut prise de panique et s'empara de l'intraveineuse chargée de sédatifs.

— Eliott, qu'est-ce que je fais ? Réponds-moi ! Tu es en train de changer... Eliott !

Il releva ses yeux luisants de noirceur vers elle et émit un feulement sordide. Brusquement, il se rua dans l'ouverture et disparut dans des escaliers qui descendaient dans les profondeurs du tertre.

Lauren resta figée face au seuil, hésita quelques secondes, puis s'élança derrière lui dans l'escalier. Les marches étaient grossièrement taillées dans la roche brute et descendaient dans un abysse obscur. Sa lampe frontale ne parvenait pas à en éclairer le fond. Elle haletait et son cœur battait à tout rompre. Les parois étaient recouvertes par une couche de végétation cavernicole qui n'avait certainement jamais vu la lumière du jour, une forte odeur de moisissure en émanait. Très curieusement, la lueur de son équipement lui paraissait se dissoudre dans l'ombre. Plusieurs fois, elle faillit glisser et se rattrapa de justesse. Elle continua à progresser avec prudence sur les escaliers qui disparaissaient devant elle.

— Eliott ! cria-t-elle dans l'obscurité.

Elle porta l'oreille vers le fond pour essayer de percevoir une réponse, ou le bruit de ses pas. Mais seul le silence fit écho à ses appels. Devait-elle continuer à descendre ? Après ce qu'elle avait vu... Ce visage, ces yeux... Cette chose n'était plus Eliott. Ne devait-elle pas faire demi-tour et fuir cet endroit, ces forêts, oublier tout ce qu'elle venait de vivre ?

— Eliott ! hurla-t-elle, plus fort, à nouveau.

Non, elle ne l'abandonnerait pas. Leur lien était plus puissant que ce maléfice. Elle se sentait la force et le courage pour l'en délivrer, ou du moins pour l'aider à le faire. Il était encore conscient. Il ne lui ferait pas de mal. Elle en était certaine.

Au bout d'un moment qui lui parut une éternité, les escaliers laissèrent enfin place à une vaste dalle rocheuse. La salle était immense. Elle s'avança parmi les ombres où parfois des piliers énormes s'élevaient pour disparaître dans des hauteurs sans fond. Les parois étaient gravées de symboles en langue matricielle qui luisaient d'humidité. Elle tenta de comparer les écritures avec la traduction de Sir Ravenwood, en vain. Si seulement le paléographe avait été là...

Elle appela à nouveau Eliott.

Mais le son de sa voix se répercuta encore de salle en salle, de corridor en corridor, jusqu'à s'évanouir dans le vide glacial. Ces lieux étaient démesurés. Les ruines qui apparaissaient à la surface du tertre ne constituaient en fait que la partie haute d'une structure enfouie. Le profondimètre de sa montre clignotait fébrilement, mais à en croire ses indications, elle se trouvait à plus de cent cinquante mètres sous la surface.

Elle arriva en vue d'une plateforme circulaire sur laquelle se dressait un promontoire cubique, sculpté dans la roche. Il faisait beaucoup plus froid ici. Une multitude de symboles ornait le cube qui ressemblait à un autel. Cette salle devait être le lieu de pratique d'un culte. Peut-être que toute cette structure n'était qu'un immense temple. Un brouillard laiteux, très dense, sinuait au sol. S'avançant encore, elle vit le corps d'Eliott s'y dessiner, à demi immergé dans les fumeroles blanchâtres.

— Lauren... émit-il faiblement.

Elle accourut vers lui.

— Comment te sens-tu ? Que s'est-il passé ?

— Je ne sais pas... lui répondit-il très faiblement, cette chose est en moi. Je peux entendre sa voix résonner dans mon esprit...

— Bon Dieu, Eliott.

— Injecte-moi une dose de sédatifs, fais vite, lui ordonna-t-il.

Elle porta sa main dans la poche latérale de sa combinaison et en sortit la seringue. Elle retroussa la manche d'Eliott, dégageant une surface de peau sur son avant-bras.

— Dépêche-toi, Lauren, gémit-il.

— Je n'y vois presque rien, mes lunettes nocturnes fonctionnent très mal.

Elle enfonça l'aiguille dans la chair d'Eliott sans voir où elle piquait, mais à l'instant où elle allait presser le liquide pour le faire passer dans son sang, quelque chose s'enroula autour de son poignet et le serra si fort qu'elle crut que ses os allaient être broyés sous la pression. Elle hurla de douleur et dut lâcher la seringue. La chose qui l'avait saisie la souleva du sol, ses jambes pendant dans le vide. Elle fut brusquement projetée à plusieurs mètres d'Eliott. Elle roula et alla buter avec violence contre une paroi.

— Épargnez-la ! hurla Eliott, c'était moi que vous cherchiez... Vous m'avez, maintenant...

Lauren sortit son arme et balaya l'obscurité sans savoir de quel côté pourrait venir une autre attaque. Elle se releva et courut vers l'endroit où la seringue était tombée, la chercha à tâtons sur le sol, mais ne put mettre la main dessus.

— Eliott, qu'est-ce que c'était, ce truc ? cria-t-elle, affolée.

Le silence pour réponse.

— Eliott !

Elle se déplaça en tâtonnant vers l'autel où elle l'avait vu allongé. Il n'était plus là. Dans l'obscurité, cette chose qui l'avait saisie pour lui faire lâcher la seringue pouvait surgir de n'importe où. Elle alla se plaquer contre une paroi et contrôla le chargeur de son arme. Soudain, un bruit sur la pierre, à quelques mètres d'elle, se fit entendre.

— Lauren.

Elle eut du mal à reconnaître la voix d'Eliott. Elle était différente, plus profonde. Elle montait de son ventre et ne faisait qu'effleurer ses cordes vocales.

— Tu n'as rien à craindre, lui dit-il.

La lueur de la lampe frontale de Lauren retrouva soudain de l'énergie et éclaira le néant qui l'entourait. Il se tenait devant elle et lui tendait la main.

Elle hésita. Elle ne savait dire ce qui avait changé dans sa physionomie, d'une part parce que ce changement était indescriptiblement subtil, mais surtout parce que la lumière était encore trop ténue pour qu'elle pût distinguer ses traits. Elle saisit sa main et le laissa l'aider à se relever. Le contact était froid. D'une froideur extrême. Elle eut l'impression qu'il n'était plus qu'une enveloppe de chair exsangue, d'où toute chaleur humaine s'était évaporée.

— Tu contrôles cette chose, Eliott ?

— Je crains que ce soit l'inverse, Lauren. Tout ce dont je suis sûr, pour l'instant, c'est que tu ne risques rien.

— Est-ce que tu as une idée d'où est-ce que nous nous trouvons ?

Elle tourna sur elle-même pour éclairer les parois de la salle, qui se révéla être une immense nef circulaire. Des concrétions de stalagmites s'étaient formées à certains endroits. Les écritures gravées étaient si anciennes qu'elles étaient recouvertes d'une gangue fossilisée. Dans les murs, taillés à même la roche souterraine, se découpaient des cavités rectangulaires dans lesquelles reposait ce qui semblait être des tombeaux énormes.

— Ça ressemble à... *une crypte*, murmura-t-elle, subjuguée.

— Les cryptes sont faites pour les morts, dit-il.

— Qu'est-ce que tu veux dire ?

Il désigna les alignements de sépultures qui se découpaient dans les parois.

— Que les créatures qui gisent dans ces tombeaux sont bien vivantes, Lauren.

22

L'agent spécial Fournier arriva en vue d'une demeure imposante au milieu des bois. Il gravit une butte enchevêtrée de ronces et d'arbrisseaux morts, pour se réceptionner directement sur une pelouse parfaitement tondue. Le mur naturel formé par le massif de plantes épineuses avait été laissé tel quel et faisait office de barrière. Une fois passée la bande de pelouse, une vingtaine de mètres plus loin, se dressait un grillage électrifié haut de deux mètres. Loin derrière, entouré de jardins somptueux, apparaissait le solide manoir, en pierre brute d'époque. L'éclairage extérieur était soigné et les équipements d'appoint modernes. Il resta quelques minutes à analyser les abords de la bâtisse et repérer les systèmes de sécurité.

La Mercedes était garée devant l'entrée. Fournier observa un moment deux dobermans qui allaient et venaient sur les étendues de pelouse. Les chiens étaient jeunes et visiblement dressés à la garde. L'éclairage qui inondait les jardins limitait ses possibilités d'infiltration. Plus loin, il repéra une dalle bétonnée sur laquelle se trouvait une trappe. Il déduisit qu'un couloir souterrain, certainement destiné à l'alimentation électrique et aux tuyauteries d'eau, était accessible et pouvait le conduire à l'intérieur. Les deux jeunes chiens jouaient près d'une grande fontaine, située à l'opposé de la dalle bétonnée. Il profita de la diversion pour courir sans bruit jusqu'à la trappe. Il en fit sauter les écrous de fixation et l'ouvrit. Il s'y glissa rapidement et referma la plaque de fonte au-dessus de lui. Il tendit l'oreille pour s'assurer qu'il était seul. Aucun bruit ne montait du couloir. Une échelle descendait dans l'obscurité. Il alluma sa lampe et descendit le long des barreaux.

Une fois en bas, il trouva affichés, au-dessus d'un extincteur, les plans de la propriété destinés à l'évacuation d'urgence. La demeure était vaste. L'habitation comptait trois étages et des pièces souterraines. Au rez-de-chaussée, un vaste hall d'entrée débouchait sur une salle de deux cents mètres carrés, comprenant salons, alcôves, cheminées multiples. Tous les couloirs, et pratiquement toutes les pièces, étaient équipés de systèmes de vidéosurveillance. Deux options possibles, pensa Fournier : soit ce Gustav Meyer était complètement parano, soit ses activités nécessitaient réellement un tel niveau de sécurité dans sa propriété. Il opta pour la première hypothèse. Meyer était très certainement un tordu de première. Cela cadrait parfaitement avec sa présence dans un bordel russe et ses échanges avec des Ukrainiens spécialisés dans le trafic d'êtres humains. Peut-être souhaitait-il acheter des esclaves sexuels auprès de Prazdniev ? Cette catégorie de pervers, issue de la noblesse dépravée, n'hésitait pas à investir des sommes colossales pour assouvir ses fantasmes. Organisateur de parties fines, le vieux Meyer devait aimer mater ses convives derrière ses caméras de surveillance. Fournier s'attendait à ce genre de plan.

Au même instant, dans une pièce du deuxième niveau de la demeure...

— Il y a une intrusion au niveau du premier sous-sol, dans le couloir des canalisations, constata un homme assis à une console devant un mur d'écrans de surveillance. Qu'est-ce qu'on fait ? demanda-t-il à celui qui se tenait derrière lui, dans l'ombre.

— Quel type d'intrusion ? demanda l'autre.

— Un homme. Il est équipé et lourdement armé.

— Je préviens le professeur Meyer. Verrouille les accès du complexe et ne le quitte pas des yeux, commanda l'autre calmement.

Fournier profita de la sûreté des lieux pour faire une pause et se restaurer avec une barre énergétique. Il faisait meilleur ici que dehors. L'hiver était en avance cette année et il entendait le vent se lever encore, chargé de neige.

Il tenta d'établir la communication avec l'équipe d'intervention, mais aucun signal ne semblait passer sur la zone.

— Ici Fournier. Je ne sais pas si vous me recevez. Tant pis, je continue d'émettre au cas où. Je me suis introduit dans un sous-sol menant à l'intérieur de la maison du nommé Gustav Meyer, propriétaire de la Mercedes que j'ai suivie jusqu'aux environs du village de Niederfinow. Voici un topo de la situation : tout est clair ici. Deux chiens de garde sur les pelouses. La Mercedes est garée devant la maison. Donc Prazdniev et son acolyte de deux mètres sont en train de parlementer avec Meyer à l'intérieur. Selon moi, ils négocient la transaction d'un lot de prostituées, peut-être mineures... Avez-vous récupéré des infos sur cet homme ? En attendant, je vais m'infiltrer dans la demeure et voir ce que je peux trouver. Il y a un système de surveillance classique, c'est pas bien méchant. J'ai pu récupérer un plan d'évacuation. Je vais continuer à avancer. Il y a une entrée verrouillée qui mène aux sous-sols. Je vais la contourner. Ces salles souterraines nous apprendront certainement beaucoup de choses sur les activités de Gustav Meyer.

Il arriva à hauteur d'une gaine de ventilation et en força l'accès pour s'y introduire. Une fois qu'il se fut hissé dans le conduit étroit, il rampa jusqu'aux grilles d'où il put voir la première salle. C'était un local technique, de trente mètres carrés environ. Du matériel était entreposé. Il ne put identifier avec certitude l'équipement, cela ressemblait à des instruments scientifiques de type médical. Tout était protégé de plastique transparent. Murs et sol étaient recouverts d'un revêtement sanitaire blanc comme ceux qu'utilisaient les hôpitaux. Il continua à ramper jusqu'à s'introduire dans un conduit tubulaire qui traversait une grande salle en son milieu. Une cinquantaine de personnes se trouvaient là-dessous, certaines étaient allongées à même le sol, d'autres étaient alitées, des femmes, des enfants, des hommes de tous âges, sans distinction. Il n'y avait que très peu de couchages disponibles. La pièce était éclairée faiblement par des veilleuses murales blafardes. Le confort était plus que minimal. Fournier prêta l'oreille attentivement. Le silence régnait dans le dortoir sécurisé, sans aucune fenêtre puisque situé au sous-sol, mais il put saisir la conversation de deux femmes qui échangeaient à mi-voix. Elles parlaient le roumain. Par chance, Fournier le comprenait un peu. Elles se plaignaient de leur traitement, disaient qu'elles avaient faim, qu'elles puaient et qu'elles auraient tout donné pour une douche. Ce qui frappa Fournier n'était pas leurs propos, mais le ton sur lequel elles les tenaient : les deux femmes étaient terrorisées, leur voix tremblait, et s'il ne voyait pas leur visage depuis le conduit, il le devinait avec stupeur. Selon toute vraisemblance, ces personnes étaient des réfugiés clandestins venus de Roumanie. Les hommes du réseau de Prazdniev leur avaient certainement proposé de quitter le pays et de bénéficier de papiers pour partir vers les terres accueillantes de l'Europe de l'Ouest. Malheureusement pour eux, ces pauvres gens étaient très mal tombés. Du statut de voyageur transfrontalier, ils étaient passés à celui de marchandise humaine. Marchandise dont Prazdniev était probablement en train de négocier la vente avec ce mystérieux monsieur Meyer.

Au vu du matériel qu'il venait d'observer et de la configuration des lieux, l'hypothèse qui germa dans l'esprit de Fournier était la suivante : Meyer se livrait à des expériences qui nécessitaient des cobayes humains vivants. L'Ukrainien était chargé de les lui fournir, à moindre coût bien sûr. La boucle était bouclée. L'agent s'attarda encore quelques minutes au-dessus du dortoir pour essayer de percevoir des indices sur le sort qui était réservé à ces personnes. Il ne put qu'entendre des cris étouffés et des gémissements d'enfants qui pleuraient doucement, pour ne pas éveiller les autres. Il se remit à ramper le long du conduit en se demandant comment des types comme Prazdniev pouvaient exister. Il arriva ensuite au-dessus de pièces plus réduites, en compta quatre à la suite. Elles comprenaient seulement cinq lits par salle, vraisemblablement des cellules. Elles étaient vides d'occupants. Puis il arriva au-dessus d'un autre dortoir, similaire au premier. Comme l'autre, celui-ci était occupé. Mais ici, seulement une vingtaine d'hommes et de femmes étaient enfermés, pour la plupart endormis.

Il continua sa progression et arriva au-dessus de galeries dont les grilles d'aération étaient renforcées par des barreaux de fonte. D'une manière qu'il ne put expliquer, la température était brusquement descendue. Lorsqu'il arriva à hauteur de la première ouverture, il put constater qu'elle donnait sur une salle très vaste. Les murs étaient bâtis dans une roche extrêmement sombre, les dalles au sol étaient aussi faites de cette pierre, lisse et froide. Le contraste avec les pièces blanches aseptisées de type médical qu'il avait pu voir jusque-là était surprenant. Bien que Fournier ne fût pas un expert en la matière, les instruments qu'il observait ici étaient d'une origine inconnue, en tout cas pour lui. Au centre de cette salle se trouvait une plateforme circulaire surélevée qui devait avoir un diamètre d'environ huit mètres. En son centre, un appareillage massif comprenant différentes unités était disposé. Autour du cercle étaient répartis dix caissons, dans lesquels des êtres vivants pouvaient être placés. Au milieu se trouvait une table de contrôle imposante. La technologie de ce dispositif était faite de ce même matériau minéral noirâtre. Cela lui rappela soudain la pierre du tombeau qu'il avait vu dans le château d'Isolde Hohenwald. À côté de la console de contrôle se trouvait un autre caisson, différent, car beaucoup plus haut et large que ceux qui étaient placés autour. Les caissons de la circonférence étaient tous reliés par des réseaux tubulaires flexibles à celui qui se trouvait au centre du dispositif.

Fournier sortit son appareil et voulut entamer des prises de vue de la salle, mais son téléobjectif ne fonctionnait pas. Il perçut soudain un bruit, plus loin dans la gaine de ventilation, qui éveilla aussitôt en lui un état d'alerte. C'était comme un grattement sur le métal, cela se répétait avec insistance. Cela se rapprochait de lui. Il rangea instantanément son appareil et sortit son arme de poing en un éclair, y vissa un silencieux et attendit, parfaitement immobile, que la chose apparût. C'est alors que le même bruit se fit entendre, mais de l'autre côté du conduit. De la même manière, cela frottait le métal par à-coups réguliers. Et de ce côté aussi, cela se rapprochait.

Subitement, alors qu'il cherchait dans le noir à estimer à quelle distance de lui se trouvait l'origine de ces bruits, un grognement puissant s'éleva. Il releva la tête pour voir apparaître la gueule dentue et menaçante d'un des deux chiens de garde. Le doberman rampait vers lui, babines retroussées, émettant des grognements enragés entre deux soubresauts d'intimidation. La bête était prête à lui bondir à la gorge, mais elle se tenait à distance, non parce qu'elle se méfiait de lui, mais parce qu'elle en avait certainement reçu l'ordre. Soudain, de l'autre côté, l'autre chien arriva sur lui, parfaitement identique au premier, tant par la fureur contenue qui l'animait que par l'apparence terrible.

Une voix humaine monta du fond de la salle où se trouvait le dispositif de pierre noire.

— Rolf ! Volky ! *Bring hier*[5] ! ordonna la voix.

---

[5] « Rolf ! Volky ! Apportez ! »

Les deux chiens, dans un mouvement coordonné, se mirent à faire reculer Fournier vers une ouverture qui venait d'apparaître dans la gaine. Le faisceau d'une lampe aveuglante vint l'éblouir.

— Laisse tomber ton arme ! Tout de suite ! cria l'homme qui le braquait depuis l'ouverture.

Il s'exécuta.

Rapidement, les deux dobermans le forcèrent à sortir du conduit. Il descendit une échelle à la suite de l'homme en tenue de sécurité renforcée qui le tenait en joue.

— Bouge pas !

L'homme se rua vers lui dès qu'il eut posé un pied au sol, le plaqua à terre et l'immobilisa en liant ses jambes et ses poignets. Il lui asséna ensuite un violent coup sur la nuque.

Fournier perdit instantanément connaissance.

23

Eliott et Lauren se trouvaient maintenant dans une salle immense au plus profond de la crypte où régnait un froid glacial. Eliott se rapprocha du cube de pierre noire érigé au milieu de la salle. Il passa sa main sur les symboles figés dans l'éternité. Lauren crut deviner une part d'affection dans son geste. Cela ne fit qu'empirer son malaise.

— Bon sang, mais qu'est donc cet endroit ?

Il fixa ses yeux sur elle. Ses iris rougeoyaient dans l'ombre.

— Le lieu des Anciens, lui répondit-il d'un ton éteint.

Elle se figea.

Quelque chose venait de bouger, dans les ténèbres, derrière lui.

Elle s'empara de son arme et la braqua sur la chose qu'elle devinait dans le noir.

Cela se rapprochait.

— N'aie pas peur, Lauren.

Elle resserra sa main sur la crosse de son Desert Eagle et maintint le canon de son arme dans la direction d'où le bruit de pas venait. Des pas si lourds qu'elle sentait la dalle battre sous leur poids.

Cela se rapprochait encore.

— Tu ne risques rien, la rassura-t-il encore.

— Qu'est-ce que c'est que ce truc, Eliott ? bredouilla-t-elle à mi-voix.

Dans l'ombre se dessina une silhouette longiligne, haute de deux fois la taille d'Eliott. La forme pouvait s'apparenter à celle d'un humain. L'état du corps était squelettique. La peau était aussi noire que l'obscurité, si bien qu'elle s'y confondait totalement malgré la lueur de la lampe qui était revenue. L'être était paré d'une tunique faite d'un cuir très épais et aussi très sombre, parcouru de coutures solides, par endroit renforcé d'ornements métalliques qui avaient dû avoir un éclat précieux, il y avait fort longtemps. La musculature consistait en de maigres tresses de fibres qui s'enlaçaient autour de l'ossature d'ébène, comparable dans son aspect à une concrétion stalagmitique lisse et froide. Un semblant de réseau vasculaire, d'où suintaient des filets de sang noirâtre et épais, parcourait le corps décharné. Des fumeroles noires, comme des particules d'encre en suspension à la densité incroyable, émanaient par vagues de l'entité et flottaient derrière et autour d'elle, à la façon d'un voile vaporeux. Les membres étaient cependant très puissants et la chose se déplaçait avec une souplesse étrange, comme si elle n'était pas entièrement soumise à la force de gravité. Le visage semblait un masque figé, fait d'obscurité, indiscernable. Il laissait apparaître quelques mouvements à peine perceptibles, sans doute restait-il un lien ténu entre l'activité psychique de la chose et ce qu'elle en manifestait physiquement. Hormis cela, Lauren eut l'impression de se trouver face à un cadavre fossilisé, haut de trois mètres. Les orbites étaient telles deux fenêtres ouvertes sur le néant. Le nez était réduit à deux trous saillant dans l'ossature, et de la bouche on ne devinait qu'un interstice fissuré, comme si on l'avait sculpté au burin dans la pierre obscure, simple cicatrice minérale. Le crâne était paré d'un lacis de bandes métalliques, ou bien cela était de la pierre, difficile à évaluer. Peut-être une couronne. La chose avait-elle appartenu à une lignée royale ? Le regard de Lauren plongea à nouveau au fond des cavités orbitales : elle n'y perçut rien de plus que ce même néant... Elle eut beau y chercher quelque chose d'humain, elle ne trouva que le vide le plus indescriptible.

L'entité s'avança encore vers elle. Lauren resta pétrifiée de terreur. Inutile de fuir ou de chercher à se soustraire à son contact qui semblait inéluctable. La créature se pencha vers elle. Lauren sentit sur sa peau son souffle rauque et glacial. La chose la huma longuement.

— Tu es le premier être humain qu'il voit, dit Eliott.

La créature tendit alors son bras vers elle et déploya l'une de ses mains démesurées vers sa tête. Ses longs doigts passèrent délicatement dans les cheveux de Lauren, tisseurs obscurs, effleurèrent son front mystérieusement.

— Qu'est-ce que cette chose veut, Eliott ?

Une autre expiration sépulcrale s'éleva, grondement sinistre dépourvu d'intention véritable. Peut-être une réponse.

Lauren recula d'un pas.

Le flot de logorrhée gutturale continua sans interruption.

— *Nous avons tant attendu…*

Eliott semblait avoir entrepris de traduire la fureur sourde qui vrillait les tympans de Lauren.

— Tu comprends ce que cette chose dit ?

— J'entends ses paroles en moi, Lauren, elle parle notre langage.

— Tu veux dire que ça te parle par télépathie ?

— Oui.

— Dans ce cas, demande-lui ce qu'elle veut.

— *Nous avons tant attendu…* reprit Eliott – comme forcé d'interpréter la voix. *À présent, il est temps pour nous de refaire surface…*

— Qui êtes-vous ?! hurla Lauren.

Pour seule réponse, la créature tendit une main vers elle et caressa ses cheveux. Lauren chercha sur le visage de l'être une expression particulière, un sentiment qui pût expliquer ce geste. La face minérale restait insondable. Elle n'y trouva rien de plus que le néant qu'elle avait observé quelques secondes auparavant. Eliott restait paralysé, bras le long du corps, possédé par le flot morbide de la rumeur qui émanait sans discontinuer.

— *Il est temps pour nous de régner à nouveau.*

La vibration émise par la créature s'amplifia avec une telle force que cela fit naître en Lauren un état de panique incontrôlable.

— Eliott ! Qu'est-ce que ce monstre veut dire ? Eliott ! Reviens à toi ! Il faut fuir... Cette chose va nous tuer, je le sens !

Elle profita de la lumière de sa lampe pour braquer son faisceau dans les yeux de la créature. Celle-ci gronda de douleur et se défendit du rayon lumineux en se cachant de ses mains.

Lauren saisit Eliott par le bras et l'entraîna avec elle vers les escaliers.

Sa force décuplée par l'adrénaline, elle parvenait presque à le porter de tout son poids. Ils coururent vers la surface jusqu'à ce qu'elle s'effondrât, essoufflée à en perdre haleine. Eliott était plus ou moins revenu à lui. Lauren sentit qu'ils étaient hors de danger maintenant.

— Est-ce que tu arrives à voir leurs intentions dans ton esprit ? lui demanda-t-elle.

Il balança mollement sa tête entre ses épaules.

— Eliott ! J'ai un très mauvais pressentiment... Cette chose n'avait pas l'air de plaisanter !

Il releva enfin les yeux vers elle. Son visage avait retrouvé un aspect normal. Brusquement, un bruit sourd fit trembler la pierre du corridor.

Cela venait de la surface.

— Sortons d'ici, lança-t-il.

— Tu as entendu ?

— Oui, ça vient d'en haut, des ruines.

— Comment te sens-tu ?

— La force a diminué son emprise. Elle ne raffole pas des sédatifs. Allons-y.

Ils se remirent à gravir les marches très prudemment. Eliott, tous ses sens en éveil, s'efforçait de percevoir ce qui se passait à la surface du tertre. Lorsqu'ils eurent enfin rejoint l'entrée du mégalithe, dissimulés par la végétation, ils se faufilèrent dehors.

— Regarde ! murmura Lauren.

Plus bas, sous les rayons de lune qui dardaient dans la nuit, plusieurs silhouettes, vêtues d'une combinaison blanche munie d'un masque à oxygène, étaient en train de déployer des bulles-labos. C'était une équipe scientifique. Eliott dénombra douze agents. Vraisemblablement des agents gouvernementaux, ou appartenant à une branche affiliée.

Si leur tenue était celle de professionnels spécialisés, Eliott ne parvint pas à reconnaître par quel département ils avaient été mandatés.

— Ces gars ne sont pas de chez nous, affirma Lauren à mi-voix.

— Non. Je n'ai jamais vu ce genre d'équipe.

Eliott les scruta encore très attentivement pendant quelques secondes.

— Là-haut...

Il lui désigna l'un des mégalithes couchés. Deux hommes, vêtus de treillis, y étaient postés.

— Tu as vu leur matériel ? Ce sont des soldats, dit Eliott.

— Oui, ça ne fait aucun doute.

— Que vient faire l'armée ici ? En couverture d'une équipe scientifique non officielle ?

— On ne va pas tarder à le savoir, conclut-elle.

— Il faut bouger.

Il lui fit signe de le suivre en rampant sur le pourtour du mégalithe, toujours à couvert sous la végétation épaisse qui avait colonisé la base du dédale. Ils continuèrent et se frayèrent un passage à travers les ronces et les herbes hautes pour parvenir à sortir du périmètre. Ils étaient maintenant en position d'observer le dédale de l'extérieur. Les allées et venues des hommes en combinaison allaient en augmentant, d'autres arrivaient pour se joindre à l'équipe déjà en place. Maintenant, ils érigeaient d'autres bulles. Sous leurs yeux prenait forme un véritable complexe scientifique. Les militaires, quant à eux, continuaient leurs rondes autour des ruines. Il y avait en tout une dizaine de soldats en armes lourdes.

— Ces gars-là ne sont pas des débutants.

— Regarde leur équipement de plus près, M16 ici, AK-12 là-haut... Ces types sont des mercenaires.

— Ils interviennent après le FBI, violent un périmètre d'enquête et investissent les lieux par les armes. Ils ne peuvent qu'avoir une couverture gouvernementale.

— Il faut identifier l'origine de cette opération. Quelle autorité a décidé de couvrir un tel déploiement ?

— Il est évident que c'est en lien avec ces créatures qui sont en bas, dans la crypte, avança-t-elle.

— C'est certain. Ces scientifiques ont été envoyés ici par un organisme privé.

— ... Et apparemment très puissant, ajouta-t-elle.

— On est tombés sur quelque chose d'énorme, Lauren.

24

Demeure de Gustav Meyer.
Allemagne.

Lorsqu'il revint à lui, l'agent Patrick Fournier ressentit d'abord une douleur intense dans sa nuque. Puis il se rappela ses derniers instants de conscience. Le conduit de canalisation, les deux dobermans. Lorsqu'il voulut passer sa main sur sa nuque, il se rendit compte que ses poignets étaient liés. Ses jambes aussi l'étaient. Il se trouvait en fait dans l'un de ces caissons qu'il avait vus depuis le conduit d'aération, l'un de ceux disposés en cercle autour du caisson central, colossal celui-ci. Maintenant qu'il pouvait l'observer de près, il constata en effet que cette matière noire était anormalement faite. Son contact était lisse et glacé, son aspect sombre, indiscernable. En fait, cette chose paraissait se soustraire à la lumière. Il en résultait une forme floue, qui ondulait quelque peu sous le regard.

Il entendit soudain une porte pressurisée s'ouvrir dans la salle. Il devait s'agir d'un sas, du type que l'on peut voir dans certains laboratoires scientifiques de pointe. Il essaya de tourner la tête sur le côté, mais ses liens le contraignaient à rester dans cette posture allongée. Le caisson était cependant incliné, presque verticalement.

Deux hommes le contournèrent de part et d'autre et apparurent dans son champ de vision. Il reconnut l'un d'eux : Gustav Meyer. L'autre était plus jeune, la quarantaine, cheveux bruns, corpulence normale, un type lambda sans signe distinctif. Les deux étaient vêtus de blouses blanches.

— Vous vous demandez certainement ce que vous faites dans ce caisson étrange, n'est-ce pas ? dit le vieil homme avec un accent allemand prononcé, en lui jetant un regard sévère.

Fournier comprit qu'à partir de cet instant, il allait vivre un cauchemar. Peut-être le dernier de sa vie.

— Effectivement, c'était la question que j'étais en train de me poser, lui retourna-t-il sans manifester la peur qui l'étreignait.

— Et moi, cher monsieur, je suis en droit de vous retourner la question suivante : que faisiez-vous dans les conduits de ventilation de mes sous-sols ?

Fournier ne sut que répondre. Il garda le silence et attendit la suite. Ce vieux fou était en train de jouer avec ses nerfs. Il ne fallait pas entrer dans son jeu.

Voyant qu'il ne répondait pas, Gustav Meyer répéta en hurlant :

— Que faisiez-vous dans les conduits de ventilation de mes sous-sols ?

Fournier réalisa qu'il avait affaire à un psychopathe. Il joua la carte de l'intimidation, sans trop y croire.

— Je suis policier en mission. Des renforts doivent sûrement être en route. Je vous conseille de me détacher tout de suite !

— Aucun renfort ne viendra à votre secours, agent spécial Fournier.

Maintenant, Gustav Meyer pouvait lire la peur dans l'expression de Fournier et cela parut le contenter un peu.

— Personne ne viendra à votre secours, expliqua le professeur, pour la bonne et simple raison que vous n'êtes pas ici, dans ce sous-sol... allongé dans ce curieux caisson. Non, vous êtes dans votre voiture, une BMW série 2 immatriculée en France... qui se trouve actuellement dans un ravin en contrebas d'une route de montagne sinueuse à la frontière autrichienne, en train de terminer de se consumer... *et vous avec.*

Fournier eut à cet instant la certitude que c'était terminé pour lui. De toute façon, sa vie n'était plus qu'un foutoir inextricable. Il s'aperçut qu'ils lui avaient retiré son bracelet tactique. Il leur avait suffi de le mettre au poignet d'un de ces réfugiés roumains de même gabarit que lui, puis de mettre ce Roumain au volant de la BMW, pour l'incendier et la jeter dans un ravin en simulant une sortie de route. Du travail de professionnel.

— Mais qui êtes-vous, bon sang ?! Et qu'allez-vous faire de moi ?! cria l'agent français.

Il se débattit en vain pour se défaire de ses liens.

Le vieil homme et son assistant l'observèrent pendant quelques secondes, comme une curiosité amusante.

— Je suis le professeur Meyer. Et ce monsieur est mon assistant. Nous conduisons ici, depuis plusieurs années, des expériences... Expériences dont vous ne comprendriez pas la teneur si je cherchais à vous les exposer selon un regard scientifique expert. Je vais donc vous résumer la situation, la vôtre surtout, puisque je crois que c'est essentiellement ce qui vous intéresse ; notez que les autres sujets que vous avez pu voir lors de votre promenade dans les conduits de ventilation subiront le même traitement que vous.

Fournier écoutait le professeur, désarmé par tant de cynisme et de cruauté. Il s'attendait au pire.

— Tout d'abord, ce qui nous différencie, monsieur Fournier, c'est justement ce manque d'empathie dont vous paraissez m'accuser. Ce désintérêt évident pour l'humanité dans son ensemble. Car voyez-vous, les expériences que nous conduisons ici n'ont qu'une seule finalité : servir l'espèce humaine. Mais dans cette course vers la perfection qui anime l'homme depuis la nuit des temps, vous conviendrez qu'il est parfois indispensable de faire des... sacrifices.

Le professeur s'interrompit pour parler dans le micro qui était agrafé au col de sa blouse :

— Sonja, veuillez transférer neuf sujets vers l'extracteur, je vous prie.

— Tout de suite, professeur, lui répondit une voix féminine.

Le vieil homme s'adressa à nouveau à l'agent français :

— Nous ne sommes donc que les humbles serviteurs de l'Homme, monsieur Fournier... *L'Homme, sous sa plus ancienne forme.*

Il s'interrompit encore pour parler dans son micro cravate :

— Rudolph, veuillez préparer un des Maîtres pour la régénération et amenez-le en salle d'extraction.

— Je m'en charge immédiatement, professeur.

Fournier était résigné à entendre le plus inconcevable. Mais il était encore bien loin de s'attendre à ce qu'il allait vivre. Le professeur reprit son explication, les yeux illuminés par une ferveur soudaine.

— Imaginez une civilisation dotée d'une technologie si puissante et si évoluée qu'elle ait pu insuffler la vie sur notre Terre et la coloniser, alors que celle-ci n'en était qu'à sa première ère géologique, une époque qui remonte à plus de trois milliards d'années... Avant sa phase cataclysmique. Est-ce que vous pouvez concevoir cela dans votre petit esprit étriqué, monsieur Fournier ?

L'agent garda le silence, partagé entre terreur et intérêt.

Une voix s'éleva dans le système audio de la salle :

— Professeur Meyer, le sujet est prêt pour la salle d'extraction.

— Faites entrer, ordonna Gustav Meyer.

Le souffle de la dépressurisation du sas s'éleva, libérant le mécanisme de la lourde porte. Poussé par deux hommes appartenant à la sécurité, un caisson à cryogène monté sur un chariot mobile glissa lentement vers la plateforme au centre de la salle. Dedans, à travers la vitre du hublot, Fournier distingua une masse sombre, qui avait l'apparence d'une tête d'homme. Toutefois, les proportions de la créature n'étaient pas celles d'un homme commun. La chose mesurait plus de trois mètres de haut. Aidé par les deux hommes, l'assistant du professeur alla déverrouiller l'ouverture du caisson mobile où la créature reposait. Des nuées glaciales de gaz cryogénique jaillirent lorsque la porte s'ouvrit. Derrière les vapeurs blanches apparut à l'agent Fournier la vision la plus horrible qu'il lui eût jamais été donné de voir. La chose avait effectivement une familiarité humaine. Mais son aspect noirâtre et décharné était d'une telle laideur, généra une répulsion si puissante en lui, qu'il en fut pris de nausées.

— Monsieur Fournier, laissez-moi vous présenter *Hominum primus*... Père de tous les hommes... et grand architecte de la vie sur Terre.

Le professeur s'inclina avec dévotion face à la créature lorsque les gardes passèrent devant lui en poussant le chariot. Ils placèrent le corps rigide dans le caisson central et refermèrent la porte. Ils quittèrent la salle alors que l'assistant allait entamer des manipulations aux commandes de la console qui régissait le dispositif.

À nouveau, Fournier se débattit violemment pour tenter de se défaire.

Le cauchemar était en train de devenir réalité.

Gustav Meyer regardait l'agent essayer de se soustraire désespérément au sort qui lui était réservé.

— Faites entrer les autres sujets.

Deux autres hommes en armes firent irruption, encadrant neuf des réfugiés roumains, terrorisés. Il y avait des hommes, des femmes, et même deux enfants, dont l'un n'avait pas plus de dix ans. Ils les firent entrer un à un dans les caissons à la circonférence du dispositif. Les malheureux ne résistaient même pas. Fournier vit sur leur visage qu'ils ignoraient, tout comme lui, ce pour quoi ils se trouvaient ici. Une fois qu'ils eurent tous intégré leur réceptacle individuel, l'assistant actionna des commandes sur la console. Les caissons se refermèrent tous automatiquement. Hormis celui de Fournier dont le hublot resta ouvert.

Car le professeur voulait qu'il sache.

— Maintenant, je vais répondre à votre seconde question monsieur Fournier. Le dispositif que vous pouvez voir dans cette salle particulière est une conception que j'ai mis plus de quinze longues années à mettre au point. Le minerai utilisé pour sa fabrication a été importé d'une région montagneuse de Mésopotamie. Ce dispositif est en fait une reproduction que j'ai réalisée à partir de plans, ou plutôt de consignes, qui ont été mises au jour avec d'autres pièces sur un site de fouilles tenu secret. Ce dispositif se nomme « extracteur », ou chambre d'extraction.

Fournier n'entendait plus rien des paroles du professeur.

Il n'était plus que résignation.

— Vous, ainsi que les neuf autres personnes qui ont pris place dans les caissons disposés autour du caisson central, allez hélas mourir. Et malheureusement, pour des raisons techniques, votre mort sera extrêmement douloureuse, car très lente. Enfin, moins d'une heure si tout va pour le mieux.

Fournier hurla de toute sa rage.

— Extracteur... Ce mot demande peut-être une explication qui vous éclairera plus précisément sur la nature du traitement que vous allez subir. Je vais faire simple, et bref, car vos hurlements m'exaspèrent...

Le professeur, emporté dans son élan de cruauté, vint lui murmurer à l'oreille.

— Votre substance vitale va être extraite de votre corps pour être insufflée dans celui de la créature qui repose dans le caisson central. Cet être est l'un des représentants de l'espèce la plus parfaite qui soit, puisque c'est à partir de ses gènes que la vie s'est constituée sur Terre... et que l'Homme est devenu ce qu'il est. Le nouveau règne des Anciens est proche, monsieur Fournier. Leur régénération nécessite du fluide vital pour être accomplie. Hélas, le corps d'un seul homme n'en contient qu'une infime quantité. C'est pourquoi nous concevons actuellement des extracteurs à grande capacité. L'humanité entrera bientôt dans une ère nouvelle, monsieur Fournier... Soyez honoré de participer de votre chair à son avènement.

D'un geste brutal, le professeur referma le hublot, isolant l'agent Fournier et ses hurlements dans le silence mat du caisson. L'assistant du professeur initia le lancement du processus. Dans chaque caisson, les tubes de transfert pénétrèrent les chairs des sujets, un au niveau de l'abdomen, pour la liquéfaction des organes internes, et l'autre derrière le crâne, pour maintenir l'activité nerveuse. Des hurlements atroces étouffés s'élevèrent dans la salle. La douleur qui submergea Fournier fut si intense qu'il en fut paralysé. Lentement, son sang s'imprégna de la substance noire qui était amenée via le tube ventral depuis le corps de l'*Hominum primus*. Une fois que les particules étrangères eurent liquéfié les organes internes de Fournier et ceux des autres sujets, elles quittèrent l'enveloppe vide de leur corps, pour repartir chargées du précieux fluide vers celui de la créature.

Derrière la vitre du hublot, Gustav Meyer scruta les yeux éteints de l'agent Fournier, son crâne dévidé de sa matière cervicale, réduit et flétri comme un ballon d'enfant dégonflé. Le professeur afficha un rictus de satisfaction. L'extraction s'était bien déroulée. Les ajustements qu'il avait apportés au dispositif augmentaient encore le taux de fluide vital produit par les particules noires.

25

— Qu'est-ce qu'on fait, maintenant ? murmura Lauren.

— Il faut qu'on sache précisément ce qu'ils font ici.

Il pointa du doigt le sommet d'une colline.

— Allons nous poster sur ces hauteurs, nous pourrons y camper et continuer à les surveiller.

Ils rampèrent pour sortir complètement de la zone où s'affairaient les équipes scientifiques et escaladèrent la roche vers le sommet de l'abrupt. En bas, d'autres hommes arrivaient encore. Il y en avait maintenant une trentaine en combinaison, et pas moins de vingt soldats patrouillaient autour du complexe.

Eliott ouvrait la voie. Elle l'observait et ressentait de la crainte à le voir si agile, grimper comme une araignée sur un mur. Elle songea que sa dernière injection de sédatifs remontait à plus de six heures. Il était différent, mais ne semblait pas affecté en mal. Il se retournait parfois et regardait vers elle avec un sourire d'adolescent, amusé par ses capacités physiques qui avaient encore augmenté. Ils arrivèrent sans bruit dans un renfoncement et s'y dissimulèrent. De là où ils se trouvaient maintenant, ils pouvaient voir le ballet des équipes scientifiques dans leur ensemble, chorégraphie nocturne de fourmis blanches laborieuses.

— Comment te sens-tu ? lui demanda-t-elle quand elle l'eut rejoint.

— Bien. Je sens que ça s'est stabilisé.

— Comment peux-tu en être si sûr ?

— J'ai compris une chose, Lauren : cette force est douée de compréhension. Si elle s'est montrée conciliante avec toi, lorsque nous étions dans la crypte, c'est parce qu'elle a déduit que tu coopérais à sa survie, puisque, de fait, tu coopères à la mienne.

— Tu veux dire qu'elle sait que je t'aide à fuir et qu'elle comprend que ton arrestation signerait sa fin, à elle aussi ?

— C'est exactement ça.

Ils s'interrompirent.

Au loin, par-delà les vallées plongées dans le silence, s'élevait une rumeur puissante qui se rapprochait rapidement.

— Des hélicos, constata Eliott.

Le bruit des pales se fit de plus en plus distinct.

— Oui, confirma-t-elle, un paquet d'hélicos, et c'est du lourd.

Il sortit les jumelles.

— Effectivement, dit-il, des CH-47 Chinook à double rotor.

Brusquement, les appareils énormes surgirent au-dessus de la vallée dans un vacarme assourdissant, quatre au total, qui se suivaient en formation rapprochée. Ils amorcèrent leur descente et se posèrent sur le tertre, à bonne distance des bulles-labos.

— Ce sont des porteurs, mais ils sont vides, constata Lauren.

— C'est donc qu'ils viennent chercher de quoi remplir leur soute ici.

— Ils ont trouvé la porte dans le mégalithe.

Plusieurs groupes d'hommes armés s'engouffrèrent dans la crypte au pas de course. Une heure s'était écoulée quand les hommes ressortirent du mégalithe. Ils portaient un objet massif. Eliott réveilla Lauren qui s'était assoupie :

— Regarde avec quoi ils remplissent leurs hélicos !

Le groupe d'hommes acheminait l'un des tombeaux de pierre noire. Ils grimpèrent la passerelle d'embarquement d'un des appareils et le déposèrent dedans. Moins de cinq minutes plus tard, un deuxième groupe de soldats sortit du mégalithe chargé d'un autre sarcophage. Les chargements se prolongèrent ainsi durant des heures, les groupes d'hommes se relayant sans arrêt. Lauren compta une trentaine de tombeaux embarqués.

À l'aube, Eliott et Lauren s'étaient endormis tous les deux. Le grondement de pales qui fendait l'air les sortit soudain de leur sommeil. Les quatre hélicos décollèrent et disparurent dans l'horizon empourpré des premiers rayons du levant. Eliott se jeta sur ses jumelles et poursuivit du regard le convoi aérien.

— Ils sont chargés à bloc. Regarde ça, c'est tout juste s'ils arrivent à voler.

Lauren lui arracha les jumelles des mains.

— Ils ont dû poursuivre le chargement toute la nuit.

Le convoi disparut au loin et les vallées furent replongées dans leur écrin de silence. Elle se laissa tomber dans le sac de couchage qu'elle avait partagé avec lui. Ils avaient dormi blottis l'un contre l'autre. Il passa sa main dans ses cheveux. Elle releva la tête et lui sourit. Le soleil vint éclairer ses yeux émeraude. Une vague de chaleur monta entre eux et les submergea. Il passa ses bras autour d'elle et caressa son dos dénudé. Elle embrassa son cou et son torse, s'enivrant de son odeur. Le désir était là, mais Eliott ressentait le besoin de lui montrer qu'il ne voulait que la protéger. Il voulait la rassurer de ses caresses, il avait besoin de lui dire avec ses mains, avec ses baisers, qu'il l'aimait de tout son cœur. L'amour avait conquis les terres de la passion. Il se sentait bien, car la force obscure ne s'élevait plus en lui. Les voix avaient cessé, et surtout, il n'avait plus soif de sang. Mais quelque chose au fond de lui le prévenait que cela ne durerait pas...

Ils profitèrent tous les deux de cet instant propice, suspendu dans le chaos, pour unir leurs corps, comme deux enfants perdus dans les méandres d'un cauchemar. Tout cela leur semblait si invraisemblable qu'il leur fallait retrouver une réalité tangible en s'aimant, pour contrer l'horreur qu'ils avaient vécue jusque-là. Ils s'unirent dans le silence des forêts livides, loin au-dessus des hommes fascinés par les créatures qu'ils excavaient de la crypte. Ils étaient bien loin au-dessus de tout cela... Un seul être, une seule chair. Ils s'élevèrent si haut que ce cauchemar devint minuscule, dérisoire. Lorsqu'ils eurent consumé leur flamme et revinrent à la situation, ils décidèrent de mettre au point un plan d'action.

— La donne a changé, dit Eliott, nous avons un peu plus d'éléments sur ce qui se passe dans ces forêts.

— Nous avons surtout une multitude de questions qui se posent, dont la principale est : où emmènent-ils ces créatures ? Et que font-ils d'elles ? ajouta Lauren.

— Pour commencer, il faut découvrir qui couvre cette opération. L'ampleur des moyens utilisés ici montre que nous n'avons pas affaire à une petite organisation.

— C'est le moins qu'on puisse dire !

— Tu te rappelles Matt, mon ami qui bosse au fichier central ?

Elle acquiesça.

— Je l'avais contacté peu avant la nuit du rituel des sorcières. Et il m'avait informé que plusieurs pièces de l'affaire St. Marys avaient été classées dans un dossier 5d. Tu connais ce genre de mesure ?

— Oui, lui répondit-elle, c'est presque le niveau maximum de confidentialité. Seuls les superviseurs ont accès à ce type de dossier, il me semble.

— Quoi qu'il en soit, Matt devait me rappeler et il ne l'a jamais fait. J'ai trouvé ça bizarre, car il a toujours été de parole. Lorsque j'ai essayé de le joindre, sa boîte vocale indiquait qu'il était en vacances...

— Coïncidence bizarre, effectivement, pensa Lauren tout haut.

— Même s'il était parti en vacances, il m'aurait appelé avant pour me donner l'info dont j'avais besoin. Et mieux que ça, s'il n'avait pu récupérer cette info, il m'aurait contacté pour me le dire.

— Tu penses à quoi ?

— Je suis convaincu maintenant, dit Eliott, avec tous les éléments que nous avons, que des responsables du Bureau sont impliqués dans ce merdier. Si Matt avait tenté de mettre la main sur des fichiers classés 5d où apparaissaient des dirigeants de chez nous, il aurait pu devenir extrêmement gênant pour eux.

— Eliott, un agent ne peut pas disparaître comme ça.

— Je suis d'accord, Lauren, mais le fait est qu'il n'a plus donné signe de vie et qu'il n'est joignable nulle part. Tu appelles ça comment ?

Elle accepta difficilement cette réalité, convaincue que Matt finirait par réapparaître, sans que l'on s'y attendît.

— Quel genre d'info Matt devait-il te donner ?

— Le dernier enfant disparu de l'enquête St. Marys a été enlevé dans le véhicule où se trouvaient ses parents. Tous les deux ont été retrouvés carbonisés dans la voiture. Je voulais qu'il me transmette un complément d'autopsie, à savoir des pièces qui font état des conditions exactes dans lesquelles les parents du petit Timothy ont été assassinés. Car c'était bien d'une mise en scène qu'il s'agissait. Le, ou les tueurs ont déguisé ce double assassinat en accident. L'enfant a été sorti du véhicule, puis celui-ci a été incendié. Mais les deux adultes ont été tués avant l'incendie. Reste à savoir comment. Les éléments disponibles dans l'autopsie officielle ne faisaient aucun état de cet assassinat.

— Tu veux dire que l'autopsie officielle concluait à une mort accidentelle ?

— Mieux que ça : l'autopsie officielle ne concluait rien. Les éléments déterminant les conditions de la mort du couple Pearson ont tout simplement disparu dans le dossier 5d !

— Il ne nous reste plus qu'à essayer de contacter Matt.

— Je crains que Matt ne soit définitivement plus joignable, nulle part, Lauren.

— Donc tu es quasi certain que des responsables de chez nous sont impliqués.

— J'en suis certain.

— Et tu penses que Matt a été liquidé.

— J'en suis convaincu.

— Tu as une hypothèse sur la mort des Pearson ? Je veux dire, pourquoi aurait-on eu intérêt à dissimuler des éléments ?

— Lors de la nuit du rituel, j'ai vu cette sorcière se transformer en cette chose avant que cela ne soit mon tour. La façon de tuer de la créature est différente de celle d'un tueur lambda, je suis bien placé pour te le dire. La dissimulation des conditions de l'assassinat des Pearson visait à cacher l'existence de cette créature. Tu me suis, Lauren ?

— Ça se tient, effectivement, lui répondit-elle, troublée.

— Un autre fait m'a mis la puce à l'oreille ensuite. Le superviseur Mullay m'a contacté personnellement alors que j'étais en planque dans les forêts. Déjà, j'ai trouvé ça curieux. Mais lorsque je lui ai fait état des pièces mises au secret avant même que j'aie pu les consulter, il m'a carrément rappelé à l'ordre en prétextant que ma mission était de retrouver les enfants, pas d'élucider la mort des Pearson.

— D'un côté, il n'avait pas tort, il ne faisait que suivre la procédure. Tu penses que Mullay...

— Je n'en sais rien. Mullay est un superviseur. En aucun cas, les hauts gradés ne contactent directement les agents sur le terrain. Tu as déjà vu ça, toi ? lui demanda-t-il.

— Non, effectivement.

— Pour résumer, dans l'hypothèse d'une implication de certains responsables du Bureau dans cette affaire, on peut ajouter aussi certains généraux de l'armée officielle, parce que ces soldats disposent de matériel lourd, comme les hélicos qu'on a vus. Même si ces gars en bas sont des professionnels indépendants, ils ont été forcément contactés par un réseau de militaires actifs. En d'autres mots, l'armée officielle se cache derrière cette opération.

— Vu l'ampleur des moyens techniques mis en œuvre, c'est probable, concéda-t-elle.

— Il nous faut déterminer jusqu'à quel degré s'étendent ces opérations secrètes, Lauren. En d'autres termes, quelles sont les proportions réelles de ce merdier ?

— J'ai l'intuition qu'on est face à un tout petit bout de glace, au sommet d'un iceberg monstrueux immergé dans un océan de boue, dit Lauren.

— Le superviseur Mullay a certainement confié la reprise de l'enquête St. Marys à l'agent Colin Andrews. Je l'ai eu au téléphone juste avant de me mettre en fuite. Si c'est Andrews, ce sera plus simple.

— Plus simple ? demanda-t-elle.

— Oui, tu vas le contacter et tirer toutes les informations que tu pourras de lui. Use de tes charmes s'il le faut.

— Andrews n'est pas désagréable à manipuler, je veux bien essayer...

Elle lui lança un sourire coquin.

— Fais le nécessaire, il faut qu'on sache vers quoi on va. S'il a repris l'enquête, il a certainement dû rassembler des éléments que nous n'avons pas.

— Notre second objectif est de comprendre quels peuvent être les intérêts de ces scientifiques à excaver ces créatures, les étudier et les acheminer par voie aérienne... Et par-dessus tout, quelle est la menace qu'elles représentent ? Ce soir, il nous faudra étudier la traduction, elle répondra sûrement à certaines de nos questions.

Une douleur fulgurante l'interrompit. Il se plia en deux en se tenant le ventre.

— Bon sang, gémit-il, cette saloperie ne me laissera donc jamais tranquille. Tu as une seringue de prête avec toi ?

Elle sortit l'intraveineuse.

— Ne m'injecte que la moitié de la dose, juste pour que cette chose comprenne.

Le soleil déclina peu à peu et finit par se coucher sur les forêts muettes. Le silence n'était troublé que par les rumeurs des équipes scientifiques qui vaquaient encore à leurs opérations laborieuses. Ils auscultaient les corps immenses, immobiles dans leur sarcophage de pierre, hésitaient à faire des prélèvements de leurs tissus, prenaient des mesures, des photos sous tous les angles.

Eliott était plongé dans la traduction, et enchaînait café sur café pour rester éveillé. Lauren planchait elle aussi sur les feuillets que le pauvre Wilbur Ravenwood avait écrits de sa main. Ils continuèrent à la lumière de leur frontale lorsque les derniers rayons de soleil eurent disparu derrière les arbres.

Plus tard dans la nuit, Eliott interpella Lauren.

— Écoute ça : « *... ainsi, les Anciens[6] reposeront sous terre pour des millions d'années. Leur longue nuit se poursuivra jusqu'à ce que la vie en surface soit porteuse de leur substance vitale ; dès lors, les rituels d'ouverture seront entamés et la Sentinelle boira le sang précieux, chargé du fluide suprême de vie, pour ouvrir les portes des cryptes... Le Réveil sera alors proche...* »

— Comment tu interprètes ça ?

— Pour commencer, ça nous dit que la Sentinelle ouvre les portes des cryptes : c'est peut-être la fonction de cette créature. Cela nous dit aussi qu'il y a plusieurs cryptes, ailleurs. Ensuite, cette nuit-là, la sorcière a pratiqué un rituel d'ouverture qui n'était pas de la sorcellerie. Cette jeune femme était une Sentinelle. Elle était sûrement déjà sorcière avant d'être possédée par cette force.

— Tu veux dire que quelque chose a fait d'elle l'une de ces créatures ?

---

[6] Autre terme pour désigner *Hominum primus*.

— Oui, c'était une sorte de nuage de particules noires, très dense. Je l'ai vu quand il a quitté la femme pour entrer dans mon corps et faire de moi ce que je suis maintenant. Écoute encore ce passage : « *L'Ancien a bien pensé, et bien prévu l'issue de notre nuit sans fin, ô mes frères... Quand nous serons plongés dans l'oubli de notre lignée, au fond de nos tombeaux, la vie aura presque quitté nos corps... mais à la surface, les nuées noires feront renaître notre flamme éternelle, et elle se propagera, jusqu'à ce que nous puissions sortir enfin de notre léthargie... et régner à nouveau... Pour cela, l'Ancien a bien pensé, et bien prévu aussi, et il a généré la lignée unique de la Sentinelle... créature parfaite en tous points qui saura être notre réceptacle. Dès lors, les porteurs de l'essence de vie, nos semblables humains, seront sacrifiés pour notre règne. Ô mes frères, en cela l'Ancien a bien pensé, et bien prévu le retour de notre lignée, qui ne restera pas éteinte.* »

— Qui est cet Ancien ?

— Certainement un de leurs sages. Selon ce texte, il aurait conçu certains dispositifs et planifié, même, le retour de la lignée de ces êtres...

— Mais qui sont-ils, Eliott ?

— Je ne suis pas sûr, mais ce que j'ai lu de la traduction laisse supposer qu'ils puissent être à l'origine de la vie, telle que nous la connaissons.

— L'origine de la vie ?

— Oui, Lauren, l'origine de toute vie sur Terre.

26

Ossétie du Nord. Régions montagneuses du Caucase.
Russie.
10 novembre.

Le professeur Meyer s'impatientait et faisait les cent pas dans le hall d'entrée du modeste hôtel Kesayevykh. Dehors, les rues boueuses voyaient passer plus de chevaux attelés à des charrettes de paysans que de véhicules à moteur. Dans ces régions chaotiques, soumises à des conflits incessants, et dont les frontières changeaient constamment, les conducteurs de tout-terrain qui louaient leurs services pour transporter les personnes de vallée en vallée n'avaient pas la ponctualité des taxis allemands. En plus de Gustav Meyer, quatre autres personnes attendaient elles aussi le départ vers le col de Mamison. Venu de Suède, Irwin Jamissen, un neurobiologiste réputé, feuilletait nerveusement un exemplaire du *Washington Post* qui datait de deux mois en arrière. Assis dans un fauteuil rembourré, visiblement trop mou pour son imposante personne, le physicien français Armand Lucas maugréait et remuait pour éviter de disparaître entre les opulents coussins de plume. Plus loin, accoudé au comptoir, sirotant un gin menthe et observant très objectivement l'ensemble de la pièce, Fernando Galliciano, astrophysicien italien, se laissait aller à des calculs intérieurs qui portaient sur des rapports interdisciplinaires et leurs interactions possibles au sein des relations avec ses collègues ici réunis. Enfin, sobrement assis sur une chaise en bois, et accoudé à une petite table ronde, Sir Elton Alberry, éminent expert en géopolitique londonien, dégustait, dans des gestes d'une modestie parfaite, un maigre breakfast, affichant ce détachement naturel si caractéristique des gentlemen d'outre-Manche.

Vers 9 h 30, un gros homme aux cheveux noirs, barbu et hirsute, fit irruption dans le hall d'entrée et annonça sans ménagement :

— Moi taxi pour col Mamison, vous aller là-bas ?

Il avait baragouiné ça à l'attention de tous ceux que cela pouvait intéresser dans la pièce, en l'occurrence les cinq scientifiques qui étaient les seules personnes présentes.

Pour toute réponse, les cinq hommes se levèrent de concert et prirent en main leurs bagages.

Lorsque le véhicule tout-terrain, un énorme Hyundai, fut chargé des cinq scientifiques et de leurs affaires, le chauffeur, qui répondait au nom de Slobodan, s'installa au volant et arbora à l'attention de ses passagers un sourire singulier qui dévoila une dentition où alternaient l'or et l'émail. Il donna un tour de clé et fit vrombir le moteur diesel du colosse mécanique. Le véhicule s'engagea sur l'avenue principale et gagna rapidement les routes de montagne.

Les cinq hommes n'avaient en fait aucune idée précise de la destination de leur voyage. Par un courrier anonyme, ils avaient été sommés de participer à une réunion secrète d'une importance capitale, puisque le sujet en était le destin de l'humanité. Ce qui unissait les cinq scientifiques, en dehors de leurs hautes fonctions, était leur appartenance à une société maçonnique connue sous le nom de Rose-Croix. C'était donc sous le sceau du secret des Loges unifiées qu'ils avaient reçu cette convocation mystérieuse. Le professeur Meyer, quant à lui, jouait sur deux tableaux : en plus d'appartenir à l'ordre de la Rose-Croix, il était initié dans celui de l'OTO, les Templiers de l'Orient. Il justifiait son ambivalence par une nécessité d'équilibre, indispensable selon lui pour un cheminement complet sur la voie.

La route de montagne sinua sur une bonne centaine de kilomètres à travers les vallons pour s'élever au-dessus des zones forestières et parcourir les cols et les sommets pelés. Aucun des passagers n'avait pris la parole depuis le début du trajet. Tous regardaient par les vitres le paysage hostile défiler sous leurs yeux, non sans une certaine inquiétude. Un vent puissant venu du nord soufflait par rafales sur les étendues désertiques. Le véhicule secoué par les bourrasques s'engagea sur un chemin qui longeait les pentes de végétation rase. Il suivit cette piste sur une dizaine de kilomètres pour arriver sur un plateau dégagé où se découpaient les contours d'une construction massive. Il s'agissait d'une ancienne forteresse en pierre de taille qui avait été restaurée.

Les cinq scientifiques descendirent du véhicule lorsque celui-ci s'arrêta sous l'arche d'entrée. Ils furent accueillis par des hommes vêtus de combinaisons militaires grises portant des revolvers à leur ceinture. Ceux-ci les aidèrent à transporter leurs bagages à l'intérieur et les guidèrent en silence jusqu'aux chambres individuelles où ils allaient séjourner. Le confort était rudimentaire, bien qu'elles eussent été munies de salle d'eau et de bibliothèque. Cependant, les étagères contenaient quantité d'ouvrages traitant de recherches liées à l'activité de chacun des savants. À peine étaient-ils installés que deux autres gardes vinrent frapper tour à tour à leur porte. Les cinq hommes de science suivirent les soldats jusqu'à une vaste salle qui semblait avoir été taillée dans un gigantesque bloc de marbre anthracite. La pièce n'était éclairée que par de fines ouvertures, pareilles à des meurtrières, qui se découpaient dans le plafond. En son centre, assis dans l'ombre autour d'une large table de bois noir, cinq hommes vêtus d'uniformes militaires, venant chacun de pays différents, semblaient attendre l'arrivée des scientifiques. Ces derniers prirent place sur des chaises en face desquelles étaient disposées des cartes où était écrit leur nom. Lorsqu'ils furent tous assis, l'un des militaires se leva et prit la parole :

— Messieurs, soyez les bienvenus. Je suis le général Griffin, officier de l'armée des États-Unis d'Amérique. Vous vous demandez certainement la raison de votre convocation à cette réunion, en des lieux si retirés et hostiles...

Les scientifiques approuvèrent tous en hochant la tête.

Le militaire n'était visiblement pas à l'aise.

Il poursuivit :

— Eh bien, je dois vous avouer que nous-mêmes, et je parle au nom de tous les militaires hauts gradés présents autour de cette table, n'avons pas reçu plus de détails que vous sur la teneur de cette réunion.

Une rumeur de désapprobation s'éleva de la part des scientifiques.

— Mais qu'est-ce que tout cela signifie ? s'écria l'un d'eux.

— Est-ce que c'est une plaisanterie ?! lança Armand Lucas, exaspéré.

— Cependant, reprit le général dans un geste d'apaisement, si nous avons tous accepté de répondre à cette convocation, c'est bien qu'elle n'avait rien d'étranger à nos objectifs communs, n'est-ce pas ?

— Nos objectifs communs ?! s'exclama Lucas.

Le professeur Meyer se leva pour parler à son tour :

— Allons, messieurs, nous savons tous très bien ce qui nous réunit aujourd'hui. Car nous partageons tous un même secret, le plus ancien et le plus grand des secrets : *Hominum primus*.

À ces mots, un silence de mort s'abattit sur la tablée.

Un bruit sourd s'éleva soudain au fond de la salle. Un raclement minéral. Une porte venait de s'ouvrir dans l'une des parois.

Se dessinèrent alors dans l'ombre quatre silhouettes, hautes et obscures. Elles semblaient flotter au-dessus du sol en se déplaçant. Nimbées par un voile de nuées noires qui les dissimulait presque entièrement à la vue et tournoyait autour d'elles. Les quatre ombres vinrent prendre place sur de hauts sièges, en fait des trônes qui étaient disposés à l'écart de la grande table. Elles parurent s'incliner en passant près des hommes. Ces derniers, stupéfaits pour certains, leur rendirent le salut en remuant la tête à leur tour, alors que d'autres affichaient clairement des expressions de terreur. Le professeur Meyer était resté debout. Il les salua avec vénération et répéta à mi-voix, fasciné :

— *Hominum primus...* dont nous sommes tous ici les humbles serviteurs.

Les quatre êtres colossaux se tenaient maintenant immobiles sur leur siège et considéraient l'assemblée humaine avec une attention soutenue. Bien que leurs yeux ne fussent que deux ouvertures sur un néant parfaitement inexpressif, chacun des hommes assis autour de la table se sentait observé intensément, traversé par une vague d'énergie qui fouillait dans son mental.

L'une des quatre créatures faites de ténèbres leva l'une de ses mains vaporeuses :

— Nous vous sommes reconnaissants d'avoir accepté d'être réunis ici.

La voix semblait monter des tréfonds de la montagne tant elle était grave et profonde.

L'être poursuivit :

— L'objet de cette réunion est l'avènement du nouvel ordre qui gouvernera l'homme d'ici peu de temps. Chacun de vous a agi indépendamment avec sagesse et a honoré notre secret... Il est temps maintenant d'exécuter les actions prévues sur les différents continents et au sein de vos confréries et de vos organisations militaires.

Le professeur Meyer s'empressa de lever la main :

— Je suis à présent en mesure d'apporter des modifications conséquentes sur les grands extracteurs. Leur production de fluide vital sera pratiquement doublée.

L'être d'ombres scruta Gustav Meyer avec intérêt.

— Parfait, professeur Meyer, nous savions que vos travaux porteraient leurs fruits. Quand pensez-vous pouvoir intervenir ?

— Je suis à votre entière disposition, dès aujourd'hui si vous le souhaitez. Ordonnez et je m'exécuterai.

La créature fit un vague geste de la main vers l'un de ses congénères, qui prit la parole :

— Tout cela est bien, professeur, mais la question des extracteurs reste secondaire au regard de nos objectifs majeurs. Général Griffin...

La chose invita le militaire à parler d'un geste sec.

Celui-ci se leva et s'éclaircit la voix :

— Nous avons mis au jour deux autres cryptes et avons sécurisé toutes celles qui ont été ouvertes. Les excavations se poursuivent et nous acheminons actuellement vos semblables par voie aérienne vers votre base centrale, où la construction des grands extracteurs s'achèvera bientôt.

— Qu'en est-il du processus d'effondrement, général ?

Le militaire se tourna vers l'un de ses collègues, qui se leva pour répondre :

— Je suis le général Oubaiev, des forces armées russes.

Chacun le salua succinctement.

— Nous avons terminé d'organiser le réseau informatique et logistique des unités de hackers qui interviendront pour initier l'effondrement. Nous n'attendons maintenant plus que votre ordre pour lancer le processus viral.

La créature parut montrer une attitude de contentement.

— Très bien, cet ordre sera donné sous quarante-huit heures. Général Oubaiev, tenez vos unités prêtes.

Les scientifiques interloqués n'avaient eu aucune connaissance de la proximité du début du plan d'action, et mieux encore, aucun d'entre eux ne savait vraiment ce en quoi il allait consister. Un homme en uniforme passa de chaise en chaise pour distribuer aux savants des documents. Sur ceux-ci étaient décrites les étapes du processus *d'effondrement économique global* qui allait être initié. Les savants étaient éberlués par l'ampleur des moyens mis en œuvre et la technicité avec laquelle les pirates informatiques allaient opérer. À cet instant seulement, ils réalisèrent qu'ici était en train d'être initié le troisième, et sûrement le dernier, conflit planétaire. Les échanges qui concernaient les plans d'attaque du système économique continuèrent longuement entre les hommes de science.

Une autre créature prit ensuite le relais de la première et s'adressa au général Griffin. Sa voix ne fut qu'un grondement sourd qui fit vibrer les tripes de l'homme sur sa chaise. Visiblement, quelque chose ne s'était pas passé comme prévu du côté du militaire américain. La lumière dans la salle déjà obscure diminua brusquement.

— Général Griffin, tonna l'entité, il semble que vous ayez omis de nous faire part de certains faits.

Le général devint soudain aussi pâle que les neiges caucasiennes. Sa gorge était nouée à tel point qu'il fut incapable de formuler la moindre réponse.

— Voyez-vous à quel type d'information je fais allusion ?

Il avait espéré jusque-là que son erreur passât inaperçue. Mais hélas, cela n'avait pas été le cas. La créature développa son accusation :

— Nous avons récemment perdu notre Sentinelle sur votre sol, dans une forêt de Pennsylvanie. Cette information vous est-elle parvenue, général ?

Il lui était maintenant impossible de se soustraire à ses responsabilités.

— Je ne... bafouilla-t-il, je ne connaissais pas l'importance que vous attachiez à ce genre de subalterne.

Là encore, il commit une erreur qu'il allait bientôt regretter amèrement. L'être d'ombres émit un feulement lugubre.

— Subalterne ? La lignée de la Sentinelle est notre plus précieuse œuvre !

— Je ne savais pas... se repentit le général d'un air lamentable.

— Nous avons pu identifier celui qui a été choisi à la suite d'Isolde. Retrouvez cet humain qui porte le nom d'Eliott

Cooper, général Griffin, par tous les moyens dont vous disposez. Retrouvez-le dans les plus brefs délais !

La créature fit un effort pour contenir la force que sa colère générait. Elle parvint à épargner la vie du général. L'éclairage dans la salle reprit une intensité normale.

Sir Elton Alberry but une gorgée de thé tout en s'appliquant à rester détaché de ce qui se passait et se disait autour de la table. Intérieurement, ses pensées fusaient dans tous les sens, il lui fallait ordonner les éléments et reprendre tout depuis le début, pour cerner les tenants et les aboutissants de cette réunion invraisemblable.

Chacun des cinq savants avait été chargé indépendamment par les adeptes des Anciens de mener différentes recherches, et ce dans le plus grand secret. Le Suédois Irwin Jamissen avait reçu la mission d'expérimenter toutes les fusions qu'il était possible de réaliser entre les cellules humaines et d'autres cellules, d'un type que Jamissen n'avait encore jamais pu observer : les cellules dites étrangères. Le savant suédois ignorait tout des créatures dont ces cellules étaient les constituants, et plus encore du plan de domination globale mené par ces mêmes créatures. Mais il avait rempli sa mission avec succès. Le physicien français Armand Lucas s'était vu remettre par les adeptes des pièces biomécaniques qu'il attribuait à une technologie de type très avancé qui lui était inconnue. Il n'avait pas posé plus de questions à ses bienfaiteurs et s'était mis au travail rapidement. Dix-sept mois étaient passés lorsqu'il sortit de son laboratoire, triomphant. Il baptisa l'appareil qu'il venait de concevoir : générateur quantique. Le travail que Fernando Galliciano, astrophysicien italien de renom, avait eu à accomplir était tout aussi inhabituel et curieux : des échantillons d'un minerai inconnu lui avaient été remis par les adeptes de cet ordre mystérieux. Les propriétés moléculaires de ce minerai étaient extraordinaires, puisque ses particules semblaient *vivantes*. L'astrophysicien italien découvrit que ces particules entraient en résonnance avec la lune lors du passage de l'astre dans la voûte céleste. Sa tâche fut de définir les lois qui régissaient les relations entre les particules et l'attraction lunaire, afin d'en tirer une source d'énergie, tâche que Fernando Galliciano accomplit de main de maître en l'espace de quelques mois. Le professeur Gustav Meyer travaillait quant à lui sur les extracteurs. Les Anciens avaient mis à sa disposition une quantité importante de matière étrangère, ainsi que les plans précis du dispositif qu'il devait concevoir. Il lui revenait d'apporter des modifications afin d'adapter au mieux son fonctionnement. Douze ans après les débuts de ses travaux, le premier extracteur conçu et fabriqué par Gustav Meyer était opérationnel. Pour finir, Elton Alberry, le très célèbre géopoliticien anglais, avait quant à lui été chargé de la lourde mission de concevoir et de mettre en place, à partir d'un logiciel de simulation ultra complexe qu'il avait programmé, la base du nouveau système politico-économique global qui viendrait supplanter l'organisation des frontières actuelles. Le nom de « U-Earth » fut choisi pour désigner l'unification mondiale qui suivrait bientôt son cours.

Les choses étaient en marche.

Malgré toutes les informations qu'ils avaient à leur disposition, les cinq savants ne savaient pratiquement rien des créatures pour lesquelles ils avaient œuvré si laborieusement pendant toutes ces années. Ces êtres irréels, entrelacs de noirceurs, qui se tenaient en cet instant sur leur trône lugubre et les scrutaient en silence.

Hominum primus... se répéta intérieurement Gustav Meyer, les yeux embués de dévotion. Il se serait bien volontiers prosterné devant eux, si ses collègues l'avaient suivi. En douze années de loyaux services, il n'avait pu les rencontrer que deux fois.

Sir Alberry ne pouvait que leur attribuer une note maximale sur l'échelle du génie stratégique.

— Comment tout cela a été possible ? se demanda-t-il.

Il lui vint à l'esprit l'image des matriochkas russes.

L'ordre dans l'ordre.

Et finalement, la question des origines.

Pour Sir Alberry, la seule question qui se posait vraiment était de savoir comment la lignée de l'ordre des Adeptes, puisqu'il se nommait ainsi, avait pu s'inscrire dans le cours de l'histoire sans que personne pût connaître, ni même deviner, son existence ? Comment avaient-ils pu s'établir dans toutes les strates politiques, économiques, industrielles et même religieuses... et gagner une telle influence tout en restant dans l'ombre la plus obscure ?

À cette question, le géopoliticien londonien répondait par une hypothèse empreinte d'une grande logique, mais très difficile à admettre pour l'esprit humain. Alberry était d'ailleurs soutenu par le professeur Meyer, qui avait eu douze longues années de collaboration avec ces créatures, et qui avait donc rassemblé suffisamment d'éléments à leur sujet pour se faire une idée précise de leur histoire. L'hypothèse était la suivante : l'ordre des Adeptes n'avait pas surgi dans le cours de l'histoire de l'humanité du jour au lendemain, comme un lion bondit sur sa proie. La prise de pouvoir s'était construite dans la durée, siècle après siècle. Elle avait été élaborée avec une pensée mathématique, un esprit infaillible. Alberry et Meyer affirmaient que les Anciens n'étaient pas apparus dans le cours de l'histoire, mais qu'ils avaient eux-mêmes créé tout ce qui le constituait.

Architectes obscurs, ils avaient sciemment posé les fondations de leur conquête à travers les âges, comme autant de briques d'un édifice destiné, en temps voulu, à assoir leur règne sur les hommes.

Et ce temps était maintenant très proche.

27

Lauren et Eliott continuèrent à lire la traduction du livre toute la nuit. À l'aube, ils assemblèrent une version commune du travail de Sir Ravenwood.

L'origine de l'ordre des Adeptes remontait à plus de quinze mille années avant l'ère chrétienne. Il avait pris sa source dans des régions montagneuses situées au nord de l'actuel Irak. Bien que ces Adeptes fussent humains, ils étaient affiliés à la lignée de la Sentinelle, une créature qui établissait un lien organique entre l'espèce humaine et les Anciens depuis des millions d'années.

Tout avait débuté au commencement de la Terre, lors de sa première ère géologique, le Paléozoïque, un âge sombre au sujet duquel peu de chose pouvait être affirmé avec certitude. Les premières formes de vie étaient apparues sur Terre lors de cette période. Mais la théorie des origines de la vie n'était pas celle que les paléontologues tenaient jusqu'à présent pour réelle. Lors de cette période incommensurablement ancienne, une forme de vie intelligente avait en fait peuplé la Terre. Des êtres, dotés d'une très grande connaissance et dont la technologie était extrêmement évoluée, avaient vécu. Cette espèce, nommée *Hominum primus* dans les sphères secrètes scientifiques, était en effet une explication plausible à l'apparition de la vie sur Terre. *Hominum primus* apparaissait ainsi dans les premiers textes mésopotamiens en langue matricielle :

« Les Anciens ont insufflé à la Terre ce que l'homme a nommé *Vie*. Celle-ci s'est étendue à toute chose : règne animal et végétal, toutes les choses vivantes sont faites de leur énergie. Mais c'est dans le sang qu'ils ont gagné l'omniscience, par la force de la sélection qu'ils ont triomphé de l'ignorance. »

Lors de longs paragraphes, les Adeptes décrivaient les conflits fratricides, les génocides, les épidémies sciemment répandues, les crises politiques majeures, les dictatures meurtrières qui avaient perduré au long de l'histoire d'*Hominum primus*. De nombreuses descriptions faisaient état de leur appétence pour la guerre et les armes. Chez eux, la sélection était rude, d'une extrême violence. L'individu était sacrifié sur l'autel de l'évolution. Les sphères pensantes poursuivaient la quête de perfection dans le sacrifice permanent, sans la moindre once de miséricorde. Lors de certaines périodes de leur histoire, ils avaient eux-mêmes empêché toute transcription de leurs mémoires, par des autodafés si cela avait été nécessaire, pour occulter la sauvagerie avec laquelle ils s'entretuaient. Les derniers temps de leur civilisation étaient dominés par des guerres claniques sanglantes qui avaient décimé les deux tiers de leur démographie. Le dernier peuple des Anciens imposa alors sa domination sur les autres et les extermina sans laisser un seul survivant. Il s'empara de leur savoir. Dans cette société archaïque, chaque ethnie détenait une connaissance qui lui était propre et qu'elle ne partageait qu'avec les siens. Les sages victorieux détenaient maintenant l'omniscience et avaient acquis le pouvoir de deviner les strates du temps. Ils connurent une courte période de développement, mais un danger immense se dessinait dans un avenir très proche. Les savants virent qu'une ère de cataclysmes allait bientôt frapper la surface de la Terre et menacer leur civilisation de destruction.

L'extinction de leur espèce était inéluctable.

Et au-delà de leur seule civilisation, toutes les formes de vie qui peuplaient la planète seraient bientôt balayées par les tremblements de terre, raz-de-marée, éruptions volcaniques...

Pour parer à leur extinction, ils bâtirent sous la surface de la Terre des cryptes, dans lesquelles ils conçurent des sortes de tombeaux où ils pourraient être maintenus en vie grâce à leur technologie biomécanique très avancée. En effet, ils avaient prévu précisément que cette période cataclysmique s'étalerait sur quarante millions d'années. Cette très longue phase de léthargie coûterait beaucoup à leur organisme. Et même si leur connaissance leur avait permis de concevoir une essence qui maintiendrait l'activité profonde de leur métabolisme pendant tout ce temps et qui les préserverait donc de la mort, il leur faudrait se régénérer pour espérer se réveiller un jour. Leur régénération ne pourrait se faire qu'en s'inoculant une autre substance qu'ils nommèrent fluide vital. Les Anciens furent confrontés au problème de la fabrication de ce fluide vital et surtout, à sa conservation pendant plus de quarante millions d'années.

La chose était impossible.

Un Ancien apporta une solution : sachant que le fluide vital ne pourrait être conservé, il faudrait donc le fabriquer avant la phase de réveil. Mais qui pourrait le fabriquer si tous étaient en léthargie dans les cryptes ? L'Ancien proposa de générer, lorsque la phase de cataclysme serait révolue à la surface de la Terre, *une forme de vie évoluée*. Lorsque celle-ci arriverait à maturité, elle serait alors porteuse de la formule biologique idéale pour la régénération, c'est-à-dire du fluide vital. Il ne resterait plus qu'à trouver le moyen de l'extraire de l'organisme porteur.

Ainsi, *Hominum primus* se plongea dans un très long sommeil et quarante millions d'années de cataclysmes destructeurs s'écoulèrent. Lorsque le temps fut venu, et que les conditions à l'apparition de la vie furent réunies, la technologie biomécanique en veille au sein des cryptes généra des nuées de particules vivantes, constituées des gènes d'*Hominum primus*, qui se répandirent à la surface de la Terre. Lentement, les nuées y inséminèrent la vie, qui se développa ensuite sur les différents continents. Afin de garder un lien avec la forme de vie élue pour leur régénération, les Anciens étaient parvenus à créer des nuées de particules intelligentes qui transitaient entre la surface et les profondeurs des cryptes pour sonder l'espèce humaine et influer sur elle. Dans leur long sommeil, la conscience de certains sages privilégiés avait été maintenue en activité.

Lorsque l'Homme arriva enfin à maturité, et que sa position dominante sur les autres espèces assura une démographie croissante, les particules noires reconnurent définitivement en lui le porteur du fluide vital indispensable à la régénération des Anciens.

La première Sentinelle fut alors créée à partir d'une nuée de particules noires très dense et très complexe. Elle prit possession du corps d'un rustre chasseur des plateaux de Mésopotamie. Il rassembla autour de lui les premiers Adeptes, qui fondèrent l'ordre. Au fil des siècles, par l'intermédiaire de la Sentinelle, les Adeptes gagnèrent en expansion et héritèrent de la connaissance incommensurable d'*Hominum primus*. Dans l'ombre de leurs cryptes, les premiers Anciens sortirent un à un de leur long sommeil. Ils érigèrent et transmirent aux Adeptes les bases des premières traditions religieuses, l'écriture, les prémices des systèmes philosophiques et scientifiques, politiques, économiques, l'organisation des cités, l'administration... Tout ce qui allait régir et contrôler l'humanité sur la voie du progrès pour les millénaires à venir.

L'histoire de l'Homme fut ainsi façonnée par son seul véritable créateur : *Hominum primus*, si bien que Dieu lui-même fut un mythe pensé par ces créatures, et son retour sur Terre une image de leur propre réveil.

*

— Bon sang ! réalisa Lauren en regardant les équipes scientifiques s'affairer sur les tombeaux, leur objectif est de régénérer ces monstres !

— J'en ai l'impression aussi. Les textes disent que de nombreuses cryptes sont réparties sous la surface du globe. Je crains que...

Soudain, un bruit métallique retentit derrière eux.

La culasse d'une arme.

— Ne faites plus un geste ! ordonna la voix d'un homme.

— Tournez-vous très lentement, mains sur la tête ! vociféra un autre d'un ton menaçant.

Ils s'exécutèrent sans résistance.

Deux soldats les menaçaient de leur fusil d'assaut.

L'un d'eux s'avança avec des paires de menottes à la main. L'autre continuait de les tenir en joue avec sa kalachnikov. Eliott regarda Lauren très intensément. Elle devina qu'il allait se métamorphoser d'une seconde à l'autre. L'homme qui tenait les menottes s'avança vers Eliott. Le soldat lui porta un coup de pied au niveau des jambes qui le fit tomber à genou. Mais quand il attrapa ses bras pour l'attacher, les mains d'Eliott n'étaient plus que des ombres noires. Les deux hommes hurlèrent d'effroi lorsque la Sentinelle bondit sur eux. Ils n'eurent pas le temps de pousser d'autres cris. Quelques secondes plus tard, leurs corps déchiquetés roulèrent en bas de l'abrupt.

— Fuis, Lauren ! Cours aussi vite que tu peux, gronda Eliott, rejoins le 4x4, et surtout évite les axes routiers pour l'instant.

— D'accord ! Mais que vas-tu faire, toi ?

— Je vais essayer de découvrir la destination des hélicoptères.

Sans se retourner vers Eliott, Lauren bondit de rocher en rocher vers le chemin qui franchissait le torrent. Elle rejoignit rapidement la Jeep. Elle s'installa au volant et démarra. Que faire maintenant ? Aller à Rochester... mais où ? Elle se souvint qu'il lui avait parlé d'Andrews, l'agent spécial Colin Andrews. Ce dernier s'était vu confier la suite de l'enquête St. Marys. Elle se mit en tête de le retrouver. Il devait probablement être sur place.

Maintenant, il fallait quitter la zone le plus discrètement possible.

Elle embraya et resta en première, se frayant un passage sur la piste défoncée qui sinuait à travers bois. Dès qu'elle se fut éloignée, elle emprunta une piste forestière ou un panneau de bois indiquait : St. Marys 35 miles.

Une pluie fine tombait en continu et peignait un voile glauque sur ce début de matinée. Elle alluma la radio et tomba sur un flash info :

— ... suite aux fluctuations irrégulières du cours des valeurs aujourd'hui, la clôture des marchés annonce d'ores et déjà une journée de demain pleine de surprises. Un mot de notre analyste Clifford, pour conclure ce flash spécial.

— Eh bien, nous ne savons pas quoi penser de cet incroyable renversement des cours monétaires qui a débuté ce matin. Certains parlent de crise économique majeure, d'autres d'opportunité inattendue... Une multitude d'opérations vont être initiées très certainement au cours de la journée. Nous verrons ce que nous réservera l'ouverture de demain, Richard. Mais n'oublions pas que...

Elle passa sur une autre station. Elle n'avait aucun intérêt pour les affaires financières, pire, elles l'ennuyaient profondément. Sur Big Radio, Mick Jagger balançait son *Miss You* nonchalamment. Mais il ne parvenait pas à la distraire des images qui revenaient hanter son esprit et tournaient en boucle dans sa tête. Les yeux d'Eliott, son souffle glacé lorsqu'il lui avait murmuré que ces entités parlaient à travers lui, qu'il était maintenant un des leurs. La créature qu'elle avait vue dans l'ombre de la crypte, qui avait enroulé un tentacule gluant autour de son poignet pour lui faire lâcher la seringue de sédatifs. Eliott était en train de devenir un monstre. Il était parvenu à lui parler, sous sa forme de Sentinelle... Il semblait arriver à contrôler cette force qui s'était immiscée en lui. Mais pour combien de temps encore ?

Alors qu'elle se rapprochait de St. Marys, elle se demandait ce qu'elle pourrait obtenir de l'agent Andrews. Quelle était l'utilité d'aller le questionner ? Elle eut l'impression qu'Eliott l'avait mise à l'écart pour la protéger. Si Andrews avait repris les investigations, il était certainement en train de chercher les enfants à cet instant. Mais aux yeux de Lauren, les disparitions de St. Marys étaient devenues dérisoires à côté des faits qu'ils avaient découverts, Eliott et elle : ce que leur avait révélé la traduction du livre, ces créatures, par dizaines, que des équipes scientifiques encadrées par les forces armées acheminaient vers une destination inconnue... La disparition de Matt, l'informateur d'Eliott, et l'implication de responsables du FBI dans cette affaire qui prenait des proportions incroyables. Tout était en train de s'emballer. Elle avait la désagréable sensation que les choses allaient bientôt leur échapper, qu'*Hominum primus* était en fait bien plus puissant que les scientifiques qui l'étudiaient. Elle hésita à faire demi-tour vers les forêts pour aller aux côtés d'Eliott découvrir la vérité, fut-elle la plus horrible. Elle ne pouvait réprimer l'intuition puissante qui s'était emparée d'elle, le sentiment que cette menace s'étendait bien au-delà des frontières américaines.

Elle était loin de s'imaginer à quel point.

*

Hôtel Holyday Inn.
St. Marys.
12 novembre.

Colin Andrews se balançait sur sa chaise face à son ordinateur, son téléphone portable à la main. Depuis une demi-heure maintenant, il attendait un appel du siège des bureaux d'Interpol de Lyon, en France. Parallèlement, il ne quittait pas l'écran de son PC des yeux car un mail devait aussi lui parvenir des bureaux de Berlin.

Depuis deux jours, c'était le black-out entre l'agent spécial Fournier et lui. Il ne répondait plus à aucune de ses communications. L'agent français lui avait jusque-là transmis sans délai tous les éléments qu'il avait pu rassembler dans le dossier Hohenwald. Son silence devenait inquiétant. Cette enquête, du côté européen, avait pris une tournure qui le déstabilisait. Elle sortait largement de sa zone de confort.

D'abord, on découvrait dans la cave d'un château les restes d'un sacrifice de sorcellerie noire : trente-quatre corps, victimes de cannibalisme aggravé de torture. Isolde Hohenwald était suspectée d'être l'auteure des faits, à titre posthume. Élément à noter : son appartenance à l'Ordre des Templiers de l'Orient. Un minerai obscur aux propriétés physiques inconnues était découvert dans sa demeure et, finalement, un lien était fait entre elle et un réseau d'Ukrainiens spécialisé dans la traite d'êtres humains, qui l'aurait approvisionnée en individus pour ses rituels. Colin Andrews était un gars pragmatique – comme tous les agents spéciaux. Il avait beaucoup de mal à croire aux phénomènes relevant du paranormal et n'avait aucun attrait pour l'occulte. À la base, le dossier St. Marys sortait déjà de l'ordinaire, avec ses enlèvements d'enfants en série, tous perpétrés dans une petite ville sans histoire de Pennsylvanie. Andrews s'accommodait difficilement de cette enquête.

Une phrase de Cooper lui revint soudain en mémoire.

Cela remontait à leur dernière conversation téléphonique. Dans son délire sur la nuit où une sorcière s'était métamorphosée en créature horrible dévoreuse de chair, il lui avait parlé de ruines anormalement constituées, où il avait découvert un minerai aux propriétés *surnaturelles* – c'était le mot qu'avait employé Cooper. Une équipe scientifique allemande avait été mandatée pour faire des analyses sur un minerai étrange trouvé dans la chambre d'Isolde Hohenwald. Cet élément constituait un pont entre l'enquête de Fournier en Allemagne et l'affaire St. Marys. *Un minerai*, pensa Andrews, était quelque chose de bien tangible, on pouvait difficilement faire plus concret. Un bloc de pierre, même pourvu de propriétés inexpliquées, ne pouvait pas être réfuté. C'était du solide. Il ressentit le besoin irrépressible d'aller s'assurer des dires de Cooper dans les forêts. Si ce minerai mystérieux y existait vraiment, il le vérifierait de ses yeux.

Ensuite, il y avait ces actes de cannibalisme, difficilement explicables autrement que par la folie. Ces faits se répétaient, en Amérique comme en Allemagne.

Cela observé, les nombreux éléments qui relevaient de phénomènes inexpliqués mettaient l'agent Andrews dans l'obligation d'adhérer au côté irrationnel de l'enquête. Si ce minerai obscur existait vraiment, les délires de Cooper trouvaient une crédibilité. Très désagréable pour Andrews, son rival le plus implacable. Même dans l'échec, Cooper parvenait à avoir le dessus sur lui. Il repensa à son récit horrible. D'accord, Isolde Hohenwald était une adepte de sorcellerie noire, et d'accord aussi, elle s'adonnait à des rituels sacrificiels. Mais pour accomplir ses cérémonies sanglantes, elle n'avait pas besoin de se transformer en un monstre effroyable, haut de trois mètres, tel que lui avait décrit Cooper. Andrews se rappela le visage à moitié déchiqueté de la jeune Allemande sur la table d'autopsie de la morgue de St. Marys. La partie de son visage qui était restée intacte laissait voir des traits angéliques. Comment Cooper pouvait-il avoir inventé ce délire de créature monstrueuse ?

Un mail des bureaux d'Interpol de Berlin apparut sur son écran :

« Nous avons perdu l'agent Patrick Fournier. Celui-ci était sur une opération qui visait à démanteler un réseau de traite d'êtres humains, dont Volodymyr Prazdniev est suspecté d'être la tête pensante. L'agent Fournier n'a pu monter l'opération d'achat auprès de Prazdniev et a pris l'initiative d'intervenir individuellement, sans être assisté par l'équipe qui lui avait été attribuée par nos services. Le signal de l'agent Fournier a cessé lorsque son véhicule est sorti de route, en Bavière, à la frontière autrichienne. Son corps a été retrouvé et identifié il y a moins de quatre heures. Identification en attente de confirmation par l'autopsie définitive. »

Andrews lut le mail et se laissa retomber sur le dossier de sa chaise, submergé par un sentiment d'impuissance, et en proie au doute aussi. Que faisait Fournier à la frontière autrichienne, à plus de deux cents kilomètres de Munich, où il était censé intervenir sur le réseau ukrainien ? De plus, un agent spécial surentraîné ne pouvait pas faire une telle erreur de conduite.

Moment de vide dans l'esprit d'Andrews.

Il avait passé les dernières quarante-huit heures collé devant son ordinateur pour suivre les opérations de l'agent français. Ce qui était arrivé à Fournier était regrettable. Mais ce n'était pas un accident. Il avait été mis définitivement hors course. Par qui ? Ou par quoi ? Une enquête spécifique serait ouverte, c'était certain. Maintenant, il fallait rebondir rapidement et reprendre la réalité de l'enquête, côté américain. Lorsque son regard revint vers le bureau, il se posa sur un pense-bête sur lequel il avait griffonné le numéro de portable de Madeline Jones. Cette dame était la mère de Ryan, le premier des enfants enlevés à St. Marys. Elle avait été désignée par les autres parents pour prendre la tête du collectif des enfants disparus de St. Marys. Andrews estima qu'il avait assez perdu de temps. Il fallait se remettre au boulot efficacement.

Cinquante jours s'étaient écoulés depuis le dernier enlèvement. Même si les chances de les retrouver vivants étaient faibles, il était encore probable qu'en cet instant ils fussent enfermés quelque part, prisonniers et livrés à eux-mêmes. De toute façon, il fallait que les familles des disparus de St. Marys trouvent des réponses à leurs questions, pour que leurs souffrances cessent, d'une manière ou d'une autre. C'était une triste formalité à accomplir, et il fallait que quelqu'un s'en charge.

Il déplaça sans ménagement son ordinateur et poussa sur le côté tout ce qu'il y avait au milieu de la table qui lui faisait office de bureau. Il y déploya une carte qui comprenait St. Marys et les forêts qui l'entouraient dans un rayon de cinquante kilomètres. Il cercla la zone des ruines d'après les coordonnées dont il disposait. Il s'y rendrait secondairement. Dans un premier temps, il s'appliquerait à marquer sur la carte tous les lieux où les trois sorcières étaient passées, à commencer par le domicile des cinq enfants. Son objectif était de procéder par élimination jusqu'à sélectionner le lieu le plus propice où les sorcières avaient pu les enfermer en attendant de les sacrifier.

28

Ce qui posait problème à Lauren était de trouver une raison valable de contacter Colin Andrews. Elle ne pouvait pas faire semblant de tomber sur lui dans la rue. Si cela avait été une rue de New York, cela aurait pu être une coïncidence crédible, mais ici, dans la petite ville des États-Unis où était en train d'être conduite la plus curieuse des enquêtes que le FBI eût menées depuis des années... deux agents spéciaux ne pouvaient pas se rencontrer par le simple fait du hasard. Andrews et elle n'avaient, en plus, aucune affinité. Ce gars était froid comme un bloc de glace. Elle ne l'avait jamais vu flirter avec l'une de ces stagiaires à la cuisse légère. Elle ne l'avait même jamais vu en compagnie d'une quelconque femme. Il lui rappelait parfois Eliott, mais la pensée de le séduire ne lui était, à aucun moment, passée par la tête. C'était presque de la répulsion. Eliott avait ce côté chaleureux et entreprenant, ce sourire craquant, un mec quoi. Physiquement, Andrews lui ressemblait comme son frère jumeau, mais ce type était si austère et si dénué d'affect que sa seule présence suffisait à faire descendre la température de cinq degrés. Vraiment, il était phénoménal. Et apparemment, cela ne le dérangeait pas du tout. Il vivait sa vie dans un duplex gris et triste accroché sur les hauteurs de Catskill, au nord de New York. Seul, évidemment. Elle l'imaginait même très difficilement avec un animal de compagnie.

Elle gara la Jeep dans un renfoncement, sur le parking du Pizza Hut qui jouxtait celui du motel Holyday Inn où Andrews était descendu. Elle mourait de faim. Un repas serait le bienvenu. Elle entra dans le fast food, passa sa commande aux caisses et alla s'assoir avec son ticket à une table proche d'une large baie d'où elle pouvait voir la Lexus blanche d'Andrews. En plus des bambins qui jouaient bruyamment dans l'aire de jeu intérieure, d'autres enfants plus âgés chahutaient et couraient à travers tout le restaurant. Les parents enchaînaient pizzas, lasagnes et autres spécialités italiennes sans se soucier du tapage que générait leur progéniture. Lauren se demanda si le fait d'avoir une meute d'enfants à charge ne leur servait pas de prétexte pour venir se remplir la panse dans ce type de restaurant.

Sa *pizza napolitana* tant attendue arriva enfin, sur un plateau porté par une serveuse souriante, brunette aux yeux pétillants et aux formes plus que généreuses. Elle eut tout juste le temps d'entamer son plat qu'elle aperçut Andrews monter dans sa voiture et quitter le parking du Holyday Inn. Elle ne put que le regarder filer et prendre à gauche au croisement. Un agent n'était techniquement pas en mesure d'engager une filature sur un autre collègue sans être certain d'être repéré par ce dernier, les agents étant eux-mêmes, par fonction, des experts en filature. Lauren termina sa pizza et se rabattit sur l'idée de s'infiltrer dans la chambre où il séjournait pour voir ce qu'elle pourrait y trouver d'intéressant.

Andrews continua sur l'avenue principale. Il traversait la ville vers le nord pour se rendre dans les forêts. Il fallait qu'il en ait le cœur net. Le lieu des ruines où était censé se trouver le minerai aux propriétés anormales n'était accessible qu'à pied. Il avait prévu de quoi bivouaquer. En même temps, les enfants disparus pouvaient se trouver sur cette zone.

Il allait s'engager sur la Flower Valley Road qui rejoignait les premières zones forestières quand un semi-remorque, un douze tonnes chargé à bloc, freina brutalement au dernier croisement de la ville. Le camion ne put éviter un autre semi-remorque qui s'était engagé sur le croisement lui aussi. Les deux véhicules titanesques se télescopèrent dans un fracas métallique assourdissant. Un carambolage s'ensuivit, impliquant une dizaine de véhicules de part et d'autre du carrefour. Comme pour faire écho à ce chaos brutal, les rues de St. Marys, les unes après les autres, s'emplirent de rumeurs violentes, extrêmes par leur puissance, déchirements totalement imprévisibles qui surgissaient de toutes parts, tôles qui s'enchevêtraient et vitres qui volaient en éclats... Une multitude de véhicules s'encastrèrent les uns dans les autres sans interruption pendant cinq minutes au moins, et ce presque à tous les croisements de la ville.

Un à un, les conducteurs sortaient de leur amas de métal froissé. Certains chancelaient et allaient s'assoir sur la chaussée, leur téléphone portable en main, d'autres titubaient et s'écroulaient quelques mètres plus loin, grièvement blessés. Les sirènes des secours ne tardèrent pas à s'élever aux quatre coins de la ville.

— Mais qu'est-ce que c'est que ce foutoir ? murmura Andrews, incrédule.

Il s'aperçut qu'à tous les croisements, les feux de circulation étaient éteints. La ville tout entière venait d'être frappée par une panne électrique générale. Il continua de rouler au pas, évitant des passants qui venaient en aide à des conducteurs en état de choc. Des nuages de fumée s'élevaient de certaines résidences et d'immeubles. Deux déflagrations importantes firent vibrer le sol. Il se gara avec prudence sur le bas-côté et descendit de voiture. Un jeune adolescent était en train de parler dans son portable :

— Wow, c'est du délire, mec... et tu sais quoi ? Ben ça m'étonnerait qu'on ait cours aujourd'hui ! Gééénial... et tu dis que ton vieux t'a dit que ça pétait grave à New York aussi ?!

Le portable d'Andrews n'avait plus aucun réseau et la radio du véhicule ne fonctionnait pas non plus. Il s'avança vers l'adolescent à casquette et lui prit son téléphone des mains en brandissant sous son nez sa carte d'agent du FBI.

— Hey ! protesta le jeune homme.

Ce dernier vit alors la photo de l'agent Andrews à côté du logo du *Federal Bureau of Investigation*. Ça se passait d'explication.

— J'en ai pour deux secondes, petit. Reste là, j'aurai deux trois questions à te poser après.

Le gamin obtempéra aussitôt, admiratif.

Andrews composa le numéro des secours d'urgence de St. Marys.

La ligne n'était pas disponible. Il s'y attendait. Même chose pour le standard téléphonique du poste de police. Le capitaine Sherman lui avait donné son numéro de portable. Il l'appela.

— Capitaine Sherman, j'écoute.

Andrews perçut à sa voix qu'il était essoufflé.

— Bonjour, capitaine, ici l'agent spécial Andrews, responsable de l'enquête des enlèvements.

— Bonjour n'est pas vraiment le mot qui convient, agent Andrews, parce qu'on est actuellement dans une sacrée merde !

— Justement, capitaine, est-ce que vous pourriez m'informer de ce qui se passe ?

— C'est compliqué ! On a une perte de liaison entre tous les services publics, ça vient des communications. Idem pour l'alimentation en électricité : des coupures généralisées qui s'amplifient. Ce merdier s'étend à tous les États et ça ne fait qu'empirer !

— Vous connaissez l'origine de ces problèmes ?

— C'est justement ce que tous les services essaient de déterminer, Andrews.

— Est-ce que l'état d'urgence a été déclaré par les autorités ?

— Non, mais ça ne va sûrement pas tarder.

— Je vous rejoins au poste d'ici une vingtaine de minutes, capitaine. Vous êtes bien au poste actuellement ?

— Oui, et je n'en bouge pas pour l'instant, on a du pain sur la planche. Les secours sont débordés, ils ont besoin de notre assistance.

— Très bien, je vais raccrocher, capitaine, à tout de suite.

À une vingtaine de mètres, il vit qu'un attroupement s'était formé autour d'une Chevrolet accidentée. Il rendit son portable à l'adolescent. Une dizaine d'hommes et de femmes se pressait autour de l'habitacle de la voiture. En s'approchant, il entendit la voix nasillarde d'un présentateur radio qui s'élevait de l'intérieur du véhicule :

« ... où il est conseillé de rester chez soi, bien tranquille. Évitez de prendre votre voiture : sur les routes les accidents se multiplient, spécialement si vous habitez Los Angeles ou une mégapole comme New York, Chicago, Miami... On vient de m'apprendre que des actes de pillage très violents sont en cours dans certaines zones commerciales importantes de ces villes... Je vous rappelle que la cause de cette crise est d'origine économique. Selon nos sources, les marchés monétaires sont en pleine dégringolade ! Les spécialistes parlent déjà d'effondrement du système économique ! Oui, chers auditeurs, vous m'entendez bien, autant dire que nous allons vers un chaos généralisé. Nous vous conseillons de faire des provisions, sans vous affoler, en allant faire vos courses dans des zones marchandes de petite superficie. Nous vous conseillons aussi de rester sereins et de ne pas céder à la panique. Il n'y a aucune raison à cela... donc, restons cool ! N'oubliez pas que la panique est contagieuse. Alors, c'est juste la fin du monde, mais on est zen ! Ici Chad Rodriguez, je suis en direct de Compton, L.A. où flotte dans les rues une ambiance pas possible. Certains trouvent tout ça pas mal, mais pour beaucoup, essentiellement des commerçants : "C'est la pire chose qui pouvait arriver !" On se retrouve dans deux minutes pour un flash spécial complet avec le très sérieux Jeffrey Porter... »

Andrews regagna sa voiture et se mit en route vers le poste de police. Les rues étaient désertes, à l'exception de quelques passants hagards, de retraités déboussolés et de jeunes qui filmaient les véhicules en flammes.

Lauren termina de déguster sa pizza en observant méthodiquement la face arrière du bâtiment de l'Holyday Inn. Il n'y avait que deux étages, et à vue d'œil, pas plus d'une trentaine de chambres par étage. Elle comptait seulement cinq véhicules sur le parking. En cette saison, l'hôtel était presque vide. La chambre où logeait Andrews serait rapidement trouvée. Subitement, des crissements de pneus retentirent, suivis d'un violent impact. Cela venait de l'embranchement de la voie rapide. Des parents attablés deux tables plus loin se levèrent pour essayer de voir la route. Les mères rappelèrent leurs enfants, qui se rapprochèrent des adultes. Petit à petit, le restaurant fut plongé dans un calme feutré. Aux caisses, des personnes commencèrent à s'impatienter. Les plats ne semblaient pas arriver assez rapidement. Les paiements par carte de crédit n'étaient plus disponibles et des clients élevaient la voix. Certains quittèrent le restaurant sans avoir réglé leur note. Le manager, suivi de deux cuisiniers potelés, d'origine hispanique, les poursuivit dehors, mais se résigna à les laisser filer en filmant leur plaque d'immatriculation alors que leur voiture quittait le parking en trombe.

Machinalement, Lauren sortit son téléphone. Elle ne s'attendait pas à avoir de message d'Eliott, pour la bonne raison qu'il avait sûrement gardé sa forme de Sentinelle pour fuir les ruines. Elle pensa qu'il serait bientôt à court d'énergie et qu'il devrait bientôt se nourrir pour survivre. Un ou deux soldats ou membres de l'équipe de scientifiques feraient l'affaire. Pour cela, elle imagina qu'il attendrait la nuit pour frapper, tapi dans une grotte aux alentours du dédale. Elle s'étonna de pouvoir penser à de telles choses naturellement, comme si la métamorphose d'Eliott était devenue banale.

Elle lui faisait confiance, parce qu'elle l'aimait, même sous son aspect monstrueux. Elle se leva et se rendit aux caisses pour payer sa note. Elle dut régler en espèces car le paiement par carte était encore hors service. Elle marcha ensuite vers l'Holyday Inn et contourna l'immeuble par l'arrière. Elle emprunta l'escalier extérieur de service pour accéder à l'étage supérieur. Deux chambres seulement affichaient un mot accroché à la poignée de leur porte : ne pas déranger. Il était plus que probable que l'une des deux fût celle où Andrews logeait. Elle se rapprocha de la première chambre qui donnait sur le parking et l'ouvrit avec un passe adapté à ce type de serrure, peu sécurisé. C'était bien la chambre d'Andrews. Évidemment, il n'avait pas laissé son disque dur amovible branché sur son ordinateur, mais peut-être qu'elle pourrait tirer quelque chose des données du disque interne. Elle copia sur une clé fantôme tout ce que le portable contenait de fichiers accessibles. Rapidement, elle sortit et referma derrière elle. En repassant devant le Pizza Hut, elle réalisa que quelque chose n'allait pas. Il y avait un attroupement au niveau des caisses. Le ton était en train de monter sérieusement entre les clients et le personnel. Elle était pressée de lire ce qu'elle avait extrait de l'ordinateur d'Andrews, mais elle vit bien que les discussions étaient en train de tourner en échauffourées dans le fast food. Le manager s'était interposé entre les caissières et des clients qui menaçaient de se faire rembourser par la force s'il le fallait, l'agitation était à son comble. Elle sortit sa carte d'agent et lança à vive voix, pour se faire entendre :

— Agent du FBI Chambers !

Elle s'adressa d'abord aux deux hommes qui manifestaient très violemment leur colère.

— Messieurs, veuillez vous calmer s'il vous plaît, le problème ne pourra pas être résolu dans la violence.

Les deux hommes hésitèrent à la prendre au sérieux.

— Non, mais de quoi elle se mêle ?

— Retourne dans ta cuisine, bobonne, et laisse-nous régler ça !

Lauren leur colla carrément sa carte devant les yeux et sortit son arme.

— Bobonne est assermentée pour vous botter le derrière si vous avancez encore vers ces caisses, pigé ?

Elle s'interposa entre les deux obèses vociférants et le manager qui n'en menait pas large.

Le conflit était désamorcé.

— Vous êtes le responsable du restaurant ? demanda-t-elle à l'homme qui avait rapidement repris son assurance.

— Oui, nous avons de gros soucis techniques. Une panne de courant et les connexions de tous nos appareils, à commencer par les lecteurs de cartes bancaires.

— Vous devriez avoir un générateur de secours. Ce genre de problème vous est-il déjà arrivé ?

— Vous n'êtes pas au courant ? lui retourna le manager, surpris.

— Au courant de quoi ?

— Les pannes à répétition, les accidents en ville... Tout le pays est en pleine crise. En plus de cela, les centrales électriques sont hors service !

Lauren prit son portable et constata qu'elle avait reçu plusieurs appels de sa mère, de sa sœur, des messages d'alerte aussi, envoyés par sa banque, sa compagnie d'électricité, son assurance... Elle tenta de se connecter à internet pour avoir plus d'information mais le réseau était hors service.

— Est-ce que vous pouvez me donner plus de détails sur la situation ? lui demanda-t-elle.

— Ça a commencé ce matin. Des flashs d'information ont annoncé soudainement à la radio que les valeurs étaient en chute libre, qu'on ne savait pas quelle était la raison de cet effondrement, ensuite les répercussions se sont enchaînées sur les transports, l'industrie...

Lauren écoutait le manager tout en lisant les messages de sa mère et de sa sœur, qui habitaient Seattle, et tous les autres. Elle réalisa l'ampleur du problème.

— Effectivement, dit-elle. Bon, écoutez-moi, monsieur...

— Monsieur Agostini, Will.

— OK, Will, voilà ce que nous allons faire. Nous allons constituer une cellule de crise pour parer à tous les problèmes qui pourront se présenter par la suite, parce qu'il va certainement y en avoir, OK ?

— Une cellule de crise ? Ici, dans le restaurant ?

— Oui, exactement, ici.

— Pourquoi ne pas coopérer avec la police et faire ça au poste, avec des agents qualifiés, des policiers par exemple ?

— Will, c'est la consigne que nous avons au FBI. Constituer un lieu sécurisé d'où nous pourrons transmettre et recevoir des instructions et parer aux urgences civiles. Ça s'appelle une cellule de crise. C'est simple, et plus il s'en formera, mieux les citoyens pourront affronter les problèmes qui se présenteront. Vous comprenez, Will ?

— Très bien, oui, je comprends, désolé, je...

— D'accord, rassemblez vos employés, ainsi que les clients, dans la salle principale, je me chargerai de leur donner des consignes.

— D'accord, madame Chambers, je m'y mets tout de suite.

— Lauren.

— D'accord, Lauren.

Lorsque l'agent Andrews fit irruption dans le poste de police, le capitaine Sherman était harcelé par une foule de personnes qui le pressait de questions. Les agents présents étaient tous occupés à enregistrer des dépositions. Il y avait là une bonne trentaine de civils qui attendaient leur tour pour déposer plainte ou pour des réclamations diverses et variées. La ville, qui était déjà en ébullition depuis le début de l'affaire St. Marys, était maintenant passée à un état de quasi guerre civile.

Lorsque le capitaine Sherman vit approcher l'agent, il profita de son arrivée pour se dégager de l'emprise qu'exerçait sur lui la horde de citoyens véhéments et emmena Andrews dans son bureau. Une fois qu'ils furent à l'intérieur, le capitaine verrouilla la porte à clé.

L'officier de police afro-américain, âgé d'une bonne cinquantaine d'années, à la peau ébène et à la silhouette massive agrémentée d'un embonpoint conséquent, était vraisemblablement sous pression, mais il l'encaissait très bien.

— L'heure est grave, agent spécial Andrews, dit-il d'un ton assez solennel.

— Capitaine, est-ce que vous pouvez me résumer la situation ? Mon portable ne trouve plus de réseau et je n'arrive pas à joindre mes collègues depuis la console de mon véhicule.

Le capitaine le regarda pendant un bref instant comme s'il était une sorte d'extraterrestre qui venait de débarquer sur Terre, puis il posa son imposant postérieur sur le rebord de son bureau, face à Andrews. Il croisa les bras et lui répondit très calmement, sans le quitter des yeux.

— Si je vous dis « effondrement économique », ça vous parle, Andrews ?

— Vous êtes sérieux ?

— Est-ce que j'ai l'air de plaisanter ?

— Non, en effet.

— Tout a commencé ce matin. Les experts en bourse et autres analystes spécialisés n'ont pas su dire quelle était la cause première de la chute brutale du cours des valeurs. Très rapidement, les répercussions sur tout le système ont commencé à peser de plus en plus lourd au fil des heures. Notre réseau satellite est inopérant. À 10 h 30, le Président a tenté de faire un communiqué de presse officiel, qui n'a jamais pu être diffusé. C'est là que les générateurs électriques ont à leur tour commencé à cesser de fonctionner, les uns après les autres, à travers tous les États.

— Est-ce que ça pourrait être...

— Une attaque virale coordonnée, répondit l'officier d'un ton grave, voilà la rumeur qui court dans les services depuis moins d'une heure, Andrews.

— À ce propos, il faudrait que je puisse contacter mes supérieurs au plus tôt, capitaine.

Le policier s'empara d'un combiné téléphonique fixe sur une étagère. Il posa le téléphone sur le bureau, face à l'agent.

— Tenez, Andrews, c'est une ligne sécurisée.

29

Eliott s'appliquait à respirer en silence. Il n'aimait pas ce souffle guttural qui émanait de sa gorge. Tapi sous un talus de branches mortes, il entendait au loin les soldats qui parcouraient les bois autour des ruines, à sa recherche. Il leva sa main devant ses yeux et remua ses longs doigts qui dégageaient des volutes de particules noires. Il prenait conscience de son corps de Sentinelle. Son ossature élancée se fondait parfaitement sous les branches. Il appréciait son pouvoir de dissimulation et sa force, qui pouvaient en une fraction de seconde le faire surgir du sol pour saisir un vulnérable être humain et le dévorer en quelques secondes. Mais l'heure n'était plus à la chasse. Il était repu. Deux hommes de la mission scientifique. Ils s'étaient éloignés des ruines pour faire des prélèvements dans la vallée voisine. Ils étaient venus à lui, comme deux brebis égarées. Leurs chairs avaient été délicieuses, presque sucrées, emplies de leur flamme. Il avait soufflé leur dernier instant de vie et s'était abreuvé de leur sang, jusqu'à les vider entièrement. Un sourire lugubre se dessina sur sa mâchoire proéminente, laissant entrevoir sa dentition acérée d'où montaient des relents de mort.

En plus de s'être repu de leurs chairs, il avait trouvé sur eux les informations qu'il cherchait. Sur les fichiers de leur tablette digitale lui était apparue la destination des hélicoptères qui acheminaient les créatures : Snejnogorsk, une petite ville située en bordure du plateau de Sibérie centrale, en Russie.

Il ressentit un sentiment de compassion à la pensée des créatures inconscientes, dans leur sarcophage, malmenées par les soldats qui les transportaient comme de vulgaires marchandises. Après tout, ces êtres étaient ses congénères. Mais il était encore profondément divisé. D'un côté, il s'était presque fait à la monstruosité de son instinct carnassier. Mais sa raison d'homme l'amenait à repousser cette force inconnue qui l'assaillait. Il se rassurait en pensant que la lumière de son âme humaine était plus forte que les ténèbres de ces créature. L'arrière-goût du sang dans sa gueule lui paraissait tantôt doux et agréable, tantôt générait une répulsion profonde de l'être qu'il était devenu.

Que faire maintenant ? pensa-t-il. Il s'efforça de reprendre le contrôle.

Rester lucide.

S'il arrivait à maîtriser cette force, elle pourrait lui être utile pour atteindre ses objectifs, ceux de l'agent spécial Eliott Cooper.

*

Lauren grimpa sur une table.

— Mesdames, messieurs, votre attention s'il vous plaît, lança-t-elle d'une voix forte. Je suis l'agent Chambers. J'appartiens au Bureau Fédéral d'Investigation. Ma mission ici est de constituer un lieu où nous pourrons remédier ensemble à certains problèmes qui vont se poser, à vous, citoyens de St. Marys, et plus généralement à tous les citoyens des États-Unis d'Amérique. Au cas où certains d'entre vous ignoreraient encore la situation, notre pays est frappé par une crise majeure. Bientôt, des dysfonctionnements vont affecter gravement notre quotidien. Dans un premier temps, je vais vous demander de considérer la gravité de la situation sans développer de panique ou de peurs infondées. Les forces de l'ordre et les autorités politiques seront compétentes pour apporter des solutions efficaces et utiles, adaptées à chacun de vous.

Un homme leva le bras et attendit que Lauren lui fasse signe pour parler :

— Ma femme et mes deux filles sont en ville et je n'arrive pas à les contacter. Est-ce que je peux les rejoindre et revenir avec elles ici, lorsque je les aurai récupérées ?

— Bien évidemment, monsieur, chacun de vous est libre de quitter le restaurant. Je suis simplement là pour apporter des réponses à vos questions et vous venir en aide dans la mesure de mon possible. Le but de cette cellule est de communiquer et de constituer un foyer d'entraide et de soutien moral.

L'homme salua les autres clients d'un geste de la main et sortit en silence du fast food.

— Est-ce que quelqu'un a des questions ? demanda Lauren.

Une dame âgée leva timidement le bras :

— Mon petit-fils travaille à la scierie, qui se trouve à la sortie de la ville. Je suis inquiète, avec tous ces accidents. Il devait venir me chercher ici, mais il est déjà très en retard, que dois-je faire, s'il vous plaît, mademoiselle ?

— Madame, il est inutile de vous inquiéter. Les accidents ont causé plus d'encombrements de circulation en ville que de victimes réelles, votre petit-fils est sûrement bloqué dans un ralentissement.

Lauren s'adressa à l'ensemble de la salle.

— L'hôpital général de St. Marys va mettre à disposition du public une liste des personnes admises dans leurs services pour des accidents de la route, domestiques, ou autres. Cette liste sera accessible par mailing, puisque seul le mailing fonctionne actuellement sur internet.

Un homme de forte corpulence, portant une barbe épaisse et une casquette, s'impatienta :

— Très bien, merci, on peut rentrer chez nous, maintenant ?

— Encore une fois, vous êtes libres de ne pas rester, lui retourna Lauren très calmement. Si vous quittez le restaurant, je vous demanderai simplement de laisser vos noms et coordonnées sur la feuille de la table à l'entrée. En signant cette feuille, vous acceptez de faire partie de cette cellule d'entraide et de soutien et vous serez invités à y revenir si vous le souhaitez, ou si vous en éprouvez le besoin.

— Parfait. Merci, au revoir tout le monde !

L'homme salua la salle en retirant sa casquette et quitta le restaurant sous les regards inquisiteurs de la plupart des personnes. Tous l'observèrent en train de sortir et traverser le parking pour monter au volant d'un grand semi-remorque. Un groupe de parents et d'enfants suivit le camionneur, non sans avoir salué poliment les autres et rempli la feuille à l'entrée.

Lauren jetait de temps à autre un regard sur le parking pour voir si Andrews était revenu. Elle avait décidé d'appliquer son plan B pour l'approcher : elle lui dirait simplement qu'elle ne croyait pas les histoires qui se racontaient au bureau au sujet d'Eliott et des actes dont il était soi-disant l'auteur. Elle justifierait sa présence à St. Marys par la volonté de savoir vraiment ce qu'il était arrivé à Eliott. Andrews, comme tous les autres agents du Bureau, pensait que Cooper et elle entretenaient un flirt. Elle pourrait ainsi manipuler habilement Andrews qui, par rivalité vis-à-vis de Cooper, tenterait de la séduire. Elle en était certaine. Il ne serait que plus facile de lui soutirer tous les éléments qu'il avait réunis depuis sa reprise du dossier St. Marys.

Elle termina le briefing et laissa le manager prendre en charge les personnes qui avaient choisi de rester, dont la plupart faisaient partie d'un groupe de sexagénaires dynamiques. Certains allèrent s'installer à une table et improvisèrent une partie de bridge, alors que les autres mitraillaient de questions le pauvre manager. Lauren s'assit en retrait et ouvrit son PC. Elle y introduisit la clé sur laquelle elle avait téléchargé les pièces subtilisées à Andrews. Elle parcourut avec stupeur le dossier nommé « Hohenwald », envoyé à Andrews par les services allemands, puis l'autopsie officielle des trois suspectes – Andrews avait bien noté le fait que des agents d'une unité médico-légale fédérale l'avaient devancé à la morgue de St. Marys. Il avait aussi enregistré directement ses échanges téléphoniques avec l'agent Patrick Fournier d'Interpol sur des fichiers audio. Elle avait du travail pour au moins deux jours non-stop.

Vers 17 h, le manager vint annoncer qu'une émission de télévision en direct allait avoir lieu – toutes les chaînes audiovisuelles avaient jusque-là cessé d'émettre en raison des pannes générales des centrales électriques ajoutées à celles des transmissions satellites. Dix minutes plus tard, tout le monde était installé sous l'écran de la salle principale du restaurant. En guise de générique, les images aériennes prises d'un hélicoptère qui volait au-dessus de la Maison-Blanche et un texte annonçant un communiqué de presse du Président des États-Unis d'Amérique. Le silence le plus total régnait maintenant dans la salle. Le visage grave du chef d'État apparut sans autre introduction que son arrivée silencieuse derrière le pupitre officiel du Pentagone. Les flashs constellaient la pièce d'éclairs argentés.

— Mes chers concitoyens, une fois de plus, l'Amérique doit faire face. Et l'épreuve que nous aurons à traverser comptera parmi les plus difficiles que nous ayons connues. Comme vous l'avez certainement appris, une crise économique majeure, d'ampleur mondiale, s'est amorcée ce matin, prenant de court toutes les prévisions qui avaient été faites sur les marchés monétaires à court terme.

Dans les jours qui viendront, les répercussions sur le quotidien de chacun vont aller en augmentant. Pour beaucoup d'entre nous, ces changements que va nous imposer cette crise seront difficiles à vivre, mais je veux que vous sachiez que le gouvernement travaille actuellement à mettre en place des solutions durables, qui permettront aux pays du monde entier de ne plus dépendre de l'instabilité économique pour se développer.

Certains analystes financiers, avec qui je viens de m'entretenir, évoquent déjà la possibilité de la fin du système économique tel que nous le connaissons. La question est donc, dès maintenant, de savoir ce par quoi ce système sera remplacé.

Chers concitoyens, mes frères, des temps rudes approchent et l'Amérique tout entière devra s'unir, se consolider dans la fraternité et le partage. Ne cédons pas au découragement ou à la panique, car ils sont synonymes de défaite et de divisions. Le cours de l'histoire humaine est jalonné d'épreuves telles que celle que nous allons traverser. Toutes ont été des enseignements pour l'Homme, dont il a tiré profit. Toutes ont permis à l'humanité d'évoluer. L'Amérique saura tirer le meilleur de celle-ci.

Le Président salua la foule réunie et quitta le pupitre. Le porte-parole de la Maison-Blanche prit son relais. Le discours présidentiel avait été volontairement très bref, mais fort. Les journalistes levaient tous la main et attendaient leur tour pour poser leur question. Le porte-parole invita le premier à s'exprimer :

— Monsieur, quelles sont les répercussions qui vont se présenter, et quels sont les premiers problèmes auxquels vont être confrontés les citoyens américains ? demanda le journaliste.

L'homme s'éclaircit la voix et respira profondément, pour marquer l'importance du propos.

— Tout d'abord, je tiens à reprendre les instructions données par le Président lorsqu'il demande au peuple américain de s'unir et de ne pas céder au découragement ou à la panique. Comme beaucoup l'ont constaté, le réseau internet connaît de graves dysfonctionnements, qui sont dus à des carences techniques dans le réseau de nos satellites. Les...

Le jeune journaliste interrompit le porte-parole :

— Certaines rumeurs parlent d'attaques coordonnées, lancées par des hackers professionnels contre internet.

Qu'avez-vous à dire sur cette hypothèse, monsieur le porte-parole ?

L'homme le dévisagea avec rudesse pendant quelques secondes :

— Eh bien, que cette hypothèse reste une hypothèse. L'état-major des armées a pris très récemment des mesures drastiques pour renforcer la surveillance d'internet. Et pour l'instant, je peux vous confirmer qu'aucune attaque intentionnelle n'est à l'origine du dysfonctionnement du web. Question suivante, s'il vous plaît.

Il désigna un autre journaliste :

— Monsieur.

— James Bremont, du *New York Times*. Lorsque le Président évoque la fin du système économique, les citoyens sont en droit de s'attendre au pire. Le Président se veut rassurant suite à cette annonce, en nous disant que le gouvernement travaille à mettre en place un système remplaçant celui que nous connaissons. Si je peux me permettre, monsieur le porte-parole, le discours du Président a été très évasif – une rumeur d'approbation s'éleva pour appuyer la remarque du journaliste. Pouvez-vous nous exposer les mesures qui seront prises pour parer aux problèmes qui vont survenir ?

Par une habile manœuvre, le porte-parole dissimula son embarras en tournant la question en attaque franche. Il riposta donc sans attendre :

— Monsieur, le Président ne s'est montré en aucun cas évasif, mais a parfaitement exposé la marche à suivre, dans sa globalité. Sachez que l'objet de ce communiqué de presse aujourd'hui n'est pas de résoudre des problèmes dont nous n'avons pas encore évalué la teneur exacte. À l'heure actuelle, il nous revient d'anticiper ces problèmes, pas de leur apporter des solutions, puisqu'ils ne se sont pas encore présentés.

Les propos du porte-parole ne firent qu'échauffer encore certains des plus virulents journalistes. Plusieurs d'entre eux furent contraints de quitter les lieux par le service de sécurité présidentiel.

Rapidement, la salle de presse du Pentagone passa d'un état de désordre à un autre de conflit généralisé. La quasi-totalité des journalistes demandait « des explications que le gouvernement ne voulait pas donner ». Certains avançaient le terme de complot politique, d'autres d'incompétence aggravée, d'autres encore demandaient la démission du Président... La conférence de presse fut écourtée par le service de sécurité, qui évacua *manu militari* toute la salle, sans ménagement.

Le club de sexagénaires, qui formait l'essentiel de la cellule de crise du Pizza Hut, était abasourdi. Comment le Président des États-Unis pouvait-il faire preuve d'autant d'incivilité ? Il n'avait répondu à aucune des questions que l'Amérique tout entière était en droit de lui poser.

Lauren eut soudain un pressentiment qui lui glaça le sang. L'hypothèse du complot politique émise par le journaliste du *New York Times* instilla en elle une autre possibilité, bien plus terrifiante. Elle chassa cette pensée, qui faisait naître en elle une peur qu'elle ne voulait pas ressentir. Mais cette pensée resta. Au fond d'elle, prête à refaire surface. Comme si elle avait été douée d'une volonté, elle s'ancra dans son inconscient. *Hominum primus.* Lauren sentit que ce n'était pas qu'une simple possibilité. Son intuition l'avait rarement trompée. Elle jeta un œil sur le parking et vit la Lexus blanche de l'agent Colin Andrews, garée à la place qu'elle avait quittée trois heures plus tôt. Elle sortit un vieux tube de rouge à lèvres qui traînait au fond de son sac. Elle ne se rappelait même plus la dernière fois qu'elle s'en était servi. Elle alla aux toilettes et se maquilla. Elle trouvait sa bouche naturellement sexy, sans avoir besoin de ce genre d'effet. Et ses grands yeux verts, au naturel, lui suffisaient pour allumer les trois quarts des mecs qu'elle croisait. Mais elle se dit qu'un gars comme Andrews, froid comme un employé de pompes funèbres et bourrin sur les bords, avait bien besoin de cela. Il lui accorderait sûrement toute son attention si elle jouait un peu la pute. Elle n'aimait pas trop cela. C'était enfreindre son code de femme libre. Mais après tout, c'était une simulation. Elle aurait le dessus sur lui, même s'il décidait de la sauter sur le bord du lit de sa chambre. Car c'était bien ce genre de mec. Sérieux et austère au premier abord, mais bête furieuse au lit. Il ne cherchait pas à séduire. Il était suffisamment beau gosse pour attendre tranquillement que cela morde à l'hameçon. Et il n'avait sûrement pas besoin de beaucoup attendre. Elle glissa ses deux longues jambes au galbe parfait dans un fuseau en stretch noir et mit des talons hauts.

Lorsqu'Andrews lui ouvrit la porte de sa chambre, il ne manifesta aucune surprise sur son visage :

— Chambers.

Il la regarda de bas en haut. Il ne l'avait encore jamais vue dans ce genre de tenue.

— Quel bon vent t'amène ? lui demanda-t-il froidement.

— J'ai besoin de ton aide, Andrews. Je suis à St. Marys par rapport à ce qui est arrivé à Cooper.

L'impassibilité du visage d'Andrews se décomposa un peu.

Encore lui.

— Entre.

Il lui ouvrit la porte et l'invita à s'assoir sur une chaise.

— Tu bois quelque chose ?

— Tu as quoi ?

Elle croisa ses jambes et lui jeta un regard à peine langoureux. Mais pas trop non plus.

— Gin, Martini, whisky ? J'ai même une bouteille de chianti. Si ça te dit, on peut manger ensemble.

— Pour l'instant, j'ai plutôt soif. Un gin.

Il lui servit un verre et le lui tendit avec un sourire. Il s'en servit un aussi et s'assit en face d'elle.

— On va vers de gros, très gros problèmes, avec cette crise, commenta-t-il.

— Ne m'en parle pas, j'ai passé l'après-midi à faire de l'instruction civique dans le fast food d'à côté.

— Qui t'a informé que j'étais ici ? lui demanda-t-il brusquement.

— J'ai mes sources, lui répliqua-t-elle, un brin provocante.

— Tu as tes sources ?

Il maintenait son sourire, mais dans ses yeux luisait l'ombre du prédateur.

— Qui sont tes sources, Chambers ?

— Elles ne seraient plus mes sources si je les divulguais. En plus de ça, tout le monde est au courant au Bureau que tu as repris l'enquête de Cooper.

— Oui, mais le Holyday Inn ? Tu m'as filé ?

— Simple hasard. J'ai moi-même réservé une chambre ici, pas plus tard qu'hier soir. C'est à peu près le seul hôtel de la ville acceptable, et il y a un Pizza Hut à côté. J'adore les pizzas.

— Je ne comprends pas bien tes motivations, Chambers. Tu es à St. Marys pour retrouver Cooper, c'est ça ? Tu es chargée de son arrestation ? Je peux pas croire qu'ils t'aient donné cette mission.

— Je suis ici de ma propre initiative ; parce que je ne crois pas un seul instant que Cooper soit devenu dément d'un seul coup, sans raison apparente. Et encore moins qu'il ait pu commettre ces faits. Je le connaissais bien, très bien même. Il a été mon instructeur.

— OK. Et quelle est ta version, dans ce cas ?

— Je crois que nos supérieurs nous cachent la vérité. Tous les éléments sur cette fameuse nuit durant laquelle Cooper aurait perpétré ce carnage ont été classés confidentiels. Tu trouves ça normal ?

— Tu remets en question la hiérarchie ?

— Écoute, Andrews. Pour moi, Cooper ne peut pas avoir fait ça. Je ne sais pas ce qui s'est réellement passé cette nuit-là. Mais je suis convaincue qu'il n'y est pour rien.

— Je ne vois pas bien ce que je peux faire pour toi, Chambers.

— J'ai besoin de ton aide pour faire la lumière sur ce qui s'est réellement passé. Il me faut tous les éléments que tu as relevés depuis que tu as repris l'enquête.

Il ne put retenir un éclat de rire.

— Chambers, Cooper cachait son jeu. Il avait déjà de gros soucis psychiatriques.

— Qu'est-ce qui te fait dire ça ?

— Le superviseur Mullay m'a laissé entendre que son dernier bilan auprès du psy chargé du personnel n'était pas bon. Pas bon du tout, même.

— Je n'ai plus confiance en la hiérarchie, Andrews.

— Tu es sérieuse ?

— Il y a trop de zones d'ombre dans cette affaire depuis qu'elle a débuté.

— Chambers, les décisions de nos supérieurs quant au passage de certains éléments au secret ne sont pas discutables. Nous sommes agents. Nous n'avons aucune compétence pour juger ou remettre en cause ces décisions.

— Tu connaissais Cooper aussi bien que moi. Tu *sais* qu'il n'était pas fou.

— Je sais surtout que tu entretenais une liaison avec lui. Tu es impliquée émotionnellement.

Elle se pencha vers lui, offrant à son regard une vue plongeante sur ses seins nus sous son chemisier blanc.

— Ça te dérange ? lui demanda-t-elle en lui lançant un regard coquin.

Il ne se gêna pas pour profiter de ce qu'elle lui offrait.

— Cooper n'a pas été à la hauteur. Il a pété les plombs, c'est tout.

— Tu es impliqué émotionnellement toi aussi.

Il laissa échapper un rire cynique.

— Tu penses que Cooper et moi…

— Vous avez toujours rivalisé tous les deux. Tu ne supportais pas qu'il soit meilleur que toi.

— Ne me fais pas rigoler, Cooper est un perdant, ça se vérifie encore avec cette affaire.

Elle ne lui répondit rien et, tout en le fixant, se contenta de porter très sensuellement son verre de gin à ses lèvres.

— Il a perdu sur tous les tableaux... y compris sur le tien.

Il se rapprocha d'elle et lui caressa le visage.

— Qu'est-ce que tu lui trouvais ?

Il lui posait la question au passé, et avec une telle assurance. Comme si elle était déjà conquise.

— Prétentieux, lui souffla-t-elle à l'oreille, je suis sûre que tu ne serais pas à sa hauteur au lit.

Il passa sa main sur son cou et pressa sa bouche sur la sienne.

— On en reparlera tout à l'heure, lui retourna-t-il en empoignant sa taille.

Il la souleva et la jeta sur le lit, où elle atterrit sur le ventre, allongée. Elle se cambra jusqu'à ce que son stretch se tende au maximum sur ses fesses. Il se rua sur elle comme un fauve, la retourna comme une crêpe et lui enleva brutalement son fuseau. Ses gestes étaient précis, il avait l'habitude de rudoyer les filles. En temps normal, elle aimait un peu plus de douceur, mais elle jugea que ce n'était pas plus mal. Moins cela durerait, mieux ce serait.

Elle se contenta de regarder le plafond et de penser à Eliott. Lorsqu'il eut terminé, il se leva et alla se servir un verre. Il avait exactement le même cul qu'Eliott.

— Tu bois un truc ? lui demanda-t-il.

— Je veux bien un café, merci.

30

Eliott dévala la pente rocailleuse et franchit le torrent à la nage, puis remonta l'autre flanc en quelques secondes. Il parvenait à penser avec son esprit d'homme, dans cet organisme qui n'était que puissance incarnée. La donne était inversée. Maintenant, son apparence lui interdirait d'approcher ses semblables humains. Eliott espérait parvenir à contrôler la métamorphose. Mais il sentait bien que la force obscure s'était enracinée au plus profond de son être. Le mal procédait à des expériences. À présent, il fallait regagner le campement des collines d'Olean. Il devait contacter Lauren, pour l'informer que les créatures étaient acheminées en Sibérie. Elle devrait tout faire pour informer à son tour les autorités militaires officielles de la menace à l'échelle mondiale que ces entités pouvaient représenter. Il y avait assez de preuves de leur existence pour que des enquêtes soient ouvertes, au niveau international. Il ressentait une forte exaltation et se sentait capable de tout. Il occultait totalement le fait que son régime alimentaire se composait essentiellement d'êtres humains vivants. Malheureusement, c'était le prix à payer.

Il retrouva sa tente rapidement, mais son téléphone cellulaire ne parvenait plus à détecter aucun réseau. Pareil pour internet. Il assit sa grande carcasse noire sur un rocher et prit le temps de réfléchir à la marche à suivre. S'il avait su où Lauren se trouvait exactement, il aurait pu la rejoindre en peu de temps. Elle avait dû chercher à entrer en contact avec Andrews, mais où se trouvaient-ils à cet instant ?

Il prit des vêtements et quelques affaires dans un sac à dos, au cas où il retrouverait sa forme humaine, et se mit en route vers St. Marys.

*

« *Le président de la Corée du Nord, au cours d'une interview officielle, a déclaré que la fin du capitalisme aurait été une fête pour son pays et pour tous les pays communistes de la Terre, si cette crise n'avait pas été sciemment calculée et amorcée par les services secrets américains, dans l'objectif stratégique de proposer ensuite une alternative globale, exclusivement contrôlée par l'Amérique et son président.* »

L'article apparaissait sur la première page des quatre plus importants journaux qui imprimaient et distribuaient encore leurs exemplaires, à savoir *The New York Times*, *The Washington post*, *USA Today* et *Los Angeles Times*.

— C'est pas croyable, ce qui est en train d'arriver, dit Will Agostini, le gérant du Pizza Hut.

Lauren tapotait sur l'écran de son portable.

— Je viens de recevoir des nouvelles du Bureau. Tu as le message toi aussi ?

— Je l'ai, confirma Andrews.

— Vous prenez un autre capuccino ? proposa le manager.

— Merci, mais on ne va pas tarder.

Lauren lut le message qui s'était affiché sur son mobile à haute voix.

« Un sommet d'urgence va se tenir en Europe, encadré par l'ONU. Les gouvernements vont tout faire pour anticiper les répercussions de la crise. L'industrie va s'organiser pour que les carences dans la production soient équilibrées afin de subvenir aux besoins essentiels des populations. »

— C'est pas croyable, répéta Will Agostini pour lui-même, le regard perdu dans le vague.

— Si les cours continuent de chuter, les choses peuvent dégénérer très rapidement, dit Andrews.

Lauren continua de lire les nouvelles internes du FBI.

— Si je peux me permettre, qu'est-ce qui vous a amenés à St. Marys ? demanda le manager. Vous êtes là pour les enfants disparus, c'est bien ça ?

— À la base, c'est bien pour ça que nous sommes là, lui répondit Andrews.

Il se tourna vers Lauren.

— Bon, à ce propos, nous allons y aller. Tu es prête ?

— C'est quand tu veux.

Lauren et Andrews quittèrent le Pizza Hut et grimpèrent dans la Lexus. Les routes étaient désertes. Des restrictions sur le carburant venaient d'être mises en place dans tous les États. Elles imposaient un maximum de vingt litres par foyer et par semaine. Si une famille possédait deux voitures, la limitation s'appliquait sur les deux véhicules, qui ne pouvaient donc pas être remplis de plus de dix litres chacun par semaine. Seuls les véhicules de police et de secours d'urgence échappaient à ces restrictions. Les voitures banalisées du FBI ne tombaient pas, elles aussi, sous le coup de ces mesures.

— J'ai repéré deux fermes abandonnées au nord, à vingt kilomètres de la ville, dit Andrews en sortant une carte de la boîte à gants.

Lauren la déplia et la regarda attentivement.

— Nous allons nous rendre sur place, continua Andrews. Une observation satellite a aperçu des traces de roues sur les pistes qui y conduisent. Ces traces remontent à deux mois en arrière. Cela correspond avec la période des enlèvements. Il est possible que les trois suspectes y aient enfermé les enfants en vue de les exécuter.

— Est-ce que tu as eu accès à l'autopsie de ces trois jeunes femmes et à celle de l'enfant ?

— Oui. Et je peux te dire que ce qu'il en restait n'était pas beau à voir.

— Tu n'as rien trouvé d'anormal ? Je veux dire, est-ce que tout correspondait à ce dont a été accusé Eliott ?

Il ralentit et la regarda dans les yeux.

— Lauren, pourquoi se serait-il mis en fuite s'il n'avait rien à se reprocher ?

— Justement parce que tout laissait croire qu'il était l'auteur des faits et qu'il n'avait aucun moyen direct de prouver le contraire.

— C'est pas crédible comme théorie, estima Andrews.

Une question vint frapper l'esprit de Lauren. Elle n'avait pas encore eu le temps de disséquer l'autopsie qu'elle avait subtilisée dans l'ordinateur d'Andrews.

— Est-ce que l'ADN d'Eliott apparaissait sur les corps des trois suspectes et celui de l'enfant ? lui demanda-t-elle.

Elle sentit qu'il hésitait.

— Non, effectivement. Le résultat de l'autopsie, pour sa plus grande partie, a été classé confidentiel. Une équipe médico-légale des bureaux m'a devancé ce matin-là, avant que j'arrive à la morgue de l'hôpital.

— Mais tu t'es entretenu avec un médecin responsable du service, non ?

— L'autopsie officielle ne relève qu'un ADN incertain sur les corps.

— Un *ADN incertain* ! s'exclama-t-elle. Pour moi, ça signifie un ADN qui n'est pas celui d'Eliott, c'est tout.

— Écoute, Lauren, Eliott m'a contacté avant de se mettre en fuite. J'aurais dû te le dire plus tôt.

Elle le foudroya du regard.

— Il n'était plus lucide. Il parlait de créatures monstrueuses. Il m'a même dit qu'il s'était lui-même transformé en l'une d'elles pour dévorer les sorcières. J'ai essayé de le raisonner, mais il est devenu furieux et il a raccroché.

— Eliott est en cavale. Il doit être extrêmement fatigué. Il a dû délirer pour te raconter des absurdités pareilles, improvisa-t-elle.

— Peut-être qu'il cherche à se faire passer pour fou... dit-il.

Elle hésita à lui révéler la vérité, mais ne le fit pas. Elle repensa aux pièces que lui avaient envoyées les services allemands. Il y avait trop d'éléments qui étaient passés au secret pour que toute cette affaire, dans sa dimension internationale, ne mette pas la puce à l'oreille d'Andrews. Elle savait qu'il doutait de la version officielle.

— Écoute, Andrews, tu ne vas pas me dire que tu ne trouves rien d'anormal dans le fait que de nombreux rapports aient été classés confidentiels, non ?

— Je reconnais que cette enquête est opaque. Et c'est vrai aussi que j'ai relevé des faits étranges, inexpliqués dans certains rapports, notamment l'un qui faisait état d'un minerai aux propriétés anormales...

— Un minerai ? dit-elle en feignant l'étonnement.

— Oui, un fait dont m'a parlé Eliott, qui m'a semblé invraisemblable au début, comme le reste de son délire.

— Donc tu reconnais qu'il y a des éléments de vérité dans ce qu'il t'a dit.

— Justement, il faut que je vérifie ça.

Lauren croisa les bras et se rassit dans son siège. Elle regarda défiler les forêts dans le pare-brise sans plus rien dire.

Environ quinze kilomètres plus loin, ils arrivèrent à l'embranchement de Kimball Hollow où se trouvait un bar routier qui faisait aussi auberge. Andrews gara la Lexus sur le parking en terre.

— Voilà ce qu'on va faire : tu vas m'attendre dans cet établissement, quitte à y passer la nuit s'il le faut. Je vais me rendre à la première ferme et l'inspecter.

— Je ne comprends pas. Tu vas faire quoi dans cette ferme ?

— Y chercher une trace des enfants.

— Pourquoi est-ce que je devrais t'attendre ici ?

— Parce qu'il faut que tu étudies les pièces que je t'ai données, tu as du travail. Tu veux sauver la peau d'Eliott, oui ou non ?

— Bon, OK. On reste en contact par talkie, alors.

— Mes talkies sont déchargés. Écoute, je serai revenu avant la tombée de la nuit, si tout se passe bien.

Elle sortit de la Lexus, claqua la portière et marcha vers le bar sans se retourner.

Il la regarda s'éloigner et entrer dans le routier. Elle s'était offerte à lui dans le seul but d'aider Eliott. Elle en était sacrément amoureuse. Il sortit du parking et s'engagea sur une route en terre qui grimpait dans les collines. Après vingt minutes de trajet, il se gara au plus près de la zone forestière. Son objectif : les ruines où Cooper avait été confronté à des faits de nature surnaturelle, selon sa version. C'était ce dont il allait se rendre compte par lui-même. Il commençait à douter lui aussi de la version officielle de l'enquête. Mais son esprit trop cartésien l'empêchait de croire à des phénomènes qui ne pouvaient pas être expliqués de façon rationnelle. Il arriva au bout du trajet qu'il pouvait parcourir en voiture et se gara sous un bosquet en dehors de la piste.

Plus haut, entre deux rochers, des jumelles suivaient la Lexus d'Andrews.

— J'ai en visuel l'intrusion d'un véhicule dans le périmètre. Qu'est-ce que je fais ? demanda le mercenaire dans son micro oreillette.

— Transmets-nous le numéro d'immatriculation, on va l'identifier. En attendant, tu ne quittes pas l'intrus d'une semelle, surtout s'il se dirige vers la zone des mégalithes. On va envoyer des gars pour poser un traceur sur le véhicule.

— Reçu.

Le GPS d'Andrews lui indiquait qu'il se trouvait à quatre heures de marche des ruines. Il changea de chaussures et se mit rapidement en route sur le sentier balisé. Il entretenait une condition physique optimale. Course à pied, natation, cyclisme ; dès qu'il le pouvait, il s'inscrivait à une épreuve de triathlon, juste pour se prouver qu'il était encore en forme. Il était 14 h lorsqu'il arriva sur la zone. Il escalada un promontoire rocheux qui dominait le secteur.

Le mercenaire ne l'avait pas quitté, aussi invisible qu'une ombre dans la nuit.

— L'intrus sera sur vous dans une dizaine de minutes. Je l'ai dans mon viseur. Avez-vous pu l'identifier ? Je répète : je l'ai dans mon viseur. Avez-vous pu l'identifier ? dit le soldat en plaçant son index sur la gâchette.

— C'est un agent spécial. FBI. On vient de recevoir des consignes d'en haut. Tu le laisses approcher s'il s'approche. Et tu nous tiens informés de ses moindres gestes.

— OK.

Andrews prit ses jumelles dans son sac et scruta les alentours. Son attention fut attirée par des mouvements qu'il devinait en contrebas, à travers les frondaisons des arbres. Il se rapprocha avec prudence. Des hommes qui portaient des combinaisons blanches s'affairaient autour de dômes de type médical, tels ceux qui étaient utilisés dans les conflits pour soigner les blessés, ou dans les zones où des épidémies contagieuses sévissaient. Mais il s'aperçut bien vite qu'il s'agissait d'une mission scientifique. Il repéra des soldats qui surveillaient, plutôt discrètement, les installations. Puis il vit les mégalithes, géants de pierre qui se dressaient en cercles concentriques et formaient un gigantesque dédale. Il jugea l'approche des ruines extrêmement risquée, mais pas impossible. Il décida toutefois de ne pas prendre le risque. Il prit son appareil pour prendre des photos du dédale et des bulles-labos. Elles seraient des preuves que des activités suspectes avaient lieu dans les forêts. Une enquête officielle serait ouverte.

Le mercenaire s'était posté non loin de lui. Il l'observait dans la lunette de son arme.

— Le type est en train de prendre des photos. Attends… Ça y est, il a fini, il s'en va.

— Merde. Un groupe d'hélicos est en train d'arriver.

— Qu'est-ce que je fais ? Je l'ai dans mon viseur.

— Tu ne tires pas. Je répète : tu ne tires pas.

— OK. Reçu.

— Informe-moi de la direction qu'il prend et suis-le.

— Reçu.

Andrews se retourna et scruta l'horizon. Au loin s'élevait une rumeur puissante qui allait en augmentant. Après une trentaine de secondes, il put identifier l'origine du grondement mécanique : des hélicoptères à double rotor, de fameux CH-47 Chinook, conçus par Boeing en 1960 pour servir les forces armées américaines durant le conflit au Vietnam, encore en service de nos jours. Il mitrailla les hélicos de prises de vue lorsqu'ils surgirent au-dessus de la vallée. Dès que les quatre porteurs se furent posés, il put observer que des groupes de soldats les chargeaient d'objets massifs qu'ils transportaient de l'intérieur des bulles-labos. Il était positionné trop loin pour voir avec précision ce qu'étaient ces objets, mais ils lui semblaient être des sortes de containers, très lourds, puisque six soldats étaient mobilisés pour transporter chacun d'entre eux dans les hélicoptères. Il fit d'autres photos. Soudain interrompu par un bruit de branche cassée derrière lui, sur les hauteurs, il décida de décrocher immédiatement et de regagner la voiture. La zone commençait à devenir dangereuse. Il rangea rapidement les affaires qu'il avait sorties et se mit en route au pas de course. Il retrouva le sentier qu'il avait suivi à l'aller, mais préféra couper à travers bois pour éviter de tomber nez à nez avec une patrouille de soldats.

Lorsque la Lexus fut en vue, il se posta plus loin, prit ses jumelles et inspecta minutieusement les alentours pour s'assurer qu'aucun guet-apens ne lui avait été tendu. Les lieux paraissaient sûrs. Il courut jusqu'à la voiture, sauta dedans et démarra aussitôt.

Trente minutes plus tard, il se garait sur le parking du bar routier de l'embranchement de Kimball Hollow où Lauren l'attendait.

Lauren travaillait sur son PC lorsqu'il vint s'asseoir à sa table, en face d'elle. Il gardait le parking dans son champ de vision et avait posé son arme à côté de lui, sur le similicuir rouge de la banquette.

Elle garda les yeux sur son écran en lui demandant :

— Pourquoi est-ce que tu m'as menti ?

Il fit celui qui n'avait pas entendu et continua de scruter les parages avec vigilance.

— Hé ho, je te parle, insista-t-elle.

— Bon, OK, tu as gagné. Je reviens de la zone sur laquelle Eliott a rencontré son problème avant de se mettre en fuite.

Elle leva les yeux de son PC et arbora un sourire victorieux.

— Et ?

— Et effectivement, il se passe des choses bizarres là-bas. Des tas de mercenaires sont sur le site. Ils encadrent des équipes de scientifiques. Ils héliportent de la marchandise... Du matériel lourd que je n'ai pas réussi à reconnaître.

— Tu as pris des photos de la zone ?

— Évidemment, un maximum. Ce qu'il se passe là-bas ne...

Le bruit sec d'un impact retentit dans la baie vitrée derrière elle.

Elle plongea en un éclair dans l'allée entre les tables.

Andrews gisait sur la banquette, tué sur le coup.

Son crâne avait été traversé par une balle de gros calibre.

Le tir venait de loin.

Un sniper, conclut-elle.

Elle empoigna son arme et rampa jusqu'au comptoir. La salle comptait cinq clients. Ils n'avaient pas encore réagi et regardaient tous abasourdis dans la direction du trou qui fissurait la baie vitrée.

— Couchez-vous ! hurla Lauren.

Deuxième tir.

La barmaid s'effondra alors que sa main se portait vers le combiné téléphonique fixe de l'établissement.

— FBI ! Couchez-vous immédiatement ! répéta Lauren le plus fort qu'elle put.

Un troisième, puis un quatrième tir retentirent à la suite. Deux bruits sourds suivirent : deux corps qui venaient de s'écrouler au sol. Un bris de glace fracassa le bref moment de silence qui suivit. Cette fois, c'était un tir de fumigènes.

Ils vont nettoyer le bar complètement.

Elle rampa vers les cuisines où deux employés s'étaient réfugiés. D'autres balles fusèrent à travers le restaurant quand elle franchit la porte de service à l'arrière, suivie par les deux cuisiniers. Elle leur désigna les champs qui bordaient la route :

— Courez ! Et ne vous retournez pas, allez !

Les deux gamins ne devaient pas avoir vingt ans. Ils l'écoutèrent sans poser de questions. Elle s'élança dans une direction différente d'eux. À peine avait-elle atteint la lisière des bois qu'une puissante déflagration la projeta en avant. Elle roula et se releva sans mal pour se remettre à courir. Lorsqu'elle fut suffisamment loin, elle se retourna. Le bar venait d'être entièrement détruit à l'explosif. Ce qu'il en restait était en train de se consumer dans un brasier violent qui s'élevait à une vingtaine de mètres au-dessus de la route.

Sur le parking, cinq hommes armés de fusils d'assaut tournaient maintenant autour de la Lexus d'Andrews. L'un d'eux fit exploser la vitre côté conducteur d'un coup de crosse et pénétra à l'intérieur. Trois autres firent le tour du bar en flammes, pour s'assurer que personne n'avait survécu. Celui qui était entré dans la voiture en ressortit avec la sacoche qui contenait le matériel informatique d'Andrews. Les cinq mercenaires se regroupèrent et échangèrent quelques brèves paroles. L'un d'eux parla dans son micro oreillette. Un autre jeta quelque chose dans la Lexus, par la vitre cassée. Ils s'éloignèrent au pas de course et grimpèrent dans un 4x4 Chevrolet gris. Une forte explosion fit éclater la Lexus qui se répandit en morceaux sur le parking dans un nuage de feu. Le tout-terrain des mercenaires était déjà loin. La zone avait été totalement nettoyée en moins de dix minutes. De l'armement lourd, du travail de professionnels entraînés, estima Lauren.

Les dernières paroles d'Andrews, son visage, tournaient dans sa tête. La vie pouvait basculer en l'espace d'un millième de seconde. Elle regretta amèrement sa mort. Peut-être qu'il n'était pas si mauvais qu'elle le pensait. Elle se retrouvait maintenant sans moyen de locomotion, seule face à une horde de mercenaires suréquipés. Peut-être la pensaient-ils morte dans l'explosion du bar ? Elle continua à marcher parallèlement à la route sur cinq kilomètres, sans croiser une seule voiture. Les mesures de restriction de carburant avaient transformé les voies de circulation en déserts d'asphalte. Lorsqu'elle entendit enfin le bruit d'un moteur qui se rapprochait dans la direction de St. Marys, elle s'arrêta net et sauta dans un buisson. Elle se tint prête à bondir au milieu de la voie pour stopper le véhicule.

C'était un camion de fermier. Sa remorque était chargée de bétail. Elle sortit sa carte du FBI, avança sur la route et se campa en plein milieu. Le klaxon du camion, qui reproduisait le son d'une véritable corne de brume, retentit plusieurs fois. Voyant qu'elle restait sur la voie en agitant les bras, le chauffeur décéléra et s'arrêta face à elle.

— Un problème, ma p'tite dame ? cria l'homme par la portière avec un fort accent du Middle West.

Elle se rapprocha du conducteur en brandissant sa carte d'agent d'une main, et tenant l'autre sur la gaine de son

Desert Eagle. Dans la remorque, le bétail s'était mis à beugler à tue-tête.

Elle parla fort pour se faire entendre dans le vacarme des bœufs :

— Agent Chambers, FBI. Oui, un problème, monsieur. Est-ce que vous allez vers St. Marys ?

L'homme la scruta en haussant un sourcil broussailleux, puis il prit le temps d'éjecter un sirupeux jet de chique noirâtre par la vitre.

— Ouaip. C'est bien par là que j'vais. Est-ce que vous allez contrôler mon camion, ou quelque chose dans l'genre ?

Il la toisait du haut de sa portière. Son attitude exprimait clairement un certain mépris vis-à-vis des forces de l'ordre.

— Je vous remercie de bien vouloir m'accepter comme passager jusqu'à St. Marys, monsieur. Mon véhicule est accidenté et je dois poursuivre une mission importante.

L'homme parut se plonger dans une intense réflexion pendant quelques secondes avant de finir par répondre :

— Dans c'cas, grimpez, ma p'tite dame, j'vous y emmène, lui proposa-t-il en lui ouvrant la portière passager.

Elle fit le tour de la cabine et se hissa sur le siège.

— Merci.

— Chez nous, dans l'Dakota du Nord, on n'a pas l'habitude de laisser les pauv'gens en rade, m'dam'. Surtout par les temps qui courent.

— Oui. Beaucoup de monde se retrouve en rade ces derniers temps, dit-elle sans avoir le cœur à plaisanter.

Le paysan rajusta sa casquette et s'alluma une cigarette.

— Et vu c'qu'on va s'prendre sur le coin d'la gueule, vaut mieux êt' solidaire !

Lauren réalisa qu'elle avait dû rater un épisode.

— Attendez… Qu'est-ce qu'on va se prendre sur le coin de la gueule ?

— Vous avez pas esgourdé c'qui s'est dit y'a une heure sur la radio, m'dam' ? Tout l'monde parle plus que d'ça !

Le fermier prit brusquement un air grave qui inquiéta Lauren.

— Non, je n'ai pas écouté les nouvelles depuis tôt ce matin.

— Ben, c'est le Chinetoque nord-coréen... Y va nous balancer des gros pruneaux qu'il a dit !

Le teint du fermier vira soudain au rouge vif.

— J't'en foutrai, des missiles nucléaires, dans l'fion, moi ! jura-t-il en serrant le poing.

— Quel était le ton du président nord-coréen ?

Le fermier se tourna vers elle :

— Un vrai chien enragé, l'bougre !

— Oh non, c'est pas vrai... murmura Lauren en imaginant la suite des événements.

Elle n'avait toujours aucun réseau sur son portable.

— Tout'façon, il faut attendre d'arriver à St. Marys pour r'cevoir la radio. Ça marche que dans les grand'villes maint'nant.

— La Maison-Blanche a-t-elle répondu au président nord-coréen par un communiqué officiel ? demanda Lauren en détachant ses mots.

— Ben, just'ment, not'bon président a dit qu'il allait répondre dans une conférence. J'ai hât' d'arriver chez mon cousin Garp, pour entend' ça...

Un bruit de sirène se fit entendre derrière le camion. Elle regarda dans le rétroviseur et n'eut le temps de voir que des gyrophares se rapprocher très rapidement.

— J'crois qu'c'est rien. Y veul'juste nous dépasser.

Le fermier baissa sa vitre et fit mouliner son avant-bras vers l'avant pour les inviter à le doubler. Il s'agissait de véhicules militaires, des 4x4 Humer blindés ouvraient le convoi. Derrière suivaient des Jeeps, toutes sirènes hurlantes. Ils frôlèrent à grande vitesse le camion et le dépassèrent dangereusement.

— Hé ! Bande de salopards ! leur cria le paysan par la portière en se hâtant de retirer son bras de la vitre.

En quelques secondes le convoi militaire disparut loin devant.

— Le pays a été placé sous la loi martiale, annonça-t-elle d'un ton fatidique.

— Sous quoi ? Qu'est-ce que c'est qu'ce charabia ? bougonna l'homme.

— Nous sommes en guerre, lui répondit calmement Lauren.

La dernière porte

31

15 novembre.

Les rues de St. Marys étaient désertes. Le soleil impassible descendait derrière l'horizon, cercle rouge sang estompé derrière les nuages. Deux véhicules militaires blindés étaient garés au carrefour du poste de police. Une patrouille de quatre soldats était postée non loin. Le fermier déposa Lauren devant le commissariat et reprit sa route. Une foule de civils se pressait à la porte d'entrée, pour la plupart il s'agissait d'habitants paniqués. Elle monta les marches et se faufila en jouant des coudes entre les personnes qui gesticulaient et parlaient fort. L'agent de police qui gardait l'entrée, un jeune homme au comble de l'embarras, la stoppa poliment.

— Vous ne pouvez pas entrer, mademoiselle, désolé.

Elle lui montra sa carte d'agent.

— Lauren Chambers, FBI.

Il regarda attentivement la carte, puis reporta son attention sur le visage de Lauren. Il s'écarta pour la laisser passer.

— Faites vite, j'ai du mal à les contenir.

Elle franchit la porte et se retrouva dans un commissariat presque aussi noir de monde que les escaliers d'entrée. Le capitaine Sherman était aux prises avec un groupe de parents qui portaient des sweat shirts du collectif des enfants disparus de St. Marys. Lorsqu'il vit Lauren, il lui fit signe d'approcher.

— Capitaine ! protesta Sean Watson, le père du petit Jaden, l'un des cinq enfants enlevés. Le fait que les États-Unis soient en guerre ne justifie pas que les recherches soient abandonnées. Vous n'allez pas vous défiler comme ça ! Nous attendons des réponses que nous sommes en droit d'exiger.

— Justement, répondit le capitaine, l'agent spécial Chambers, ici présente – il posa sa main sur l'épaule de Lauren – est seule habilitée à vous répondre. Car je vous rappelle, monsieur Watson, que cette enquête est une enquête fédérale et qu'elle a donc l'exclusivité du FBI.

Les mères du collectif avaient les traits tirés et les yeux bouffis par les larmes qu'elles versaient depuis plus de deux mois pour certaines. Les pères étaient amaigris et avaient les nerfs à vif. Ils passaient la majeure partie de leurs journées à attendre des nouvelles de l'enquête dans les locaux de la police. Il ne vint pas à l'esprit de Lauren de les informer de la mort du seul agent qui était chargé de retrouver leurs enfants. Cela aurait été une grave maladresse.

Elle prit à part le capitaine Sherman. Ils se retirèrent hors du groupe de parents afin qu'elle pût lui parler discrètement.

— Capitaine, l'agent Andrews est mort. Il a été abattu par un groupe de mercenaires sur le parking du bar situé à l'embranchement de Kimball Hollow.

Le capitaine eut soudain le regard d'un homme pour qui le monde venait de s'écrouler.

— Capitaine, est-ce que ça va ? lui demanda Lauren en passant une main devant ses yeux hagards.

Il revint à lui et secoua la tête énergiquement comme pour se remettre d'un uppercut.

— Abattu, vous dites ?! s'exclama-t-il.

— Oui. Sous mes yeux.

— Pensez-vous que cet assassinat soit en lien avec les enlèvements ?

— Effectivement, tout est lié, capitaine. Mais c'est extrêmement compliqué.

— Il n'y a donc plus aucun agent de chez vous qui soit en mesure de retrouver ces petits ?

— Je vais prendre la relève de l'enquête, dit Lauren d'un ton décidé.

Ces paroles redonnèrent un souffle de vie au visage blême de l'officier.

— Nous nous étions vus, Andrews et moi, il y a deux jours, dit le capitaine. Il était sur deux pistes différentes, des fermes abandonnées au nord de la ville.

— J'ai récupéré toutes les pièces du dossier. Je vais me rendre sur place et continuer les recherches avec les éléments d'Andrews.

Lauren s'avança vers le collectif de parents. Tous cessèrent d'échanger entre eux et se tournèrent vers elle.

— Mesdames, messieurs, je suis Lauren Chambers, le nouvel agent chargé de l'enquête. Sachez que malgré les conditions de crise que connaît le pays, le FBI va continuer à faire son maximum pour élucider les circonstances dans lesquelles vos enfants ont disparu.

— Où est l'agent Andrews ? demanda un des pères.

Lauren dut improviser :

— L'agent Andrews a été victime d'une sortie de route. Il est actuellement hospitalisé. Son état est critique.

Une mère fondit en larmes, suivie par une autre.

— Est-ce qu'il va s'en sortir ? demanda l'une d'elles.

Lauren marqua un temps avant de répondre :

— Je crains que non, madame.

Elle se remit à sangloter.

— Écoutez, je comprends votre douleur à tous. J'imagine, en tant que femme, l'épreuve extrêmement difficile que vous traversez. Les avancées dans l'enquête suivent une voie positive. Je vous demande de garder confiance et courage. Je vais dès ce soir me rendre sur des lieux où nous sommes portés à croire que des indices peuvent être trouvés. Je ne manquerai pas de vous informer sitôt que j'aurai des éléments positifs à vous communiquer. Merci.

Lauren demanda discrètement au capitaine de s'entretenir avec lui dans son office. Il lui fit signe de la suivre.

— Très bien, je vous écoute, agent Chambers.

Le capitaine ferma la porte et alla s'assoir derrière son bureau. Lauren s'avança et tira une chaise pour se placer en face de lui.

— Capitaine, je vais sûrement vous surprendre, mais je n'ai pu recevoir aucune information sur les derniers événements là où je me trouvais. Sommes-nous en guerre ?!

— Pratiquement. La loi martiale sera mise en vigueur d'ici demain. Ces douze dernières heures, les choses ont accéléré de manière considérable. Ce matin, à 10 h précises, le président nord-coréen a fait l'annonce de « représailles nucléaires » à l'encontre des États-Unis qui selon ses termes – le capitaine lisait sur sa tablette – ont « délibérément mis en œuvre l'effondrement des marchés pour tirer profit du chaos par la domination armée ».

— Bon sang ! Mais le Pentagone n'a pas réagi par voie de presse ?

— Il l'a fait, mais trop tard, selon les analystes. Il faut dire aussi qu'il a été pris de cours par la vélocité avec laquelle le président nord-coréen a enchaîné ses communiqués.

— Quelle a été la réplique du Pentagone ?

— Notre président a déclaré les « États-Unis être sous le choc face aux accusations trompeuses du dirigeant nord-coréen. » Il a ajouté que « l'Amérique n'aura pas à se justifier face à de telles attaques infondées sur le plan politique, mais qu'elle leur apportera une réponse tactique et militaire lourde si le moindre tir balistique était détecté à l'encontre des USA ».

— Il a fait preuve d'un manque de diplomatie évident, constata Lauren, effarée.

— Le conflit ne peut plus être évité selon moi, dit le capitaine, la Corée du Nord attendait la moindre occasion pour engager une attaque de ce type.

Lauren parcourait les dernières informations de la NSA. En bourse, les valeurs continuaient de dégringoler. La réaction de la Chine avait été de fermer complètement ses frontières. Les services intérieurs de la totalité des pays de l'ONU étaient en alerte, car les réseaux terroristes extrémistes, au comble de l'hystérie, multipliaient les menaces et rivalisaient de violence dans leurs annonces à l'encontre des pays européens.

— Le monde est en train de plonger dans le chaos, agent Chambers.

— « L'attaque balistique de la Corée du Nord est imminente », lut Lauren sur son téléphone.

— Capitaine, avez-vous de quoi écouter la radio dans votre bureau ?

L'officier acquiesça et sortit un vieux transistor d'un placard. Il le posa sur le bureau et le mit en marche. L'appareil grésilla bruyamment. Le capitaine tourna la molette jusqu'à tomber sur Big Radio, l'une des rares stations qui émettaient encore.

« ... que les populations des villes de New York, Los Angeles, Houston, Philadelphie, Phoenix, San Antonio, San Diego, Dallas, San José, Jacksonville sont en cours d'évacuation. Eh oui, Douglas, c'est une bien triste nouvelle qui est tombée officiellement il y a moins de huit minutes par un communiqué du Pentagone. Les habitants sont... »

Brusquement, on frappa à la porte et un soldat fit irruption dans la pièce. Grand, charpenté comme un buffet, la mâchoire carrée et le regard bleu acier. Le soldat type. Il salua le capitaine et s'avança vers lui.

— Capitaine Sherman ?

Le policier se leva de son siège.

— C'est bien moi. Que se passe-t-il ?

— Nous avons besoin de vos effectifs pour fermer les routes, et il faudra aussi communiquer à tous les habitants l'ordre de rester à leur domicile jusqu'à ce que la menace extérieure soit sécurisée.

— Qu'entendez-vous par menace extérieure, soldat ?

— Sergent Wallace, capitaine. Je veux parler de l'attaque nucléaire imminente en provenance de la Corée du Nord. Vous n'avez pas eu l'information ?

— Si, justement, à l'instant.

Le capitaine désigna la radio sur le bureau d'où continuait à émaner l'émission du journal en direct de New York. Tous trois prêtèrent attention à ce que le présentateur annonçait maintenant :

« ... et qu'il est fortement conseillé aux habitants des autres grandes villes, même si elles sont inférieures, par leur population, à un million d'habitants, d'évacuer leur habitation et de quitter les villes pour rejoindre les zones rurales au plus tôt. Douglas, pouvez-vous apporter des précisions à cette information, car beaucoup d'auditeurs se demandent sûrement quelle est la raison exacte de ces consignes d'évacuation ?

— Eh bien voilà : admettons que je sois un dictateur communiste prêt à déclencher une attaque nucléaire sur les États-Unis. Pensez-vous qu'il soit logique que, ayant un nombre de missiles atomiques limité, je vise des villes faiblement peuplées sur le sol ennemi ?

— Non, évidemment, Douglas.

— Et pourquoi, donc, Jeffrey ?

— Eh bien, je donne ma langue au chat.

— Tout simplement parce que mon but est de faire un maximum de victimes. Je vais donc systématiquement viser des lieux où la densité de population est la plus élevée.

— Effectivement, c'est d'une logique implacable. Car les civils, en plus des soldats, sont des cibles potentielles. Ça fait froid dans le dos, Douglas.

— Jeffrey, nous sommes maintenant en guerre et c'est hélas la réalité horrible à laquelle nous allons être confrontés dans notre quotidien, jusqu'à ce que le conflit soit éteint. Nous devons nous adapter à ces conditions, et plus vite nous nous y adapterons, mieux nous pourrons réagir.

— *Une autre question, Douglas, les restrictions sur le carburant sont aussi un problème dans la...* »

Le militaire éteignit le transistor.

— Est-ce que ça répond à votre question, capitaine ?

Howard Sherman se gratta le crâne, complètement perdu.

— Heu, quelle question, sergent ?

Le soldat fronça les sourcils.

— La population de votre ville, St. Marys, ne dépasse pas douze mille habitants. Ce qui fait qu'elle n'entre pas dans le ciblage de l'attaque nucléaire que va porter la Corée du Nord contre les États-Unis. Donc, la consigne est de transmettre à vos habitants de rester bien tranquillement chez eux. Ce qui explique aussi pourquoi nous allons fermer les routes dans le périmètre de St. Marys. Est-ce que j'ai été clair, capitaine Sherman ?

— Parfaitement. Vous avez été parfaitement clair, sergent.

Howard Sherman se laissa retomber lourdement dans son siège. Il parut soudain exténué. Ses yeux regardaient dans le vide.

Le sergent se tourna vers Lauren. Elle lut sur son visage une mimique de surprise. Elle se dit qu'il se demandait certainement ce qu'une femme en civil faisait dans le bureau du capitaine de police alors que la guerre entre les États-Unis et la Corée du Nord venait d'être déclarée.

— Pardonnez-moi, madame, mais... qui êtes-vous ?

Elle ne s'était pas trompée.

— J'appartiens au FBI. Agent Lauren Chambers. Vous voulez voir ma carte ?

Il la regarda comme s'il avait devant lui une sorte d'oiseau exotique rare.

— Non, ça ira.

— Qu'est-ce que vous envisagez de faire à présent, agent Chambers ? demanda le capitaine qui avait retrouvé ses facultés cognitives.

— Eh bien, je vais me rendre au nord de la ville, vers la zone des fermes abandonnées, pour essayer de trouver des traces des enfants – elle soutint le regard glacial du sergent – si les hommes du sergent me laissent emprunter les voies de circulation qui y mènent, bien entendu.

Le militaire hocha la tête en silence, sans la quitter des yeux.

— Très bien, conclut le capitaine.

Il se leva et rajusta son uniforme.

— Je vais reprendre mon travail de communication avec la foule d'habitants auxquels je dois apporter des réponses, avant qu'une guerre civile n'éclate en plus dans notre petite ville.

Tous trois quittèrent le bureau pour s'immerger dans le vacarme de la salle d'accueil du poste de police.

*

L'astre du jour avait disparu depuis bien longtemps, plusieurs heures déjà. Eliott ne sentait pas le vent glacial qui balayait les arbres sous les étoiles. Il ne sentait plus rien de ce qu'un être humain pouvait ressentir. Il se tenait allongé sur un énorme rocher qui dominait les hauteurs de la ville. St. Marys scintillait faiblement sous les premières traînées de brume de la nuit. Il avait parcouru les forêts jusqu'à l'épuisement et il ressentait maintenant le besoin de retrouver ses forces. Il lui fallait du sang. Il devait se rendre à l'évidence, il n'était plus qu'une monstruosité, une créature encore intelligente, mais à laquelle le sort avait retiré toute nature humaine, pour ne laisser que la bestialité d'un animal sanguinaire. Quelques heures avant, il était parvenu à éprouver de la joie, de l'euphorie même. Il avait pensé qu'il pourrait sauver l'Homme de l'invasion de ces créatures. Il en avait presque oublié qu'il était l'une d'elles. Maintenant que son corps torturé demandait à se nourrir, la réalité horrible l'avait rattrapé. Il se campa, accroupi sur ses deux membres inférieurs puissants, faits de cette matière noire encore incompréhensible à ses yeux. Sa vision se portait vers les rares lueurs de phares qui glissaient encore dans les rues. Parfois, il saisissait des ombres fantomatiques, des chats qui sautaient de toit en toit, ou des personnes qui se hasardaient à sortir de chez elles. Sa pensée d'homme se changeait peu à peu en celle du prédateur. Il voyait ces êtres comme autant de proies potentielles. Il essaya de résister à l'obscurcissement de sa raison et se concentra pour garder son esprit clair. Sa carcasse noire se contracta. Il parvenait encore à maintenir une certaine lucidité. Il pensa à Lauren. Cela fit réagir ses tissus musculaires qui tressaillirent encore en des spasmes infimes. La chose était sensible à l'amour. La lumière l'incommodait. Peut-être que c'était à cet instant, lorsque l'appel du sang s'élevait, que le moment était le plus opportun pour imposer sa volonté d'homme. L'esprit était plus fort que la chair. La sagesse dominait la force primale. Il pensa encore à Lauren. Puis il fit renaître en lui tous les souvenirs de joie et de paix que sa mémoire avait gardés enfouis. Ses poings se serrèrent. Des fumeroles d'encre noire s'échappèrent de tous les pores de sa peau luisante et se répandirent dans l'air. Il sentit soudain un relâchement, un vide qui s'ouvrait dans son esprit. Mais...

— *Ta force est grande, Sentinelle.*

La voix sépulcrale avait surgi de l'oubli. Cela faisait plusieurs jours qu'elle s'était tue. Il pensait qu'elle le laisserait en paix. Il s'était trompé.

— *Qui êtes-vous ?* formula-t-il en pensée.

— *Tu nous as déjà posé cette question.*

— *Vous n'y avez pas répondu.*

— *Tu as découvert beaucoup de choses qui étaient demeurées cachées.*

— *Vous êtes derrière tout cela, n'est-ce pas ? Vous voulez la fin de notre espèce.*

— *Votre espèce et la nôtre sont issues d'une seule et même racine. Nous prolongeons la force universelle qui régit toute* chose, nous ne sommes rien de plus que le support organique de cette force, mais cela n'est pas encore accessible à ta raison. Le temps de la grande moisson est venu, Sentinelle. L'humanité s'en trouvera grandie. Certains connaîtront l'omniscience.

— Et les autres, la mort ?!

— L'évolution implique la sélection. Les élus humains accèderont à la sagesse suprême, lui retourna la créature.

— Les élus ? Vous avez déjà vos serviteurs parmi les hommes, bien sûr. La grande moisson, c'est cela votre œuvre ! Vous n'êtes pas les créateurs, mais êtes revenus pour anéantir la vie.

— Tu utilises ta pensée sans savoir vraiment, Sentinelle.

— Je ne veux rien savoir de votre prétendue omniscience.

— Ton esprit est comme une goutte d'eau qui sèche sur un rocher, loin de l'océan. Tu t'épuises vers l'ignorance.

— Vous n'obtiendrez rien de moi. Je vous résisterai jusqu'à ma mort.

— Ouvre les yeux, Sentinelle. Tu es déjà des nôtres.

— Vous n'êtes qu'un leurre, une illusion.

Soudain, une douleur insoutenable lui traversa le ventre, comme la lame d'un sabre. Il mit un genou à terre.

— Tu accompliras notre œuvre, que tu le veuilles ou non.

Il se redressa et essaya de dessiner un sourire ironique sur sa gueule noire.

— Et si je refuse ?

— Ça n'entre pas dans tes possibilités.

Un autre éclair de douleur éclata, cette fois dans son crâne.

— Nous pouvons faire de toi un pantin amorphe, soumis à notre volonté. Est-ce ce que tu veux ?

Cette fois, il se releva plus difficilement. Ses jambes vacillaient.

— Que me voulez-vous ?

— Tu es devenu ce que tu es lorsqu'Isolde, la Sentinelle que tu as tuée, t'a transmis le pouvoir de la Lignée. Cette nuit-là, une crypte a été ouverte.

— *Je me souviens, oui.* « *Le sang humain versé sur la pierre noire* », cita-t-il. *C'était en fait un rituel d'ouverture qu'elle pratiquait.*

— *Le vieux paléographe t'a bien enseigné,* dit l'Ancien cruellement.

Il tenta encore de repousser la force qui l'enveloppait de noirceur et se refermait lentement sur sa raison. Mais il se rendit bien vite compte que ces créatures l'avaient jusque-là laissé faire à son gré.

— *Oui, le vieux avait raison lorsqu'il nous a prévenus du péril que vous représentez.*

— *Cesse de résister.*

— *Mais qu'est-ce que vous attendez de moi, bon sang !*

— *Il reste encore une crypte à ouvrir, la dernière de toutes. Tu l'ouvriras... et tu pourras reprendre forme humaine ensuite si tu le souhaites. Pas avant.*

32

Lauren sortit du poste de police et traversa le parking pour monter dans une Ford Crown banalisée mise à sa disposition par le capitaine. L'ancienne ferme de Grey Head était située à dix-huit kilomètres sur la route de Bradford. Une voiture militaire l'escorta jusqu'à ce qu'elle prît une piste de terre en direction de la ferme. La nuit était claire et la lune ne tarda pas à l'éclaircir encore. Lauren disposait du seul indice qu'Andrews avait relevé : des traces de roues imprimées dans la boue, sur le chemin de terre qui menait à la ferme. Il n'y avait eu aucune empreinte prélevée au sol, seulement des photos faites par un satellite. Les prises de vues remontaient à la période du 10 au 23 août. Les dates correspondaient avec le quatrième enlèvement d'enfant, celui du petit Christopher Elmer.

Lauren arriva bientôt dans une vaste étendue clairsemée. Il s'agissait d'anciens champs de pâturage qui servaient à l'époque pour le bétail. En contrebas, à environ huit cents mètres, apparaissaient les vestiges de trois grands bâtiments et deux hangars. Elle laissa le véhicule à bonne distance pour ne pas se faire entendre, dans le cas où quelqu'un se trouverait sur les lieux. Les hautes herbes bruissaient et ondulaient sous les clartés lunaires comme les vagues d'une mer végétale aux reflets d'argent. L'odeur de foin séché persistait malgré des années d'abandon et l'on entendait même encore tinter les cloches de bêtes, accrochées dans les étables, bringuebalées par les bourrasques de vent qui s'engouffraient dans les murs délabrés. Les vieilles planches noircies battaient et grinçaient. Elle s'arrêta et consulta l'écran de son téléphone. Toujours aucun message d'Eliott, rien depuis deux jours. Elle commençait à imaginer les pires scénarios. Son cœur était serré et ses mains moites à la pensée qu'il ait été capturé. Elle chassa ces visions douloureuses de son esprit et se redonna du courage pour se remettre en marche vers la ferme.

Aucun signe d'une quelconque présence n'apparaissait aux abords des bâtiments agricoles vétustes. Quelques vieilles carcasses de pick-up finissaient de rouiller dans un vaste hangar dont la toiture de tôles battait bruyamment sous les rafales de vent. Des tas de bottes de foin pourrissaient là depuis les cinquante dernières années.

Les traces de roues relevées par Andrews amenèrent Lauren jusqu'à un véhicule stationné au fond du hangar et couvert d'une bâche. C'était un vieux modèle de Land Cruiser Wagon. Lauren alluma sa lampe torche et ôta la bâche du véhicule. Le tout-terrain ne contenait rien d'autre que quelques outils. Elle balaya l'habitacle du faisceau lumineux puis entra et inspecta minutieusement l'intérieur. Cette voiture avait été conduite jusqu'ici, au moment où des enlèvements étaient perpétrés dans la région, et avait été soigneusement recouverte d'une bâche, alors qu'elle se trouvait déjà à l'abri dans ce hangar. Le conducteur n'avait pas pris toutes ces précautions par simple souci d'entretien. Il avait cherché à dissimuler le véhicule. D'autant plus que cette ferme était abandonnée depuis plus de cinquante ans. Elle sortit de la voiture et chercha des traces au sol, mais les planches recouvertes de brins de foin ne lui apprirent rien de plus. Presque adossé au hangar se trouvait le corps de ferme. Elle constata que portes et fenêtres avaient été condamnées par des planches solidement fixées. Rien ne paraissait avoir bougé depuis. Elle força un passage avec un pied-de-biche trouvé dans le hangar. L'intérieur de la maison était encore en parfait état. Les lits dans les chambres étaient faits et il y avait même des bûches de bois dans chacune des cheminées. Une fois qu'elle eut méthodiquement visité toutes les pièces, elle dut se rendre à l'évidence : les enfants enlevés n'avaient pas séjourné ici. Elle inspecta les étables et les deux autres bâtiments, mais ne décela aucun indice d'une quelconque présence humaine récente. La ferme de Grey Head n'avait pas servi à cacher les enfants.

Elle remontait le chemin vers son véhicule quand une image lui apparut soudain. Celle de la caisse d'outils qui se trouvait à l'arrière du Land Cruiser. Cette caisse contenait toutes sortes d'outils, destinés à autant d'usages différents, mais celui qui lui revint en mémoire était un outil bien particulier. C'était un casque, semblable à celui qu'un ouvrier de construction se devait de porter au travail, à ceci près que ce casque-là était pourvu d'une lampe frontale. Un seul usage pouvait être fait de ce type de casque : il était porté dans l'activité d'une exploitation souterraine, probablement une mine. Elle se souvint qu'elle l'avait vu posé sur les autres outils dans la caisse. C'était d'ailleurs pour cela qu'elle l'avait remarqué au premier coup d'œil. Il avait donc été utilisé en dernier, de façon certaine, par le conducteur du Land Cruiser. Seulement, il n'y avait aucune mine sur le site de l'ancienne ferme de Grey Head. Mais après une lecture attentive des droits d'exploitation agricole des anciens propriétaires, elle s'aperçut qu'ils avaient vendu leur terrain pour une somme confortable à la compagnie Consol Energy. Cette dernière avait aussi acquis une importante parcelle de sept mille acres qui jouxtait le terrain de Grey Head. Sur la carte des sites exploitants de la région dont disposait Lauren, aucune mine de charbon – seule source d'énergie fossile que Consol Energy exploitait en Pennsylvanie – n'apparaissait. Mais si la compagnie n'avait pas implanté de mine dans le secteur, elle n'avait pas acquis les parcelles sans raison. La déduction de Lauren était celle-ci : les prospecteurs avaient procédé à des forages-tests et à des recherches poussées dans le sous-sol et y avaient trouvé des gisements de charbon. Ils avaient alors acheté les terres dans le but de les exploiter. Il devait donc y avoir des mines de prospection dans le secteur, même si elles n'apparaissaient nulle part sur les sites d'exploitation officiels. Elle redescendit jusqu'au hangar et récupéra le casque dans la caisse à l'arrière du Land Cruiser. Elle ressortit ensuite et chercha si, à vue d'œil, elle parvenait à distinguer un sentier ou un passage marqué dans la végétation qui pourrait la conduire jusqu'à l'hypothétique site minier de prospection. Par déduction, s'il y avait une mine, son accès ne pouvait se trouver qu'en aval, dans la vallée. Elle longea donc le seul sentier qui descendait jusqu'à la rivière Kinzua et en arpenta les berges, d'abord vers l'est, puis en revenant sur ses pas. Ce qu'elle cherchait était la trace d'un cours où avaient circulé des rejets de forages émis par le site minier dans la rivière ; car forcément, s'il y avait eu une mine, il y avait eu aussi des déversements dans le cours d'eau le plus proche, en l'occurrence la rivière Kinzua. Elle finit par trouver ce qu'elle cherchait. La végétation l'avait partiellement recouvert, mais un ancien cours s'était jeté dans la rivière à cet endroit. Elle remonta son lit sec, fait de galets jaunis et de branches mortes enchevêtrées. Environ deux kilomètres plus haut, elle arriva à hauteur du déversoir qui sortait d'une paroi de béton. Elle escalada la dalle et arriva sur la base du site de prospection minière. L'entrée était envahie par la végétation. Elle se fraya un passage et parvint jusqu'à la galerie principale qui s'enfonçait dans l'ombre. Elle mit le casque et en alluma la lampe. Sur la gauche, elle vit une cage d'ascenseur qui était hors d'usage. Elle emprunta donc les escaliers et entama la descente prudemment, parcourant les marches de grille métallique en serrant son arme dans sa main. Des filets d'eau ruisselaient de toutes parts sur les parois qui luisaient dans la lueur de sa lampe. Ce casque de mineur posé à l'arrière du pick-up, pensa-t-elle, le fait que le satellite avait observé le véhicule circuler entre St. Marys et la ferme de Grey Head lors d'une période qui correspondait exactement avec le dernier enlèvement, la bâche sous laquelle le véhicule avait été dissimulé dans le hangar... Elle était persuadée d'avoir vu juste.

Lorsqu'elle eut rejoint le niveau le plus bas de la mine, elle suivit la seule galerie qui descendait en pente douce. Des caves creusées des deux côtés du couloir se succédaient de manière interminable. C'est alors qu'elle vit, dans le cercle de lumière de sa lampe, une boule de chiffon colorée, roulée sur le sol et partiellement couverte de glaise. En se rapprochant, elle put voir qu'il s'agissait d'une poupée d'enfant. Elle s'accroupit et la ramassa. Le jouet de laine était usé et pourri par l'humidité. Sur la gauche s'ouvrait une cave creusée dans la roche brute. Elle s'y engagea en marchant le plus silencieusement possible, braquant son arme de poing devant elle. Les lieux étaient plongés dans le silence le plus total. Elle remarqua une autre ouverture taillée dans un renfoncement. Elle s'avança et fut prise dans un courant d'air pestilentiel qui émanait de la cavité réduite. L'odeur de la mort, violente comme une onde de choc, vint la percuter de plein fouet. Elle pénétra dans l'anfractuosité et balaya l'intérieur du faisceau de la lampe. Ses mains tremblaient. Des palettes de bois étaient disposées à terre. Dessus, des matelas avaient été posés sur des tapis. Elle s'approcha. Sous des couvertures polaires bariolées, les formes de corps allongés se dessinaient. Elle les souleva et découvrit les enfants. Son cœur fut saisi par la douleur de la peine, mêlée à l'horreur intense de la vision qui lui apparut. Ils paraissaient endormis. Ils s'étaient blottis les uns contre les autres. Considérablement amaigri, leur visage était presque squelettique. Elle se pencha vers eux, malgré l'odeur de putréfaction agressive qui émanait de leurs corps immobiles. C'est alors qu'elle entendit une respiration. Bruyante, saccadée. De petits poumons persistaient à happer l'air dans des mouvements convulsifs. Elle fut prise de panique et tâtonna les corps rabougris pour dégager celui qui lui semblait être encore vivant. Elle se rendit compte que deux autres respiraient encore très faiblement. Ils étaient proches de la fin. Elle se souvint de chacun de leurs prénoms :

— Ryan, Jaden, Iris, Timothy... les appela-t-elle avec le ton d'une mère.

Deux d'entre eux remuèrent et se mirent à gémir. Sans qu'elle les sentît monter, des larmes coulèrent sur les joues de Lauren.

Seule la petite Iris restait immobile. Ses yeux s'étaient figés et son visage de poupée était blanc et froid. Timothy paraissait être celui qui avait gardé le plus de force vitale. Lauren passa sa main dans les boucles de ses cheveux. Sa voix ténue monta doucement de sa bouche entrouverte :

— *Ma... man... c'est toi ?*

— Je suis Lauren, une amie de ta mère. Je suis là pour vous ramener chez vous. Tu reverras ta maman bientôt.

Il attrapa la main de Lauren, qui était chaude et douce. Ses petites mains à lui étaient froides et moites. Réconforté, il la serra le plus fort qu'il put.

— Merci, Lauren... lui murmura-t-il poliment.

Elle le prit dans ses bras et le serra fort contre elle.

— Tiens.

Elle lui tendit une ration énergétique.

— Mange ça.

Il la porta à sa bouche et arriva à la mâchonner tant bien que mal. Les deux autres petits, Ryan et Jaden, ouvrirent les yeux à leur tour.

— Les enfants, je suis là pour vous ramener chez vous. Est-ce que vous allez arriver à marcher ?

Timothy fit signe de la tête que oui, en continuant à mâcher sa barre protéinée. Elle partagea ce qu'il lui restait de nourriture avec Jaden et Ryan et les fit boire.

— Très bien. Nous allons y aller, les enfants.

Elle enveloppa avec soin Ryan et Jaden dans une même couverture et la noua autour de ses épaules avec un morceau de tissu roulé. Elle se releva et, gardant une main libre pour tenir son arme, remonta vers la sortie des galeries.

Timothy la suivait en tenant une main agrippée à sa taille. Lorsqu'ils furent à l'air libre, Lauren décida d'emprunter le chemin qui montait directement vers la ferme au lieu de repasser par le cours d'eau. En moins de vingt minutes, ils avaient rejoint la voiture. Elle installa les enfants à l'arrière et prit la route de St. Marys.

Alors qu'elle conduisait, elle repensait à l'enquête et tentait de reconstruire les événements. Une étreinte glaciale ne la lâchait pas. Le visage de la petite Iris, blanc et froid, qu'elle venait de laisser au fond de la mine de Grey Head, était imprimé dans son mental.

Isolde Hohenwald était une Sentinelle.

L'état civil allemand n'avait pas fait d'erreur. Elle était réellement née le 12 février 1852. Le pouvoir de ces créatures avait certainement été la cause d'une telle longévité. Avant de servir les Anciens, Isolde étaient une sorcière, cruelle et sanguinaire, et c'était peut-être pour cela qu'ils l'avaient choisie. Elle avait alors recruté les deux autres jeunes femmes afin de satisfaire sa soif de sang lors de messes noires qu'elle continuait de célébrer, parallèlement à son activité de Sentinelle. Elle seule, sous sa forme de prédatrice monstrueuse, avait pu enlever les cinq enfants sans laisser aucune trace. Pourquoi avoir choisi de si jeunes êtres à sacrifier ? Lauren n'avait pas de réponse à cette question. La cruauté sans limite d'Isolde était peut-être la seule explication.

Cette nuit-là, le rituel qu'elles avaient pratiqué avait aussi ouvert la crypte, mais Isolde avait dû garder son secret pour elle, et ses deux jeunes recrues ignoraient en fait ce qu'elle était vraiment. Il ne faisait aucun doute que si Eliott n'était pas intervenu, elle les aurait dévorées sans la moindre pitié, tout comme il l'avait fait.

À l'approche de la ville, de nombreux véhicules militaires blindés patrouillaient et effectuaient des contrôles de civils. Les effectifs de soldats avaient presque doublé. Dès qu'elle fut entrée dans la zone de réception du réseau satellite, elle appela l'hôpital pour signaler son arrivée. Elle emmena les enfants au service d'urgence où ils furent pris en charge par une équipe d'infirmières. Le capitaine Sherman avait fait le déplacement depuis le commissariat. Il l'attendait dans le hall d'accueil.

— Excellent travail, agent Chambers, je vais dès ce soir contacter vos supérieurs pour témoigner de votre efficacité dans ce dossier. Je suis certain qu'ils...

— Accordez-moi une seule faveur, capitaine Sherman, l'interrompit-elle.

— Je vous écoute.

— Ce que je vais vous dire va vous paraître incroyable, mais je vais vous demander de me croire.

— Vous savez, Chambers, en comparaison avec ce qu'il se passe en ce moment dans le monde, je suis prêt à croire à peu près tout et n'importe quoi.

— Avez-vous rencontré l'agent Eliott Cooper lorsqu'il est arrivé à St. Marys pour commencer sa mission ?

Le capitaine se demanda pendant un bref instant où elle voulait en venir.

— Je l'ai effectivement rencontré, oui, au cours d'un bref entretien.

— Le pensez-vous capable d'avoir commis les faits qui lui sont reprochés ?

— Non. Je vous avoue que cela m'a beaucoup surpris. Il m'avait fait l'effet d'un agent intègre et compétent.

— Capitaine, j'ai besoin de votre confiance, et de votre aide, car ce qui s'est passé cette nuit-là, dans les forêts, va bien au-delà de ce que vous pouvez imaginer.

— Très bien. Allons au poste. Nous pourrons nous y entretenir

33

Eliott sentit son instinct de prédateur le pousser vers les rues de la ville. Il franchit une première avenue à la faveur de l'obscurité, puis s'agrippa aux briques d'une façade et la gravit jusqu'à se retrouver au sommet du bâtiment. Il se redressa et huma l'air glacé, en quête d'odeurs humaines, promesses de chair. Il se mit à bondir d'immeuble en immeuble, avec l'agilité d'un chat, et arriva au-dessus d'un établissement de nuit, vraisemblablement une discothèque. Il aperçut des soldats ivres, qui en sortirent et montèrent dans leur véhicule. Poussé par un irrépressible besoin de se nourrir, il descendit au niveau du sol et se tapit dans un renfoncement où des bennes à ordures étaient entreposées. De là où il était dissimulé, il pouvait voir le parking de la boîte de nuit. Il n'eut pas à attendre longtemps avant d'apercevoir deux jeunes femmes quitter l'établissement. Elles marchaient en titubant et riaient bruyamment, visiblement saoules. Il ressentait au fond de lui de l'appréhension à faire ce qu'il s'apprêtait à faire, mais la force qui le contraignait dépassait ce qui lui restait de volonté humaine. Les deux filles se tenaient mutuellement pour ne pas s'écrouler. Il pensa qu'elles ne sentiraient rien de ce qu'il allait leur faire. Elles n'en auraient pas le temps. Posté en hauteur sur une benne, il sauta sans un bruit et se réceptionna derrière leur voiture pour fondre sur elles comme une ombre. Il enserra leur gorge de ses mains puissantes jusqu'à leur briser la nuque et les emporta derrière les bennes pour les dévorer sur place. Cela ne lui prit pas plus d'une minute. Elles étaient jeunes et peu consistantes. Il se prit à regretter de les avoir choisies pour repas. Il regagna les toits et s'éloigna de la ville. Le goût de leur sang générait en lui la sensation d'une blessure. Il ne parvenait pas à s'y faire.

Il regagna la grotte où il avait passé la nuit précédente. Son portable ne fonctionnait plus et il n'avait aucun moyen de le recharger.

— Lauren, murmura-t-il en voyant son visage en pensée.

Mais il savait qu'il ne fallait plus espérer la revoir. Sa dernière métamorphose était définitive. Il ne retrouverait jamais son apparence humaine. Ses yeux s'embuèrent et des larmes noires et épaisses s'écoulèrent et tombèrent sur le sol. Sa gorge était nouée et émettait des grognements incontrôlés. C'était la douleur d'un homme torturé par la peine qui se manifestait dans le corps d'un monstre. Il s'accroupit dans un coin et se morfondit de chagrin.

— *Que regrettes-tu de ce monde pathétique, Sentinelle ?*

La voix maléfique de l'Ancien revenait l'habiter.

Il releva sa tête énorme de ses mains.

— *L'amour est quelque chose que vous ignorez !* cria-t-il en pensée.

— *L'amour...*

La créature émit un rire macabre.

— *... est une illusion qui vous a conduits à votre perte. Maintenant, l'être humain demande à être délivré de ses souffrances. Et si les hommes souffrent, c'est parce qu'ils ne connaissent pas leur nature profonde.*

— *Que connaissez-vous de la nature humaine ?*

— *Nous vous avons engendrés.*

— *C'est ce qui explique cette part obscure dans le cœur de chaque homme, ce côté maléfique qui a tendance à dominer nos agissements. Maintenant, il y a une explication au mal... et c'est vous !*

— *Nous vous avons donné la vie. Vous avez choisi votre voie.*

— *Vous nous avez créés pour vous nourrir de nous !*

— *Certains seront épargnés.*

— *Vos esclaves !* enragea Cooper.

— *Nous obéissons à la sélection cosmique. Nous-mêmes, dans notre lointain passé, y avons été soumis.*

— *L'humanité ne pliera pas sous votre joug. Nous vous vaincrons.*

— *Tu oublies que tu te nourris toi-même de l'homme maintenant, Sentinelle.*

— *Je vous renie ! Je trouverai le moyen de vous échapper, par la mort s'il le faut.*

— *Tu es l'un des nôtres, que tu le veuilles ou non.*

Son corps tout entier fut soudain traversé par une douleur fulgurante. Il roula à terre et poussa des hurlements qui déchirèrent le silence.

— *Si tu nous y contrains, nous allons procéder autrement avec toi.*

Il se releva en titubant et se jeta sur son sac à dos qu'il vida sur le sol de la grotte. Parmi les objets qui s'éparpillèrent, il saisit la seringue intraveineuse, la dernière qui lui restait. Elle était pleine. Il se la planta avec fureur dans la gorge et poussa tout son contenu dans son artère carotide.

— Et maintenant ?! cria-t-il, enragé.

— *Pauvre fou.*

Il s'effondra sur la roche de toute sa hauteur, pour ne plus se relever.

*

La voiture de service du capitaine fit une arrivée discrète sur le parking. Lauren et Howard Sherman en sortirent et passèrent rapidement devant les quelques journalistes qui les attendaient.

— Capitaine, s'il vous plaît, une brève déclaration au sujet des enfants retrouvés. Sont-ils en bonne santé ? Tous ont-ils survécu ?

— Capitaine ! lança un autre reporter, un mot pour le *New York Times* à propos de la conclusion du mystérieux dossier St. Marys.

L'officier fit une brève halte et leva les bras pour tempérer l'excitation de la presse.

— Ryan Jones, Jaden Watson et Timothy Pearson ont été pris en charge par les équipes médicales du service d'urgence de l'hôpital de St. Marys. Leur état de santé est bon. La petite Iris Winkler, âgée de cinq ans, n'a pas eu cette chance. Elle est décédée au cours de sa séquestration. Tout le mérite de ce dénouement revient à l'agent Lauren Chambers, du FBI – le capitaine prit la main de Lauren et la leva en signe de victoire.

Les flashs des journalistes mitraillèrent Lauren, qui cacha ses yeux derrière la main qui lui restait de libre.

— Agent Chambers, s'il vous plaît, quelques mots à propos de cette fin d'enquête ?

Lauren se dit qu'une bonne déclaration se devait d'être brève. C'était une première pour elle.

— Comme vous l'a dit le capitaine Sherman, les enfants survivants sont en bonne santé. Ils ont tenu en rationnant leurs réserves de nourriture intelligemment. Je regrette de ne pas les avoir retrouvés plus tôt pour arriver avant le décès d'Iris Winkler. À présent, nous allons rencontrer les parents qui nous attendent à l'intérieur. Je vous remercie.

— Agent Chambers, s'il vous plaît, pouvez-vous nous dire qui sont les auteurs des enlèvements ? Certaines sources ont laissé entendre qu'il s'agirait de sorcières en lien avec une secte satanique, est-ce que vous confirmez ?

Lauren et le capitaine s'engouffrèrent dans le poste de police sans laisser le temps aux journalistes de poser plus de questions.

— Agent Chambers ? Agent Chambers, s'il vous plaît !

Dans le hall d'accueil, le collectif des enfants disparus de St. Marys au complet attendait leur arrivée depuis que la nouvelle lui était parvenue, moins d'une heure plus tôt. Sean Watson, le responsable des parents, s'avança vers eux.

Il parla en contrôlant son émotion :

— Nous vous sommes infiniment reconnaissants. Nous voudrions les voir maintenant. Est-ce que nous pouvons y aller ?

— Il est possible que les médecins vous demandent d'attendre encore un peu, répondit calmement le capitaine. Vos enfants ont subi une séquestration de plusieurs mois. Les psychiatres spécialisés doivent faire la transition, afin de les réacclimater et de les préparer à vous retrouver.

— Très bien, nous comprenons. Nous nous rendrons aux urgences et suivrons leurs consignes.

Une des mères vint vers Lauren et lui prit la main.

— Que Dieu vous bénisse, agent Chambers. Merci, merci du fond du cœur, de nous avoir ramené nos petits.

— Même si je n'ai fait que mon devoir, madame, lui répondit aimablement Lauren, je suis très heureuse d'avoir pu les retrouver, très heureuse pour vous.

Elles se prirent dans les bras l'une de l'autre affectueusement.

Le collectif de parents ne s'attarda pas plus longtemps et quitta le commissariat pour l'hôpital.

Le capitaine arborait un sourire triomphant.

— Très bien, Lauren, allons dans mon bureau. Je souhaite entendre en détail ce que vous vouliez m'exposer.

Au moment où le capitaine allait refermer la porte de son bureau, un jeune policier arriva soudainement. Il était essoufflé et avait l'air affolé.

— Eh bien, officier O'Brian ! Que se passe-t-il ?

— Capitaine ! Branchez votre radio ! Des missiles nucléaires coréens viennent de frapper notre sol !

Le capitaine se rua sur son transistor et le mit en marche.

« ... nous vous rappelons qu'il est certain qu'une riposte balistique va être lancée dans les minutes qui viennent par le Pentagone à l'encontre de la Corée du Nord. Nous demandons aux habitants des autres grandes villes dont nous avons dressé la liste exhaustive de continuer à évacuer les pôles urbains dans un périmètre de cinquante kilomètres minimum. Je répète, continuez à évacuer, dans le calme, vos habitations. Suivez les consignes des forces armées déployées pour sécuriser les villes.

— Monsieur le gouverneur, une précision, s'il vous plaît, on me demande si une liste nominale des victimes de l'attaque de New York est disponible, ou si elle va l'être prochainement. Pouvez-vous répondre à cette question qui nous vient de la part de très nombreux auditeurs ?

— Le recensement des victimes des attaques qui viennent de frapper les villes de New York, Los Angeles, Chicago et Washington DC est en cours. Le Pentagone demande aux citoyens américains touchés par ces drames de garder espoir et d'attendre les informations que leur communiqueront les autorités militaires de leur secteur ultérieurement. »

Il y eut un blanc de quelques instants. On entendit du bruit dans le studio de Big Radio.

« Chers auditeurs, ici Bill Raydell, qui vous accompagne encore dans cette journée terrible. Qui aurait pu imaginer que cela soit possible ? La question qui se pose à présent est celle du conflit mondial. Comment les choses vont-elles évoluer ? Pour en parler, nous retrouverons notre spécialiste, John Senfield, d'ici une dizaine de minutes, après une pause technique, merci de votre compréhension. »

Un grésillement continu succéda aux paroles du présentateur.

Lauren et Howard Sherman restèrent abasourdis pendant plusieurs secondes.

— Il fallait s'y attendre, dit le capitaine d'un ton fatidique.

— Y a-t-il des consignes particulières pour l'accueil, capitaine ? demanda l'officier O'Brian.

— Non, pas de consignes particulières, O'Brian. Continuez à orienter les appels vers le commandement militaire du secteur. L'armée va prendre le relais progressivement.

Le jeune policier les salua :

— Chef. Madame.

Il sortit du bureau et ferma la porte derrière lui.

Le capitaine remonta le volume du transistor.

« *Nous reprenons cette émission spéciale et retrouvons John Senfield, notre correspondant qui est en direct des bureaux du Pentagone.*

— Bonjour, Bill, je me trouve actuellement en présence du secrétaire général des forces armées américaines. Et comme vous vous en doutez, l'ambiance ici est tendue au possible. La riposte des États-Unis à l'encontre de la Corée du Nord a été lancée il y a précisément douze minutes. Les charges nucléaires embarquées sont de même puissance que celles qui ont frappé le sol américain. Le Pentagone vient d'envoyer un message à la Corée du Nord pour lui demander de mettre un terme à cette escalade dont elle ne sortirait que perdante. Nous verrons comment réagira le commandement militaire nord-coréen. Espérons qu'il aura entendu l'appel à la raison du Pentagone. Votre avis à ce sujet, monsieur le secrétaire général des forces armées ?

— Il est très difficile d'anticiper une réaction à chaud dans un conflit au sein d'un camp ennemi. Tout est envisageable. Ce que nous redoutons est un soutien de la Chine, doublé d'une alliance avec la Russie. Dans ce cas-là, la guerre à l'échelle planétaire serait rendue inévitable.

— Espérons que ce scénario ne devienne pas réalité.

— À une telle échelle de pouvoir, les conflits ne peuvent se résorber ou se développer que très rapidement. Nous serons fixés quant à la suite des événements au cours des prochaines heures. Je vous remercie.

« — *Monsieur le secrétaire des forces armées, s'il vous plaît, est-ce que...*

— *Je n'ai pas d'autre déclaration à faire. Je vous remercie.* »

Le responsable du Pentagone mit fin à l'interview. Le capitaine se leva et alla se servir un café sans faire le moindre commentaire. Lauren pensait à sa mère, et à Eliott aussi.

— Vous en prenez un ?

— Oui, merci.

Elle croisa son regard et y lut une profonde lassitude. À cinquante-sept ans, Howard Sherman, en tant que policier qui avait fait son temps sur le terrain, n'attendait plus grand-chose de la vie. À cet instant, Lauren perçut que quelque chose venait de s'éteindre définitivement en lui.

— Et vous, capitaine, lui demanda-t-elle, quelles sont vos prévisions pour la suite ?

Il se laissa tomber dans son fauteuil et but une gorgée de son café.

— Je ne préfère pas chercher à imaginer la suite, agent Chambers. Il me reste peu de temps avant ma fin de carrière. Je me concentre sur mon job dans cette ville, pendant que j'y suis encore utile.

— Autant dire que vous envisagez le pire. Je me trompe ?

— Disons que si le pire arrive, je ne serai pas pris au dépourvu.

— La logique implacable du flic.

Il sourit en essayant d'avoir l'air amusé.

— Puis-je savoir à mon tour ce que votre logique d'agent du FBI vous murmure, miss Chambers ?

— C'était justement l'objet de notre entretien, capitaine, avant que le policier O'Brian ne fasse irruption pour nous annoncer le début de la troisième guerre mondiale.

Il regarda sa montre.

— Vous avez huit minutes, Chambers. Ensuite, je dois retourner au service des urgences. Cette fois pour entendre des victimes blessées dans des pillages au centre commercial.

— J'ai été contactée par l'agent Cooper... et je l'ai rencontré. Il m'a apporté suffisamment de preuves pour me convaincre qu'il n'est pas l'auteur des faits qui l'ont poussé à prendre la fuite.

— Savez-vous que vous encourrez de graves sanctions pour ça ? Vous pourriez être démise de vos fonctions sur le champ.

Il lui fit tout de même signe de continuer.

— Écoutez, capitaine. Cooper et moi avons mené une enquête parallèle ensemble, et découvert qu'avaient lieu des activités pour le moins anormales dans les forêts de St. Marys. Nous avons aussi de très bonnes raisons de croire que des responsables du FBI y sont impliqués. Et nous avons rassemblé suffisamment d'éléments qui prouvent qu'une société secrète, très ancienne et puissante, serait à l'origine des événements qui se produisent à l'échelle planétaire en ce moment même.

Le capitaine scruta Lauren avec insistance. Elle soutint son regard avec fermeté. Il appuya sur le parlophone qui le reliait à l'accueil.

La voix du policier O'Brian s'éleva :

— Que puis-je faire pour vous, capitaine ?

— O'Brian, pouvez-vous vous rendre à ma place au service des urgences afin d'enregistrer des dépositions importantes ?

— Je me mets en route tout de suite, capitaine.

— Parfait. Rapportez-moi un compte rendu à votre retour au poste.

Il relâcha le bouton et reporta toute son attention sur Lauren.

— Très bien, miss Chambers, donnez-moi tous les éléments que vous avez découverts. Nous avons du temps devant nous, maintenant.

34

Avant qu'il n'ouvrît les yeux, une odeur âcre de métal oxydé pénétra son système olfactif. Il tenta de redresser sa carcasse musculeuse noirâtre mais ses gestes n'étaient plus coordonnés. Il était anéanti par les sédatifs qu'il s'était injectés pour ne plus entendre la voix perfide de ses maîtres. En plus de cela, ses poignets et ses chevilles étaient entravés par des chaînes massives qui lui interdisaient tout mouvement.

Il réalisa qu'il se trouvait prisonnier d'une cage d'acier. Renforcée à l'extrême par des barres de plusieurs centimètres d'épaisseur qui se croisaient autour de lui, cette cage, d'environ quatre mètres de côté, était elle-même placée dans une sorte de container de fret. En fait, quand il perçut que le sol remuait sous la cage, il comprit qu'il se trouvait à l'arrière de la remorque d'un camion en mouvement. Depuis combien de temps était-il là-dedans ? Et surtout, *qui* l'avait enfermé ?

Soudain, le camion s'ébranla. Il perçut le bruit de freins qui crissaient. Il y eut une secousse brève. Le véhicule venait de stopper. Il rassembla toute sa force de colosse et attendit que vînt à lui l'être qui lui servirait bientôt de repas. Ceux qui l'avaient enfermé là étaient des inconscients. Il observa du coin de l'œil les fixations qui retenaient les chaînes à la cage. Elles ne résisteraient pas longtemps à la pression que ses muscles allaient exercer dessus. Il y eut un bruit de serrure à l'arrière du camion et l'ouverture électrique à rideau se releva lentement, laissant entrer une lumière qui l'aveugla douloureusement. Lorsque ses yeux se furent habitués à la clarté du jour, il distingua quatre hommes en armes qui se tenaient face à lui. Tout en feignant d'être endormi, il les écouta parler.

— Merde, t'avais raison, Jack, c'est un sacré morceau !

— Combien ils en veulent ? demanda un autre avec un accent russe à couper au couteau.

— On n'a pas fixé le prix encore. On va négocier quand on aura trouvé une foutue zone où les communications civiles passent.

— Attends, c'est quoi ce bordel ? On fait du bénévolat, maintenant ?

— Ferme-la un peu, Izmir, les types qui nous ont passé cette commande plaisantent pas. Ils nous paieront rubis sur l'ongle.

— Regardez-moi cette bestiole. J'ai jamais vu une saloperie pareille !

— Ça va nous rapporter un paquet de fric, sois-en certain.

Le mercenaire russe se rapprocha de la cage.

— Qu'est-ce que c'est que cette fumée dégueulasse qui flotte autour ?

Il appuya plusieurs fois le canon de son AK-47 sur le corps immobile d'Eliott.

— Joue pas trop avec. Ils nous ont prévenus que ça pouvait être dangereux. D'ailleurs, c'est pour ça qu'on l'a calé là-dedans.

— Je sais pas pourquoi, mais ça me rappelle ces drôles de tombeaux qu'on a chargés dans les hélicos la semaine dernière.

— Ouais… Allez, on se remet en route. Joe a fini de chier.

Les quatre hommes sautèrent au bas du camion. Le rideau s'abaissa et plongea la remorque dans l'obscurité à nouveau.

Eliott rouvrit les yeux. *Intéressant.* Ces mercenaires faisaient partie du même groupe que celui qui était intervenu sur les ruines. S'évader de cette cage blindée n'était pas un problème. Pour l'instant, la faim ne le poussait pas encore à chasser. Il n'avait aucune raison de se presser. Ces hommes pourraient lui apprendre qui était à l'origine de l'excavation des créatures dans les ruines. Pour cela, il lui fallait mettre en place une stratégie : rester, en apparence, inconscient aux yeux des mercenaires jusqu'à ce qu'ils l'aient acheminé à destination. Les Anciens attendaient de lui qu'il procédât à l'ouverture de leur crypte. Peut-être que c'était là qu'il était emmené. Certainement. Ces créatures utilisaient des hommes pour les servir : l'ordre des Adeptes et toutes les sociétés secrètes, maçonniques et autres, qui en étaient la progéniture spirituelle. Au bout de ce voyage, Eliott pourrait enfin mettre un visage sur les responsables humains qui collaboraient directement avec *Hominum primus.*

Il ne lui restait plus qu'à attendre dans cette cage jusqu'à arriver à destination. Il était complètement exténué et profita de ce répit pour sombrer dans le sommeil.

*

Lauren décida de se rendre à l'hôpital pour entendre les trois enfants. Ils étaient encore dans une phase émotionnelle très difficile, toutefois la responsable de l'équipe de psychiatres jugea que la visite de Lauren serait bénéfique, plus pour les rassurer et « stimuler leur système affectif » que pour obtenir d'eux des informations relatives à l'enquête, bien sûr. Lauren avait quand même préparé des questions, en gardant conscience de leur fragilité, l'élucidation des faits restant une priorité. Une aile du service des urgences avait été réservée à leur prise en charge, et des chambres rendues disponibles pour recevoir les parents. Une jeune infirmière, qui devait avoir tout juste vingt ans, accueillit Lauren lorsque celle-ci passa le sas d'entrée du service :

— Bonjour, vous devez être l'agent qui vient voir les petits ?

— Bonjour, oui, agent Chambers.

La jeune femme lui adressa un sourire avenant.

— Vous tombez très bien, ils sont en train de jouer avec l'ergothérapeute.

— Est-ce que leurs parents ont pu les voir ?

— Non, le grand jour est pour demain. Ils sont reçus aujourd'hui par les psychiatres. « Ils leur donnent des consignes » lui chuchota-t-elle sur le ton de la confidence. Le docteur Werner a dit que c'était une très bonne chose que vous passiez un moment avec eux.

Lauren suivit l'infirmière jusqu'à une chambre double où les lits avaient été retirés pour être remplacés par une aire de jeux débordante de jouets, peluches et ballons. Les enfants s'ébattaient timidement autour de l'intervenante qui tenait dans une main Kermit la grenouille et dans l'autre Mickey Mouse — les deux peluches étaient en grande discussion quand Lauren fut introduite par l'infirmière.

— Les enfants, voici quelqu'un qui vient jouer avec vous, leur annonça-t-elle d'un ton pétillant.

Quand ils reconnurent Lauren, le visage de Ryan, Jaden et Timothy s'illuminèrent d'un coup et ils accoururent vers elle. Elle s'accroupit et les réceptionna dans ses bras tous les trois. Kermit et Mickey se regardèrent bouche bée, interloqués, puis regardèrent les enfants sans rien dire. L'ergothérapeute se retira et confia les deux marionnettes à Lauren avec un sourire chaleureux. Elle quitta la chambre en silence.

Timothy attrapa aussitôt une peluche et la tendit à Lauren :

— Mickey et Kermit étaient rigolos. Tu veux jouer avec nous ?

— Bien sûr, dit Lauren en glissant sa main dans les peluches pour leur donner vie.

Les trois enfants rirent aux éclats avant même que Lauren les fît parler. Ils redevinrent subitement silencieux et fixèrent toute leur attention sur les deux marionnettes.

Kermit s'adressa à Mickey :

— Dis-donc, Mickey, je ne me souviens plus de quoi on parlait, tu t'en rappelles ?

Une nouvelle vague de rire agita les enfants.

Mickey fit non de la tête.

— Ha bin ça, c'est bête ! On est bien embêtés, dis-donc !

Timothy leva la main :

— On parlait des papas et des mamans tout à l'heure.

Lauren réalisa que le petit Timothy ne savait pas encore que ses parents étaient morts lors de son enlèvement. Elle prit sur elle et continua son improvisation.

— Haaa oui, s'écria Kermit en secouant la tête, je me souviens maintenant ! Hé, dis-moi Jaden, ton papa et ta maman, il te tarde de les voir hein ?

— Ha oui, alors ! répondit Jaden, ravi.

— Et toi, Ryan ?

Le petit acquiesça avec un rire timide.

— Et toi, Tim ?

Tim approuva à son tour.

— Les enfants, dit Kermit, la dame qui est là — Lauren fit se retourner les deux peluches vers elle — aimerait savoir des choses sur ce que les vilaines femmes vous ont fait. Vous voulez bien en parler ?

Cette fois, aucun rire ne se dessina sur les visages des bambins. Seul Timothy, le plus âgé des trois, et le seul qui paraissait savoir parler de façon intelligible, répondit à la requête de Kermit par un petit oui de la tête.

— Tu n'as plus peur maintenant, hein Tim ? lui demanda Mickey.

— Encore un peu, répondit Timothy.

— Et tu veux en parler ?

L'enfant hocha plusieurs fois la tête courageusement.

— Est-ce que tu te rappelles quand tu étais dans la voiture, pour aller chez tes grands parents, Tim ? lui demanda Mickey.

— Oui.

— Est-ce que tu veux bien me raconter ?

— Oui.

Mickey dodelina de la tête joyeusement et s'esclaffa. Lauren se surprit elle-même par son imitation du rire Mickey Mouse. Cela remit un peu de couleurs sur le visage de Timothy.

— D'abord, il y a eu un grand bruit sur la voiture... et j'ai vu papa, il a freiné... et puis j'ai vu le montre, il a ouvert la portière... et il m'a emporté...

— Super ! dit Kermit. Enfin je veux dire c'est bien ! Tu racontes bien !

— Continue Timothy, dit Mickey, qu'est-ce que tu as vu après ?

— Après, le montre, il m'a posé par terre. Et il a retourné à la voiture... Et il a fait dormir papa et maman... Et après le montre m'emporté dans sa main... Il me faisait mal... avec sa main...

Lauren vit qu'il était au bord des larmes.

— Très bien, les enfants ! Ah ah ah super ! s'esclaffa Mickey.

— Hey, Mickey ! lança Kermit, et si on jouait au jeu des photos ?

— Le jeu des photos, Kermit ? Est-ce que tu penses que Ryan, Tim et Jaden sauront y jouer ?

— Je ne sais pas, Mickey. Je crois qu'il faudrait leur demander ! Les enfants, vous voulez jouer au jeu des photos ?

Timothy était subitement sorti de sa crise d'angoisse, et Jaden et Ryan étaient ravis. Lauren posa les photos des trois sorcières au sol devant eux.

— Très bien les enfants, dit Mickey, dites-moi qui des trois vilaines s'occupait de vous quand vous étiez dans la cave.

Les enfants désignèrent à tour de rôle Cassandra Owens et Emily Russel, les deux apprenties sorcières qu'avait recruté Isolde Hohenwald. Mais à aucun moment ils ne montrèrent du doigt la Sentinelle sous sa forme humaine.

— Et elles vous donnaient à manger souvent ces méchantes femmes ?

— Non, pas trop... On avait beaucoup faim, alors on cachait le manger pour quand on avait rien.

— Oui ! C'est très bien ça ! s'écria Mickey joyeusement.

— Et elles vous faisaient du mal, ces trois vilaines sorcières ?

— Non, mais... elles nous faisaient très peur, parce qu'elles étaient pas gentilles, et nous on étaient enfermés dans le noir... et on avait froid tout le temps.

— Timothy, reprit Kermit, est-ce qu'il n'y avait seulement que ces deux méchantes sorcières-là qui s'occupaient de vous, ou bien le monstre venait vous faire peur aussi ? Ou quelqu'un d'autre ?

Le visage de Timothy se ferma.

— Le montre est venu... mais pas trop souvent.

— Très bien, Timothy. Et tu te rappelles ce qu'il faisait quand il venait vous voir ?

Timothy hésita.

— Il... il faisait rien... il nous reniflait... et il grognait... je crois qu'il voulait nous manger !

Le flot de larmes que retenait Timothy se déversa sur ses joues. Lauren posa les deux marionnettes et le prit dans ses bras.

— Là, ça va aller, Tim, le rassura-t-elle.

Puis, elle le reposa par terre, devant elle. L'enfant se tint immobile, bras le long du corps, et la regarda avec de grands yeux curieux. Lauren voulut lui parler de ses parents, de l'horrible réalité qu'il aurait à affronter bientôt, et qui ne le lâcherait pas de toute sa vie, certainement, mais elle n'en eut pas le courage. Ses grands-parents seraient plus compétents qu'elle pour le lui dire de manière progressive, ou du moins, en limitant la souffrance qu'allait causer un tel choc dans son jeune esprit. Lauren était une fille solide, et elle s'était considérablement endurcie durant ces cinq dernières années de service au FBI, mais elle sentait maintenant qu'une faille venait de s'ouvrir en elle, un gouffre obscur, prêt à l'engloutir. Elle chassa de son mental ce vide qui paraissait l'observer de son œil noir et immense. Elle embrassa les enfants et quitta le service des urgences en évitant de rencontrer les parents. En traversant le parking vers son véhicule, elle se demanda pourquoi elle était revenue leur parler. Ils ne pouvaient rien lui apprendre de plus. *Pourquoi ?* Elle resta plusieurs minutes assise devant le volant, à regarder le ciel noir, et à voir défiler dans son mental les images de ce qu'elle venait de vivre dans les forêts de St. Marys. Elle était si lasse. Et si pleine de désespoir que son cœur aurait pu s'arrêter de battre sous le poids de la mélancolie. Au prix d'un effort surhumain pour se sortir de ce marécage émotionnel, elle parvint à faire tourner la clé de contact. Le moteur vrombit et ronronna avec une constance rassurante. Elle enclencha la première et prit la direction du commissariat.

*

Le capitaine céda à Lauren une Ford Crown de patrouille. Ce véhicule manquait de discrétion, mais il lui permettrait de réquisitionner de l'essence aussi souvent qu'elle en aurait la nécessité. Sur la consigne d'Howard Sherman, elle se rendait à Indianapolis pour rencontrer un ancien agent du FBI. Ce dernier avait, selon le capitaine, certains contacts qui pourraient être utiles à Lauren.

« J'ai passé l'âge de m'engager dans de telles voies, miss Chambers, lui avait dit Howard Sherman, *les preuves que vous avez rassemblées méritent d'être étudiées par des*

officiers compétents. S'agissant en partie d'un conflit interne, il vous sera évidemment impossible d'en référer à vos collègues ou supérieurs. »

Le capitaine lui avait alors glissé sur le bureau la carte de cet agent, sans prononcer son nom à voix haute.

« Entrez en contact avec lui. Il vous indiquera la marche à suivre. Bonne chance, Lauren. »

La ville de Pittsburgh, transformée en centre d'hébergement géant, se trouvait sur la route d'Indianapolis. Les habitants qui avaient quitté New York et Philadelphie, ajoutés aux blessés évacués, étaient arrivés en masse à Pittsburgh. Des camps médicaux avaient été montés aux abords des hôpitaux débordés de civils.

Lauren se gara près du centre et alla s'acheter de quoi déjeuner dans un fast food. Le chaos s'emparait peu à peu de l'Amérique. Les fous de Dieu qui arpentaient depuis toujours les rues en scandant des versets de la Bible étaient maintenant suivis par de nombreux passants égarés. Ils les écoutaient avec effarement, les yeux aveuglés par le désespoir. Dieu comme ultime recours, comme dernier refuge. Le Jugement dernier était proche. D'un autre côté, les dissensions interraciales et les couches sociales s'effaçaient curieusement. Dans les rues, les cafés, les jeunes gens comme les plus âgés communiquaient avec ardeur. Les tablettes et les téléphones cellulaires étaient inutilisables. Mais si la majorité des individus se retrouvaient déconnectés, ils en éprouvaient un soulagement certain. Des cercles se formaient, un peu partout. Les discussions flottaient dans une apesanteur intellectuelle ; tout pouvait être dit, tout pouvait être réalisé. Certaines idées et préconceptions qui appartenaient à la société déchue étaient en train de s'effondrer. Le monde avait-il besoin de cette guerre ? Une étrangeté ambiante, teintée d'euphorie, se ressentait partout, surtout chez les jeunes. Une solidarité d'ordre cosmique était en train de s'installer.

Lorsque Lauren quitta Pittsburgh, un sourire éclairait son visage sans qu'elle pût vraiment se l'expliquer. Elle reprit la 70 déserte sous un ciel où quelques grands cumulus d'un blanc éclatant se découpaient dans un azur limpide.

Quatre heures plus tard, elle arrivait à Indianapolis.

Dès qu'elle fut entrée dans la zone couverte par le réseau de communication, elle essaya à nouveau de contacter Eliott. Son appareil était éteint. Elle se sentait à bout nerveusement. Elle respira profondément en se massant la nuque et sortit se dégourdir les jambes dans le parc de Brookside à l'entrée est de la ville. Les zones commerciales étaient gardées par des véhicules militaires. Les soldats veillaient à la distribution rationnée des produits de consommation jugés essentiels. Beaucoup de magasins avaient déjà écoulé leur stock. Un livret de famille était nécessaire pour justifier de l'achat de plus d'un kilo de sucre, de riz, ou de viande. Les gens restaient chez eux, pour la plupart. Certaines entreprises avaient opté pour une fermeture temporaire, d'autres avaient définitivement déposé leur bilan. Les aéroports étaient fermés. Les gares, quant à elles, grouillaient de voyageurs. Le gouvernement avait mis en place la gratuité des trains. Là encore, les forces armées avaient pour mission de gérer le flux des migrants.

Sur la carte que lui avait remise le capitaine Sherman n'apparaissait qu'un numéro de téléphone, rien d'autre. Elle emprunta un chemin ombragé du parc, à l'écart des groupes de gens, pour appeler l'agent mystérieux.

Quelqu'un décrocha presque aussitôt :

— Oui, j'écoute, dit une voix masculine.

— Bonjour, je suis Lauren Chambers, pouvons-nous nous rencontrer ?

— J'attendais votre appel. Retrouvez-moi au Brass Ring Lounge sur Shelby Street à, disons, 18 h.

— J'y serai.

Elle avait deux heures devant elle. Le soleil rougeoyait en descendant sur l'horizon. Elle s'assit sur un banc et essaya de faire le calme dans son esprit, mais la fatigue et le stress pesaient sur elle comme une charge qu'elle avait du mal à porter. Elle s'allongea sur le banc, en position fœtale, et regarda le soleil disparaître lentement derrière les arbres. Des larmes roulèrent sur ses joues.

La nuit était tombée quand elle gara la voiture de patrouille sur un parking distant de deux pâtés de maisons du Brass Ring Lounge. Lorsqu'elle entra dans le bar, l'atmosphère était enfumée, et ce malgré un panneau *No smoking* affiché sur la porte d'entrée. Le temps était à l'anarchie, à la révolte. Le bar était bondé. Les discussions bruyantes allaient des gens qui mouraient parce que des dictateurs mégalomanes jouaient à la guerre avec des présidents capitalistes irresponsables, aux complots économico-industriels des grandes firmes dans le but de dominer le monde. Elle s'avança et commanda une bière au comptoir. Un juke-box crachait à plein volume un titre ravageur de Rage Against the Machine. Elle sentit brusquement une présence approcher dans son dos. Elle se contrôla pour ne pas faire volte-face et sortir son arme. Il fallait jouer la confiance, mais elle était à cran. Une main se posa sur son épaule. Elle se tourna très tranquillement pour se retrouver face à un homme grand, maigre, au visage creusé par l'âge et aux cheveux mi-longs grisonnants. Ses yeux très clairs enfoncés au creux d'orbites profondes lui donnaient une apparence de vieux rapace.

— Allons nous assoir à une table, nous serons plus tranquilles, lui proposa-t-il en désignant le fond de l'établissement.

Elle resta très vigilante en le suivant.

Sur l'échelle de confiance, elle était à 6.

— Très bien, dit l'homme en s'asseyant, Sherman m'a briefé sur votre affaire. Je...

— Comment avez-vous connu Sherman ? l'interrompit-elle sèchement.

— Nous avons fait l'école de police ensemble dans notre jeunesse. Il a choisi l'uniforme, j'ai opté pour les services secrets. Nous sommes restés en contact.

— D'accord. Allez-y, continuez, vous me disiez que Sherman vous avait briefé...

— Il m'a exposé votre affaire et je me suis documenté dans les fichiers internes : le dossier St. Marys, les enlèvements d'enfants... Ça ressemblait à une enquête normale jusqu'à ce que l'agent Cooper pète les plombs et...

Lauren l'interrompit encore une fois :

— Cooper n'a pas pété les plombs. Il a réussi à gérer une pathologie d'ordre viral qui l'a atteint. Il n'est pas coupable de ce dont on l'accuse.

— Ce qui nous intéresse est ce qui a suivi la mésaventure de l'agent Cooper. Vous semblez avoir mené une enquête sérieuse sur des faits qui soulèvent beaucoup de questions, n'est-ce pas, agent Chambers ?

— Je suis ici pour essayer de leur apporter des réponses.

— Nous recherchons la même chose. Nous vous attendions, agent Chambers. Et si vous n'étiez pas venue à nous, nous vous aurions contactée.

Elle remua la tête comme si elle n'avait pas bien entendu.

— Seriez-vous prête à coopérer avec nous ? lui demanda l'homme.

— Qui êtes-vous ? répliqua-t-elle.

L'homme désigna la sortie du bar.

— Une voiture vous attend dehors, une Chrysler noire.

Lauren l'observa encore très attentivement pendant quelques secondes, puis décida de continuer à jouer la carte de la confiance.

— OK.

Elle se leva et gagna la sortie sans même le saluer. Une Chrysler 300 attendait effectivement dans la rue, stationnée à cheval sur le trottoir. Le moteur du véhicule tournait. Un homme sortit du côté conducteur et l'invita à monter en lui ouvrant la portière arrière. Jeune, cheveux bruns et œil noir, la trentaine, athlétique et plutôt ténébreux. À son goût, mais il n'y avait qu'Eliott dans ses pensées. Elle grimpa rapidement dans la voiture, en gardant quand même une main sur la crosse de son arme.

— Bonsoir, agent Chambers, dit l'homme en s'installant au volant.

Le regard qu'il lui porta se voulait profond et sécurisant. Le bonsoir était anodin et aimable, comme s'il venait de saluer un voisin de palier. Il passa la première et s'engagea sur l'avenue.

— Bonsoir, lui retourna-t-elle platement. Sans vouloir vous incommoder, est-ce que vous pourriez me dire quelle organisation vous représentez ?

Elle crut voir passer un sourire sur son visage.

— Nous travaillons de concert avec vous. Nous sommes, disons, une cellule spéciale.

— Une cellule spéciale du FBI ?

— Pas exactement.

Lauren attendait la suite. Mais l'homme se contenta de reporter son attention sur la route. Le véhicule s'engagea sur la 65 vers la sortie nord de la ville. Lorsqu'il eut quitté les avenues jalonnées de feux et de croisements, l'homme reprit :

— Le FBI est une organisation très récente au regard de nos activités, agent Chambers.

— C'est-à-dire ?

— Ce que vous avez découvert dans les forêts de St. Marys, vous et l'agent Cooper, fait partie d'un secret qui est resté inviolé depuis des millénaires. La traduction du livre par le paléographe vous a impliqués malgré vous dans des événements dont dépendra l'avenir de l'humanité.

— Ça ne me dit toujours pas qui vous emploie…

— Personne ne m'emploie, je suis bénévole. J'appartiens à une confrérie… Une très ancienne confrérie qui a pour mission de lutter contre le mal, depuis l'aube des temps.

Lauren se dit qu'elle n'avait pas dû bien entendre.

— Vous êtes un religieux ?

— Pas vraiment.

— Les confréries qui luttent contre le mal servent Dieu, généralement, je me trompe ?

— Le mal que nous combattons, agent Chambers, remonte à des temps si lointains que les religions n'étaient pas encore enracinées dans l'esprit de l'Homme. Les pas des premiers prophètes n'avaient pas même encore foulé la Terre.

L'intuition qu'elle avait ressentie plus d'une fois depuis la visite de la crypte avec Eliott la saisit à nouveau. Elle sentit sa poitrine prise dans un étau glacé.

— Je crois savoir à quelle sorte de mal vous faites allusion, souffla-t-elle à demi-mot.

— Les hommes de science les ont nommés *Hominum primus*, dit l'homme d'un ton amer, parce qu'ils sont nos ancêtres. Ils ont végété dans leurs cryptes souterraines pendant des millions d'années... et maintenant, ils reviennent pour régner sur Terre.

Lauren eut la sensation d'une boule dans son ventre qui venait d'exploser. Ses doigts devinrent subitement moites et se mirent à trembler.

Elle était arrivée à saturation.

Elle passa ses mains dans ses cheveux, se massa les tempes nerveusement. Des larmes coulèrent sur ses joues, alors qu'elle regardait avec fébrilité les bandes blanches de la route défiler dans le pare-brise. Elle comprit qu'elle était proche du burn-out.

— Putain, c'est pas possible... cria-t-elle, emportée dans un sanglot. Arrêtez-vous ! Arrêtez-vous ! hurla-t-elle.

L'homme se rangea précipitamment sur le bas-côté.

Elle bondit hors de la voiture et, serrant les poings de rage et d'impuissance, poussa un hurlement qui déchira la nuit. Elle fit encore quelques pas et se plia en deux pour vomir plusieurs fois.

Le conducteur était descendu de la voiture et l'avait suivie en restant à distance. Il tenait une arme dans la main et regardait avec vigilance les parages. Lauren reconnut un Smith & Wesson 500.

Elle se redressa et vociféra à son attention :

— Qu'est-ce que vous foutez ?

— Calmez-vous, agent Chambers. J'ai reçu des consignes. Je suis là pour vous protéger.

Elle courut vers la voiture et tenta de prendre le volant. L'homme parvint à la rattraper. Elle se retourna en un éclair et lui asséna un violent coup de tête qu'il encaissa. Il réussit à la ceinturer et à l'immobiliser au sol.

— Je crois que vous venez de me casser le nez, agent Chambers.

Du sang s'écoulait à flots de sa blessure. Lauren se débattait en tous sens, essayait en vain de se dégager et de lui porter des coups de poing, mais il la maintenait avec force. Ils roulèrent dans le sable de longues minutes jusqu'à ce qu'elle finît par s'essouffler et capituler.

— Vous êtes calmée, Lauren ? Je ne vous veux aucun mal, OK ?

— Allez vous faire foutre ! hurla-t-elle.

— Écoutez, on peut rester là toute la nuit si vous voulez, ça ne me pose pas de problème.

Elle poussa un ultime cri de rage entre ses dents et laissa retomber sa tête dans la terre. Elle fondit à nouveau en larmes. Il laissa passer un long moment et se releva en la tenant toujours ceinturée.

— Nous allons retourner à la voiture et nous remettre en route, agent Chambers.

Elle se laissa porter sans résistance. Il la traîna jusqu'à l'arrière de la voiture. Elle était totalement vidée. Il l'allongea délicatement sur la banquette et lui passa rapidement une menotte au poignet, puis referma l'autre sur une barre de renforcement en acier qui longeait la portière.

— Désolé, mais je dois m'assurer que tout ira pour le mieux, lui dit-il.

Elle n'opposait plus aucune résistance. L'homme redémarra la voiture et reprit la route. Il se tourna pour vérifier qu'elle n'essayait pas de se détacher, mais elle s'était déjà profondément endormie.

Quand elle s'éveilla, un ciel gris et lourd apparaissait au-dessus d'elle, dans la vitre de la plage arrière. Un vent violent, qui portait des nuées de flocons, malmenait la Chrysler. Elle resta allongée un bon moment, le temps de reprendre conscience de la réalité. Ses yeux éteints fixaient le ciel sombre. Se redressant, elle s'aperçut que sa main était prise dans une menotte.

Le conducteur lui adressa un sourire amical dans le rétroviseur.

— Vous avez dormi comme une pierre, agent Chambers, comment vous sentez-vous ?

— Mieux. J'aimerais que vous commenciez par me détacher de cette portière.

L'homme se rangea sur le bord de la route. Il descendit et vint délivrer son poignet. Il avait un pansement blanc sur le nez et ses yeux étaient noircis par un large hématome.

— Nous serons à Fargo dans une heure.

Il reprit le volant.

Elle descendit avant qu'il ne démarrât et fit le tour pour venir s'installer sur le siège avant.

— Vous devez sûrement avoir un nom vous aussi, lui lança-t-elle.

— Appelez-moi Jim.

— Jim... Original.

— C'est comme ça que je m'appelle, lui dit-il avec un sourire.

Elle croisa les bras et ne put retenir une moue désappointée.

— Où allons-nous, Jim ?

— Je vous conduis dans le Nord-Ouest, État d'Idaho, un coin du nom de Meadow Creek où est établie la base de la résistance.

— Ça fait un bout de chemin, dit-elle.

— On a encore seize heures de route devant nous.

— Ça va vous laisser le temps de m'expliquer précisément la nature de vos activités et ce que vous attendez de moi.

— Comme je vous l'ai dit hier soir, nous représentons une confrérie, ou si vous préférez, une organisation. Nous ne sommes affiliés à aucune religion particulière. Cependant, notre mission est bien de combattre le mal qui se répand sur Terre.

— *Hominum primus*, dit Lauren d'un ton fatidique.

Il acquiesça.

— Tous les événements qui se produisent actuellement à l'échelle mondiale, entama-t-il, ont été sciemment orchestrés par ces créatures. L'ordre des Adeptes, qui les sert, a infiltré toutes les sociétés secrètes, organisations d'état, forces armées de la plupart des pays de notre planète... Cet ordre est l'instigateur du conflit mondial qui vient de débuter.

— Ils préparent le retour de leurs Maîtres à la surface, dit Lauren.

— Exactement. Voici comment ces créatures ont planifié leur invasion : en premier lieu, le conflit avec la Corée du Nord dégénère. Nous en sommes là. Dans quelques heures, la Russie va s'allier avec la Chine pour soutenir les attaques coréennes. L'évidence veut que l'Europe s'allie avec les États-Unis. Les échanges de tirs balistiques nucléaires vont s'intensifier. Jusqu'à ce qu'un cessez-le-feu soit déclaré.

— Ces prédictions souffrent-elles d'une incertitude ? demanda Lauren.

— Malheureusement non. Le processus ne peut plus être enrayé.

— Que va-t-il rester de notre planète ? Des écosystèmes ?

— *Hominum primus* ne cherche pas à détruire la vie, agent Chambers. Les mégapoles seront presque toutes rasées, mais comme nous, il ne peut se passer des ressources naturelles que peut lui offrir la Terre. Il a aussi besoin de l'Homme vivant...

— Ils vont nous asservir, supposa-t-elle.

— Ils ont déjà bien assez de serviteurs, plus qu'il ne leur en faut même...

— Que veulent-ils faire de nous dans ce cas ?

Il hésita un instant pour formuler sa réponse.

— Nous allons constituer pour eux une forme de nutriment qui va servir à leur régénération, Lauren.

— *Le fluide vital*, dit-elle en se rappelant les écrits du paléographe.

La boule dans son ventre se serra encore. Elle attendit qu'il poursuivît, sans vraiment vouloir entendre ce qu'il allait dire. Il y avait dans son corps comme un refus organique d'imaginer l'horreur qui se dessinait.

— Le fluide vital est une substance que chaque homme contient en infime proportion dans son corps. *Hominum primus* doit recevoir ce fluide en quantité suffisante pour que sa régénération opère. Le problème est qu'un nombre considérable d'hommes doit être sacrifié pour le retour à la vie d'un seul individu de leur espèce.

— Quelles sont les proportions ? demanda-t-elle.

— Huit cents hommes pour une de ces créatures.

— Mais combien sont-ils au total ? Avez-vous pu évaluer leur démographie sur Terre, et sous la surface ?

— La crypte que vous avez découverte dans les forêts de St. Marys, ainsi que toutes celles qui ont été ouvertes, ne renfermaient qu'une faible part de leur population. Les premiers à avoir été régénérés : les stratèges.

— Où se trouvent les autres ? demanda Lauren, non sans une certaine appréhension.

— Il reste une crypte. La dernière, et la plus grande de toutes. Elle est située quelque part sous les plateaux de Sibérie centrale, en Russie. Selon nos sources, *elle renfermerait plusieurs millions de ces êtres*, tous des guerriers qui déferleront sur Terre et anéantiront notre espèce.

— Existe-t-il un moyen d'empêcher leur invasion ?

— Oui, il n'en existe qu'un : nous devons détruire cette crypte avant qu'ils ne l'ouvrent.

— Si j'ai bien compris ce qu'Eliott m'a expliqué, seule la Sentinelle est capable d'ouvrir une crypte.

— Exactement.

— Et je suppose que pour détruire cette crypte, il faudra s'y introduire, c'est bien ça ?

— Oui. C'est là que vous intervenez, Lauren.

Elle le regarda avec de grands yeux.

— J'avoue que je ne vous suis pas.

— Dans moins de neuf mois, un autre être sera capable d'ouvrir cette crypte, Lauren...

Elle mit quelques secondes à faire la déduction. Instinctivement, elle passa ses mains sur son ventre.

— Comment avez-vous pu le savoir ? Je ne le savais pas moi-même il y a quelques jours !

— Nous l'avons supposé. Et nous ne nous sommes pas trompés.

Il se tourna vers elle et lui sourit avec chaleur.

Il y avait beaucoup de bonté dans ses yeux.

Et de l'espoir aussi.

L'espoir de l'humanité entière.

35

Base de la résistance de Meadow Creek.
Idaho.

Lauren fut prise en charge par le service de soins médicaux dès son arrivée. On lui administra un traitement sopo-
rifique diffusé par perfusion. Une jeune infirmière d'origine
amérindienne, aux yeux de jais et aux longs cheveux lisses et
noirs comme les plumes d'un corbeau, du nom d'Aiyana,
veilla sur elle durant les cinq jours qu'elle passa alitée.

Elle raconta à Lauren toute l'histoire de la *confrérie de
l'Aube* : comment elle était apparue en Mésopotamie, à la
même période que celle où l'ordre des Adeptes s'était constitué, comment elle avait, comme lui, perduré dans le secret
durant des millénaires, et son combat pendant tout ce
temps, jusqu'à maintenant.

— Pourquoi ce nom : confrérie de l'Aube ? demanda
Lauren.

— Drebba le sage, lui répondit la jeune Indienne, réunit
un jour des hommes vaillants qui peuplaient les plateaux de
Ninive. C'était il y a quinze mille ans. Il parla ainsi :

« *Le père apprend à son fils comment traire les bêtes et garder
les troupeaux, les protéger des dangers qui descendent en
hordes des bois, la nuit… L'Homme, au cours de son histoire,
connaîtra de grandes souffrances parce qu'il sera livré à lui-
même, parce qu'aucun père ne lui aura jamais appris à se préserver du mal… Mes frères, sachez que le père de l'Homme*

attend son heure, dans le ventre de la terre... Un jour, il en re-viendra pour se nourrir de son fils... mais sachez que ce père-là n'est pas un père, car il aura élevé l'Homme comme une bête, l'aura dressé au mal... et il se repaîtra de ses chairs lors-que le jour de son règne sera à nouveau venu.

... À l'aube de ce jour, nous serons là, et nous délivrerons l'Homme du sort funeste qu'il lui réservait. »

La jeune femme marqua un instant de silence, avant de reprendre d'une voix douce :

— Ce jour est arrivé, Lauren. L'Aube est en train de se le-ver sur Terre.

— Si vous l'avez toujours su, dit Lauren, pourquoi ne pas l'avoir propagé, pour que l'humanité puisse lutter contre eux ?

— Qui aurait cru de pauvres fous illuminés ? Nous étions et sommes restés une minorité. Les Adeptes étaient déjà nombreux, Lauren... très nombreux. Le rapport de force avec leur ordre nous était impossible. Les Anciens ont tou-jours été des maîtres experts dans l'assassinat, la dissimula-tion et le complot. Encore maintenant, ils sont partout... *et nulle part.* Mais nous pouvons agir, car beaucoup d'entre eux sont toujours en sommeil sous Terre...

Elle marqua un instant de silence.

— ... Mais lorsqu'ils auront été régénérés, il sera trop tard.

— Quelles sont nos chances de les vaincre ? Jim m'a ex-pliqué que vous aviez planifié une infiltration dans leur grande crypte.

— Oui. Lorsque nous l'aurons pénétrée, nous descen-drons en son cœur et y placerons une charge suffisamment puissante d'explosif pour l'anéantir, de l'intérieur.

— Votre plan est simple.

— L'enfant que tu portes est notre seul espoir, Lauren.

— Je ne le sacrifierai pas. Je mourrai plutôt... *mais je ne le sacrifierai pas.*

Elle avait parlé comme une louve, avec des flammes dans le regard.

Aiyana baissa les yeux.

— Il survivra. Sois-en certaine.

Lauren observa attentivement la jeune Indienne.

— Comment peux-tu en être si sûre ?

— Nous préparons cette attaque depuis des années. Le plan de l'infiltration que nous avons mis au point est sans faille.

— Dans ce cas, je participerai à l'infiltration et à la destruction de la crypte, déclara Lauren. C'est ma seule condition pour que mon enfant serve votre cause.

— J'en référerai aux autres. Ta demande est parfaitement légitime.

Lauren se laissa retomber sur le lit. Elle respirait fort et se sentait encore très fatiguée. Aiyana se leva.

— Je vais te laisser te reposer encore. Tu en as besoin.

Elle la salua d'un sourire discret et sortit du campement.

Lauren la regarda attentivement s'éloigner et passer la porte en toile. Elle posa ses mains contre son ventre, à l'écoute de la vie qui était en train d'y éclore, puis se rendormit.

*

Eliott fut réveillé en sursaut par un fracas métallique contre la tôle du semi-remorque.

— Debout, le monstre, t'es arrivé ! gueula un mercenaire.

Le rideau à l'arrière du camion se leva.

Dehors, il faisait nuit noire. Un froid extrême s'engouffra dans le camion. Il ouvrit les yeux mais les garda presque clos, pour qu'ils ne voient pas qu'il observait leurs moindres mouvements. Il se tint complètement immobile. À l'instant où ces hommes relâcheraient leur vigilance, il prendrait la fuite dans les étendues glacées. Peut-être qu'il en happerait un dans ses mâchoires pour le dévorer une fois qu'il se serait éloigné.

L'un d'eux s'approcha de la cage blindée. Il tapa sur les barreaux d'acier avec le canon de son fusil mitrailleur.

— Hé, t'as entendu, l'animal ? Debout !

Il ne bougea pas.

Un autre mercenaire grimpa sur un des montants de l'énorme cube métallique et déverrouilla la fermeture de la cage. Eliott était encore pieds et mains liés à l'armature d'acier par les chaînes. Subitement, ils reculèrent et sortirent de la remorque. Il ne s'était pas attendu à ça. *Pourquoi me laissent-ils ?* Il perçut alors un bruit de pas sur la neige glacée qui recouvrait le sol à l'extérieur. Cela s'enfonçait dans la glace lourdement. Ce n'était pas humain, car beaucoup trop massif. Il sentit la même odeur que celle qu'il avait perçue dans la crypte.

Une haute silhouette se dessina à l'entrée de la remorque.

Elle s'approcha d'Eliott et posa une de ses mains noires et noueuses sur le sommet de son crâne. Il ne bougeait toujours pas et guettait l'instant propice pour s'évader.

— Ne cherche pas à fuir... Ça ne te sera plus possible maintenant.

L'*Hominum primus* laissa sa main posée sur la carcasse noire immobile. Il regardait sa créature avec l'œil d'un père bienveillant.

— Où sommes-nous ?

— Proches de la porte, Sentinelle.

Eliott releva sa gueule dentue vers le corps luisant de noirceur de l'Ancien.

— Je ne l'ouvrirai pas. Vous ne pourrez pas m'y forcer. Je le sais.

L'être sourit lugubrement.

— La porte sera ouverte de tes mains. Ta volonté finira par céder.

— Nous verrons.

Il laissa retomber sa gueule sur le sol, épuisé, incapable de se défaire de l'emprise télépathique que l'Ancien exerçait sur lui.

36

5 mars de l'année 2018.

Les semaines et les mois passèrent. Après une période de convalescence, Lauren fut formée par des instructeurs spécialisés, dont beaucoup avaient appartenu au FBI. Ils lui apprirent diverses techniques, notamment celles qui permettaient de concevoir des équipements, explosifs et systèmes de communication artisanaux, faits à partir de pièces récupérées et de matériel usagé ou ancien. La résistance avait su anticiper les conditions dans lesquelles ses soldats auraient bientôt à combattre. Lauren suivit aussi une formation au conflit en guérilla, même si elle en savait déjà presque autant que ses instructeurs.

Les résistants de l'Aube étaient aptes à opérer sur tous les terrains. Leurs bases étaient réparties sur les cinq continents. La plus grande de celles-ci se trouvait au Népal, dans la région de Rajpur, nichée dans les contreforts himalayens, à cinq mille mètres d'altitude. Celle de Meadow Creek comptait un effectif de vingt mille soldats. Elle avait été établie dans une immense grotte, envahie en partie par la forêt d'épineux. Des bâtiments de glaise grise séchée affleuraient jusqu'au bord de la cavité, tous reliés par des escaliers labyrinthiques. Une haute cascade se déversait du haut de la voûte rocheuse pour former un lac au milieu de la grotte, approvisionnant en eau toute la base.

La confrérie de l'Aube était infiltrée dans les strates politiques et militaires. Elle avait calqué, au cours des siècles, sa stratégie sur celle de l'ordre des Adeptes, mais les soldats de l'Aube étaient beaucoup moins nombreux. Toutefois, l'avantage était qu'ils pouvaient se dissimuler plus facilement. L'Aube avait donc misé sur la qualité de ses agents plutôt que sur l'importance de ses effectifs. Pourchassés par les Adeptes depuis les prémices de l'humanité, les soldats de l'Aube étaient devenus nomades par la force des choses. Beaucoup étaient entrés dans les ordres monastiques, toutes religions confondues. Ainsi, les valeureux guerriers s'affermissaient aussi bien au combat que dans la voie spirituelle.

Un matin, alors que Lauren avait terminé son entraînement au sabre, elle fut appelée pour une audience avec les chefs du camp. Elle alla poser son armement dans sa tente et se rendit dans les quartiers du commandement, creusés dans les hauteurs de la base. Après avoir suivi un long couloir qui n'était éclairé que par des torches, elle arriva devant l'entrée massive de la salle du conseil. Elle frappa sur la porte de bois.

— Entre, Lauren, lui répondit la voix familière de Jim.

Elle s'avança dans la salle soutenue par des piliers de bois et se dirigea vers la table où étaient assis cinq chefs de la résistance.

L'un d'eux lui fit signe de s'assoir. Elle tira une chaise et prit place en face d'eux.

— Tu es bientôt prête, Lauren, dit celui qu'on appelait Coyote, un gars malingre, mais vif et agile sur le terrain.

Lauren ne dit rien et se contenta de hocher la tête.

Un autre parla :

— Tu avais émis la demande de pouvoir participer à l'opération finale, avec nous.

— Oui.

— Nous approuvons ta requête, à l'unanimité.

Un sourire éclaira le visage de la jeune agent.

— Où en est notre petit héros ? demanda Jim en portant son regard vers le ventre rebondi de Lauren.

— C'est pour dans cinq mois, répondit-elle.

— Parfait, dit Jim.

— Avez-vous pu localiser l'appareil répondant au numéro que je vous ai laissé ?

L'homme prit un air grave.

— Non, Lauren. Désolé, on sait que ça te tient à cœur.

— Ça ira, je m'y suis faite, maintenant.

Elle se leva en tenant son ventre et quitta la pièce en silence, sans lever les yeux du sol. Lorsqu'elle eut rejoint son campement, elle s'allongea sur son lit. Elle était si pleine de tristesse qu'elle craignait que l'enfant pût en souffrir. Elle caressa son ventre plein et parla au petit être qu'il renfermait :

— Ton père va revenir, Matthew, c'est sûr. Il ne nous laissera pas seuls. Et nous, nous allons sauver le monde. Tu n'es pas encore né, mais ce que tu vas accomplir est écrit... depuis l'Aube des temps, Matthew... c'est écrit. Tu es un vrai petit héros, tu sais ? C'est comme ça qu'on t'appelle ici.

Elle se retint soudain de parler. Elle avait entendu un bruit qui venait de l'entrée de la tente. Aiyana, la jeune Indienne, fit son apparition dans l'encadrement de la porte.

— Je peux entrer ? lui demanda-t-elle à mi-voix.

Lauren lui répondit par un sourire.

Aiyana vint s'assoir sur une chaise près du lit.

— J'ai parlé à un shaman de ma tribu. Je lui ai donné le collier de perles qu'Eliott t'avait offert. *Il a vu Eliott.*

Lauren la regardait les yeux pleins d'espoir. La jeune Indienne posa sa main sur la sienne.

— Il va bien, dit Aiyana. Son cœur est fort et un grand courage l'anime encore.

— Où est-il ? demanda Lauren en serrant sa main.

— Il n'a pas su voir où précisément, mais il est très loin. Au-delà des mers.

— Penses-tu qu'il pourrait se trouver proche de la dernière crypte, en Sibérie ? demanda Lauren.

— C'est probable, oui. Le shaman a vu beaucoup de neige et de glace.

— Si c'est le cas, alors cela veut dire qu'ils vont lui faire ouvrir la crypte bientôt. Puisse Dieu faire qu'il leur résiste.

— Le shaman m'a dit qu'il y avait encore beaucoup de lumière dans son esprit, mais que son corps...

L'Indienne s'arrêta pour chercher les mots exacts qu'avait prononcés le vieil Indien.

— ... Mais que son corps n'était plus celui d'un homme.

Lauren ressentit comme une entaille lacérer ses chairs.

La jeune Aiyana reprit :

— Ils ne sont pas en mesure d'ouvrir la crypte pour le moment. Nous sommes certains de cela, car plusieurs opérations de sabotage ont gravement endommagé les sites où leurs grands extracteurs étaient en cours de fabrication. Ils vont maintenant accuser un retard considérable dans leur plan de régénération.

— Cela laissera le temps à Matthew de venir au monde.

— Oui, c'est dans ce but que nous nous bornons à retarder l'ouverture. D'après nos calculs, les grands extracteurs ne seront terminés que dans six mois.

— Nous frapperons avant, dit Lauren avec rage.

Aiyana fit un geste apaisant de la main.

— Oui, Lauren, mais tu dois avant tout te reposer. Ne cultive aucune haine. Ce que tu vas accomplir est un grand bienfait pour l'humanité.

Lauren se ressaisit.

— Tu as raison, mais il m'est difficile de ne pas penser à ce que ces créatures ont fait à Eliott.

— Nous ferons tout pour le ramener à l'état humain, lorsque nous en aurons terminé avec *Hominum primus*.

— Tu penses qu'il a des chances de redevenir homme ?

L'Indienne lui adressa un sourire confiant.

— Il est originaire de la tribu tolowa. Les Tolowas étaient braves et forts. Je n'ai aucun doute là-dessus, Lauren. Eliott reviendra homme parmi les hommes.

37

Les tirs de missiles nucléaires intercontinentaux firent en totalité plus de vingt millions de victimes sur toute la Terre. Les villes de New York, Moscou, Saint-Pétersbourg, Paris, Londres, Los Angeles, Pyongyang, Hamhung, Chongjin, Shanghai, Pékin... furent complètement rasées par les bombardements.

La crise économique s'intensifia à la vitesse d'un incendie sous le vent de la guerre. Partout, dans les villes en ruine de la majorité des pays du globe, les pillages, les meurtres, les insurrections contre les régimes totalitaires en place et tous les types d'exaction augmentaient en nombre. Des guerres civiles importantes éclatèrent en Europe de l'Est, en Afrique du Nord, Inde, Philippines, Mexique, Chine, Russie...

Les forces armées affaiblies par les combats qui sévissaient sur les différents fronts n'étaient plus en mesure d'assurer la sécurité des populations civiles. Ce qui restait des grandes villes frappées par les missiles était livré aux pillards et aux hordes de révoltés en tout genre. Dans tous les secteurs économiques, la production était descendue à moins de quinze pour cent. Les forces militaires de l'ONU avaient pris le contrôle des industries en mesure de fournir l'essentiel aux populations révoltées et meurtries. Toutes les tentatives de restaurer un semblant d'ordre par des ententes politiques provisoires étaient autant de coups d'épée dans l'eau. Le chaos envahissait la Terre et tous ses peuples, dans une nuée impénétrable où la nature humaine retournait à l'état animal.

Hominum primus attendait dans l'ombre. Il se délectait de voir la lumière faiblir, la flamme de l'espoir s'éteindre. Il observait patiemment les rouages de son plan machiavélique tourner, un à un.

21 mars.

Premier jour de printemps. Éclosion de la vie. La date n'avait sûrement pas été choisie par hasard. Les premières déportations dans les camps d'extraction furent initiées. *Hominum primus* ne se souciait pas d'une quelconque appartenance ethnique ou religieuse des hommes qu'il conduisait à la mort. Tout ce qui lui importait était le fluide vital qu'ils contenaient. Pour fonctionner, un extracteur devait être alimenté de matière organique humaine, et vivante. N'importe quel type d'homme, sans aucune distinction, était bon pour l'extraction.

L'ordre des Adeptes, par l'entremise de ses agents infiltrés dans les forces armées, fit constituer des milices privées de sécurité. La raison d'être de ces milices était la sécurisation des villes, la protection des sites industriels qui fonctionnaient encore et celle des intérêts détenus par les financeurs des Adeptes. Très habilement, les politiciens corrompus votèrent pour que les milices pussent acquérir de l'autonomie. Elles furent alors en mesure de proposer leurs services aux forces armées débordées. Rapidement, elles prirent le contrôle de certains secteurs comme les pénitenciers, qui se remplissaient de plus en plus, ou les hôpitaux, qui débordaient de blessés et de malades.

Leur objectif était de prélever suffisamment d'êtres humains pour alimenter les extracteurs. Ainsi, les Adeptes pourraient entretenir la régénération des créatures qui avaient été excavées des premières cryptes. Qui se serait soucié de détenus condamnés à mort, dans des prisons où le taux de surpopulation carcérale dépassait les cent quarante pour cent ? Les parlementaires corrompus obtinrent le vote de lois encore plus sévères, facilitant ainsi la condamnation à la peine capitale. Dans les hôpitaux, les mourants délaissés, ceux qui étaient en passe de le devenir, les enfants orphelins, les blessés qui nécessitaient trop de soins étaient évacués eux aussi vers les camps d'extraction, parqués comme de la marchandise avec les condamnés à mort qui pensaient obtenir là un sursis. On leur avait simplement dit que la société humaine avait besoin de leur coopération dans des œuvres bénéfiques, pour le salut de tous. Au fil du temps, les déportations s'intensifièrent. Sans poser de questions, l'armée officielle mettait même des trains à disposition des milices qui remplissaient les wagons. Tous ces voyageurs n'avaient aucune idée de leur destination, et encore moins du sort qui les attendait.

Le sol américain comptait quatre camps d'extraction actifs. La résistance connaissait la position de deux d'entre eux : l'un était situé dans le nord du Minnesota et l'autre au Nouveau-Mexique. Deux autres, plus récents, restaient encore à trouver. La couverture qui dissimulait l'existence des camps, mise en place par les Adeptes, les rendait indétectables, mais elle n'était pas parfaite.

Des rumeurs commencèrent à circuler parmi les hommes. Certains disaient que l'ennemi n'était pas humain, qu'il s'agissait d'un complot mené par les sociétés secrètes... Les chefs militaires qui servaient *Hominum primus* n'eurent aucun mal à démentir ces rumeurs, infondées et propagées par des fous extrémistes. Qui aurait pu croire de telles fabulations délirantes ?

26 avril.

Le réseau satellite de défense des États-Unis, déjà affaibli par l'attaque virale sur le système économique et les carences énergétiques, fut la cible d'une nouvelle offensive.

Curieusement, l'état-major des armées ne parvint pas à évaluer la nature de cette attaque. Tout ce dont on était sûr était qu'elle provenait du sol russe, plus précisément d'une région de Sibérie centrale. Les États-Unis suspectèrent la Russie d'expérimenter une nouvelle arme, car la technologie utilisée était *inconnue*. En riposte, le commandement américain détruisit les satellites de transmission russes qui fonctionnaient encore.

Les conséquences des attaques subies par le réseau spatial américain furent lourdes. La couverture d'internet se trouva encore diminuée et les rares médias audiovisuels et radiophoniques qui diffusaient toujours furent contraints de cesser d'émettre. Le centre de transmission des forces armées américaines dut s'allier à celui d'Europe qui possédait encore un réseau capable d'assurer des communications stratégiques militaires. Les deux continents convinrent de l'utiliser en alternance, ce qui en affaiblissait grandement l'efficacité.

Quatre jours seulement s'étaient écoulés quand Scientech, une multinationale qui tenait le monopole sur le secteur des télécommunications, proposa de louer ses services au gouvernement américain. Huit satellites américains dits « suppléants » furent mis en orbite depuis les bases de lancement Kennedy et celle de Kourou en Guyane française.

Ce que le gouvernement américain ignorait était la cause véritable de l'implication de Scientech dans ces lancements. En effet, Harald Trudd, son président, était un vénérable membre de l'ordre des Adeptes.

14 mai.

Des manifestations importantes commencèrent à avoir lieu dans différents pays du globe. L'objet en était les nombreuses disparitions de civils qui sévissaient dans des zones contrôlées par les milices privées. Celles-ci se livraient à des arrestations sommaires de personnes supposées être membres de « groupes rebelles ». Ces groupes étaient accusés par les milices de pillage de convois alimentaires. Les autorités répondirent aux manifestants que la présence des milices sur les zones de réfugiés et de migrants visait justement à assurer la sécurité des populations, l'acheminement des denrées alimentaires et la bonne distribution de celles-ci. Les chefs de milice déclarèrent publiquement qu'ils n'avaient pas à rendre compte de leurs opérations visant à neutraliser la menace que représentaient ces groupes de pillards organisés. En fait, les milices décidaient que tel ou tel migrant était coupable de pillage et le faisaient prisonnier. Il n'était ensuite pas même jugé et se voyait déporté dans les heures qui suivaient dans un camp d'extraction, sans aucune explication.

Mais les prisons surpeuplées, les hôpitaux et les arrestations sommaires bientôt ne suffirent plus. Les extracteurs demandaient encore et toujours plus de chair humaine pour régénérer *Hominum primus*.

10 juin.

L'unique chaîne télévisuelle « U-Earth Channel », détenue et contrôlée par l'ordre des Adeptes, annonça au monde entier une catastrophe sanitaire d'ampleur planétaire.

« H-4 ». C'était sous ce sigle que le virus avait été désigné.

Son taux de transmission était maximal. Les sujets infectés ne présentaient aucun symptôme détectable dans les premières heures. La personne atteinte ne montrait qu'au bout de vingt-quatre heures de contamination des signes de troubles nerveux, psychomoteurs, puis un amaigrissement soudain : le visage s'émaciait et le corps se rigidifiait au point que l'infecté prenait une apparence cadavérique. La dernière phase qui survenait voyait le sujet tomber dans un coma profond. Curieusement, la vie se maintenait dans ce corps desséché à l'extrême. Le décès ne survenait qu'entre huit et douze jours plus tard.

Quinze jours après les premiers cas déclarés dans l'État de Louisiane, le virus s'était propagé sur tout le continent américain. Les corps affluaient par centaines chaque jour dans les centres hospitaliers. Rapidement, les milices mirent en place des zones fermées et sécurisées de quarantaine. Une fois franchies les portes de ces secteurs rattachés aux centres médico-légaux des hôpitaux, le sujet infecté n'en ressortait plus. Aucun cas de rémission n'avait pu être observé.

Le transfert des sujets infectés vers les camps d'extraction se faisait avant que ceux-ci ne soient déclarés cliniquement morts. Le délai de douze jours de coma laissait assez de temps pour que les infectés fussent acheminés vers les extracteurs.

H-4 avait été pensé et généré dans un souci d'efficacité optimale.

Pour des raisons pratiques évidentes, les infectés n'étaient pas déportés avec les détenus condamnés à mort et les malades communs. Des convois spéciaux les amenaient directement des zones de quarantaine aux chambres d'extraction.

Dans ce contexte d'état d'alerte pandémique maximum, les conflits continuaient de faire rage sur les différents fronts de guerre entre les armées humaines. Les autorités politiques qui exerçaient encore un semblant de pouvoir se trouvaient maintenant de plus en plus muselées par le monopole des grandes firmes industrielles, dont la majorité était dirigée par des têtes pensantes qui avaient prêté allégeance à *Hominum primus*. La propagande psychologique, implacable, orchestrée dans l'ombre par les stratèges adeptes, instillait inexorablement le désespoir dans l'esprit des hommes. La fin de l'humanité, l'abandon, la renonciation à l'existence, autant de termes inconcevablement destructeurs, étaient martelés dans la conscience collective et commençaient à trouver une réalité.

Lentement, la population humaine diminuait. Cette mécanique de mort ne semblait pas connaître de faille.

Il ne restait plus qu'une crypte à ouvrir.

Derrière cette dernière porte reposaient des hordes de titans qui mettraient un terme à la civilisation humaine, pour célébrer dans le sang le nouveau règne d'*Hominum primus*, père de tous les hommes.

38

Le vent glacial hurlait lugubrement et s'engouffrait par rafales sous la porte massive d'acier rongé par la rouille. Sa tête, lourde comme du plomb, reposait sur le sol gelé. Il était incapable du moindre mouvement. Toute sa force avait été comme aspirée par l'esprit vampirique des Anciens qui le maintenaient enfermé dans cette geôle depuis des mois. Pour le nourrir, ils lui apportaient un seau de sang humain coagulé par jour. À peine de quoi survivre.

Des flocons de neige voletaient autour de lui dans les dix mètres carrés de la cellule. Ses yeux étaient à demi ouverts. Il observait les tourbillons de particules blanches qui virevoltaient. Son esprit était si vide et il se sentait si épuisé que la mort aurait pu l'emporter comme si elle avait eu à cueillir une simple fleur fanée. Mais l'espoir était encore là, bien présent. Cette lumière ne l'avait jamais quitté. Il souffla bruyamment. Ses naseaux fumants dégagèrent un nuage de brume qui s'évapora dans le froid de la nuit. Une lueur orangée passait sous la porte, peut-être celle d'une torche, car elle vacillait irrégulièrement. Incapable de mouvoir son corps trop lourd, masse de muscles relâchée et déconnectée de sa volonté, il sombra encore dans le sommeil.

Une période de temps indéterminé s'était écoulée quand une lumière intense irradia son champ de vision. De là où il se trouvait, il pouvait voir maintenant des sommets rocheux érodés où s'accrochaient des pins tordus, semblables à ceux du parc de Yosemite en Californie. Le vent soufflait fort là aussi. Il se tenait sur une vaste dalle rocheuse grise, exposé à toutes les intempéries. Autour, et au-dessous des hauteurs où il se trouvait, les forêts ondoyaient à l'unisson sous la main de la brise qui les caressait. Les rayons de soleil qui éclairaient ses yeux étaient tantôt obscurcis par les branches d'arbres qui remuaient au-dessus de lui. Son corps était celui d'un homme. En regardant son bras nu sur le fond du ciel azur, il ressentit une joie profonde. La malédiction de la Sentinelle avait-elle pris fin ? Cette vision n'était qu'un rêve. Et il le savait. Autour de lui montaient en rythme des bruits sourds de percussions. Des mains invisibles frappaient les peaux de tambours ancestraux tandis que des polyphonies syncopées se répétaient en une transe interminable. Une silhouette féminine, fluette et gracieuse, se dessina dans les clartés ombragées. Elle s'avança vers lui, la tête ornée d'une parure de plumes magnifiques, en exécutant une danse légère, ondulant comme l'eau d'un ruisseau. Il l'avait reconnue, avant même d'avoir pu la voir. Grand-mère Kanda rayonnait de sagesse. Son visage à la peau tannée et aux yeux bleu vif généra en lui une joie encore plus intense.

Elle se pencha vers lui et caressa sa joue affectueusement.

— Nos esprits se rencontrent enfin, Iyayenagi… Je suis heureuse de te revoir depuis *l'autre côté*, Eliott.

Elle prit sa main dans la sienne. Son contact était chaud et lisse, saisissant de réalité.

— Kanda, je ne t'avais vue qu'une fois mettre cette parure. C'était… je ne me souviens plus en quelle occasion… lui murmura Eliott dans son rêve.

— C'était un soir où la lune regardait les collines, un soir d'hiver. Le shaman du village tolowa le plus proche était venu passer la nuit. Te souviens-tu de lui ? Il s'appelait Isha.

Subitement, celui-ci apparut dans l'esprit d'Eliott. Son visage portait les traits d'un très vieil homme à la peau presque noire, parcourue de rides profondes, aux yeux très sombres. Sa face était longue et austère, mais le regard était pourtant empreint d'une grande bonté. Son expression était figée en un masque où se dessinait un sourire d'ébène, lisse, constant. Comme Kanda, il portait les apparats que les Tolowas revêtaient traditionnellement pour les rituels.

En revivant cette rencontre, Eliott sentit un malaise indicible s'élever. Le vieux Tolowa cherchait à pénétrer son esprit, comme s'il procédait à une sorte de jugement ou d'évaluation. Cette vision n'était pas qu'un souvenir. Il l'observait encore maintenant, avec plus d'intensité qu'il ne l'avait fait cette nuit-là.

Il parla :

— Wakanya hibu yeho[7]… car tu es maintenant de l'autre côté, Iyayenagi. Tu n'as rien à craindre, car ton cœur est pur.

— Mon esprit est libre, mais mon corps est prisonnier. Prisonnier deux fois. De cette geôle et de cette créature que je suis devenu.

Le visage du shaman scruta encore son âme au plus profond.

— Ceux qui veulent utiliser ta force pour servir leurs desseins s'en repentiront bientôt, Iyayenagi.

— Comment peux-tu en être si sûr ? Quand un seul d'entre eux peut soumettre mon esprit comme celui d'un enfant.

— Tu as en toi la force et la lumière de Wakan Tanka[8]. Et Wakan Tanka peut parfois être comme un enfant, si cela lui est nécessaire.

— D'accord. Dans ce cas, je suppose que si je lui demande de m'aider à sortir de cette geôle, il le fera certainement.

---

[7] « Je viens à toi par les voies de l'Esprit. »

[8] Le grand Esprit créateur, la divinité suprême.

Le sourire du vieux shaman s'accentua l'espace de quelques secondes.

— L'Iyayenagi n'a à fuir nulle part, car il est toujours libre. Laisse-les te conduire là où ils veulent te faire aller. N'oublie pas une chose : eux aussi obéissent à la seule volonté du grand Esprit. Car eux aussi sont des créatures du grand Esprit.

— Ils me contraindront à ouvrir leur maudite porte.

— Tu ignores la force qu'il y a en toi. Si tu t'es incarné dans ce corps, c'est que Wakan Tanka l'a voulu ainsi. C'est donc qu'il y a une bonne raison pour que cela soit toi qui aies été choisi.

— Qu'est-ce que l'Iyayenagi ?

— Celui qui possède tout le savoir d'un shaman sans avoir été initié. N'as-tu jamais fait de rêves qui se réalisaient avec une exactitude parfaite ? T'est-il arrivé de parler à des personnes sans les avoir jamais rencontrées physiquement ? Ce genre d'expérience est anodine pour un Iyayenagi. Ce mot signifie simplement « passé de l'autre côté », du côté des Esprits. C'est un grand don que tu as reçu.

Les tambours résonnaient avec de plus en plus de force et les chants s'accéléraient alors que le sol de roche vibrait et qu'Eliott ressentait les moindres bruissements des branches qui s'agitaient. Le soleil et le ciel avaient entamé une danse céleste, puis le jour déclina en quelques secondes, comme si le paysage tout entier avait basculé dans la nuit.

— Et s'ils parviennent à me soumettre et à me faire ouvrir leur crypte ?

— Garde confiance en ton pouvoir. Tu sauras quel chemin prendre lorsque le moment sera venu.

39

Base de la résistance de Meadow Creek.
23 juin.

Malgré l'enfant qu'elle portait, Lauren avait tenu à assister avec les autres combattants de l'Aube à une réunion importante. Elle ne voulait rien perdre du combat qui faisait rage sur tous les fronts. Aiyana était près d'elle et lui tenait la main. Son accouchement était prévu au cours du mois suivant.

La première partie de la réunion fut consacrée au briefing d'une opération d'envergure qui allait être menée contre l'ennemi. Plusieurs noyaux de résistants avaient prévu d'allier leurs forces pour porter une attaque décisive contre le camp d'extraction des montagnes Sangre de Cristo, au Nouveau-Mexique. L'issue du combat reposant sur la capacité d'*Hominum primus* à se régénérer, il fallait frapper fort.

Parallèlement, les laboratoires de biochimie du MIT[9] de Boston étaient parvenus à trouver un vaccin contre le virus H-4. Il fallait maintenant mettre en place un réseau clandestin de distribution de *l'antivirus H-0*, et ce dans l'urgence, car le virus se répandait très rapidement parmi les populations de migrants. Les chiffres, même s'ils n'étaient pas certifiés, faisaient déjà état de neuf cent mille personnes atteintes en l'espace de deux mois. Le point positif était que les

---

[9] Institut de Technologie du Massachusetts.

combinaisons anticontamination, produites et distribuées à grande échelle, ralentissaient efficacement la propagation de la pandémie. La réunion se termina avec plusieurs objectifs secondaires abordés : actions de sabotage diverses, attaques armées contre des bâtiments tenus par les milices, et en point d'orgue, le ralliement des groupes de résistants anonymes qui opéraient sans moyens, indépendamment de l'Aube. La résistance était en train de se consolider et de gagner en force.

29 juillet.
2 h 08.

Lauren fut réveillée en pleine nuit par les douleurs des premières contractions. Aiyana, qui dormait près d'elle, se leva dès qu'elle l'entendit gémir. Elle alluma les bougies et alla lui faire chauffer une infusion relaxante aux herbes qu'elle avait elle-même préparée. Elle l'aida à se redresser et remonta les coussins derrière elle pour qu'elle pût s'assoir confortablement. Elle retourna aux cuisines et en revint avec une tasse d'infusion qu'elle lui tendit. Elle s'assit ensuite près d'elle sur une chaise en bois.

— Comment te sens-tu ? lui demanda-t-elle de sa voix douce.

— Heureuse, lui répondit Lauren avec un sourire un peu pâle.

— Tu te rappelles le vieil Indien dont je t'avais parlé, celui qui est entré en contact avec l'esprit d'Eliott ?

Lauren répondit oui d'un signe de tête.

— Il est ici. Il est venu depuis les forêts de l'Oregon. Est-ce que tu veux qu'il soit là pour accueillir Matthew dans le monde des vivants ?

— C'est une sorte de cérémonie qu'il va pratiquer ? demanda-t-elle, curieuse.

— Oui. C'est un rituel, Lauren. Il y a un lien très fort qui a perduré jusqu'à Eliott, et Matthew en a hérité. Mais ne te sens pas obligée… Si tu veux, je pourrai lui expliquer que tu ne souhaites pas qu'il soit là.

— Je ne sais pas.

— C'est ton enfant. Choisis ce que tu penses être le meilleur pour lui.

Eliott ne lui avait parlé de ses origines indiennes que pour évoquer la personne de sa grand-mère, Kanda, à laquelle il était très attaché. *Qu'aurait-il décidé s'il avait été là ?*

Elle étudia intérieurement la question pendant quelques longues secondes quand elle perçut une présence à l'entrée. Une voix profonde s'éleva de derrière la toile qui obstruait l'entrée de la pièce :

— Il aurait décidé que le vieux shaman fasse son rituel et accueille son fils dans le monde des hommes.

Aiyana joignit ses mains et murmura quelques mots en indien que Lauren put à peine entendre.

— C'est Isha, lui dit-elle. Veux-tu qu'il entre ? lui demanda la jeune Indienne.

Lauren acquiesça en silence.

Le vieux sage apparut, vêtu d'une tenue colorée et portant une coiffe de plumes ornée d'une multitude de perles blanches. Ses yeux étaient comme deux torches enflammées qui brillaient sur son visage sombre, à la peau tannée par le soleil. Il scruta Lauren un instant, puis la salua en inclinant la tête dans un cliquetis de perles. Il lui offrit alors un sourire radieux l'espace d'un instant, et ses traits reprirent une expression austère la seconde d'après. Il s'avança vers elle sans même adresser un regard à Aiyana.

— Ainsi, voilà la mère de l'Iyayenagi, déclara-t-il.

Il approcha du lit où Lauren était assise et l'observa sous tous les angles, se déplaçant autour d'elle tout en agitant un bâton orné d'osselets bruyants. Lauren ne sut quoi dire et se contenta de le regarder tourner autour du lit.

— Mmh… tu m'as l'air de bonne constitution pour une Peau Blanche, reprit-il en continuant à la détailler avec minutie.

Il vint près d'elle subitement et lui posa la main sur le front, comme pour contrôler sa température.

— Voyons... tu n'as pas de douleur particulière ? Pas de tremblements ou de sensations de brûlure ? Je veux dire, à part les douleurs de l'enfantement, bien sûr.

— Non, tout semble se faire pour le mieux, lui répondit-elle.

— Très bien. Quel âge as-tu, Lauren ?

— Je vais avoir trente ans.

— Bien, bien... répliqua-t-il, songeur.

Aiyana le regardait avec fascination.

— Je vais procéder à la première partie du rituel maintenant, Lauren, avant que la sage-femme arrive.

Il releva ses manches de peau et plaça ses mains sur le ventre de Lauren. Il ferma les yeux et entama la récitation de formules shamaniques à voix basse. Cela dura une dizaine de minutes. Dès qu'il eut retiré ses mains du ventre de Lauren, des bruits de pas se firent entendre dans le couloir. La sage-femme entra dans la pièce.

— Bonjour, Lauren, dit la femme un peu ronde, d'une quarantaine d'années, aux yeux foncés, au teint d'albâtre et aux cheveux bruns noués en une tresse.

— Bonjour, Gina, lui retourna Lauren.

Isha alla s'assoir par terre, en tailleur, près du poêle en fonte qui crépitait dans un coin de la pièce. Aiyana se leva pour céder sa chaise à la sage-femme qui la remercia en la saluant d'un signe de tête.

— Comment sont tes sensations ? demanda Gina en se penchant vers Lauren.

— Je sens que ça bouge partout. Ça commence à tirer et à être très douloureux.

— Parfait, je vais te donner des comprimés qui vont t'aider. Ils vont faire effet rapidement. Cela déclenchera d'autres contractions douloureuses, mais le travail doit se faire, d'accord ?

Lauren hocha la tête en se tenant le ventre.

La sage-femme lui tendit un verre d'eau avec les comprimés que Lauren avala d'un trait.

— Voilà, je vais chercher le matériel devant la porte et nous attendrons que cela fasse son effet.

Moins d'une heure plus tard, Lauren sentit que l'enfant poussait fort en elle pour sortir et que ses contractions augmentaient en longueur et en intensité. Elle perdit les eaux. La douleur était intense mais la joie qu'elle ressentait à donner la vie l'effaçait presque entièrement. Ses émotions jaillissaient en elle comme les fusées d'un feu d'artifice. La joie disparut brusquement quand elle vit en pensée le visage d'Eliott. Elle regrettait tant qu'il ne soit pas là pour voir son fils naître. Aiyana lui tenait la main et caressait son front pour l'accompagner dans cette tempête sensorielle. Isha le shaman s'était approché du lit, il dansait, tapait des pieds au sol et récitait avec plus d'ardeur d'autres formules destinées à unir l'enfant aux Esprits et au monde des hommes à la fois. Lauren était maintenant en sueur et respirait avec application, parfaitement concentrée sur son travail, comme elle l'avait appris dans les tutoriels qu'elle avait visionnés.

La sage-femme commença avec elle le travail d'expulsion.

L'enfant se présentait bien.

— Il est magnifique, dit la sage-femme, et sacrément costaud ! Continue à pousser, Lauren, continue à bien respirer...

Le travail était extrêmement douloureux pour Lauren, qui hurlait presque. Après vingt interminables minutes, le bébé vint au monde. Aiyana fut la seule à remarquer que la lueur des bougies perdit en intensité l'espace de quelques secondes, comme si un vent obscur avait soufflé dans la pièce.

Gina tenait dans ses mains le dernier espoir de l'humanité. Le petit être s'époumonait à crier et à respirer pour la première fois. Elle le posa contre la poitrine de Lauren et s'affaira ensuite à sectionner le cordon ombilical. Lauren prit son fils dans ses bas et l'embrassa en versant des larmes de joie, et de peine aussi. Son cœur était déchiré par des sentiments contraires. *Eliott...* Où était-il ? Que faisait-il maintenant ? Était-il même encore en vie ?

— Matthew, lui dit-elle avec amour en caressant son visage.

Mais lorsqu'elle vit ses yeux s'ouvrir, son sang se glaça. Ils étaient entièrement noirs... sans pupille, ni iris... simplement deux ouvertures aussi sombres que la nuit. Sa main posée sur la joue de son enfant tremblait. Mais son amour pour lui n'en fut pas amoindri.

— Puissent les Esprits t'accorder leur protection dans le monde des hommes, Matthew, chantait Isha en indien, puisses-tu y connaître la paix, le bonheur et l'amour tout au long de ta vie...

Le shaman agita une branche d'arbre fraîchement coupée au-dessus de la tête du bébé qui pleurait de plus belle. Lauren le tenait contre elle et sentait sa chaleur envahir son corps de mère. Elle le savait différent. Mais en cet instant, cette différence la rendait fière et tellement heureuse.

— Ton père est avec nous, Matthew. Il est avec nous en esprit, mais il est là. Il te voit, lui murmura-t-elle.

40

Quelque part sous les glaces des plateaux de Sibérie centrale...
16 août.

Le poing de l'Ancien se leva et vint frapper la table de bois. Autour de celle-ci se tenait une assemblée d'hommes qui ne cacha pas sa crainte face à la colère de la créature titanesque. Le peu de lumière dégagée par les torches fut pendant quelques secondes absorbée par son corps décharné et noir comme le charbon.

Sa voix caverneuse saisit leurs tripes lorsqu'elle s'éleva dans la pièce aux parois taillées dans la roche souterraine.

— Où en est la fabrication des catalyseurs de fluide vital, professeur Meyer ? demanda l'*Hominum primus* au scientifique.

Le professeur se leva de son siège pour répondre. Ses jambes vacillaient.

— Nous accusons du retard. Les sabotages qu'ont subis nos chaînes de production en sont la raison principale.

Un grondement rauque émana de la créature.

— Vous aviez la responsabilité des travaux dans leur globalité, professeur Meyer. La sécurité des chaînes de fabrication en faisait partie.

Le scientifique allemand se tourna vers le général Oubaiev.

— Mais... je ne suis qu'un physicien. Comment aurais-je...

— Silence ! Cessez de vous renvoyer la responsabilité de vos erreurs. Quand les chaînes de production seront-elles à nouveau opérationnelles ? tonna la créature.

— Cela dépendra du temps que nous mettrons à remettre en fonction les générateurs quantiques endommagés.

Le physicien français Armand Lucas, concepteur de ces générateurs, prit la parole :

— Je peux assurer une remise en fonction du dispositif dans un délai de deux mois, tout au plus.

Le Maître considéra ces paroles très attentivement, semblant lire dans les intonations de celui qui les prononçait. Il expira profondément pour évacuer une colère qu'il contenait difficilement, puis se leva et dévisagea un à un les hommes réunis autour de la table.

— Je vous rappelle que votre collaboration comportait des clauses bien précises. Nous avons d'ores et déjà à notre disposition des hommes tout aussi qualifiés que vous pour prolonger vos travaux, dans le cas où des retards seraient à nouveau causés. Est-ce que j'ai été clair ?

Les cinq scientifiques ne purent qu'acquiescer. Ils étaient maintenant prévenus. La moindre erreur leur coûterait la vie.

2 septembre.

Après huit longs mois de guerre, un armistice planétaire fut enfin ratifié à l'unanimité par les principaux pays en conflit, sous l'égide de l'ONU. Le nombre de soldats tués, toutes armées confondues, s'élevait à deux millions quatre cent mille. Ni les USA et leurs alliés, ni le bloc est-asiatique ne pouvaient prétendre à une quelconque domination. La Terre était devenue un immense champ de ruines gangréné par la pandémie H-4 et larvé d'insurrections majeures qui faisaient rage dans une vingtaine de pays. À l'échelle globale, les derniers chiffres du virus H-4 faisaient état de sept millions huit cent mille victimes.

Les anciennes grandes métropoles dévastées par les bombes attiraient quantité de migrants en quête d'argent facile. Elles renfermaient encore des tonnes de produits de consommation divers et variés qui n'attendaient plus qu'à être ramassés. Beaucoup de ces recéleurs clandestins étaient recherchés par les milices. Ils trouvaient dans les ruines urbaines des refuges sûrs et de quoi vivre. Certains arrivaient même à s'enrichir. Lorsqu'ils étaient arrêtés par les milices, celles-ci les exécutaient sur place, sans aucune autre forme de jugement. Ils ne se retrouvaient déportés dans les camps d'extraction que lorsqu'ils avaient la chance d'être en nombre suffisant lors de leur arrestation.

Les campagnes étaient parcourues par des groupes d'humains qui ne dépassaient bien souvent pas dix individus, soudés autour d'un seul objectif : survivre. Les combinaisons anti-H-4 se revendaient à prix d'or car leur production avait été jugulée par les Adeptes. Les soldats des milices ne se cachaient plus pour commettre les exactions les plus injustes à l'encontre des groupes de migrants qu'ils rencontraient : viols, meurtres, torture... Les citoyens n'avaient plus aucun moyen de se défendre légalement car la loi martiale faisait de leurs tortionnaires la seule autorité compétente pour juger des affaires civiles. Le commandement militaire, décousu et corrompu au possible, était entré dans une phase de conflits internes dont il ne se relèverait pas.

Hominum primus avait atteint tous ses objectifs. La guerre planétaire avait affaibli la totalité des forces armées qui auraient été en mesure de s'allier contre lui. Plus rien maintenant ne pourrait faire obstacle à ses légions de guerriers lorsqu'elles déferleraient à la surface du monde. Plus personne ne pourrait s'opposer à son règne.

Même si les Adeptes considéraient la résistance de l'Aube comme dérisoire, elle continuait de constituer une menace qu'ils combattaient par tous les moyens.

Incorruptibles, courageux, experts dans la dissimulation et loyaux envers leur cause, les combattants de la résistance restaient le seul point sur lequel *Hominum primus* n'avait aucun contrôle. En l'espace de deux mois, plus de deux cent mille volontaires rejoignirent les rangs de la résistance sur le seul territoire américain.

15 octobre.

Une nouvelle attaque d'envergure, cette fois ciblée sur le camp d'extraction situé dans le nord du Minnesota, fut couronnée de succès. Elle permit de stopper les extracteurs pour un temps, mais surtout, les images filmées par les combattants de l'intérieur des camps d'extraction apportèrent au monde la preuve de l'existence des camps et l'implication des milices. Ces vidéos insoutenables qui montraient toute l'horreur de l'extraction soulevaient une seule question parmi les hommes : *pourquoi* ?

La réponse à cette question pouvait-elle être concevable par l'esprit humain ? Comment l'humanité pourraient-elle accepter cette réalité secrète, enfouie depuis toujours dans les profondeurs de la Terre ? Était-elle prête à l'entendre ?

La réponse ne vint pas de l'Aube... mais d'*Hominum primus.*

28 octobre.
20 h (échelle UTC)[10]

Soixante pour cent des hommes sur Terre étaient devant leur écran télévisé pour suivre le seul journal du soir officiel, proposé par U-Earth Channel 1, et qui traitait de tout ce qui se passait au niveau international.

John Porter en était le présentateur attitré.

---

[10] Le temps universel coordonné, ou UTC, est une échelle de temps adoptée comme base du temps civil international par la majorité des pays du globe.

Ce soir-là, l'homme d'une cinquantaine d'années au visage carré et aux cheveux poivre et sel, d'habitude avenant, afficha un air grave quand il prit l'antenne lors d'un flash spécial.

— Chers téléspectateurs et citoyens du monde... bonsoir.

Il s'éclaircit la voix et prit le temps d'ajuster minutieusement la pile d'imprimés qui se trouvait devant lui. Il n'était pas à son aise. Il ne semblait visiblement pas savoir ce qu'il allait dire, ni par quoi il devait commencer. Il était inutile d'être expert en sciences comportementales pour deviner qu'il allait improviser.

— Mesdames, messieurs, ce soir... est une soirée particulière. Je...

Il tint subitement son oreillette pour écouter ce que la régie technique lui soufflait.

— On me dit que le général Warren des forces armées américaines va prendre la parole... depuis les locaux du Pentagone pour faire un communiqué important qui...

Il fut brusquement interrompu par le générique d'introduction que la chaîne utilisait pour les flashs spéciaux.

À l'écran apparut l'image d'une salle de presse quasi comble, constellée de flashs, où régnait une agitation contenue par un service de sécurité lourdement armé, en l'occurrence des soldats appartenant aux services spéciaux des milices. Ce n'était pas la salle de presse que le Pentagone attribuait habituellement à ce genre d'événement. En fait, cela n'était pas une salle de presse. Il paraissait s'agir d'un vaste hangar souterrain, pareil à celui d'un complexe aéroportuaire privé ou militaire. Aucune annonce ne fut faite pour spécifier la nature et la situation géographique du lieu. Le cameraman orienta son objectif vers un pupitre vide, pourvu de micros, derrière lequel le service d'ordre prit position, fusil d'assaut en main, devant des drapeaux américains. Un militaire haut gradé, au vu de son uniforme, vint prendre place derrière les micros et tapota dessus pour s'assurer de leur bon fonctionnement.

— Mesdames, Messieurs, bonsoir. Je suis le général Warren.

Le militaire balaya l'audience du regard avant de reprendre.

— Les forces américaines ont été contactées il y a peu par une organisation qui jusque-là était restée en retrait du conflit planétaire.

Le militaire s'assura qu'aucune main ne se levait parmi les journalistes de la presse écrite autorisée. Des consignes strictes avaient été imposées : aucune question jusqu'à ce que le service d'ordre donne son feu vert.

— L'objet de cette conférence de presse est de faire état de cette organisation et de ses objectifs. Objectifs partagés par les autorités militaires des États-Unis d'Amérique que je représente.

Le général marqua une pause en fixant la caméra de son regard gris acier. Impassible.

— L'humanité est arrivée à un tournant de son histoire, reprit-il. L'issue du conflit planétaire par l'armistice demeurant instable et certainement provisoire, le haut commandement des armées, seule autorité compétente, la loi martiale étant en vigueur, a décidé d'une alliance stratégique et politique avec les représentants de cette organisation, afin de garantir la paix et l'arrêt des hostilités sur le territoire américain, mais aussi à l'échelle mondiale.

Les journalistes enregistraient fébrilement les paroles du général et contenaient visiblement mal leur surprise.

— Personne d'autre que les représentants de cette organisation eux-mêmes ne sera en mesure d'exposer la teneur de leurs objectifs dans le contexte géopolitique actuel... C'est pourquoi je vais céder la parole à leur délégation, qui nous fait l'honneur de sa venue ici, ce soir. Je tiens toutefois à vous informer par avance de la différence physique, due à leurs origines lointaines, des représentants qui vont maintenant prendre la parole. Différence qui sera bien vite effacée par notre traducteur. Car ces êtres parlent finalement le même langage que nous, celui de tout homme... qui n'est autre que le langage de la paix et de l'unité. Je vous remercie.

Le général quitta le pupitre et alla se placer dans le fond. Les journalistes échangeaient tous entre eux, à défaut de pouvoir obtenir des réponses aux questions qu'ils se posaient. Soudain, plusieurs hommes armés vinrent s'ajouter aux soldats des milices qui encadraient déjà la salle de conférence. Ceux-là portaient des combinaisons grises différentes des uniformes des milices. Une fois qu'ils furent positionnés sur la scène et alentour, la délégation fit son entrée.

Des cris retentirent parmi la presse à la vue des quatre créatures gigantesques qui montèrent les marches vers les micros. L'une d'elles s'avança et observa la foule de ses yeux noirs. Sa silhouette longiligne parcourue de nuées de particules noires s'immobilisa, accentuant sa concentration sur l'audience humaine. Un flot de syllabes incompréhensibles s'éleva alors de sa bouche flétrie en un grondement sourd. À gauche du pupitre, l'interprète entama la traduction des paroles obscures.

— Nous avons longtemps vécu loin de vous. Et pourtant, nous sommes restés si proches. Maintenant que la guerre et la maladie déciment vos populations, nous avons décidé de vous venir en aide.

Des bras se levèrent parmi les journalistes, poussés par un élan irrépressible. Les soldats de la milice les firent baisser aussitôt en les menaçant de leurs armes. L'interprète reprit :

— Nous allons légiférer et unir vos peuples sous notre tutelle, avec l'assistance de vos gouvernements respectifs et le soutien de ce qui reste de vos forces armées.

La créature suspendit le souffle lugubre de mots qu'elle prononçait dans sa langue terrifiante et scruta les hommes assis face à elle. Comme si elle leur en avait donné l'ordre, les journalistes virent l'étau des soldats miliciens se resserrer sur eux. Ils commencèrent à se sentir en danger. Un mouve-ment de panique les parcourut. Des femmes se mirent à pleurer ou à pousser des cris hystériques, en état de choc. D'autres tentaient de téléphoner mais leurs appareils ne fonctionnaient plus. Quelques bras se levèrent vaillamment.

La créature fit un signe aux soldats et désigna un homme d'un index long et sec. Un milicien s'approcha de l'homme :

— Vous. Posez votre question, lui commanda-t-il.

Le journaliste se leva en tendant son enregistreur. Il tremblait et ses yeux étaient exorbités par la peur. Il parvint difficilement à articuler sa question. Une question essen-tielle, que tous les hommes derrière leur téléviseur devaient se poser.

— Vous n'êtes... pas humains... ?

L'*Hominum primus* le fixa de ses yeux vides. Les néons au plafond de la salle se mirent à clignoter.

— Posez votre question, ordonna le soldat en le bra-quant de son fusil d'assaut.

Le journaliste déglutit difficilement puis reformula sa question :

— Quelle... espèce représentez-vous ?

— C'est une machination ! Une prise de pouvoir par les armes ! hurla un homme dans le fond de la salle.

Aussitôt, cinq gardes des milices se ruèrent sur le mal-heureux et le rouèrent de coups. Ils évacuèrent son corps sanguinolent et désarticulé après l'avoir si violemment lyn-ché qu'il en était probablement mort.

— Qui êtes-vous ? répéta le journaliste d'une voix atone.

La créature lui répondit en reprenant ses vociférations qui semblaient un chant lugubre.

— Nous sommes ceux qui ont conçu la vie sur cet astre, entama le traducteur, visiblement habitué à cette vérité. Nous vous avons créés, vous, les hommes. Et nous ne sommes pas différents de vous, car vous êtes faits de nos gènes.

Les journalistes de la salle étaient littéralement paralysés. Leur mental avait disjoncté. Ils regardaient les créatures, immobiles et bras ballants, leurs yeux grands ouverts tels des batraciens inertes. Certainement qu'ils se posaient d'autres questions intérieurement, mais cette activité cérébrale demeurait enfouie sous une épaisse couche de terreur et d'incompréhension, si bien qu'elle ne transparaissait pas sur leur faciès hagard.

Le traducteur continua impassiblement :

— Nous avons passé de nombreuses ères, des milliards d'années, en léthargie dans les profondeurs de la Terre. Et nous nous sommes éveillés. Nous sommes revenus de notre propre extinction, pour régner à nouveau sur Terre.

— Bon Dieu, murmura le journaliste, dites-moi que tout ça n'est qu'un cauchemar, dites-moi que je vais me réveiller.

Il se rassit sur sa chaise en se laissant tomber dessus à la manière d'un sac de pommes de terre soumis à la seule force de gravité. Il ne voyait plus d'autres questions à poser. Il ne voyait plus grand-chose du tout hormis la volonté de trouver un moyen de fuir ce lieu, aussi vite et aussi loin qu'il le pourrait, dès qu'il en aurait l'occasion.

Un autre homme se leva courageusement. Après avoir consulté la créature du regard, le soldat lui fit signe de parler.

— Pouvez-vous expliquer votre dernière phrase : « Nous sommes revenus pour régner à nouveau sur Terre » ?

Quelques secondes passèrent, puis le traducteur répondit :

— Nous avons conçu la vie aux origines, telle que nous la voulions. À présent, cette même vie dépendra à nouveau de notre volonté pour continuer à évoluer. *Cela veut dire que nous aurons autorité sur vos populations.*

Le traducteur avait prononcé ces derniers mots en accentuant la force de son intonation. Pour le journaliste, il n'y avait aucune équivoque possible. Il s'agissait bel et bien d'une prise de pouvoir officielle, diffusée en direct dans tous les pays du monde. Les soldats qui exerçaient une pression ultraviolente et les lieux mêmes, choisis pour leur isolement et tenus secrets... Tout cela faisait partie d'une mise en scène qui avait pour finalité de faire une démonstration de force. Les quatre êtres obscurs continuaient de scruter la presse sans manifester la moindre réaction face à la terreur qu'ils inspiraient. Celui qui était devant les micros reprit ses paroles incompréhensibles, aussitôt traduites par l'interprète humain. L'*Hominum primus* se tourna vers la caméra, pour s'adresser à la planète entière.

— D'ores et déjà, toutes vos organisations politiques et militaires sont sous nos ordres. Nous ne souhaitons aucun mal à l'homme, car vous êtes, en quelque sorte, *nos enfants*.

Le ton avec lequel ce mot avait été prononcé était glacial.

— Votre anéantissement n'est pas notre objectif. Cependant, notre régénération implique votre coopération dans des processus biochimiques qui vous seront exposés ultérieurement...

L'Ancien fit une pause, paraissant se délecter de la terreur qu'il générait dans l'audience humaine. Il termina en énumérant une série d'injonctions à l'attention des représentants politiques qui n'avaient pas encore prêté allégeance à l'ordre des Adeptes. Le monologue se poursuivit durant de nombreuses minutes, puis la silhouette colossale se retira vers le fond de la scène pour aller échanger avec ses trois semblables. Le traducteur conclut simplement.

— Cette conférence de presse est maintenant terminée. Nous vous remercions de nous avoir accordé toute votre attention.

Le service d'ordre fit évacuer dans le calme les quelque deux cents journalistes qui avaient été invités à l'événement. Ces derniers quittèrent les lieux en un temps record.

John Porter, le présentateur du journal du soir de U-Earth Channel 1, fut pris au dépourvu quand le témoin lumineux de la caméra qui était face à lui passa au vert.

« C'est à toi, John ». Sa maquilleuse eut tout juste le temps de sortir du champ. Malgré une couche de fond de teint hâlé supplémentaire, le visage de John Porter restait aussi blanc que l'émail d'un lavabo. Il n'était pas le seul à être en état de choc, selon les données d'audimétrie de la chaîne, deux milliards deux cents millions d'hommes et de femmes avaient assisté à la conférence de presse. Sous leurs yeux, une espèce intelligente qui semblait avoir débarqué d'une galaxie lointaine venait de leur annoncer son invasion de la Terre. La majorité des téléspectateurs crut d'abord à un énorme canular.

— Mesdames, messieurs, je viens comme vous de... d'assister à cette... conférence incroyable, et...

Le visage du présentateur était doublement marqué. D'abord par l'événement invraisemblable qui était survenu, ensuite par son incapacité à le commenter d'une manière authentique. Lui-même ne savait pas s'il devait y croire. Mais cela pouvait tout aussi bien être réel, ce qui faisait naître parallèlement en son for intérieur une terreur latente prête à l'envahir. Il fit un effort pour se ressaisir au mieux.

— ... Et je vais être franc avec vous : je ne sais pas quoi en penser.

Il essaya d'afficher un sourire confiant, mais tout ce qui résulta de sa volonté fut un parfait alignement de dents d'une blancheur éclatante sur une face décomposée. John Porter éprouvait à cet instant une peur intense. Parce qu'il réalisait progressivement que *tout cela ne pouvait pas être un canular*. D'un autre côté, il avait aussi pour devoir de ne pas alimenter l'état de panique qu'il imaginait chez les téléspectateurs les plus crédules.

— Comment croire tout cela possible ? reprit-il d'un ton exagérément dramatique. Qui sont ces êtres ? Et s'ils sont bien réels, quelles sont leurs intentions véritables ? Encore une fois, chers téléspectateurs, attendons d'avoir une confirmation des principales autorités militaires, qui seront certainement plus compétentes que moi pour vous confirmer la réalité, ou non, de cette conférence de presse incroyable à laquelle nous venons tous d'assister.

Il allait passer aux autres nouvelles du jour quand l'émission fut brusquement interrompue. Un message signalant un problème technique de la régie de U-Earth Channel 1 apparut à l'écran. Il fut diffusé en remplacement du journal un reportage sur les bienfaits de l'alimentation hyperprotéinée synthétique. Reportage sponsorisé par les laboratoires Scientech.

Le lendemain, à 12 h (UTC).

U-Earth Channel 1 réunissait sur un même plateau les principaux généraux qui avaient ratifié l'armistice global en vigueur depuis le 2 septembre. Ce n'était pas John Porter qui présentait cette édition du midi comme il avait l'habitude de le faire, mais un jeune journaliste qui l'avait, selon les bruits de couloir, remplacé définitivement. On apprit plus tard que John Porter avait été exécuté par la milice spéciale. L'incompétence dont il avait fait preuve le soir de la conférence de presse avait été la cause avancée pour cette condamnation.

Lors de cette émission, tous les militaires hauts gradés allaient confirmer leur soutien et leur collaboration avec l'espèce officiellement nommée *Hominum primus*. Lorsque le présentateur demanda à l'un d'eux de définir plus explicitement le terme *Hominum primus*, le général américain répondit très naturellement que cela se traduisait du latin par « Premier homme » et que cela signifiait que ces créatures étaient réellement les êtres qui se trouvaient à l'origine de l'espèce humaine. Le général russe Oubaiev déclara ensuite, lorsqu'il lui fut posé la question de définir « l'objectif commun » des forces militaires humaines et de ces entités : « Le but ultime de toute autorité en droit de légiférer et omnipotente sur un territoire délimité – ici, en l'occurrence, la Terre – est d'organiser la communauté des êtres vivants sur ce territoire dans la cohésion, le travail et l'échange constructif. Ces entités, comme vous les appelez, sont à l'origine du vivant sur notre planète. Il est légitime qu'il leur revienne le droit, et le devoir, de gouverner le vivant qu'elles ont elles-mêmes créé. »

À la question pertinente du présentateur :

« Ne pensez-vous pas que pour beaucoup d'hommes, cela puisse ressembler à une invasion proprement dite de notre planète ? »

Le même général russe répondit de manière très logique :

« Une invasion définit la conquête d'un territoire par une force extérieure et étrangère. Ici, *Hominum primus* était présent sur le territoire avant l'apparition de l'homme. Je vous le demande : qui est l'envahisseur ? »

41

Base de Meadow Creek.
Idaho.
24 novembre.

— L'enfant est prêt.

— Et la mère ? demanda Coyote, l'un des chefs de la base qui allait prendre part à l'opération de la dernière crypte.

— Elle l'est aussi, lui répondit le jeune résistant. C'est une vraie guerrière. Elle combattra jusqu'au bout, s'il le faut.

— C'est vrai. J'ai pu voir son courage dans ses yeux. Sur elle, je n'ai pas de doutes. Mais cet enfant...

— Son métabolisme a encore muté, dit le jeune homme, il est encore différent d'il y a deux jours.

— Nous savons de quoi ces créatures sont capables. Peut-être qu'elles peuvent voir à travers ses yeux... en ce moment même. Tu as vu ses yeux ? lui demanda Coyote.

Le jeune résistant garda le silence un instant.

— Oui. Il n'a plus rien d'humain.

Coyote regarda attentivement le jeune homme. Il perçut de la crainte en lui. Lui aussi l'avait ressentie en voyant l'enfant.

Matthew n'était plus un jeune bébé qui agrippait de ses petites mains les doigts d'adultes venant le titiller. Il n'était âgé que de quatre mois, mais avait déjà la taille d'un adolescent robuste. Au fil des jours, sa peau, ambrée à la naissance, s'était tachetée de plaques noires. Elles étaient d'abord apparues dans son dos pour, peu à peu, se propager sur le reste du corps. Son ossature avait commencé à changer dès la deuxième semaine. Des excroissances avaient déformé ses articulations, les rendant massives, plus résistantes. Chaque vertèbre s'était allongée et des sortes de piques osseuses noires hérissaient à présent sa colonne. Ses jambes et ses bras s'étaient comme étirés, donnant à son corps une morphologie élancée. Au niveau de son thorax, les côtes saillaient et formaient une cage osseuse dénuée de chair, abritant des alvéoles pulmonaires qui pompaient l'air directement à sa source. L'ensemble de son corps semblait s'être paré d'une armure mi-osseuse, mi-minérale, qui consistait en un exosquelette noir luisant, extrêmement résistant. Sa mâchoire et sa dentition acérée étaient celles d'un prédateur. Ses deux grands yeux de jais étaient agités de mouvements vifs. Deux fenêtres obscures sur une âme inconnue des hommes et sûrement aussi inconnue de lui-même.

Lauren l'avait accepté tel qu'il était et tel qu'il était en train de devenir. Comme n'importe quelle mère aimante aurait accepté une malformation ou un handicap de son enfant. Elle l'aimait de tout son cœur et n'avait pas une seule seconde ressenti le moindre doute quant à l'attachement qu'elle avait envers lui. Un lien puissant les unissait. Cela dépassait la simple condition humaine. Elle pouvait ressentir ce qu'il ressentait. Elle pouvait presque deviner ses pensées.

Matthew s'entraînait avec les autres enfants qui l'avaient accepté comme un des leurs. Ses capacités physiques et mentales étaient largement au-dessus de la moyenne. Il apprenait très rapidement. En quelques semaines, il sut lire et écrire. Le maniement de son arme de poing était devenu un jeu pour lui. Les yeux bandés, il arrivait à démonter et à remonter son Sig P226 en moins d'une minute.

Coyote rendit visite à Lauren. Lorsqu'il entra dans son campement, son fils et elle étaient l'un contre l'autre, blottis dans un canapé de fortune fait de coussins rapiécés. Dehors, le vent froid s'engouffrait dans la grotte et balayait les rues sinueuses de la base. Un feu crépitait dans un baril de tôle qui avait été transformé en poêle de chauffage.

— Bonsoir, Lauren.

Elle sortit de son demi-sommeil et le salua.

— Coyote. Comment vas-tu ?

Elle lui sourit.

— Les choses ont avancé. Nous en avons terminé avec la logistique de la mission. Les plans de l'infiltration dans la crypte ont été une dernière fois contrôlés et validés. Et toi, comment ça va ?

Il regarda Matthew à demi endormi dans les bras de sa mère, essaya l'espace d'un instant de trouver une ressemblance entre elle et lui. Mais l'enfant n'avait plus rien d'un enfant. Recroquevillé en position fœtale, il ressemblait à un enchevêtrement de flexibles de carbone, une forme incompréhensible.

Coyote eut une réaction de répulsion lorsque celui-ci se mit à remuer et à étirer ses bras en s'éveillant.

— Bonjour, Matthew, lui lança le résistant. Bien dormi ?

Il lui répondit en hochant la tête. Il avait appris à garder le silence. Il ne parlait qu'en cas de nécessité. Bien que son langage humain fût parfait, il préférait ne pas faire entendre sa voix grave aux inflexions si étrangement profondes. Il avait pu observer à maintes reprises les réactions de ses jeunes camarades lorsqu'il leur avait adressé la parole. Socialement, Matthew était déjà un être responsable et conscient. Il savait que son apparence physique ne lui faciliterait pas les choses. Mais il savait aussi que, d'une manière ou d'une autre, il s'adapterait à sa condition. Son cœur était déjà empreint d'une mélancolie douloureuse. Il ne se sentait à sa place nulle part et ses facultés, qui se développaient un peu plus chaque jour, le poussaient à s'isoler encore plus des jeunes humains. Il souffrait de sa différence.

Coyote vint s'assoir à côté de lui.

— Tu sais comment tout le monde t'appelle dans la base, Matthew ?

Il fit non de la tête.

— Ils t'appellent *le sauveur*. Le vieux Alden, tu vois qui c'est ?

L'enfant acquiesça.

— Il a commencé à écrire *Les Mémoires de l'Aube*. Elles seront comme la bible de la résistance. Ton nom y sera écrit, dans le chapitre qui relatera notre plus grande victoire. Celle que nous allons remporter en Sibérie.

— Ce sera un honneur pour moi.

Les mots avaient surgi du fond de son âme, comme le rugissement d'un jeune lion. Un sourire vint illuminer le visage de Coyote. Il posa sa main sur l'épaule de l'enfant.

— C'est un honneur aussi pour nous de t'avoir dans notre équipe, Matthew.

Il s'adressa à sa mère :

— Je peux te parler quelques instants, Lauren ?

— Oui, bien sûr. Matthew, va étudier dans ta chambre.

La jeune créature quitta la pièce sans un mot.

— Est-ce que je te sers un café ? J'allais en prendre un, proposa Lauren.

— Je veux bien, merci.

Elle se leva et alla jusqu'à la cuisine. Le résistant observa attentivement ses mouvements. Elle avait récupéré toutes ses forces depuis l'accouchement qui l'avait beaucoup affaiblie. Elle revint avec des tasses de café chaud et lui en tendit une. Elle se rassit et but un peu de la sienne. Il la regardait de ses yeux bleus qui scintillaient sur son visage à la peau burinée. Lauren et lui avaient noué des liens d'amitié naturels. Il lui rappelait son père, du moins un vague souvenir, car elle n'avait que très peu connu celui-ci.

— Lauren.

— Oui.

— Je ne te cache pas que cette mission comporte des risques.

— Tu ne viens pas de me dire que les plans avaient été validés ?

— Oui. Mais il reste quand même une part d'incertitude.

— À quel niveau ?

— La surveillance de la crypte. Apparemment, leur garde est réduite, les lieux étant déjà isolés et inaccessibles, puisque situés sous la surface, en plein plateau sibérien. Ils n'y ont donc pas investi beaucoup de leurs effectifs.

— Mais ?

— Mais nous ignorons encore beaucoup de choses de leur technologie. Nous savons par exemple qu'ils peuvent communiquer par des voies télépathiques, mais nous ne savons pas comment cela est possible, biologiquement.

— La garde qui est présente est humaine ? demanda-t-elle.

— Oui, ce sont des Adeptes. Mais ils parviennent à lire dans leur mental.

— L'idéal serait de pouvoir entrer dans la crypte sans nous faire voir, dit Lauren.

— Nous avons prévu de faire diversion et de profiter du temps qu'ils laisseront l'entrée de la crypte sans surveillance pour que Matthew accomplisse le rituel d'ouverture.

— Quel genre de diversion ?

— Un départ d'incendie dans leur complexe qui se situe à cinq kilomètres de la crypte.

— Rien ne garantit qu'ils quittent leur poste, dit Lauren.

— Non, mais il y a des chances qu'ils le fassent, car le complexe ne sert qu'à leur hébergement. Ils ne laisseront pas leurs affaires brûler sans intervenir.

— Ça semble probable, en effet.

— Une fois dedans, ça ne sera qu'une formalité, affirma Coyote.

— Nous disposons de plans de la crypte ?

— Oui, un agent de la base de Rajpur a pu sonder le sous-sol et en établir une carte très précise. Elle s'étend sur une centaine de kilomètres de galeries et de salles aussi vastes que des villes entières. C'est sans commune mesure avec les cryptes que nous avons connues jusqu'à présent.

— À quelle profondeur descend-elle sous la surface ?

— Plus de six mille mètres. Il y a un puits qui descend jusqu'au fond.

— Une descente en rappel sur six mille mètres, ça va prendre du temps, dit Lauren.

— Non, car nous sauterons en chute libre. Une fois en bas, l'équipe se scindera en deux. Une partie s'occupera de placer des treuils individuels sur les câbles que nous aurons lancés dans le vide avant le saut, ce qui nous permettra de remonter rapidement.

— Pendant que l'autre équipe ira poser les charges explosives, devina Lauren.

— Exactement. Le fond du puits est proche des grandes salles qui sont à la base de toute la structure. C'est là que nous poserons les charges.

— Quelle est la puissance de la bombe ?

— La charge principale fait douze mégatonnes. Elle entraînera l'explosion de huit autres charges d'une mégatonne chacune, réparties en cercle autour d'elle.

— Autant dire qu'il vaudra mieux être très loin lorsque ça pètera ! s'exclama Lauren.

— Nous arriverons sur la zone en motoneige. Pour en repartir, notre hélico nous attendra à quinze kilomètres à l'est.

— De combien de résistants sera formée l'équipe au total ?

— Nous serons huit, en te comptant avec Matthew.

Lauren but une autre gorgée de café et afficha un air intéressé.

— Vous êtes quand même sérieux pour des guérilleros amateurs, plaisanta-t-elle.

Il lui rendit un sourire taquin en la bousculant du coude.

Dehors, le ciel était gris et bas et le vent se levait encore.

Coyote termina sa tasse.

— Délicieux, ton café.

— Merci.

— Lauren.

Il la regarda d'un air grave.

— Comment ça va, avec Matthew ?

— Pourquoi me demandes-tu ça ? lui répondit-elle.

— Je sais que c'est une évidence pour toi, c'est ton enfant. Mais...

— Mais c'est un monstre, c'est ce que tu veux dire ?!

— C'est de toi que je veux parler.

Il posa sa main sur la sienne.

— Depuis l'accouchement, tu t'es repliée sur toi-même. Tu as refusé de voir la psy de la base et tu n'as parlé à personne de ce que tu ressens vraiment, au fond de toi...

Elle l'écoutait mais ses yeux regardaient vaguement les ruelles de la base par la fenêtre. Elle fit un effort pour réprimer les émotions qui l'envahissaient et se tourna vers lui.

— Écoute, Coyote, je vais très bien. Et le petit aussi. Il est ce qu'il est. C'est mon enfant, tu comprends ?

Ses yeux brillaient, chargés des larmes qu'elle retenait.

— Lauren. Je sais ce qu'est un agent du FBI. Je l'ai été en mon temps. Je sais que tu ne laisseras rien affecter la mission. *Notre* mission. Mais Lauren, je suis aussi ton ami. Et tu peux vider ton sac... si tu veux.

Ces simples paroles semblèrent la soulager. Elle inspira profondément. Mais garda son sac fermé.

Il n'insista pas.

— OK, Coyote. Merci. C'est bon de le savoir.

Elle tapota le dos de sa main.

— Ça va aller, merci, ajouta-t-elle.

Ils échangèrent un sourire.

— Est-ce que tu as parlé de la mission avec Matthew ? lui demanda-t-il.

— Oui. Bien sûr.

— Comment est-ce qu'il prend la chose ?

— Très à cœur.

— Et dans sa tête, ça va comment ?

— C'est difficile pour lui de réaliser ce qu'il est vraiment. Il se conçoit comme un enfant et rejette son corps et son apparence. Il *veut* être comme les autres. Je crains qu'en grandissant, il souffre de plus en plus de sa différence.

— Il est en pleine croissance. Il lui faudra peut-être encore un peu de temps pour qu'il réalise qu'il dispose de facultés supérieures.

— Parfois, il me fait peur, lorsqu'il se nourrit. Ses besoins en viande et en sang augmentent chaque jour. Je me demande s'il y aura une limite à ça, ou bien s'il pourrait être capable de s'attaquer à un homme.

— Sa nutrition est adaptée à son organisme. C'est une Sentinelle, Lauren, la fusion parfaite entre l'espèce des Anciens et la nôtre. Il est unique. Nous sommes convaincus qu'il servira l'humanité, tout comme son père l'aura fait jusqu'au bout.

Elle le dévisagea.

— Eliott est encore en vie. Je le sais, affirma-t-elle.

Il lut dans ses yeux tout l'amour qu'elle avait encore pour lui.

— Dans ce cas, nous ferons notre maximum pour le retrouver, la rassura-t-il.

— Il est probablement détenu à proximité de la crypte. Isha le shaman a eu la vision d'une geôle dans des lieux froids et hostiles, balayés par des tempêtes de neige. Il y a un lien qui unit Matthew à son père, ce même lien shamanique. Plusieurs fois, j'ai entendu Matthew l'appeler pendant son sommeil, et ensuite, il lui parlait... Tu m'entends, Coyote ?!

Elle avait maintenant libéré ses larmes qui coulaient abondamment sur ses joues empourprées.

— Il lui parlait comme s'il avait été tout près de lui...

— Courage, Lauren.

Le résistant posa sa main sur son épaule et la serra contre lui.

Elle s'abandonna à son chagrin.

— S'il est détenu sur la base de Sibérie, nous le ramènerons avec nous, lui dit-il encore.

Elle répondit en remuant la tête entre deux soubresauts, tout en continuant de pleurer dans ses bras.

42

Hominum primus était maintenant représenté au conseil de l'ONU par huit de ses plus puissants stratèges.

Le bâtiment qui abritait le siège des Nations Unies situé sur l'East River de Manhattan avait été balayé par les attaques nucléaires chinoises et russes. Le siège de substitution de l'ONU se trouvait maintenant dans le quartier de Middle East de la ville de Baltimore. Le bâtiment de l'université de médecine John Hopkins avait été choisi pour ses nombreux hémicycles. La bienséance et l'entente parlementaire qui unissaient les représentants des Nations Unies avaient disparu pour laisser place à la terreur du diktat infligé par l'ordre des Adeptes. Les assassinats et les enlèvements ponctuaient chaque jour le quotidien des classes politiques humaines. L'ordre des Adeptes exerçait des pressions insoutenables sur tous les membres des Nations Unies : menaces sur leur famille, surveillance de leurs moindres activités... Les agents des milices ne reculaient devant aucun moyen pour faire plier l'opposition au *nouvel ordre mondial*. Leur objectif à court terme était d'abord de mettre en place une gouvernance politique globale, sous l'égide des Nations Unies. Indépendamment, le Conseil des Anciens exercerait alors le pouvoir de décision et validerait, ou non, les propositions de l'ONU.

Mais pour assoir définitivement son autorité, il fallait qu'Hominum primus démontrât sa suprématie stratégique. L'ouverture de la dernière crypte allait répondre à cette question en écrasant définitivement les derniers opposants sur le terrain.

Le marché mondial était à présent réduit à une production dite *essentielle*. Les grandes firmes contrôlées dans l'ombre par l'ordre des Adeptes exerçaient leur monopole sur tous les secteurs. La politique économique des Anciens tendait vers une épuration de la production pour installer progressivement leur propre système, qui reposait sur leur technologie très avancée. Au sein de la société d'Hominum primus, l'individu humain, pour ceux qui survivraient à la vague de déportations massives vers les grands extracteurs, occuperait bientôt un rôle d'ouvrier servile. Les hommes seraient cantonnés dans les enceintes de mégapoles industrialisées, où ils passeraient leur vie au travail. Globalement, une part de quinze pour cent de la population humaine serait prélevée chaque année pour alimenter les extracteurs. Se nourrir de l'homme n'était pour eux qu'une nécessité vitale. Ils ignoraient toute l'horreur de leur geste, car ils étaient dépourvus de toute empathie et du plus infime sentiment de paternité.

Les grands extracteurs étaient maintenant opérationnels. Quatre immenses tours de minerai noir s'élevaient à plus de cinq cents mètres au-dessus des plaines glacées. Le professeur Gustav Meyer avait accompli l'impossible dans les délais exigés. Depuis la baie vitrée de la grande salle de contrôle, il contemplait la technologie surévoluée de ces êtres. Ils étaient pour lui des dieux. Il éprouvait pour eux une telle vénération qu'il aurait sacrifié sa vie pour les servir. C'était ce qu'il faisait finalement, car il n'avait aucune vie en dehors de ses journées et de ses nuits passées entre les laboratoires et les salles d'expérimentation. Sa femme et ses enfants ne l'attendaient plus le soir. Sa vie de famille se limitait à quelques heures par semaine autour d'un repas formel, durant lequel il n'exprimait rien de ce qui l'habitait vraiment. Son obsession pour son œuvre secrète était telle que ses notions humaines s'étaient comme dissoutes. Il ne se posait plus de questions sur la vertu ou la justesse de tel ou tel acte. Pour lui, la conception des extracteurs ne pouvait dépendre d'un quelconque jugement éthique. Les hommes qui allaient mourir ici seraient ses égaux : des serviteurs de l'espèce la plus évoluée que la Terre ait portée.

En comparaison, les quatre camps d'extraction que comptait le territoire américain avaient, au total, une capacité journalière de six mille unités humaines. Le camp sibérien de Snejnogorsk pouvait quant à lui recevoir des convois allant jusqu'à cinq cent mille individus, et les traiter en une seule journée. En prévision de la mise en service des extracteurs de Sibérie, les stratèges *Hominum primus* avaient, depuis trois mois déjà, commencé les déportations à destination des plateaux sibériens. Les détenus condamnés à mort se retrouvaient là parce qu'ils avaient choisi « une réhabilitation dans des camps de travail ». Ils représentaient entre vingt et trente pour cent de la totalité des déportés. Les gardiens miliciens du camp de Snejnogorsk avaient pris des mesures radicales avec ces individus. En effet, au cours des dernières semaines, plusieurs mutineries avaient éclaté dans les secteurs de rétention. Car ne voyant pas venir la réhabilitation par le travail promise, ils avaient commencé à se poser de sérieuses questions et y avaient répondu en tentant de s'évader par la force. Les milices spéciales n'avaient pas fait dans le détail. Elles avaient alors répandu des gaz paralysants sur la totalité du secteur des condamnés. Après leur neutralisation, ce furent plus de dix-huit mille d'entre eux qui allèrent rejoindre les chambres froides aux côtés des infectés en attente d'extraction.

8 décembre.

Le professeur Meyer s'installa dans son siège devant la console de contrôle des générateurs quantiques et actionna à la suite plusieurs commandes manuelles. Face à lui, les quatre puits qui s'élevaient dans l'obscurité s'illuminèrent progressivement de néons. Il se renfonça confortablement dans son siège et admira pendant quelques minutes encore la beauté de la mécanique, faite du matériau noir et lisse toujours aussi fascinant à ses yeux.

Une voix s'éleva dans son oreillette :

— Nous sommes prêts, professeur.

— Très bien, répondit-il, je lance les générateurs quantiques.

Il appuya sur un interrupteur. Un grondement puissant fit vibrer le sol et ébranla les murs du complexe.

— Générateurs quantiques lancés. Flux de particules activé. En attente.

— Reçu. Nous amorçons les chaînes pour la mise en place des caissons dans les puits d'extraction.

Une série de cliquetis retentit et les chaînes s'activèrent. Sous la baie de la salle de contrôle, Gustav Meyer observait les alignements de caissons glisser vers les puits où ils étaient disposés dans les élévateurs. Une fois qu'ils étaient arrivés à hauteur de leur emplacement respectif, des bras mécaniques robotisés les répartissaient dans les cavités destinées à les accueillir. Pour les hommes et femmes qui étaient dans ces caissons, ces lieux étaient leur dernière demeure. Tout se faisait dans le silence, hormis le bourdonnement des chaînes d'acheminement et les bruits des articulations métalliques. Il n'y avait pas de cris, pas de pleurs, aucune lamentation hystérique. Tous les corps étaient inconscients. Le professeur Meyer préférait quand cela se passait sans souffrances inutiles, sans affliction insupportable à entendre. Les supplications l'agaçaient. Ne pouvaient-ils pas simplement se résigner à leur sort ? Pourquoi fallait-il qu'ils gémissent aussi bruyamment que des truies, pour certains ? Gustav Meyer s'était aigri face à la mort qu'il donnait. Il était devenu intransigeant sur certains points. Les extractés devaient être inconscients. Et ils devaient le rester. Car quelquefois, il s'était vu que la phase de liquéfaction des organes internes, extrêmement éprouvante et douloureuse, en ait réveillé certains de leur sommeil artificiel. Le professeur avait demandé que les doses d'anesthésiant soient doublées « pour que tout se passe pour le mieux ».

Il ne fallut qu'une heure au dispositif robotisé pour répartir les milliers de caissons dans les puits.

— Nous sommes prêts, professeur Meyer.

Le savant prit une longue inspiration et apprécia l'instant.

— Lancez la première phase, ordonna-t-il froidement.

Un vrombissement assourdissant s'éleva lorsque les nuées furent libérées à travers les flexibles. Ceux-ci vibraient et remuaient sous les soubresauts du flux vivant de particules noires. Presque simultanément, les corps humains entrèrent dans la phase de liquéfaction. Bien que l'étanchéification des caissons fît écran, des effluves pestilentiels en émanèrent. Malgré le masque qu'il avait passé, Gustav Meyer arrivait à sentir les odeurs faisandées. Cela le répugnait au plus haut degré. Il était extrêmement sensible à ce genre de signaux. Peut-être parce que sa personne entière, corps comme esprit, était aseptisée. Toutes ces heures qu'il passait à se récurer les ongles, puis à les couper de telle manière qu'il n'en restât pas plus que quelques minuscules millimètres au bout de ses doigts blancs noueux. Ces décilitres de liquide désinfectant dont il s'enduisait lors de sa douche antibactérienne, qui étanchéifiait sa peau molle, d'albâtre. Derrière cette couche translucide, le professeur ne redoutait plus le contact de la réalité, car il était maintenant isolé du monde. Il avait érigé un mur de déni entre lui et toute cette horreur, pour refouler sa propre folie à l'extérieur.

Tous ces hommes qu'il conduisait à la mort.

Il était parvenu à s'isoler de tout, sauf d'une seule chose : le sentiment que, tôt ou tard, ces cadavres vidés de leurs substances lui feraient payer ses agissements. De leur corps exsangue, de leurs chairs flétries parviendrait à suinter une ultime essence, qui trouverait son chemin à tâtons à la manière d'un ver aveugle jusqu'à lui, pénètrerait ses chairs... pour lui faire prendre conscience de la réalité horrible... L'autre côté de lui-même, là où des millions d'hommes disloqués s'entassaient dans des charniers pour être ensuite définitivement liquéfiés dans des bains d'acide chlorhydrique géants.

Gustav Meyer actionna un simple bouton de son index.

— Phase d'extraction lancée, annonça-t-il platement à son équipe.

Le flux de particules noires pénétra à l'intérieur des corps liquéfiés pour accomplir la réaction dont le précieux fluide vital serait tiré. Après cette longue phase silencieuse de travail interne venait l'extraction proprement dite, au cours de laquelle les hommes étaient vidés de leur contenu. On entendait alors des glougloutements de succion affreux et, lorsque les corps avaient donné tout ce qu'ils pouvaient donner, ces caissons étaient aussitôt saisis par les bras mécaniques qui les remplaçaient par des caissons contenant des corps encore « pleins ». Et le mouvement se répétait ainsi, dans une synchronicité sans faille, aussi funeste que précise. Des centaines d'hommes. Des milliers d'hommes. Des centaines de milliers... Le professeur Meyer s'affairait dans la salle de contrôle, actionnait les commandes fiévreusement, les yeux embués de folie. Le pacte passé avec les Anciens, leur promesse d'omniscience, revenait l'illuminer. Ces pensées faisaient naître en lui l'espoir fou de pouvoir devenir l'un des leurs. Serait-il assez fort pour supporter la connaissance qu'ils lui insuffleraient bientôt par le biais de leurs pouvoirs télépathiques ? *Obscurum scientiam*, « la lumière noire », ce savoir sans âge qui affecterait son organisme au point de le faire muter, devenir presque leur semblable. À cet instant, la dévotion qu'il éprouvait pour ces créatures ne serait jamais assez grande. Une joie profonde et authentique

baignait son être d'euphorie, alors que les caissons continuaient d'être répartis dans les puits d'extraction, ballet in-
fernal rythmé de cliquetis métalliques synchrones, qu'il entendait comme la plus douce des symphonies.

43

12 décembre.

Eliott avait évalué le nombre de jours qu'il avait passé dans cette cellule glacée, en se basant sur les seaux de tripes et d'abats baignant dans du sang – d'origine humaine ? animale ? impossible à déterminer – que ses gardiens lui poussaient du pied par une ouverture à glissière d'acier rouillée. Ces repas arrivant avec une régularité mécanique, une seule fois par jour, il s'était mis à entailler au moyen de ses griffes la roche de la geôle d'un trait chaque fois qu'un seau de viande lui était donné.

Cent cinquante-huit entailles blanches s'alignaient sur le granit de la paroi. Cent cinquante-huit unités temporelles – car étaient-ce vraiment des jours ? – au cours desquelles le temps ne s'était exprimé qu'en termes de cauchemars, plus ou moins longs, plus ou moins horribles. Enfouie dans sa carapace chitineuse, sa nature humaine avait pourtant persisté à l'animer, du plus profond de la rancœur que son corps monstrueux lui inspirait. La flamme de son esprit d'homme ne s'était pas totalement éteinte. Mais elle faiblissait, de jour en jour... Elle s'éloignait de lui, emportée sur le fleuve de l'oubli. Voilà tout ce qui restait de l'homme qu'il avait été : un souvenir éthéré, un rêve distant. Eliott Cooper : douze lettres qui avaient perdu toute signification. Plus personne ne l'appellerait par ces deux mots, maintenant.

Le crissement familier de la glissière métallique le fit tressaillir.

— Hé ! Le monstre, voilà ta gamelle.

Le soldat milicien poussa le seau aux relents ferreux à l'intérieur de la cellule. Celui-ci déborda et répandit sur le sol quelques coulures rougeâtres. Eliott resta dans son coin, immobile, lassé d'avoir à se repaître de sang refroidi. Il n'avait pas faim. Il leva l'une de ses mains griffues vers la paroi de pierre pour gratter la roche et y inscrire le cent cinquante-neuvième petit trait.

Plus tard, le visage de Lauren lui apparut en pensée. Ses yeux verts, comme deux jades qui lisaient dans son cœur, avec constance. Son sourire, si plein d'amour, si plein de vie, qui l'éclairait, dans les bons comme dans les mauvais moments. Cette grâce naturelle qui imprégnait chacun de ses gestes. Et son corps au galbe parfait, qui invitait à l'acte d'amour de la façon la plus pure.

Il savait maintenant qu'il ne la reverrait plus. Il ne cherchait même plus à espérer, car l'espoir était devenu synonyme de douleur. Plus le temps passait et plus son renoncement se faisait naturel. Il ne fallait plus raviver l'espoir. Il n'avait plus qu'à se laisser porter vers l'oubli, l'abandon de lui-même, sereinement. Le froid l'étreignait avec une telle force qu'il était certain qu'il l'aurait tué s'il avait gardé sa forme humaine. Le froid était devenu comme une présence, sa seule compagnie, une entité qui le poussait à survivre. Parfois, son impuissance face à son enfermement faisait monter en lui une fureur destructrice. Il se mettait alors à cogner les parois gelées de ses poings, jusqu'à répandre son sang noir sur la pierre. Mais cela ne durait pas et bien vite il s'essoufflait, pour se laisser tomber par terre et se mettre à hurler à la mort comme un loup pris dans un piège.

Cette nuit-là, comme toutes les autres, le sommeil finit par l'emporter et il reposa sa tête, lourde comme du plomb, sur la glace qui tapissait le sol rocheux, ses muscles tendus par la crainte d'avoir à affronter un autre de ces terribles rêves. Il ne dormait jamais vraiment. C'était comme si son esprit de Sentinelle, si affûté, avait le pouvoir de percevoir tout le mal que les Anciens avaient accumulé dans leurs mémoires. Il affrontait des démons qui n'étaient pas les siens, chaque nuit. Il se voyait, tenant une épée ensanglantée de ses deux bras puissants pour décapiter et éventrer avec rage des hommes portant armures et blasons d'autrefois, sur des champs de guerre moyenâgeux. Ou chevauchant dans des marécages putrides pour traquer des hérétiques condamnés. Au fond de donjons inconnus, maniant des fers incandescents et des tenailles pour arracher des aveux de sorcellerie à de jeunes femmes qui imploraient sa pitié. Ou bien encore couronné roi par des légions d'assassins au fond de temples profanés par les démons qu'ils vénéraient. À force de nuits passées à sillonner les âges les plus obscurs pour frapper la Terre du sceau de mort et de destruction, il avait compris que la lignée de la Sentinelle ne comptait qu'une seule mémoire, qu'*une seule conscience*, pour tous ses descendants. Et par-dessus tout, il avait réalisé qu'il était le seul de cette lignée à avoir refusé de servir le mal que ces créatures propageaient. Il était le dernier de cette lignée. Après lui, elle serait éteinte. Car *Hominum primus* n'aurait plus besoin de la Sentinelle.

Ils viendraient le chercher d'ici peu, pour ouvrir l'ultime crypte, la plus gigantesque d'entre toutes. Et par ce simple fait, ce rituel insignifiant, il accomplirait l'acte le plus destructeur que l'humanité ait pu connaître.

Le sommeil profond finit par le gagner et il se laissa sombrer. Mais cette nuit-là débuta par un grand vide. Aucun rêve atroce ne semblait y prendre forme. Seul l'espace, obscur et illimité, parsemé d'étoiles scintillantes, lui apparut. Il ressentit un profond apaisement en sentant un vent léger, aux effluves printaniers, lui caresser les joues. Il n'arrivait pas à deviner le lieu où il se trouvait. Il y avait des arbres. Il les distinguait dans l'obscurité, en train d'agiter leurs branchages dans la brise. Sensation réconfortante. Une voix s'éleva subitement, ou plutôt un murmure. Il en reconnut le timbre cuivré et profond.

C'était la voix d'Isha, le shaman.

— Iyayenagi, je viens à toi par les voies de l'Esprit. Et je suis heureux de voir que le mal n'a pas atteint ton cœur.

— Isha. Je suis heureux moi aussi d'entendre ta voix.

Le visage du shaman apparut dans l'espace au-dessus d'Eliott. Il y flottait, vaporeux, les étoiles brillaient à travers.

— Je vois maintenant que tu es très affaibli dans ton corps. Et que tes résistances cèderont bientôt. Tu ne pourras pas les empêcher de te contraindre à ouvrir leur crypte.

— Leur force est trop grande. Je ne peux plus lutter. Et surtout, j'ai perdu l'espoir, lui répondit Eliott.

— Iyayenagi, la force que tu détiens est très grande elle aussi. Tu ignores à quel point.

— Ce monstre que je suis devenu est entièrement sous leur contrôle. Je ne vois pas à quelle force tu fais allusion.

Le visage d'Isha sourit dans l'espace.

— Crois-tu qu'ils aient été les premiers à avoir généré la vie ?

— Je ne comprends pas, lui retourna Eliott.

— Avant d'arriver à leur stade d'évolution, ces êtres dépendaient de causes et de conditions dont ils n'étaient pas maîtres. C'était il y a fort longtemps, mais *eux aussi* ont été un jour créés.

— Tu veux dire que tu connais leur passé ?

— Celui qui sait pénétrer le présent sait comment les choses ont été faites. Il connaît donc le passé aussi, lui répondit Isha, énigmatique.

— En quoi est-ce que cela pourrait m'aider ?

— Tu as une force en toi qui ne dépend pas d'eux. Sur laquelle ils n'ont aucun contrôle.

Eliott eut soudain la sensation de quelque chose qui s'ouvrait dans son corps. Cela ressemblait à une source de chaleur. C'était... lumineux.

— Sois plus clair, Isha.

— L'Univers est vaste, Iyayenagi. L'œuvre de ces êtres n'en est qu'une infime partie. Lorsqu'ils se sont mis en sommeil, ils ont dû faire appel à des forces extérieures pour créer leur Sentinelle... Des forces très anciennes, qui avaient été à leur origine...

Eliott s'impatienta. Il avait besoin de réponses utiles, pas de discussions métaphysiques.

— Que dois-je faire maintenant, Isha, si je veux leur échapper ?

Le visage d'Isha le regarda impassiblement pendant quelques secondes.

— Tu dois trouver la réponse à cette question en toi-même. Ne sens-tu rien en toi ?

Eliott reporta son attention à l'intérieur de son corps. Il sentait bien quelque chose, oui. La minuscule source de chaleur prit forme en une onde de lumière qui, très lentement, se développa en une sphère d'où serpentaient d'autres lueurs colorées. Il pouvait clairement visualiser le ressenti. Peu à peu, la chose s'anima de vibrations, puis de mouvements... expansions... rétractions... Cela ressemblait à des pulsations, celles d'un cœur naissant, celui d'un être chétif. Un enfant, peut-être, pensa Eliott. Il pouvait sentir que cela vivait, à l'intérieur de l'espace noir, abandonné, de son corps de ténèbres, et cela continuait à prendre forme, à se développer, seconde après seconde...

— Isha, qu'est-ce que c'est ? demanda Eliott, stupéfait.

— Tu n'es plus seul, Eliott.

— Je... Je ne comprends pas.

— Lauren t'a donné un fils.

Eliott ne pouvait éloigner son attention de la source de lumière qui grandissait en lui. Il ne sentait plus le froid glacial de la cellule. Il ne sentait plus la mélancolie qui le retenait prisonnier du désespoir. Maintenant, il ne ressentait plus que cette force qui montait en lui, et elle n'était pas faite d'ombre et de mal, non, cette force rayonnait d'une telle aura de vie qu'elle était en train de le submerger de lumière.

— Ton espoir, le sens-tu grandir, maintenant, Eliott ?

Des larmes noires coulèrent le long de sa mâchoire et s'écrasèrent sur la blancheur de la glace. Son corps se mit à trembler. Il n'était plus en état de définir quelle sorte d'émotion le traversait à présent. C'était tellement puissant, tellement démesuré.

— Cette force est en toi, Eliott Cooper. Et elle est à présent dans ton fils, Matthew. Vous deux êtes réunis. Vous ne formez plus qu'un seul être…

— … Car il ne peut y avoir qu'une seule Sentinelle.

La force continuait de croître. Il était agité de spasmes de plus en plus violents. Sa température montait, si bien que la glace fondait autour de lui sur le sol.

Au même instant, dans la base de la résistance de Meadow Creek.

Aiyana accourut dans la cuisine commune où Lauren préparait le repas du soir. Elle était affolée et dut reprendre son souffle pour arriver à parler :

— Lauren ! Viens vite !

Lauren laissa tomber le couteau qu'elle avait en main et courut derrière la jeune Indienne, sans savoir vers où, ni pourquoi. Le ciel était bas, presque noir tant il était chargé. Un orage allait bientôt éclater. Elles arrivèrent à la cabane où vivait Wyatt, un jeune ami de Matthew, l'un des rares enfants de la base qui n'avait pas peur de jouer avec lui.

Lorsqu'elles entrèrent à l'intérieur de l'abri fait de tôles et de planches, le jeune Wyatt était agenouillé devant le corps inanimé de Matthew. Son ossature luisait étrangement. Lauren crut y voir briller des lignes bleutées qui parcouraient ses membres, des fluides lumineux qui sinuaient sous sa peau. Par moments, son corps se mettait à trembler, ses yeux étaient fermés et sa tête bougeait parfois, imperceptiblement.

— Tout à l'heure, il a parlé, dit Wyatt, les yeux mouillés de larmes.

Lauren s'assit près de son fils et prit sa main molle dans la sienne.

— Qu'a-t-il dit ? demanda Lauren au jeune enfant, encore essoufflée de sa course.

— Il répétait un prénom. Eliott... Oui, c'est ça. C'est bien ce prénom-là qu'il répétait. Eliott.

Lauren fit un effort pour contenir un sanglot.

— Est-ce qu'il t'a déjà dit ce que ce prénom signifiait pour lui, Wyatt ? demanda-t-elle à l'enfant.

Wyatt fit non de la tête d'un air penaud.

Lauren appela son fils à mi-voix pour tenter de le réveiller :

— Matthew.

Elle passa sa main sur son front bosselé d'excroissances, s'attarda sur ses pommettes où saillaient ses os massifs qui formaient la base de sa gueule, à demi ouverte, qui laissait entrevoir des dents déjà longues. Il respirait fort. Ses mains se contractaient par à-coups nerveux.

Il était loin.

Très loin.

Ce n'était pas plus un rêve qu'un cauchemar.

Matthew était avec son père. Il était *à l'intérieur* de son père.

Ils fusionnaient.

Au même instant, quelque part en Sibérie centrale.

Eliott sentit que la vague de lumière envahissait son corps. Il ne résista plus et se laissa complètement submerger. Il ferma les yeux. Le corps de son enfant lui apparut. Il était à l'intérieur de lui. Il pouvait sentir battre son cœur, tout contre le sien. Bien vite, la stupeur laissa place à une joie profonde, un amour bienveillant. Tous deux communiaient dans le silence. Les mots étaient devenus inutiles. Leurs sensations se mélangeaient. Ils flottaient dans une aura de paix.

Eliott secoua la tête pour revenir à lui. Il parvint à bredouiller :

— Que dois-je faire, maintenant, Isha ?

Pour toute réponse, le visage du vieil Indien s'illumina soudain, jusqu'à disparaître du rêve d'Eliott dans un ultime flash. Seul restait l'espace, noir et froid, constellé de myriades d'étoiles minuscules. Le vent continuait de souffler doucement dans les arbres.

La chaleur dans son corps s'atténua et la vision de son enfant s'évapora. Que faire maintenant ? Le problème restait le même. Il était enfermé dans cette cellule, sans aucun moyen d'en sortir. Mais sitôt qu'il eut cette pensée, il se prit à observer sa main droite, machinalement, sans savoir pourquoi. Il vit alors que des particules noires s'agitaient au bout de ses doigts. Rapidement, toute sa main fut gagnée par cette petite nuée tourbillonnante, puis son avant-bras, jusqu'à son épaule... En quelques secondes, le nuage virevoltant de fumeroles l'enveloppa et il sentit qu'il se désagrégeait soudain. Mais sa lucidité restait entière. Il se déplaça alors jusqu'à la porte de la cellule et, en moins d'une seconde, la traversa comme si elle n'existait pas. Il voleta le long d'un corridor humide et s'engouffra à l'intérieur d'une minuscule fissure dans la roche de la galerie. Alors qu'il traversait les strates du sous-sol minéral, il perçut ses geôliers ouvrant sa cellule et hurlant à l'évasion. Il continua son ascension vers la surface. Son corps était si léger... et son cœur tout autant. Une joie étrange, invraisemblable en ces lieux si obscurs, ne le quittait pas.

Il était libre.

44

14 décembre.
Népal.

Après huit heures d'un vol mouvementé à bord d'un hélicoptère Black Hawk – une tempête essuyée au-dessus du Pacifique –, l'équipe des huit résistants voyait enfin se dessiner les contreforts himalayens dans les lueurs rouges du couchant. À travers le cockpit apparut la base de Rajpur, parfaitement camouflée dans la jungle d'altitude.

L'attaque de la crypte sibérienne serait lancée de nuit, dans les vingt-quatre heures qui venaient. Le temps pour l'équipe de faire un briefing et de se rendre sur place. Les charges explosives étaient en train d'être préparées, les détonateurs à mercure ne pouvant être montés qu'au dernier moment.

Le commandement de l'Aube s'était réuni au complet pour accueillir les huit combattants. Le Black Hawk atterrit. Lauren et son fils, le visage couvert par un passe-montagne, en descendirent les premiers, suivis par Coyote et le reste de l'équipe. Au pas de course, sous les pales de l'hélicoptère qui brassaient l'air, ils rejoignirent les baraquements de la base.

Dans la pièce principale grésillait le son d'un poste émetteur-récepteur radio qui datait de l'époque de la guerre du Vietnam. Sur une vaste table étaient disposés des plans et des cartes. Des armes lourdes, fusils d'assaut russes et lance-roquettes, étaient stockées dans des caisses entreposées. Les quatre principaux chefs de l'Aube vinrent à la rencontre des huit résistants.

Lam Anh Thu', une jeune femme fluette d'origine cambodgienne d'une trentaine d'années, véritable tigresse aux cheveux et yeux noirs, qui avait fait ses preuves durant de multiples opérations contre les armées miliciennes chinoises, prit la parole :

— Bienvenue, valeureux !

Son sourire, qui laissa apparaître quelques dents en or, exprimait une joie intense et authentique. Son accent cambodgien était à couper au couteau.

José Almeida, barbe drue et œil d'ours, Portugais solide d'une cinquantaine d'années au moins, mais encore redoutable combattant, vint à son tour leur taper sur l'épaule.

Karl Engelberg, la quarantaine, grand et flegmatique Allemand, ancien des services secrets, et Benoit Trajean, un mercenaire français, plutôt petit de taille, crâne dégarni et yeux gris, d'une cinquantaine d'années, les saluèrent ensemble d'un :

— Bienvenue, camarades !

Tous se rassemblèrent autour des plans de l'attaque de la crypte.

— Nous disposons de peu de temps. Si vous voulez bien, on passe directement au briefing de la mission, proposa Karl Engelberg.

Personne n'émit d'objection.

L'Allemand se pencha au-dessus des cartes qu'il avait devant lui :

— Le Black Hawk vous lâchera ici – il pointa le doigt sur le plan – à cinquante kilomètres au nord. Là, des motoneiges vous attendent pour un trajet de quarante kilomètres tout droit vers la crypte. Ensuite, vous chausserez des skis pour une arrivée discrète sur la zone. Le relief est vallonné, mais dégagé. Très peu d'endroits à couvert.

L'Allemand fit une pause pour scruter les visages des huit résistants. Certains étaient marqués par le stress. La pression qu'ils avaient sur eux était à son maximum. Il insista sur un point :

— La furtivité sera le maître mot de cette infiltration. Le silence total à l'approche de la zone. D'autant que nous ne connaissons pas avec certitude les moyens qu'ils ont pour déceler une intrusion. En surface se trouvent des prises d'air qui ventilent l'intérieur de la structure, mais elles sont inaccessibles car trop étroites. Vous entrerez comme prévu par la grande porte. L'ensemble de la structure est circulaire, un immense dédale de mégalithes d'un diamètre de deux kilomètres. Vous avez tous les plans détaillés de la zone avec vous ?

Tous levèrent leur pouce pour acquiescer.

— Est-ce que les soldats ont des chiens pour leurs patrouilles ? demanda un jeune résistant.

— Il y a des chiens, oui, mais ils sont fixes. Les gardes ne s'en encombrent pas.

Le chef désigna les points où les chiens étaient postés.

— À propos de ces chiens, nous avons la chance que des loups traînent dans les parages. Ce qui fait qu'ils aboient souvent. Donc les gardes n'y font plus attention. Des questions sur la phase d'approche ?

Tout était clair pour l'équipe.

— Ensuite : la diversion, continua Engelberg. Trois d'entre vous se scinderont et iront placer des charges incendiaires dans le quartier des gardes, à cinq kilomètres au sud-est de la crypte. Selon toute logique, ces derniers quitteront leur poste pour aller maîtriser l'incendie. Aussitôt, le second groupe de cinq interviendra pour l'ouverture de la crypte.

— Combien de gardes au total ? demanda Ernesto Ruis, un résistant d'origine péruvienne.

— Nous en avons compté une vingtaine sur le site.

Engelberg désigna leurs différents postes sur la carte.

— Autre avantage que nous avons, et il est de taille : ils ne s'attendent pas à une attaque. La position isolée de cette crypte et le secret de son existence les confortent dans l'idée d'être en sécurité.

Matthew leva timidement la main pour parler.

— De combien de temps vais-je disposer pour procéder à l'ouverture ?

— Tu auras dix minutes, pas plus. Est-ce que tu as bien mémorisé et étudié le processus ?

— Oui, répondit-il de sa voix gutturale, je pense que dix minutes me suffiront. C'est le temps qu'il faut pour que les particules deviennent actives.

— Parfait, Matthew.

Engelberg laissa passer un instant. Personne n'avait de questions. Il continua :

— Ensuite, vous aurez vingt minutes pour l'infiltration, la pose des charges et l'évacuation des lieux. Vous avez tous eu le détail individuellement : paramètres du saut, accrochage des câbles pour la remontée et bien sûr le plan des galeries pour disposer les charges au fond de la crypte.

Tous acquiescèrent.

— Après être revenu de la diversion, le premier groupe attendra que le groupe d'infiltration remonte et sorte de la crypte. Il va de soi que si des soldats ennemis reviennent avant l'évacuation, le premier groupe ouvrira le feu et couvrira l'évacuation du groupe d'infiltration. Je vous rappelle que votre seul objectif est de déclencher les charges pour anéantir ces saloperies.

Engelberg reprit plus gravement :

— Quoi qu'il se passe durant l'évacuation, les charges devront être impérativement déclenchées. Est-ce que c'est clair ?

L'un des résistants leva la main.

— Et si le groupe d'infiltration, ou l'un de nous, est dans l'impossibilité d'évacuer avant la destruction ?

Lam Anh Thu', la jeune Cambodgienne, lui jeta un regard noir :

— Cette mission dépend survie humanité ! lui aboya-t-elle, ça veut dire que si vous pas sortir de là, c'est tant pis ! Les autres font tout péter, c'est clair ?

Le jeune homme déglutit difficilement.

— C'est clair, bredouilla-t-il.

Elle continua de le foudroyer du regard pendant quelques longues secondes. Benoit Trajean leva les mains en signe d'apaisement :

— Nous avons passé plus de deux années à préparer cette opération. Si vous suivez le plan à la lettre, tout se passera comme prévu.

Engelberg conclut :

— Très bien – il consulta sa montre –, il vous reste juste assez de temps pour vous équiper de votre matériel. Décollage dans vingt minutes.

*

Le Black Hawk s'éleva au-dessus de la base de Rajpur. Les faibles lumières des bâtiments se fondirent derrière la végétation qui bruissait dans la nuit sous les pales de l'hélicoptère. L'appareil tourna sur lui-même et s'élança vers le nord. Le temps était clair. Les étoiles se dessinaient nettement dans le ciel. La météo prévue sur le trajet leur serait favorable jusqu'en Sibérie.

Matthew répétait mentalement tous les gestes du rituel d'ouverture. Il tenait en main l'exemplaire original du livre écrit en langue matricielle. Selon l'explication de Sir Ravenwood, quand les nuées de particules noires émanaient de terre pour entrer dans la Sentinelle, les versets du livre se récitaient *d'eux-mêmes* lorsque celle-ci était entrée en transe. Ensuite, elle devait se nourrir de sang humain et en répandre sur la pierre noire. Alors, seulement, les portes s'ouvraient.

Assise en face de lui, Lauren l'observait. Il faisait des efforts pour rester concentré.

— Quelque chose ne va pas, Matthew ? lui demanda-t-elle affectueusement.

Il releva la tête du livre et plongea ses yeux sombres dans les siens.

— Je n'arrête pas de penser à papa.

Elle lui sourit, s'avança et passa une main sur sa joue.

— C'est en moi depuis l'autre nuit. Et ça ne m'a pas quitté, ajouta-t-il en adoptant une mine contrariée.

— Qu'est-ce qui est en toi, mon chéri ?

Il chercha ses mots, hésita.

— Je ressens comme un lien qui s'est fait entre lui et moi... Parfois, je l'entends respirer à l'intérieur de moi. Ou alors c'est moi qui suis à l'intérieur de lui.

Lauren essaya de se représenter ce qu'il venait de lui confier.

— Il est temps que tu saches certaines choses à propos de ton père, Matthew. Avant de devenir ce qu'il est devenu, ton père avait déjà des dons qu'il ignorait. Il les tenait de son père, qui était natif d'une tribu indienne, les Tolowas.

Matthew écoutait en ouvrant grand ses yeux obscurs.

— Et lorsque tu es né, un shaman, un sage indien, t'a accueilli dans ce monde avec la bénédiction des Esprits. Tu as reçu ce don, Matthew. Tu es toi aussi un Iyayenagi.

— Un Iyayenagi ?

— Un être qui est homme dans le monde des hommes, mais qui peut aller aussi dans celui des Esprits.

— Mais je ne comprends pas... Comment utiliser ce don ?

— Isha, le shaman, m'a simplement dit de te dire cela lorsque tu ressentirais ce lien avec ton père. Mais je n'en sais pas plus. Il a ajouté que tu devais découvrir ces pouvoirs par toi-même, que personne d'autre que toi ne pourrait t'enseigner à les utiliser.

L'enfant-créature resta prostré quelques instants, dans une intense réflexion.

— C'est peut-être ce don qui a créé le lien. Mais je ressens aussi qu'il y a autre chose... Une force qui interagit avec mes particules noires. Il faut que je comprenne, avant que nous n'arrivions sur le lieu de notre mission.

Il se replongea dans l'étude du livre traduit par le paléographe.

Lauren regarda son fils longuement alors qu'il lisait et réfléchissait avec une application sans faille. Elle pensa très fort à Eliott. Où pouvait-il être ? Si Matthew avait senti sa présence, c'était donc qu'il était en vie. Elle ferma ses paupières et s'adressa à lui avec son esprit : « *Eliott, où que tu sois, nous te retrouverons. Mon amour, si tu voyais ton fils, tu serais fier de lui. Il est aussi fort et courageux que toi... Il te ressemble tant...* »

Lorsqu'elle rouvrit les yeux, des larmes s'en détachèrent pour s'envoler par le sas à demi ouvert de l'hélicoptère. Le vent froid s'engouffrait dans la cabine. Comme Matthew, les autres étaient concentrés sur les instructions de la mission. Elle se ressaisit et se mit elle aussi au travail.

45

Sibérie centrale.

Les deux soldats adeptes entrèrent dans la pénombre de la salle où se tenaient trois Anciens. L'un d'eux s'adressa à eux :

— Vous vous doutez sûrement de la raison qui vous amène ici, n'est-ce pas ?

La voix surgie des tréfonds avait tranché net le silence. Le ton était méprisant.

— Nous n'avons rien vu, bafouilla l'un des deux hommes.

— C'est comme s'il s'était évaporé, ajouta l'autre.

L'*Hominum primus* tendit son long cou pour mieux les scruter.

— Et pourriez-vous m'expliquer comment un prisonnier peut s'*évaporer* ?

Les deux gardes tremblaient de tous leurs membres. Devant le silence glacial qui devenait écrasant, l'un des deux se pressa de parler :

— Nous n'avons pu que déduire cela. Car lorsque nous avons fait notre ronde, le prisonnier était présent dans sa cellule. Cinq minutes après, il n'y était plus.

— Et après vérification, la porte n'a pas été ouverte, d'une quelconque manière, précisa l'autre garde.

Un autre Maître parla :

— Et la cellule où était détenu le prisonnier ne comporte aucune autre ouverture, c'est bien ça ?

— Aucune ouverture à part la porte, confirma un garde.

La créature inclina sa longue tête ogivale vers ses deux semblables. Ils parurent échanger un instant par leur esprit. Puis, l'un d'eux se tourna vers les gardes :

— Vous pouvez regagner vos postes. Veillez à rester vigilants.

Les deux hommes se dirigèrent vers la sortie sans demander leur reste. Les Anciens attendirent qu'ils aient quitté la pièce pour parler à voix haute :

— Est-ce que tu arrives à voir la Sentinelle quelque part, Aram ? demanda l'un à un autre.

Celui-ci ferma ses yeux noirs luisants pour localiser la Sentinelle par ses pouvoirs mentaux.

Après quelques secondes :

— Je ne la vois nulle part, répondit-il.

— Cela ne peut signifier qu'une chose : elle s'est changée en nuée.

— C'est impossible ! s'exclama l'un d'eux.

— Que proposes-tu comme hypothèse, Kaar ?

L'Ancien hésita à répondre, pris par le doute.

— Ces deux gardes... Je suis d'avis de les soumettre à un interrogatoire, voilà ce que je propose. Ils en savent certainement plus que ce qu'ils en disent. La Sentinelle n'a pas pu reprendre son état de nuée ! vociféra le nommé Kaar.

Celui qui avait gardé le silence jusque-là parla :

— L'état de nuée précède celui de Sentinelle. Lorsque cette lignée a été créée, les nuées étaient nombreuses à la surface de la Terre. Elles avaient pour mission de sélectionner un support organique, justement pour que prenne corps la première Sentinelle, mi-humaine, mi-semblable à nous.

— Où veux-tu en venir, Vaka ? gronda Kaar.

— Selon toute logique, le seul moyen pour que la Sentinelle puisse reprendre l'état de nuée serait que les particules aient un choix à faire quant à leur support organique.

Aram continua la déduction de Vaka :

— Cela signifie donc qu'ailleurs sur Terre, des particules ont trouvé un autre support... et qu'une autre Sentinelle est en train de prendre forme dans un corps humain.

— C'est la seule possibilité, confirma Vaka.

— Trêve de suppositions hasardeuses ! tonna Kaar. Les extracteurs sont opérationnels et ont fait preuve de grande fiabilité. La crypte doit être ouverte au plus tôt. Nous avons déjà assez perdu de temps ! Nous n'avons que deux possibilités : générer une autre nuée qui permettra l'ouverture... ou retrouver la nuée fugitive.

— Retrouver la nuée me semble peu probable, dit Vaka. N'oublions pas, en plus, qu'elle est constituée en partie par la conscience de cet humain qui nous a tant donné de mal...

— Eliott Cooper, maugréa Kaar d'un air mauvais.

— Il doit être loin à présent, supposa Aram.

Le visage grimaçant de Kaar sembla s'illuminer subitement :

— Recherchons cette seconde Sentinelle, puisqu'elle est sous sa forme corporelle.

— Cela va nous prendre beaucoup de temps. Mais nous la retrouverons, tôt ou tard, dit Vaka.

— Que proposes-tu, Aram ?

L'Ancien réfléchit intensément pendant un instant.

— Nous allons donner l'ordre au laboratoire de générer une autre nuée... mais cela aussi demandera du temps.

Puis il continua de réfléchir. Visiblement préoccupé par un autre point :

— Il faut aussi sécuriser la crypte. Immédiatement. Doublons la garde et envoyons-y quatre des nôtres... J'ai une mauvaise intuition.

— Quel genre d'intuition, Aram ?

— Je ne sais pas... Nous devons tout envisager avec cette Sentinelle en fuite.

*

Eliott se sentait aussi léger que le vent, aussi vif qu'un éclat de lumière. Cette lumière qui n'avait pas quitté son cœur depuis qu'il avait senti cette présence en lui. *Son fils.*

Il se demandait comment cela était possible, comment il pouvait traverser la matière, sous la forme d'un nuage vaporeux. Rapidement, il parvint à contrôler les mouvements de la nuée. Il ressentait le froid différemment, avec moins d'intensité. Il se tapit dans un coin, en hauteur. Il se trouvait dans l'un des nombreux sous-sols du camp d'extraction.

Ses pensées, ses émotions, tout s'emmêlait. *Lauren.* Elle avait appelé leur enfant Matthew, comme son père, qu'elle n'avait que très peu connu. Que faire maintenant ? Par où commencer ? Il essaya de se concentrer pour rassembler ses particules et retrouver sa forme corporelle. En vain. Un état de panique diffus le saisit pendant un instant. *Et si je n'arrive pas à me reconstituer !* Il préférait encore son corps de monstre à ce nuage informe, sans consistance. Il lui fallait maintenant réfléchir le plus calmement possible à la suite à donner. L'essentiel était qu'il était libre. Et il entendait bien le rester.

46

Nord du Plateau de Sibérie centrale.
15 décembre.
23 h 20.

L'hélicoptère se posa dans le bas d'une vallée gelée, sur ce qui devait être un lac. Les huit résistants empoignèrent leurs armes, certains s'équipèrent de lance-roquettes qu'ils passèrent en bandoulière dans leur dos. Le vent soufflait par rafales puissantes, chargées de flocons qui leur fouettaient le visage. Ils se mirent en route au pas de course vers le point sur leur carte où les attendaient les motoneiges. Dissimulés sous des bâches blanches depuis plusieurs jours, les véhicules peinèrent à démarrer. La tempête ne semblait pas gagner en force, mais elle ne faiblissait pas pour autant. Dans ces régions désertiques glaciaires, ce qui était appelé tempête constituait le quotidien. Les reliefs variaient peu : ils traversaient de vastes plaines rarement ponctuées de collines. Ils atteignirent le point prévu sans rencontrer d'obstacle. À partir de là, il leur fallait continuer par leurs propres moyens.

— Est-ce que tout le monde va bien ? demanda Coyote en criant presque, pour se faire entendre dans la tempête.

Il les observa attentivement un à un. Tous lui répondirent en levant leur pouce. Ils décrochèrent les skis des motoneiges et les chaussèrent.

— OK, en avant, lança Coyote. On progresse en file indienne.

Ils s'élancèrent derrière lui sur le manteau blanc qui disparaissait dans les tourbillons de neige. Dix kilomètres.

C'était la distance qu'ils avaient à parcourir jusqu'à la crypte. Avant d'arriver sur la zone, un groupe de trois résistants se scinderait pour aller allumer un incendie dans le quartier des gardes.

Matthew contrôla leur position sur la carte. Son cœur battait à tout rompre, mais ce n'était pas dû à l'effort. Il ressentait en lui une hyperactivité, quelque chose d'une puissance phénoménale qui décuplait ses forces. Il sentait ses particules comme aspirées vers ce lieu, attirées par une force *semblable* à la sienne. Il avait étudié durant tout le vol depuis Rajpur le livre traduit par Sir Ravenwood. Il avait même fait l'expérience d'une compréhension intuitive de la langue matricielle. Ses pouvoirs de Sentinelle étaient arrivés à maturité. Il avait compris dans les écrits originels que son père et lui ne pouvaient former qu'un seul et unique être physique, que les particules qui les constituaient échangeaient des informations et que plus ils se rapprochaient l'un de l'autre, plus leur fusion se ferait sentir, jusqu'à ce qu'ils soient unis dans un seul et même corps. Il en avait à présent la certitude. Il tremblait. Le flot d'émotions qui le traversait était si intense et puissant qu'il n'était plus en mesure de définir son ressenti. Il y avait de la peur : celle d'échouer. Celle de mourir n'était que secondaire. Pourtant les risques étaient élevés. Mais au-delà de leur vie, c'était l'espoir de l'humanité tout entière qu'ils portaient sur leurs épaules. Ils étaient prêts à se sacrifier.

Le groupe avala les derniers kilomètres en moins d'une heure. Bientôt, les contours massifs de la crypte leur apparurent. Ils se postèrent sur une corniche rocheuse qui dominait une partie du dédale et sortirent leurs jumelles pour observer les lieux. De puissants projecteurs, disposés à intervalles réguliers, éclairaient les premiers mégalithes qui s'élevaient à une cinquantaine de mètres au-dessus de l'océan blanc figé. Les colonnes de pierre noire étaient recouvertes de glace sur leur face exposée au vent. Celui-ci hurlait violemment en parcourant les couloirs lugubres. Les dimensions de l'édifice étaient stupéfiantes.

Lauren balayait de ses jumelles les couloirs. Pas le moindre mouvement. Soudain, le jeune Péruvien Ernesto Ruis s'écria :

— Je les vois, là !

Il pointa le doigt en direction d'un chemin de ronde.

— Il y en a deux, effectivement, confirma Coyote.

— Oui, je les ai aussi, dit Lauren, en ajustant la netteté de ses jumelles.

— J'en vois deux autres là, dit Coyote.

— Ils sont plus nombreux que prévu on dirait, constata Lauren.

— Ça en a tout l'air, lâcha Coyote.

— J'en ai deux autres là-haut, dit un autre résistant, en montrant les hauteurs d'un mégalithe.

Tous braquèrent leurs jumelles vers les deux soldats adeptes postés au-dessus du dédale.

— Ils ont renforcé leur surveillance, dit Coyote en mâchant nerveusement son chewing-gum. Bon. Il va falloir qu'on modifie nos plans, reprit-il. Lauren, tu feras partie du groupe chargé de la diversion en remplacement d'Ernesto qui vient avec nous pour l'infiltration. Pas d'objection ?

— Je suis OK ! s'écria Ernesto, ravi.

— Je ne suis pas OK, protesta froidement Lauren.

— J'ai des consignes, Lauren, désolé mais ça n'est pas discutable, répliqua Coyote.

— Tu as des consignes ! s'exclama-t-elle, furieuse, et qu'est-ce que tu fais de la parole que tu m'as donnée ?

— Lauren, tu es la mère de Matthew. Les ordres que j'ai reçus visent à te protéger. Je les applique. Ne me demande pas l'impossible.

Matthew regardait sa mère, puis Coyote, et essayait d'accepter rationnellement le conflit. Mais quelque chose lui échappait. Il resta silencieux et ne prit le parti ni de l'un, ni de l'autre. Sagement, il se remit à l'observation de la crypte dans ses jumelles.

Lorsque les rondes de gardes furent dénombrées et localisées, le groupe se scinda. D'un côté : l'équipe chargée d'allumer l'incendie dans le quartier des gardes, composée de Lauren, Liam O'Leary et Fred Morse, deux jeunes engagés qui avaient servi dans les Marines avant d'être recrutés par l'Aube. De l'autre : Matthew, Coyote, Ernesto, Chris Perry, un ancien officier anglais d'une quarantaine d'années, et Mo Redfield, un jeune Afro-Américain qui avait grandi dans la base de Meadow Creek et qui avait pris les armes à la suite de son père Stanley, un fameux résistant de l'Aube mort en opération.

— Il va falloir être extrêmement vigilant, dit Coyote quand ils furent tous sur le départ. Lauren, on reste en contact radio permanent.

— Contact radio permanent, confirma-t-elle.

— Allons-y, lança-t-il en tendant le bras dans la direction de la crypte.

Lauren fit signe à ses équipiers de la suivre et s'élança en tête des deux jeunes recrues vers le sud.

Le groupe de Coyote progressait lentement. Ils rampèrent sur une bonne centaine de mètres pour arriver sur un dévers où ils se dissimulèrent. De là, ils avaient une vue plongeante sur la porte, au pied d'un mégalithe colossal. Elle devait mesurer une vingtaine de mètres au moins. Le minerai obscur était finement sculpté de figures géométriques complexes qui s'entrelaçaient telles des arabesques surprenantes. Celles-ci couvraient les montants de la porte sur une bande large d'un mètre environ. Dans la partie intérieure de la porte était gravée une fresque qui devait vraisemblablement être vue en partant du bas de la porte. Là était représenté ce qui semblait être les tombeaux des Anciens, dans lesquels ils gisaient. Plus haut, on devinait l'apparition de l'Homme et des formes de vie animales... Les nuées montant des profondeurs et se répandant sur Terre... Plus haut étaient représentés l'Homme qui se civilisait, puis la première Sentinelle qui apparaissait... suivie des autres, au fil des millénaires... Les cryptes s'ouvraient une à une... Le savoir était enseigné à l'Homme : période de connaissance, de spiritualité et de guerres... jusqu'à arriver à la déchéance contemporaine... Le haut de la fresque s'achevait par une gravure de la porte, *cette porte*, s'ouvrant et déversant des armées de créatures semant la mort, dans une guerre ultime dont *Hominum primus* sortait vainqueur, pour régner sur Terre à jamais. « *Ils connaissaient l'avenir, parce qu'ils l'ont réellement planifié...* » pensa Matthew. Autour des gravures, des symboles en langue matricielle s'alignaient. Il régla la netteté de ses jumelles pour tenter de les lire.

— Coyote, Matthew... est-ce que vous me recevez ?

La voix de sa mère le tira du profond malaise qu'il ressentait alors qu'il interprétait les symboles.

Le groupe de Lauren était arrivé sur la zone de son objectif.

— Parfaitement, Lauren, lui répondit Coyote. Tout va bien pour vous ?

— Tout est OK. Nous avons placé le dispositif de charges incendiaires. Il se déclenchera dans exactement dix minutes. Nous revenons sur votre position.

— Parfait. Nous attendons le début de l'incendie pour adapter notre approche selon leur réaction.

— Bien reçu.

L'attention de Coyote alternait rapidement entre le compte à rebours sur l'écran de sa montre et ses jumelles, braquées vers la porte et les gardes qui allaient et venaient alentour. Ces minutes furent certainement les plus longues de sa vie.

Ils ont presque doublé leurs effectifs.

Cette pensée ne l'avait pas lâché. Mais de toute façon, il était trop tard pour remettre l'opération. Lorsque le compte à rebours fut écoulé, il aperçut une lueur orangée qui éclaira le ciel au loin. Presque aussitôt après retentit une sirène dans le lointain. Dans ses jumelles, Coyote put voir les gardes s'agiter, courir les uns vers les autres, grouiller de toutes parts. Rapidement, les équipes de surveillance au complet furent réunies au pied de la porte. Coyote compta quarante-deux hommes. L'un des gardes se détacha du groupe et prit la parole, mais à cette distance, il leur fut impossible d'entendre ses mots. Moins d'une minute plus tard, la totalité des gardes grimpa dans deux énormes chenilles DT-30 Vityaz. Les engins disparurent quelques secondes plus tard dans les dunes de neige balayées par les vents. Coyote et les autres résistants cherchèrent dans les coursives du dédale d'autres gardes qui auraient pu y rester. Les lieux étaient déserts, hormis deux chiens malamutes, à environ quatre cents mètres de la porte, qui s'étaient mis à aboyer en voyant l'agitation de leurs maîtres. Les bêtes étaient solidement attachées.

— Coyote, ici Lauren, tu me reçois ?

— Je t'écoute, Lauren.

— L'incendie fait rage dans le quartier des gardes. Nous sommes en vue de la porte.

Coyote et les autres cherchèrent le groupe du regard derrière eux. Les trois résistants finirent par apparaître, se détachant un à un du rideau de flocons qui tournoyaient.

Lauren vint se poster entre Coyote et son fils. Ce dernier la prit dans ses bras. Elle caressa sa tête et le serra contre elle, comme elle l'aurait fait avec un jeune enfant. C'était ce qu'il était pour elle, à ceci près qu'il mesurait maintenant presque deux mètres.

Coyote se leva et s'adressa à son groupe :

— Allons-y. Nous avons moins de trente minutes pour entrer dans ce cloaque – il désigna la crypte avec mépris – et tout faire péter !

Les autres se levèrent d'un bond.

Coyote prit la main de Lauren :

— Restez ici pour nous couvrir. Et si le moindre ennemi se présente, tirez à vue. On reste en contact radio.

— OK, lui répondit Lauren.

Elle les regarda s'éloigner vers la porte. Matthew se retourna pour la voir une dernière fois.

Arrivé au pied de la porte, Matthew sortit le livre et l'ouvrit sans attendre. Coyote et les autres se reculèrent quand il commença à en réciter les incantations.

Dissimulées dans les ténèbres du dédale, cinq hautes silhouettes, ombres dans l'ombre, scrutaient les moindres de leurs gestes, en particulier ceux de la Sentinelle, qui lisait et récitait l'ouvrage de la lignée.

— Tu vois, Kaar, je ne m'étais pas trompé.

— Oui... C'est bien la Sentinelle que nous cherchons, dit Kaar.

— L'autre Sentinelle, précisa Vaka.

— Elle a été engendrée par la femelle avec qui Eliott Cooper a forniqué. Comment avons-nous pu omettre cela ?

— Tout va rentrer dans l'ordre à présent, siffla Vaka avec un rictus de satisfaction... Nous n'avons plus qu'à attendre que cette Sentinelle ouvre la porte.

— Oui... C'est parfait, Vaka.

— Nous les tuerons dès qu'ils pénètreront dans la crypte.

Matthew entra bientôt en transe et ses yeux virent alors l'inconcevable : l'intérieur de la crypte, des corridors immenses qui s'étendaient sur des dizaines de kilomètres, où des millions de tombeaux attendaient d'être ouverts. Son corps lui sembla se désagréger alors que le flot de paroles infectes suintait par sa gorge. Il ne contrôlait plus ses gestes et lorsqu'il porta la coupe remplie de sang humain à sa gueule, ce n'était plus lui qui agissait, mais bien la force originelle prisonnière dans la pierre noire depuis la nuit des temps. Lentement, il but une moitié de la coupe et sentit, non sans une délectation coupable, le sang couler dans sa gorge. Il versa ensuite lentement l'autre moitié de la coupe sur la dalle noire gravée de symboles.

Un grondement sourd se fit entendre. Le raclement de la pierre contre la pierre. La porte gigantesque s'ouvrit en ébranlant le sol sous leurs pieds. Une odeur pestilentielle émana de l'entrée béante, plongée dans l'obscurité.

— En avant ! hurla Coyote.

Le groupe s'engouffra en courant dans le corridor.

Cinq ombres les suivirent, aussi silencieuses qu'invisibles.

Les résistants progressaient à présent le long d'une haute galerie dont les parois glacées scintillaient dans la lueur de leurs lampes. Les murs étaient gravés d'écritures et de symboles mystiques. Ils arrivèrent dans une salle circulaire si vaste que leurs lampes ne parvenaient pas à l'éclairer entièrement. Au centre se trouvait le puits. Ils s'approchèrent du bord et commencèrent à fixer les câbles en prévision de la remontée.

— Nous sommes arrivés au puits, Lauren, dit Coyote dans son micro. Nous allons sauter. Ça se passe comment dehors ?

— Tout est calme. Aucun mouvement.

— Parfait. Je te recontacte lorsqu'on est en bas.

— Reçu.

Coyote se releva et vit que le jeune Ernesto avait des difficultés pour fixer son câble. Alors qu'il allait l'aider, il perçut un déplacement d'air juste derrière lui. Il fit volte-face et esquiva de justesse une lame énorme qui siffla devant son visage. Il braqua aussitôt son arme dans la direction de la chose face à lui, mais sa lampe n'émettait plus qu'une faible lueur. Il tira deux coups de feu à l'aveugle. La lampe s'éteignit complètement. Il courut vers les autres dont les frontales faiblissaient aussi.

— On n'est pas seuls ! leur cria-t-il.

Avant que ses équipiers aient pu réagir, deux *Hominum primus* fondirent sur eux. Le jeune Ernesto écopa d'un coup de lame qui lui sectionna la tête verticalement. Son corps tomba à genoux, au bord du puits, avant de s'effondrer à terre.

— On saute ! hurla Coyote, on saute !

Matthew essaya de deviner les créatures dans le noir complet et fit barrage entre ses équipiers et la direction d'où il pensait les voir surgir. Les trois autres coururent et sautèrent dans le puits. Il prit à son tour de l'élan et sauta dans le gouffre sans fond.

Après une chute libre interminable, les quatre résistants se réceptionnèrent au fond du puits. Aussitôt, ils passèrent leurs lunettes à vision nocturne.

— Coyote, Matthew ! Vous me recevez ?!

— Lauren, ici Coyote ! On vient de se poser au fond. Ils nous ont attaqués près du puits, avant qu'on saute ! Ils étaient trois ou quatre. Tu vois quelque chose dehors ?

— Bon Dieu, Coyote ! Il y en a de partout ! Des soldats humains et une multitude d'Anciens… *Ils affluent vers la porte !*

— Repliez-vous, Lauren ! Regagnez les motoneiges et quittez la zone ! hurla Coyote.

— Matthew ! implora-t-elle.

— Lauren, écoute, dit Coyote en se contrôlant, il faut que vous quittiez la zone. Ne tentez rien. Vous décrochez… C'est un ordre, Lauren.

— Je veux lui parler, Coyote… *Je veux parler à mon fils.*

Elle était en pleurs, mais s'efforçait de se contenir.

Coyote fit signe à Matthew d'approcher. Il lui passa son micro.

— Mère…

— Mon fils. Je…

Il l'interrompit :

— Ne t'inquiète pas. Je *sais* que je vais survivre.

Elle ne sut dire pourquoi son intonation était si paisible, si dépourvue d'hésitation, mais elle fut certaine qu'il survivrait en entendant ses mots.

Elle fut incapable d'ajouter quoi que ce fût.

Coyote reprit le micro.

— Lauren, nous allons disposer les charges et tout faire sauter, comme prévu. Tu m'entends ?

— Je t'entends, oui.

Perdue, elle regardait les créatures par dizaines, escortées par autant de soldats adeptes, s'engouffrer dans la porte de la crypte...

Et il en venait d'autres à bord de véhicules à chenilles.

— Nous allons nous sortir de là. Maintenant, décrochez et regagnez l'hélico ! C'est un ordre, Lauren.

— Reçu. On se replie.

— OK, les gars, dit Coyote, Ernesto n'est plus avec nous. Et ces saloperies sont certainement en train de descendre par ici.

— C'est sûr, lâcha Mo Redfield.

— Et c'est une chance qu'elles ne disposent pas de parachute comme nous, ajouta Perry, sinon, elles seraient déjà là !

— Nous n'avons pas une seconde à perdre, lança Coyote.

Il désigna des galeries qui débouchaient sur l'intérieur du puits, autour d'eux.

— Mo, tu prends ce couloir, ordonna-t-il. Perry, tu prends celui-ci. Vous disposez vos charges et on se retrouve ici. Nous avons très peu de temps, allez-y.

— Attends deux secondes, Coyote, s'exclama Redfield.

— Quoi ?!

— On va poser ces foutues charges, OK... mais après, comment on sort de ce putain de trou à rats ?!

— Redfield, écoute-moi bien, en acceptant cette mission, tu as pris la relève de ton père, qui est mort en héros pour la cause de l'Aube.

— Ouais... et alors ? rétorqua le jeune Afro-Américain en le toisant.

Coyote lui tint tête.

— Et alors tu vas faire honneur à la mémoire de ton père sans te défiler, c'est clair ?

Les deux hommes restèrent quelques brèves secondes, front contre front. Redfield finit par céder.

— OK. On n'a pas le choix. Faisons péter ce merdier et essayons de foutre le camp.

— Je préfère ça, lui balança Coyote.

Perry et Redfield partirent chacun de leur côté dans les galeries. Coyote et Matthew suivirent l'allée principale qui conduisait à la salle centrale. Tout le long s'alignaient des cavités rectangulaires taillées dans la roche. Dans chacune d'elles reposait un tombeau. Ils déboulèrent bientôt dans la nécropole gigantesque. Leurs lunettes à vision nocturne ne leur permettaient pas de voir entièrement les lieux, mais ils devinaient que les étages de tombeaux s'alignaient jusqu'à la surface de la crypte. Leur altimètre leur indiquait qu'ils étaient maintenant à une profondeur de *moins cinq mille quatre cents mètres*. Ils montèrent les marches d'une sorte d'autel qui se trouvait au centre de la nécropole. Le froid intense des lieux faisait flotter au sol un brouillard épais qui sinuait entre les colonnes et les niches de pierre. Dans celles-ci étaient entreposées des armes tranchantes énormes, recouvertes par une couche fossile blanchâtre.

Matthew s'accroupit et posa à terre le sac dorsal qu'il portait depuis le début de la mission. Il dissimula la charge sous une dalle de pierre : une bombe de soixante-deux kilos, comprenant un mélange de nitroglycérine associé à quatre ogives thermonucléaires. Il avait répété ces gestes des dizaines de fois. Cela lui prit une minute pour connecter et mettre en place le dispositif.

— La charge est prête, annonça Matthew. Détonation dans quarante minutes.

— OK, on remonte.

Ils foncèrent jusqu'au puits en courant. Matthew se sentait plus à l'aise sans le poids de la bombe à porter.

— Redfield, Perry, vous en êtes où ? demanda Coyote dans son micro.

— Charge posée et activée, je suis sur le retour, annonça Perry.

— Idem pour moi, répondit Redfield.

Tous les quatre arrivèrent en même temps dans le puits. Mais lorsqu'ils s'approchèrent de la paroi où ils avaient fixé les câbles, ceux-ci gisaient au sol.

— Ils ont coupé les câbles ! gueula Perry en panique.

— Il fallait s'y attendre ! dit Coyote.

— On est foutus ! désespéra Redfield.

— Attendez, regardez le plan, dit Matthew. Ici, il y a des escaliers. On peut essayer, mais il n'y a plus une seconde à perdre.

— Les gars, ça sert à rien ! On n'aura jamais le temps de remonter tout ça à pied ! lança Redfield. Autant rester ici pour protéger les charges tant qu'on pourra.

— Les détonateurs à mercure ne peuvent pas être désactivés. Ils n'auront aucun moyen d'arrêter le compte à rebours, dit Matthew.

Coyote regarda sa montre.

— Il nous reste exactement dix-sept minutes pour nous extraire de là et pour nous éloigner de l'épicentre de la déflagration. Allons-y !

Ils se mirent à courir vers l'escalier qui s'affichait sur leur carte.

— Vingt mégatonnes, bordel ! gueula Redfield en courant. Tu sais ce que ça fait quand ça pète, Coyote ?

— Tout ce que je sais, c'est qu'il faut qu'on soit au moins à huit kilomètres de la crypte quand ça sautera.

Ils grimpaient les marches énormes deux à deux, puis déboulaient dans des couloirs pour s'engager encore dans d'autres escaliers. Il leur restait encore trois mille huit cents mètres à monter pour atteindre la surface. Leur ascension était désespérée, car ils savaient au fond d'eux qu'ils ne pourraient gravir un tel dénivelé en si peu de temps.

Mais brusquement, Matthew s'arrêta net.

— Je les entends... dit-il à mi-voix.

Les autres gardèrent le silence pour essayer de percevoir leurs mouvements. Ce qu'ils purent entendre les plongea dans l'effroi. Le bruit était très faible. C'était plus une rumeur que des bruits de pas. Cela martelait le sol en continu, comme un déferlement.

Redfield actionna la culasse de son fusil d'assaut.

— Notre heure a peut-être sonné, gueula-t-il, mais y'a un paquet de ces enfoirés qui va y passer avant nous !

Perry arma lui aussi son fusil.

La rumeur augmentait, seconde après seconde.

Matthew et Coyote guettaient les deux seules galeries qui débouchaient dans la salle où ils se trouvaient.

Soudain, le sol trembla plus fort sous leurs pieds. Plusieurs créatures, au moins cinq, firent irruption. Elles étaient en armure et avaient en main de rudes épées taillées dans leur minerai. Elles stoppèrent leur course et prirent leur temps pour avancer sur eux, campées sur leurs membres musculeux en les scrutant de leurs yeux d'encre.

L'une d'elles s'avança vers Matthew et prononça des mots humains, entrecoupés de feulements hostiles :

— Nous te laissons le choix, Sentinelle. Rejoins-nous ou tu périras avec eux, vociféra-t-elle en désignant les équipiers de Matthew.

Matthew sentit dans son corps ses particules entrer en mouvement. Un mouvement qu'il n'avait encore jamais expérimenté, et sur lequel il n'avait aucun contrôle.

— Je suis de leur côté... et je le resterai, répliqua-t-il en braquant son arme sur eux.

Les cinq entités émirent des grognements saccadés entre leurs dents, cela ressemblait à *un cri de ralliement.* Soudain, une multitude d'autres déboulèrent des galeries. En un mouvement coordonné, toutes se ruèrent sur les résistants en faisant tournoyer leur lame. Matthew ouvrit le feu. Mais il vit bien vite que les balles de son AK-47 étaient stoppées net par leur armure minérale. Les autres faisaient feu sans interruption sur les créatures qui bondissaient sur les parois pour leur sauter dessus. L'une d'elles parvint à prendre Perry par surprise. Elle lui arracha la tête de ses mains griffues. Coyote chargea une ogive dans son lance-roquettes et ouvrit le feu sur une entrée de galerie où elles affluaient par dizaines. L'explosion n'arrêta pas pour autant le flot de monstres hurlants qui envahissait les lieux de toutes parts. D'une main, Redfield balançait ses grenades et de l'autre, il mitraillait dans toutes les directions... Coyote se mit à son tour à leur jeter ses grenades... mais il réalisa qu'ils seraient rapidement à court de munitions. Matthew empoigna son lance-roquettes et fit exploser l'une des créatures qui allait sauter sur Redfield. Il s'empara aussitôt d'une ogive dans son sac pour recharger son lance-roquettes, mais à cet instant il ressentit encore l'étrange sensation qui l'avait saisi quelques minutes plus tôt : ses particules lui parurent se dissocier de sa structure. Rapidement, un nuage noir se mit à tourner autour de lui... Il sentit alors la présence d'une autre entité se rapprocher...

Une voix s'éleva dans son esprit, la même que celle qu'il entendait dans les rêves qu'il avait faits. La voix de son père, Eliott.

— *Matthew.*

— *Père,* lui répondit Matthew par la pensée.

Eliott, sous sa forme de nuée, sortit de l'une des parois de la salle et flotta jusqu'à Matthew dont le corps était en train de se désagréger. Les deux ombres se fondirent alors en une seule.

« *Nous sommes maintenant réunis.* »

Matthew eut l'impression fulgurante d'avoir lui-même prononcé ces mots, tant leurs deux corps étaient entremêlés.

Ils ne formaient plus qu'un seul être.

Car il ne pouvait y avoir qu'une seule Sentinelle.

En bas, Redfield et Coyote étaient encerclés par les créatures. Ils n'avaient plus de munitions et brandissaient leurs dernières grenades pour les dissuader d'avancer. Le cercle d'*Hominum primus* se resserrait lentement autour d'eux.

« *Nous ne pourrons en sauver qu'un.* »

Redfield balança sa dernière grenade dans le tas. L'un des monstres la ramassa au sol avant qu'elle n'explosât et fixa le jeune résistant de ses yeux noirs en serrant la grenade dans sa main, si fort que celle-ci ne se déclencha pas. Redfield craqua et sortit son couteau de combat pour s'élancer vers les créatures dans une attaque suicide.

La nuée descendit des hauteurs de la salle et enveloppa Coyote de ses particules. Avant que les *Hominum primus* aient pu se jeter sur lui, son corps s'éleva dans les airs, porté par le nuage noir qui l'enlaçait de ses fumeroles. Glissant loin au-dessus des créatures et des soldats adeptes qui cherchaient partout les charges explosives, la nuée voleta jusqu'au puits pour remonter vers la surface en moins de quatre minutes. Coyote avait perdu connaissance quand le nuage l'avait emporté. Dans son oreillette, la voix de Lauren, affolée, répétait en boucle :

— Coyote, Matthew, vous me recevez ? Où en êtes-vous ? Il reste encore douze minutes avant l'explosion des charges ! Je répète : où en êtes-vous de l'évacuation de la zone ?

La nuée franchit la porte de la crypte et eut le temps de parcourir les étendues glacées sur plusieurs kilomètres. Coyote reprit connaissance peu à peu. Le vent gelé cuisait la peau de ses joues. Il eut à peine le temps de se rendre compte qu'il était porté dans les airs qu'une onde de choc surpuissante vint ébranler la nuée. Il chuta de plusieurs mètres, propulsé au loin par la déflagration massive qui gronda pendant une minute au moins, faisant trembler la terre. Un nuage noir s'éleva à plusieurs milliers de mètres dans le ciel éclairé de rouge par l'explosion nucléaire. Un sourire amer se dessina sur les lèvres de Coyote, tandis que des larmes coulaient de ses yeux. Était-ce de la joie ? De la peine ? Toute son équipe avait disparu au fond de cette maudite crypte. Mais c'était une victoire pour l'humanité entière qui venait d'être remportée.

Il sentit subitement une présence. Il fit volte-face pour voir, à quelques mètres de lui, léviter à un mètre du sol un étrange nuage noir d'environ deux mètres cubes de volume. La chose resta immobile encore quelques secondes puis s'éleva pour disparaître au loin dans les traînées de neige portées par le vent.

Il entendit alors la voix désespérée de Lauren dans son écouteur :

— Coyote, Matthew, équipe d'infiltration, vous me recevez ? Ici Lauren, où êtes-vous ? Coyote, Matthew, vous me recevez ?

— Je te reçois, Lauren.

Il ne sut rien ajouter d'autre. Son regard se perdait vers l'horizon éclairé d'une immense lueur orangée. Elle s'élevait dans l'espace et diminuait peu à peu en luminosité.

— Coyote ? Tout est OK pour vous ? Nous avons rejoint l'hélico... Où êtes-vous ?

— Lauren...

— Activez vos traceurs, lança-t-elle sans attendre sa réponse, nous passons vous récupérer.

Il n'eut pas la force de lui dire.

— Traceur activé, lui confirma-t-il.

— Coyote, je n'ai que ton signal sur le radar, où sont les autres, Coyote ?

— Je suis le seul survivant de l'équipe d'infiltration, Lauren. Ils se sont battus jusqu'au bout. Je ne sais pas comment j'ai pu survivre moi-même, mais je suis là.

La voix de Lauren fut relayée par celle de l'un de ses équipiers :

— Coyote, garde ta position, nous décollons à l'instant et venons te récupérer.

— Bien reçu, je vous attends.

47

Le Black Hawk atterrit sur l'héliport de Rajpur sous un ciel radieux. Lauren, Coyote, Liam O'Leary et Fred Morse en descendirent sous les acclamations des résistants de la base réunis au complet. Un hommage solennel fut rendu à ceux qui s'étaient sacrifiés. Lauren était prostrée dans le silence. Elle s'efforçait de ne rien laisser paraître de la douleur qui l'accablait dans son cœur.

Une grande fête fut improvisée. Mais l'on ne s'attarda pas en célébrations. Cette victoire n'était que le début du soulèvement de l'humanité contre *Hominum primus*.

À présent, l'espoir pouvait renaître.

Tout allait être à nouveau possible.

Janvier 2019.

La nouvelle avait déferlé comme une vague sur l'océan. En l'espace de quelques jours, la résistance de l'Aube avait relayé l'information vers les réseaux de combattants annexes, qui à leur tour, l'avaient donnée aux organisations civiles et aux groupuscules indépendants. La domination d'Hominum primus ne reposait plus que sur un pouvoir représentatif. Il n'était plus en mesure de soumettre l'homme par la force, puisqu'il venait de perdre dans la destruction de la crypte quatre-vingts pour cent de ses effectifs : la totalité de ses castes guerrières. Il fallait maintenant constituer, dans l'ombre, une force armée globale capable de renverser le gouvernement dirigé par les Adeptes. Cela ne pourrait se faire que dans la durée.

Dans les villes-camps qui avait fleuri loin des anciennes mégapoles, les hommes s'organisaient pour véhiculer le message de l'Aube. Tous les hommes. Sans exception. Cela n'était plus la seule mission des résistants. C'était devenu un devoir, et un honneur, pour chaque individu, femme, homme, ou enfant en âge de parler, que de porter la parole de la liberté.

Peu à peu, une conscience nouvelle s'élevait. C'était d'une telle force... que cela transcendait les différences raciales, les couches sociales et les frontières. Cela semblait ne pas avoir de limites... Au lieu d'avoir anéanti notre espèce, les Anciens l'avaient fédérée autour d'un nouvel idéal commun.

À l'inverse de l'avoir divisée, ils l'avaient unifiée.

Du combat inégal contre cet ennemi commun, l'humanité était sortie plus grande, et plus forte qu'elle ne l'avait jamais été. Et sur cette victoire, elle bâtirait le socle d'une nouvelle ère. Une ère de paix véritable et de prospérité. Dans les campagnes, les enfants courraient nus et buvaient l'eau des rivières sans craindre la contamination, les femmes chantaient et l'on festoyait autour des feux, des nuits durant, à la manière de nos ancêtres.

Les carences industrielles causées par la guerre n'avaient pas été un mal. L'homme était sorti du cocon des technologies multi médiatiques, de l'illusion d'un bonheur artificiel qui l'empoisonnait sournoisement, qui en faisait l'esclave des plaisirs virtuels. L'homme se réappropriait son corps, et son esprit.

Et il se réappropriait sa terre.

Les moissonneuses géantes qui récoltaient leurs milliers de tonnes de blés transgéniques quotidiennes étaient maintenant en train de rouiller dans des hangars désaffectés, tout comme des centaines d'autres espèces de monstres mécaniques qui, quelques mois en arrière, meurtrissaient encore la Terre de leurs griffes d'acier. Les champs abandonnés qui s'étendaient à perte de vue étaient divisés en parcelles que chaque homme pouvait réclamer, et obtenir, à la seule condition qu'il la cultive de manière durable.

Le temps de la souffrance était révolu.

Et certains parmi les plus sages d'entre nous, se plaisaient à dire que « l'Homme avait enfin retrouvé la raison ».

4 mai 2019.

La fin de la pandémie H-4 fut officiellement annoncée par les radios libres. L'antivirus H-0 continuait d'être distribué, mais il l'était maintenant publiquement, grâce au combat du parti de l'opposition, porte-parole de la résistance. Même si ce parti n'était pas autorisé à être entendu dans l'hémicycle de l'ONU, encore contrôlé par *Hominum primus*, il était entendu par le peuple, et c'était bien là tout ce qui comptait. L'idée de l'émergence d'une opposition militaire globale commençait à voir le jour. Les classes politiques humaines ayant été démantelées par les Adeptes, tout devenait possible. Le champ était libre aux fondements de nouvelles idéologies, et à leur concrétisation dans le temps. L'utopie était un mot qui revenait souvent. Et l'on s'apercevait maintenant qu'il n'appartenait plus au domaine du rêve. Nous nous retrouvions face à la nécessité de mettre en place des bases solides, sur lesquelles nous pourrions construire un monde véritablement nouveau. Pour certains, l'humanité était sortie de son aveuglement par la porte de la guerre, et cela avait été un mal pour un bien. C'était peut-être vrai, mais il fallait que les blessures se referment. Tenir ce genre de discours, c'était ouvrir la porte à de nouveaux conflits. D'autant plus que d'autres entrevoyaient des opportunités qui ne laissaient rien présager de bon. Il fallait faire émerger une *majorité positive*, fondée justement sur tout ce que l'homme qualifiait jusque-là d'utopique, si nous voulions atteindre un idéal politique sain et propice au bien commun.

Économiquement, les grandes firmes continuaient de dominer le marché et terminaient de racheter les derniers groupes indépendants qui avaient tenu bon jusque-là. Les Adeptes entendaient bien maintenir leur diktat économique. Mais si les apparences laissaient encore croire à la suprématie des Adeptes, en réalité, le pouvoir était bien en train de changer de main. L'Aube décida de concentrer ses forces dans une propagande médiatique massive. Elle créa le mouvement U-Life, destiné à devenir le vecteur de la parole du monde libre. Le réseau de diffusion de l'Aube était encore artisanal, pas de satellite, et encore moins de chaîne télévisée, mais le message passait quand même. Les foyers ressortaient de leur grenier leur vieux transistor. Le MIT de Boston était à pied d'œuvre pour concevoir un internet parallèle. Sur le terrain, les déportations dans les camps d'extraction étaient encore effectives, mais elles diminuaient fortement. Les guérillas menées par la résistance gagnaient en intensité. À travers le monde, des milliers de volontaires, sans distinction d'âge ou de sexe, s'engageaient chaque jour dans les rangs de l'Aube. Le mois de juillet 2019 compta deux attaques successives des camps d'extraction de Limestone en Arkansas et de Sangre de Cristo, au nouveau Mexique. Les deux camps furent entièrement détruits. Du côté des armées, la donne était là encore en passe de changer. Pour la plupart des généraux qui s'étaient alliés avec les Adeptes, l'heure était au doute. Il n'était pas difficile de prévoir ce qui allait advenir. Au sein des armées, les cas de désertion se multipliaient. Plus les semaines passaient et plus le *nouvel ordre* se fragilisait. Ce n'était à présent plus qu'une question de temps avant sa fin.

Au sein du FBI, des tensions importantes entre les superviseurs des différents services donnèrent lieu à plus d'une trentaine de démissions sur le sol américain. Cependant le Bureau ne laissa rien filtrer sur les raisons de ces conflits internes.

Le rapport officiel du dossier « St. Marys », en date du 8 juin 2019, établi par l'agent spécial Lauren Chambers, faisait état d'une enquête portant sur cinq enlèvements d'enfants, perpétrés entre le 9 juin et le 27 septembre 2017. Les investigations conduites par l'agent spécial Eliott Cooper l'avaient amené à retrouver les auteurs des faits dans les forêts situées à une quarantaine de kilomètres au nord-est de la ville. Cassandra Owens, vingt et un ans, Emily Russel, vingt-trois ans, et Isolde Hohenwald, de nationalité allemande et d'âge inconnu, avaient été mortellement blessées lors de l'intervention armée de l'agent Cooper. L'agent était intervenu face à ce qu'il avait décrit comme une tentative de meurtre sur Christopher Elmer, âgé de cinq ans. L'agent avait fait feu de son arme de poing à douze reprises sur les trois suspectes qui selon sa déclaration : « étaient en train de pratiquer sur l'enfant un sacrifice rituel dans le cadre d'une cérémonie occulte ». Les trois suspectes étaient mortes des suites de leurs blessures. L'agent spécial Eliott Cooper avait été grièvement blessé lors de cette intervention et était décédé dans les heures qui avaient suivi. Le jeune Christopher Elmer avait lui aussi succombé à ses blessures. L'agent spécial Lauren Chambers avait brillamment conclu cette affaire le 19 novembre 2017 en élucidant les faits et en retrouvant vivant trois enfants tenus captifs dans le sous-sol d'une mine de charbon : Timothy Pearson, Ryan Jones et Jaden Watson. La jeune Iris Winkler, âgée de cinq ans, était quant à elle décédée lors de sa séquestration.

Lauren n'eut accès à ce rapport que vingt-quatre heures avant qu'il ne soit rendu public. Celui qu'elle avait rédigé avait en fait été remplacé par celui-ci. Sur les conseils de ses camarades de l'Aube, elle ne chercha pas à faire entendre la vérité. C'était inutile. Tôt ou tard, des têtes finiraient par tomber. La pression allait en augmentant sur les stratèges *Hominum primus*, et les classes politiques soumises aux Adeptes commençaient à envisager de se retourner contre le pouvoir en place.

L' agent spécial Lauren Chambers donna sa démission le 7 novembre 2019.

Dans ce contexte géopolitique plus qu'instable, le Pentagone demanda qu'une enquête soit ouverte sur les activités du groupe multinational Scientech. Le dossier fut confié au NSA, indépendamment de toute autorité. L'agence transmis deux mois plus tard le résultat de ses investigations au Pentagone dans un dossier confidentiel.

Le rapport faisait état que les cryptes *Hominum primus* recensées sur le territoire américain, huit au total, se trouvaient toutes sur des terres que Scientech avait acquises au cours des trente dernières années. Le NSA faisait aussi état de lenteurs administratives qu'il avait rencontrées pour obtenir de Scientech certaines pièces de comptabilité, gestion, production... Mais au-delà de cette enquête, une question fondamentale se posait : est-ce que le recensement des cryptes était fiable ? Ne pouvait-il pas en y avoir d'autres ?

Le Kremlin avait quant à lui démenti publiquement qu'une explosion nucléaire de 20 mégatonnes avait eu lieu en Sibérie, et resta muet sur les rapports politiques entre la Russie et la coalition adepte.

Sur le sol américain, les deux derniers camps d'extraction encore en service furent officiellement détruits les 14 et 27 novembre 2019. Pour les experts du NSA, le principal était que la régénération des Anciens était maintenant neutralisée. Un département fut cependant alloué au recensement et à la recherche de cryptes qui n'auraient pas encore été découvertes.

Aucun document officiel ne fit état de l'existence de la Sentinelle. Aucun témoignage mentionnant la créature ne fut enregistré.

Eliott Cooper eut droit à une pierre tombale au cimetière du Congrès de Washington, sans aucune cérémonie, ni médaille à titre posthume.

*

Lauren quitta la base de Meadow Creek pour partir vers l'Oregon, aux alentours de Colton, un village au sud de Portland où elle avait acheté une petite ferme. Elle y emménagea avec sa mère Sandra, qui était maintenant âgée de soixante-deux ans et souffrait d'une paralysie des membres inférieurs. Lauren passait la plupart de ses journées sur son lopin de terre. Elle comptait y faire pousser un potager et peut-être acheter une parcelle supplémentaire pour en vivre. S'occuper de sa mère lui prenait le reste de son temps, mais elle n'était pas une charge pour elle. Toutes les deux avaient su entretenir une complicité pleine de tendresse et de respect. Lorsque sa mère avait été évacuée de l'établissement où elle séjournait à Los Angeles, juste avant les bombardements, Lauren avait payé une aide à domicile et avait logé sa mère chez elle, à Seattle, jusqu'à ce qu'elle revînt de Meadow Creek pour se mettre en quête d'un logement plus grand, loin de la ville.

La ferme de Maple Bird était située sur le flanc d'une colline. Elle avait appartenu à un résistant de l'Aube qui avait été tué en mission. Lauren l'avait rachetée pour une bouchée de pain au frère de ce dernier, qui était trop vieux pour s'en occuper. C'était un bâtiment rustique, qui avait traversé les générations depuis la conquête de l'Ouest. Il y avait des travaux à faire : la grange et les étables avaient été endommagées par une tornade. Il s'agissait de remettre en place quelques tôles qui s'étaient décrochées de la toiture et de clouer des planches sur les cloisons, rien de bien compliqué. Toutefois, cela lui prendrait deux bons mois pour rénover le bâtiment toute seule. Les étables ne lui serviraient que pour y loger deux ou trois bêtes de trait. Lauren tenait à travailler sa terre selon les méthodes de biodynamie. Il ne lui restait plus qu'à remettre en état l'ancien matériel agricole qui était en train de rouiller au fond de la grange. Un coup de dégrippant ferait l'affaire.

Elle avait besoin de s'occuper à des tâches physiques, afin d'éviter de trop penser. Elle ne parvenait pas à oublier Eliott et Matthew. Pas une minute ne passait sans qu'elle pensât à l'un ou à l'autre. Son cœur était si lourd. Plus d'une fois, quand la douleur n'était plus supportable, il lui était venu l'idée de saisir son arme et de la retourner contre elle. Dans ces moments, elle pensait à Eliott. Elle écoutait les conseils qu'il lui aurait donnés s'il avait été là, près d'elle : « Ne laisse jamais tomber ta garde... Combats jusqu'au bout ». Alors, elle redoublait d'efforts dans son travail, découpant ici des planches pour refaire la grange, labourant là un hectare de terre avec bêche et pioche, désherbant à la main ou coupant du bois à la hache... Elle ne s'arrêtait que quand la nuit finissait par tomber, lorsqu'elle était terrassée par la fatigue. Alors, elle rentrait pour préparer le repas. Parfois, elle ne mangeait pas et montait s'effondrer sur son lit. Dans ces moments-là, elle n'avait plus la force de penser et encore moins celle de souffrir. Elle se réveillait au petit matin pour se remettre au travail, sans un mot, le regard vide, comme un fantôme errant. Elle aurait tout donné pour être avec eux, de l'autre côté. Rarement, sa mère parvenait à lui décrocher quelques mots :

— Ma fille, comment te sens-tu ? Je te trouve bien pâle ce matin.

— Je vais bien, m'man.

Ou alors :

— Tu sais, le jeune fermier qui est venu te livrer le foin pour tes bêtes... Eh bien, c'est un bon gars et il est solide...

Lui disait sa mère avec des yeux pétillants et un sourire entendu.

— Oui, et j'en suis contente pour lui, m'man. Il se trouvera certainement une copine au bal du dimanche.

Toute sa volonté allait dans la rénovation de la ferme et le travail de sa parcelle. Elle n'avait pas besoin de main d'œuvre et encore moins de compagnie. Sa solitude lui était nécessaire pour se reconstruire et de toute façon, elle n'envisageait plus de fonder une famille.

Parfois, le soir, lorsqu'elle ne s'endormait pas malgré sa fatigue, elle étudiait les écrits de Sir Ravenwood. Des questions la tourmentaient, au point de l'empêcher de trouver le sommeil. Coyote lui avait révélé avoir vu un étrange nuage noir qui flottait en l'air près de lui, au moment de la déflagration qui avait détruit la crypte. Le phénomène avait disparu presque aussitôt qu'il l'avait aperçu. La description de Coyote évoquait la « nuée noire » dont lui avait parlé Eliott et dont la traduction du paléographe faisait état dans de nombreux passages du livre. Coyote lui avait avoué qu'il n'avait jamais compris comment il s'était retrouvé à plus de huit kilomètres de la crypte, alors qu'il avait perdu connaissance au fond de celle-ci. Ce nuage noir avait-il pu le transporter jusque-là ? C'était en tout cas l'intuition qu'il avait toujours eue. Il ne s'était confié qu'à Lauren à ce sujet, car elle avait insisté pour qu'il lui raconte tout ce dont il se souvenait, dans le moindre détail. Dans sa peine, Lauren s'accrochait à cette énigme comme son dernier espoir. Coyote avait repris connaissance à huit kilomètres de la crypte. Et si ce nuage noir l'avait vraiment transporté jusque-là, pour le sauver, c'était donc qu'il était doué de conscience. Mais si cette chose avait sauvé Coyote de la mort, elle ne pouvait qu'être en lien avec Eliott, ou Matthew... Devant l'impossibilité d'élucider ces questions qui la torturaient, Lauren décida un jour de refermer définitivement le livre. Elle le rangea au grenier, dans une caisse de bois qu'elle verrouilla d'un cadenas. Elle alla un jour de printemps au lac qui se trouvait en forêt, à quelques kilomètres de la ferme, s'assit au bord de l'eau et jeta la clé aussi loin qu'elle pût. Des larmes coulèrent de ses yeux verts comme l'eau du lac sous le soleil. Elle resta jusqu'au soir, assise, immobile, dans une méditation où se mêlaient regret et douleur. Toutes ces questions auxquelles elle ne pourrait jamais apporter de réponse la faisaient trop souffrir. C'était mieux comme ça.

Les mois passèrent et la rénovation de la ferme était terminée. Les bâtiments avaient retrouvé leur état d'origine. Lauren avait parfaitement respecté l'esprit des colons qui s'étaient lancés à l'assaut du grand Ouest. Les ferronneries rouillées et les vieilles tôles avaient été laissées en l'état. Les boiseries rustiques tenaient encore bon sous une couche de lasure. Lauren était fière de son travail et sa mère ne manquait pas de lui répéter que « pour un petit bout de bonne femme, c'était du sacré boulot qu'elle avait fait ».

Lorsque le temps s'y prêtait, Lauren avait pris l'habitude d'aller se baigner au lac. Ce dimanche-là, le soleil était au rendez-vous. Elle se prépara un déjeuner et partit en footing sur le sentier. Une fois arrivée, elle se déshabilla entièrement et plongea dans l'eau fraîche pour nager jusqu'à l'autre rive et revenir doucement en brasse. Lorsqu'elle sortit de l'eau, elle perçut un bruissement non loin, dans les bois. Elle ne s'en inquiéta pas et pensa que c'était un cerf qui venait pour s'abreuver. Elle entama son déjeuner à l'ombre d'un épicéa. Quand elle regagna la ferme, sa mère l'attendait sur le perron de bois, comme à son habitude, se balançant dans son rocking-chair avec un léger sourire aux lèvres. Mais elle n'était pas seule. Un homme se tenait debout, à côté d'elle. Adossé contre le rebord de la fenêtre dans une posture qui lui parut étrangement familière.

— Lauren, ma chérie, tu as de la visite. Ce jeune homme très charmant et poli dit qu'il cherche du travail et qu'il…

Lauren l'interrompit :

— Maman, il est peut-être assez civilisé pour se présenter lui-même. Monsieur ?

Le visiteur sortit de l'ombre du perron et s'avança vers Lauren en retirant sa casquette pour la saluer. Il était vêtu d'un jean et d'un simple t-shirt blanc. Peut-être avait-il vingt-cinq ans, tout au plus. Grand, élancé. Ses cheveux étaient très noirs, mi-longs et en bataille. Sa peau était aussi très mate. Et ses yeux étaient tout aussi sombres. Il n'avait rien d'un gars du coin, se dit Lauren en le voyant approcher.

— On m'a dit que vous alliez élargir vos terres…

Cette voix.

— … alors, je me suis dit que peut-être vous auriez besoin d'un gars pour vous aider.

Lauren se rapprocha de lui et vit alors ses yeux de plus près. Son cœur se mit à battre si fort dans sa poitrine qu'elle en fut soudain essoufflée.

Il lui sourit et s'avança plus près d'elle.

Ces yeux.

Lauren lui rendit son sourire et s'approcha encore.

— Il me semble vous connaître, vous êtes du coin ? lui demanda-t-elle en cachant du mieux qu'elle pouvait son émotion.

— Non, je viens d'une petite ville assez loin d'ici. St. Marys, ça vous dit quelque chose ?

Ils se tenaient à moins d'un mètre l'un de l'autre.

— Oui, ça me parle, lui répondit-elle sans décrocher son regard du sien.

Il passa sa main sur sa joue pour chasser une de ses boucles qui s'était accrochée au coin de sa bouche et lui murmura :

— Il me semble aussi vous connaître.

Un grand merci à Laure, lectrice passionnée, pour son travail incroyable de communication, à mon père Jean, pour sa
relecture et ses conseils avisés, sans qui ce livre ne serait
pas ce qu'il est.

Du même auteur : « Les forêts d'Acora »

www.ingramcontent.com/pod-product-compliance
Lightning Source LLC
Chambersburg PA
CBHW031051260626
47172CB00001B/28